中國古典文學基本叢書

蘇軾詩集

第三册

〔清〕王文誥輯註

孔凡禮點校

蘇軾詩集卷十四

古今體詩六十五首

【誥案】熙寧九年丙辰，在祠部員外郎直史館權知密州軍州事任，十二月徙河中府，遂罷密州任，至濰州作。

立春日，病中邀安國，仍請率禹功同來。僕雖不能飲，當請成伯主會，某當杖策倚几於其間，觀諸公醉笑，以撥滯悶也。二首〔一〕

〔查註〕禹功，即喬太博，成伯，即趙郎中，皆密州僚屬也。〔合註〕《東坡全集》有《文安國席上作蝶戀花詞》，即盧江文勛也。倪濤《六藝之一録》載《書史會要》云：勛官太府寺丞，工篆書。【誥案】此二詩，施編不載，查註以詩有「辜負名花已一年」句，從邵本改編於此。據《紀年録》：正月立春日，請成伯主會，作詩。亦載九年。可補救施編不分八年九年之失。但《續通鑑長編》載熙寧八年閏四月，其下年立春，適在歲除之時，未能確定也。餘詳案中。〔案〕總案熙寧九年正月

「立春日」條下云：查註以此二詩分出八九兩年，甚當。上年逢閏，立春似在臘底，以卷中藉此題爲限界，故不可動也。

其一

孤燈照影夜漫漫，拈得花枝不忍看。白髮敧簪羞彩勝，〔馮註〕《荆楚歲時記》：人日，剪綵爲人，或鏤金箔爲人，以貼屏風，或戴之頭鬢。又造華勝相遺，起於晉代，見賈充《李夫人典戒》云。像瑞圖金勝之形，又取像西王母戴勝也。李商隱詩：鏤金作勝傳荆俗，剪綵爲人紀晉風。〔合註〕白樂天詩：敧簪白接䍦。黄耆煑粥〔二〕薦春盤。〔馮註〕《玉燭寶典》：新正十五日，作高粥以祠門户。《風土記》：月正元日，五薰鍊形。註：五辛，所以助發五臟氣也。《四時寶鑑》：唐人立春日，作春餅生菜，號春盤。〔查註〕《大觀本草》：黄耆，俗作芪。耆，長也。【誥案】本集《與米元章書》云：旦復疲甚，食黄芪粥甚美。此因病中用之，非立春故事也。東方烹狗陽初〔三〕動，南陌争牛臥作團〔四〕。〔馮註〕《論衡》：立春，爲土象人，男女各二，秉耒把鋤，或立土象牛，順氣應時，示率下也。老子從來興不淺，〔馮註〕《晉·庾亮傳》：老子於此，與復不淺。向隅誰有滿堂歡。〔馮註〕《韓詩外傳》：一人向隅，滿坐不樂。

其二

齋居臥病禁烟前，〔馮註〕《周禮·秋官》：司烜氏，仲春以木鐸修火禁於國中。註：爲季春將出火也。元微之《連昌宫詞》：店舍無烟宫樹緑。〔合註〕唐常衮《大赦制》：屬禁烟之令節。辜負名花已一年。此日使君不强喜，〔馮註〕《史記·魏其武安侯傳》：韓御史良久謂丞相曰：「君何不自喜？」早春〔五〕風物爲誰妍。青衫公子家千里，白髮〔六〕先生杖百錢。〔馮註〕《晉書·阮修傳》：字宣子。嘗步行，以百錢挂杖頭，至酒店，便獨酣暢。曷不相將來問病，已教呼取〔七〕散花天。〔馮註〕《維摩經》：會中有一天女，以天花散諸菩薩，悉皆墮落。李商隱詩：維摩一室雖多病，亦要天花作道場。

答李邦直

〔施註〕李邦直，名清臣，魏人。提點京東刑獄，召爲兩朝國史編修官，同修起居注，知制誥，拜吏部尚書，擢尚書左丞。哲宗立，以資政殿學士出守三郡。自元祐初革新庶政，至五年，人心已定。惟熙寧舊黨，分布中外，多起邪説，以揺撼在位。呂微仲丞相、劉莘老中書尤畏之，欲引用其黨，以平舊怨，謂之調停。蘇子由爲中丞，極論其非。後三省奏除邦直吏部尚書，范給事祖禹、姚正言勔，皆言不當。命未下，又除蒲宗孟兵部尚書。子由時爲右丞，言於宣仁，事遂已。洎宣仁服藥中，三省又以爲户部尚書。哲宗親政，於元祐之政，不能無疑。時御史楊畏詭譎嗜進，逆窺上意，即疏章惇、安燾、呂惠卿、鄧温伯、李清臣等，各加題品，乞召章惇爲宰相，上皆嘉納。邦直未至，除中書侍郎，鄧温伯以兵部尚書知貢舉，除尚書左丞，即日出院。二人久不得志，邦直首以紹述逢上意，且多激怒之詞，温伯和之。會廷策進士，邦直撰策題，即爲邪説，以扇惑羣聽。子由入奏論之，不報。李、鄧從而媒孽，遂得罪。范忠宣去相位，邦直獨顓中書，亟復青苗、免役法，除諸路提舉官。章子厚入相，邦直又與之爲異，以大學士知河南。然紹述朋黨之説，肇於此三人者，天下正人，幾無噍類，中原板蕩，蓋基於此。徽宗立，入爲門下侍郎，出知大名府。邦直早以詞藻，受知人主，然志於利祿，謀國無公心，一意欲取宰相，故操持悖謬，竟不如願以死。後追治其罪，貶雷州司户。邦直居高密時，以京東提刑行部至密也。

美人如春風，〔施註〕《楚辭》：望美人兮未來。著物物未知。羈愁似冰雪，見子先流澌。〔施註〕東方朔《七諫》：赴湘沅之流澌兮，恐逐波而復東。《韻書》云：澌，流冰也。子從徐方來，〔施註〕《毛詩·大雅·常武》：徐方不回，王曰還歸。吏民舉熙熙。〔施註〕《老子》：衆人熙熙，如享太牢，如登春臺。扶病出見之，〔施註〕白樂天《寄元微之》詩：可能扶病暫來無。驚我一何衰。知我久慵倦，起我以新詩。詩詞如醇酒，盎然熏四支〔八〕。徑飲不覺醉，〔施註〕《史記·淳于髡傳》：可一斗徑醉。欲和先昏疲。西齋有鑾帳，風雨夜紛披。〔施註〕《文選》王褒《洞簫賦》：紛披容與而施惠。放懷語不擇，〔施註〕《孝經》：口無擇言。撫掌笑脱頤。〔施註〕《晉·陸雲傳》：張華撫手大笑。《漢·匡衡傳》：諸儒語曰：「匡説《詩》，解人頤。」如淳曰：使人笑而不能止也。別來今幾何，〔施註〕《晉·温嶠傳》：王敦《與王導書》曰：「太真別來幾日，作如此事。」春物已含姿。〔施註〕謝朓詩：春物方駘蕩。柳色日夜暗，子來竟何時。徐方雖云樂，〔施註〕韓退之《晚秋郾城聯句》詩：從軍古云樂。東山禁游嬉。又無狂太守，何以解憂思。聞子有賢婦〔九〕，〔合註〕《史記·周本紀》：太姜、太任，皆賢婦人。華堂詠《螽斯》〔一〇〕。〔施註〕《文選》嵇叔夜《琴賦》：華堂曲宴，密友近賓。《毛詩·螽斯》，后妃子孫衆多也。邦直再取孫巨源女，賢婦謂孫也。〔查註〕邦直初娶韓魏公兄之女，繼娶孫巨源之女。曷不倒囊橐，賣劍買蛾眉。不用教絲竹，〔施註〕《尚書序》：金石絲竹之音。唱我新歌詞。〔施註〕劉禹錫《楊柳枝詞》：請君莫奏前朝曲，唱我新翻楊柳枝。

和文與可洋川園池三十首〔一〕

〔王註堯卿曰〕熙寧八年守洋。〔程天祐曰〕文同與子瞻相厚，子瞻通判杭州，同寄詩云：北客若來休問話，西湖雖好莫吟詩。〔查註〕《文湖州墓志》：熙寧中，知陵州。既復舊秩，歷度支司封員外郎，徙知洋州。家宜父所編《石室先生年譜》：先生赴洋州，在熙寧八年秋冬之交，至丁巳秋，任滿，還京。《水經注》：漢水又東，右會洋水，導源巴山，東北流逕平陽城。《漢中記》曰：本西鄉縣治也。魏廢帝於此立洋州。《九域志》：洋州洋川郡，屬利州路。《太平寰宇記》：屬山南道，宋爲武定軍節度。《名勝志》：今漢中府洋縣。

湖橋

〔查註〕文與可《湖橋》詩云：飛橋架橫湖，偃若長虹卧。自問一日中，往來凡幾過。

朱欄畫柱照湖明，〔合註〕李義山詩：朱欄迢遞壓湖光。白葛烏紗曳履行。橋下龜魚晚無數，〔王註〕韓退之《新亭》詩：瓦影蔭龜魚。〔施註〕《戰國策》：呂不韋謂父曰：「立國家之主幾倍？」曰：「無數。」識君拄杖過橋聲。

【誥案】紀昀曰：暗用堂堂策策事，寫得閑遠。

橫湖

〔查註〕《名勝志》：橫湖在洋縣城西，遠望若匹練之橫，故名。《欒城集·和橫湖》詩云：湖裏種荷花，湖邊種楊柳。何處渡橋人，問是人間否？

貪看翠蓋擁紅粧，〔王註次公曰〕翠蓋紅粧，言荷也。〔施註〕《文選・古詩》：娥娥紅粉粧，纖纖出素手。曹子建《七啓》：俯倚金較，仰撫翠蓋。宋玉《高唐賦》：蜺爲旌，翠爲蓋。不覺湖邊一夜霜。卷却天機雲錦段，〔施註〕《河南記》：嵩山有雲、錦二溪，溪多荷花，異於常者。《文選》木元虛《海賦》：雲錦散交於沙汭之際。韓退之《曲江荷花》詩：撑舟昆明度雲錦，脚敲兩舷叫吴歌。從教匹練寫秋光。

書軒

〔合註〕《名勝志》：書軒在州宅。〔查註〕文與可《書軒》詩云：清泉繞庭除，緑篠映軒檻。坐此何所爲，惟宜弄鉛槧。

雨昏石硯寒雲色，風動牙籤亂葉〔二〕聲。〔王註〕韓退之詩：鄴侯家多書，插架三萬軸。一一懸牙籤，新若手未觸。庭下已生書帶草，使君疑是鄭康成。〔王註〕《三齊記略〔三〕》：鄭司農常居不其城南山中教授。所居山下，草如薤葉，長尺餘，堅韌異常，時人名康成書帶草。

冰池

〔查註〕文與可《冰池》詩云：日暮池已冰，翩翩下鳧鷖。不怕池中寒，便於冰上宿。

不嫌冰雪繞池看，誰似詩人巧耐寒。〔王註〕杜子美《人日》詩：勝裏金花巧耐寒。記取羲之洗硯處，碧琉璃下黑蛟蟠。〔王註〕《晉書・王羲之傳》：嘗與人書云，張芝臨池學書，池水盡黑，使人耽之若是，未必後之也。〔子功曰〕承天歸宗寺禪院，晉咸康六年王羲之置，有右軍墨池。【誥案】王註《百家姓氏録》無子功。〔合註〕李涉詩：兩重星點碧琉璃。杜子美《早發》詩：濤翻黑蛟躍。

竹塢

〔查註〕文與可《竹塢》詩云：文石間蒼苔，相引入深塢。莫憾青琅玕，無時露如雨。

晚節先生道轉孤，〔施註〕《文選》謝靈運詩：晚節值衆賢。歲寒惟有竹相娛。粗才杜牧真堪笑，〔王註〕先生《談録》云：唐之盛時，内重外輕，任方面者，目爲粗才。張燕公云：媿無通材，供國粗使。〔施註〕白樂天《答賈舍人》詩：一别承明三領郡，從教人道是粗才。《北夢瑣言》：唐自大中以來，以兵爲戲，廊廟之上，恥言韜略，就有如盧藩、薛能者，目爲粗才。唤作軍中十萬夫。

荻蒲

〔查註〕文與可《荻蒲》詩云：枯荻饒霜風，暮影寒索索。無限有微禽，捉之宿如客。

雨折霜乾不耐秋，白花黄葉使人愁。月明小艇湖邊宿，〔合註〕庾信詩：小艇釣蓮溪。便是江南鸚鵡洲。〔王註次公曰〕鸚鵡洲，在鄂州岸下大江中。〔施註〕李太白《漢陽輔録事》詩：鸚鵡洲横漢陽渡。〔查註〕《後漢書》：黄祖爲江夏太守。時長子射犬會賓客，有獻鸚鵡於此洲者，故爲名。

蓼嶼

〔查註〕文與可《蓼嶼》詩云：孤嶼紅蓼深，清波照寒影。時有雙鷺鷥，飛來作佳景。

秋歸南浦蟪蛄鳴，〔王註〕《家語》：孔子謂宰予曰：「違山十里，蟪蛄之聲，猶在於耳。」〔施註〕《文選》江文通《别賦》：

送君南浦，傷如之何。霜落橫湖沙水清。臥雨幽花無限思，抱叢寒蝶不勝情。

望雲樓

〔合註〕《名勝志》：洋州郡圃內，有望雲樓，極高峻。唐德宗遊幸，題字於梁上，及還京，鑿取以歸。〔查註〕文與可《望雲樓》詩云：巴山雲之東，秦嶺樓之北。樓上卷簾時，滿樓雲一色。

陰晴朝暮幾回新，已向虛空付此身〔一四〕。〔施註〕《華嚴經》：處世界，如虛空，如蓮花不著水。出本無心歸亦好，〔施註〕陶淵明《歸去來辭》：雲無心而出岫。白樂天詩：浮雲暗歸山。白雲還似望雲人。【誥案】用狄梁公事。

天漢臺

〔查註〕文與可《天漢臺》詩云：北岸亭館衆，最先登此臺。臺高望群峯，萬里雲崔嵬。

漾水〔一五〕東流舊見經，〔王註績曰〕經，指《書》也。《禹貢》：嶓冢導漾，東流爲漢。〔施註〕《尚書註》孔安國曰：泉始出山爲漾水，東南流爲沔水，至漢中，東行爲漢水。銀潢〔一六〕左界上通靈。〔王註〕謝莊《月賦》：斜漢左界，北陸南躔。〔查註〕《雞跖集》：許洞謂銀河爲銀灣，李賀謂爲銀浦，一曰銀潢。〔合註〕《史記·天官書》：絶漢曰天潢。此臺試向天文覓，閣道中間第幾星。〔王註〕《漢·天文志》：中宮，後十七星絶漢抵營室，曰閣道。又：營室爲清廟，曰離宮、閣道。漢中四星，曰天駟。

待月臺

〔查註〕文與可《待月臺》詩云：城端築層臺，木杪轉深路。常此候明月，上到天心去。

月與高人本有期，挂簷〔一七〕低户映蛾眉。〔王註〕鮑照《翫月》詩：月映西北墀，娟娟似蛾眉。〔合註〕李咸用詩：挂簷晚雨思山閣。只從昨夜十分滿，漸覺冰輪出海遲。

二樂榭

〔合註〕《名勝志》：二樂榭，在洋州郡圃北隅。〔查註〕《欒城集·和二樂榭》詩云：動静惟所遇，仁智亦偶然。誰見二物外，猶有天地全。

此間真趣豈容談〔一八〕，〔合註〕江淹詩：悠悠蘊真趣。二樂并君已是三。仁智更煩訶妄見，坐令眢叟作瞿曇。〔公自註〕來詩云：二見因妄生。〔合註〕《涅槃經》：迦毗羅城有釋種子，字悉達多，姓瞿曇，氏道誠。

灙泉亭

〔合註〕《名勝志》：儻谷在洋縣北三十里，儻水出焉。後魏之儻城郡，以此名。儻水源出石銼山，在縣北六十里。〔查註〕《欒城集·和灙泉亭》詩云：泉來草木滋，泉去池塘滿。委曲到庭除，清泠備晨盥。

聞道池亭勝兩川，應須爛醉答雲烟。〔王註〕杜子美《杜位宅》詩：爛醉是生涯。勸君多揀長腰米，〔王註次公曰〕長腰米，漢上米之絶好者。諺云，長腰粳米，縮項鯿魚。皆言其好也。〔師民瞻曰〕長腰糯釀酒極佳。〔施註〕李賀《憶昌谷山居》詩：長鎗江米熟，小樹棗花香。消破亭中萬斛泉。【誥案】句足爛醉之義。

吏隱亭

〔施註〕吏隱出《汝南先賢傳》鄭欽事。〔查註〕文與可《吏隱亭》詩云：竹籬如雞栖，茅屋類蝸殼。静几默如禪，往來人不覺。

縱橫憂患滿人間，頗怪先生日日閑。【誥案】同一太守也，與可無時不樂，而公以爲憂，蓋其趣向不同故也。昨夜清風眠北牖，朝來爽氣在西山。

霜筠亭

〔查註〕文與可《霜筠亭》詩云：危亭入水深，正坐脩篁裏。坐久寒逼人，暫來須索起。

解籜新篁不自持，〔施註〕《文選》任彦昇《贈郭桐廬》詩：悲歡不自持。〔合註〕鮑明遠詩：晚篁初解籜。嬋娟已有歲寒姿。〔施註〕《文選·嘯賦》：蔭修竹之嬋娟。白樂天《悟真寺》詩：亂竹低嬋娟。孟東野《嬋娟篇》：竹嬋娟，籠曉烟。要看凜凜霜前意，須待秋風〔一九〕粉落時。

無言亭

〔查註〕《欒城集·和無言亭》詩云：處世欲無言，事至或未可。惟有此亭空，燕坐聊從我。

殷勤稽首〔二〇〕維摩詰，〔查註〕《維摩經·問疾品》：世尊殷勤，致問無量。敢問〔二一〕如何是法門。〔查註〕《維摩經》云：何菩薩入不二法門，各隨所樂説之。彈指未終千偈了，向人還道本無言。

露香亭

〔查註〕文與可《露香亭》詩云：宿露濛曉花，婀娜清香發。隨風入懷袖，累日不消歇。

亭下佳人錦繡衣，〔王註僧善權曰〕《廬山記》云：由天池直下山十五里，洞名錦繡谷。谷中奇花異卉，不可殫述。三四月間，紅紫匝地，如被錦繡。詩似用此。滿身瓔珞綴明璣。〔施註〕《西域記》：西域國人，首冠花縵，身衣瓔珞。〔合註〕左思《吴都賦》：頳丹明璣。晚香消歇無尋處，〔施註〕《文選》鮑明遠《城東橋》詩：容華坐消歇。花已飄零露已晞。〔王註〕《詩·秦風·蒹葭》：白露未晞。〔施註〕《毛詩·小雅·湛露》：湛湛露斯，匪陽不晞。《文選》謝惠連《雪賦》：從風飄零。潘安仁《藉田賦》：若湛露之晞朝陽。

涵虛亭

〔查註〕《欒城集·和涵虛亭》詩云：虛亭面疎篁，窈窕衆景聚。更與坐中人，行尋望來處。

水軒花榭兩爭妍，秋月春風〔三〕各自偏。〔王註次公曰〕軒在水之旁，榭在花之上，所見者水之景，花之景而已。故在秋月春風，各爲偏也。若涵虛則不著一物，非天全之景而何。惟有此亭無一物，坐觀萬景得天全。〔合註〕陸雲《南征賦》：端澄形於萬景。【誥案】空卽是色，莫不有是理也。如必謂之禪，則大可笑矣。

溪光亭

〔查註〕文與可《溪光亭》詩云：橫湖決餘波，瀰瀰瀉寒溜。日景上高林，清光動窗牖。

決去湖波尚有情，却隨初日動簷楹。〔王註次公曰〕詩意謂已決此溪之水爲橫湖，而其波隨日以動，在檐楹問，戀戀不去，此爲有情。溪光自古無人畫，憑仗新詩與寫成。〔施註〕《古詩話》：詩人以畫爲無聲詩，詩爲有聲畫。歐陽文忠公《詩話》：梅聖俞曰：詩家必能狀難寫之景，如在目前，含不盡之意，見於言外，然後爲至矣。

過溪亭

〔查註〕文與可《過溪亭》詩云：小彴過清溪，有亭纔四柱。地僻少人行，翩翩下鷗鷺。

身輕步穩去忘歸，四柱亭前野彴微。〔王註次公曰〕彴，橫木渡水也，名略彴。〔合註〕陸龜蒙詩：經略彴時冠暫亞，佩笭箵後帶頻搊。忽悟過溪還一笑，〔王註李堯祖曰〕《廬山記》：太平興國寺，流泉匝寺下，入虎溪。昔遠師送客過此，虎則號鳴。時陶元亮居栗里山南，陸修靖亦有道之士，遠師嘗送此二人，與語道合，不覺過之，因相與大笑。今世傳《三笑圖》，蓋起於此。水禽驚落翠毛衣。【誥案】紀昀曰：末句渲染有神，今詳翫此語，實從虎號奪胎，可謂變化無跡矣。

披錦亭

〔查註〕文與可《披錦亭》詩云：紫紅層若雲，密葉疊如浪。青帝下尋春，滿園開步幛。

烟紅露綠曉風香，燕舞鶯啼春日長。〔施註〕孟東野《傷春》詩：鶯啼燕語荒城裏。白樂天《牡丹芳》詩：戲蝶雙舞看人久，殘鶯一聲春日長。誰道使君貧且老，繡屏錦帳咽笙簧。〔合註〕温庭筠詩：繡屏銀鴨香蓊濛。梁簡文帝詩：斜燈入錦帳。

禊亭

〔施註〕司馬彪《續漢·禮儀志》：三月上巳，官民並禊飲於東流水上。〔查註〕《欒城集·和禊亭》詩云：觴流無定處，客醉醒還酌。毋令仲御歌，空使人驚愕。

曲池流水細鱗鱗，〔施註〕何遜《下方山》詩：鱗鱗逆去水，瀰瀰急還舟。高會傳觴似洛濱。〔王註〕《竹林七賢論》曰：王濟嘗解禊洛水。《晉書·夏統傳》：統詣洛，三月上巳，洛中王公已下，並至浮橋，士女駢填，車服燭路。〔施註〕《晉·束皙傳》：武帝問三日曲水之義。皙進曰：「昔周公成洛邑，因流水以汎酒，故《逸詩》云：『羽觴隨波。』」又：秦昭王以三日置酒河曲，見金人奉水心之劍，曰：「令君制有西夏，乃霸諸侯。」因此立爲曲水。二漢相緣，皆爲盛集。《文選》顏延年《應詔燕曲水》詩：李善曰：《水經注》云，舊樂遊苑。宋元嘉十一年，以其地爲曲水，文帝引流轉酌賦詩。紅粉翠蛾〔二三〕應不要，〔王註〕鄭雲叟詩：翠娥紅粉嬋娟女，殺盡世人人不知。〔施註〕李太白《贈楚司馬》詩：百尺清潭寫翠娥。畫船來往勝於人〔二四〕。

菡萏亭〔二五〕

〔查註〕文與可《菡萏軒》詩云：朝陽媚秋漪，菡萏隔深竹。誰開翠錦幃，無限點銀燭。

日日移牀趁下風，〔施註〕庾信《結客少年場》行：隔花遥勸酒，就水更移牀。清香不斷〔二六〕思何窮。若爲化作龜千歲，〔王註〕柳子厚詩：若爲化作身千億，遍上峰頭望故鄉。《史記·龜策傳》：余至江南，長老云，龜千歲，乃遊蓮葉之上。〔施註〕《抱朴子》：千歲龜，浮於蓮葉之上，或在叢蓍之下。巢向田田亂葉〔二七〕中。〔王註〕李商隱詩：玉池荷葉正田田。〔施註〕郗昂《樂府解題·江南曲》：《漢魏樂府歌》所奏《古詞》云，江南可採蓮，蓮葉何田田。

荼䕷洞〔二八〕

〔查註〕《欒城集·和荼䕷洞》詩云：猗猗翠蔓長，藹藹繁香足。綺席墮殘英，芳樽漬餘馥。

長憶故山〔二九〕寒食夜，【誥案】曉嵐論《和洋州》詩，每謂寄題詩不便全着自己，此固哉高叟之說也。一題作三十首，非一題作二三首者可比，尚何死法之足論乎。且與可只有老妻，並無姬侍，亦蜀人也。此詩本意，就與可論，亦恐道治平末同與可在蜀之事，不可死看也。彼以爲理法細密，我以爲眼界窄塞，識者辨之。野荼䕷發暗香來。分無素手簪羅髻，且折霜蕤浸玉醅。〔合註〕《說文》：蕤，草木華垂貌。梁昭明太子《南呂八月啓》：傾玉醅於風前。

篔簹谷

〔施註〕《異物志》：篔簹生水邊，長數尺，圍一尺五六寸，一節相去六七寸，廬陵界有之，始興以南尤多。〔查註〕《名勝志》：篔簹谷，在洋縣城西北五里。文與可《篔簹谷》詩云：千輿翠羽蓋，萬錡綠沈槍。定有葛陂種，不知何處藏。《欒城集·和篔簹谷》詩云：誰言使君貧，已用谷量竹。盈谷萬萬竿，何曾一竿曲。

漢川修竹賤如蓬，斤斧何曾赦籜龍。〔施註〕盧仝《寄男》詩：竹林吾最惜，新筍好看守。萬籜抱龍兒，攢迸溢林藪。籜龍正稱寃，莫殺入汝口。丁寧囑付汝，汝活籜龍否？料得清貧饞太守，渭濱〔三〇〕千畝在胸中。〔王註〕先生嘗爲文洋州作《篔簹谷偃竹記》云：余詩「料得清貧饞太守，渭濱千畝在胸中」。與可是日與妻游谷中，燒筍晚食，發函得詩，失笑，噴飯滿案。

寒蘆港

〔查註〕文與可《寒蘆港》詩云：落月照冰臺，曉氣何太爽。兩岸雪烟昏，鳧鷗出深港。

溶溶晴港漾春暉〔三二〕，〔合註〕劉向《九歎》：揚流波之潢潢兮，體溶溶而東回。蘆筍生時柳絮飛。〔施註〕梅聖俞《河豚》詩：春洲生荻芽，春岸飛楊花。河豚於此時，貴不數魚鰕。還有江南風物否？桃花流水鮆魚肥。〔王註次公曰〕鮆，音才禮反。《玉篇》註云：刀魚也。〔王昌齡曰〕《水衡記》：黄河二月三月水，名桃花水。〔施註〕《續仙傳》張志和《漁父詞》云：西塞山邊白鷺飛，桃花流水鱖魚肥。

野人廬

〔查註〕文與可《野人廬》詩云：蕭條野人廬，籬巷雜蓬葦。每一過衡門，歸心爲之起。

少年辛苦事犁鋤，〔施註〕《左傳·昭公三十年》：子西諫曰：「吴光新得國而親其民，視民如子，辛苦同之，將用之也。」韓退之《贈唐衢》詩：手把鋤犁餓空谷。剛厭青山遶故居。老覺華堂無意味，却須時到野人廬。〔王註次公曰〕方在田畝，見青山爲可厭，爲官則思野樂。〔施註〕柳子厚《韋使君》詩：稍窮樵客路，遥駐野人居。

此君菴〔三三〕

〔查註〕文與可《此君菴》詩云：叢筠裹團欄，淨影碧如水。誰深愛君心，過橋先到此。

寄語菴前抱節君，〔合註〕張正見《階前嫩竹》詩：欲知抱節成龍處。與君到處合相親。寫真雖是文夫子，〔王註孫倬曰〕公詩：老可能爲竹寫真。〔施註〕杜子美《丹青引》：必逢佳士亦寫真。我亦真堂作記人。〔王註次公曰〕名竹爲抱節君，先生之新語也。與可畫竹，名之曰墨君，有堂焉。先生作《墨君堂記》。【誥案】紀昀曰：波峭多姿。

金橙徑〔三三〕

〔查註〕文與可《金橙徑》詩云：金橙實佳果，不爲土人重。上苑聞未多，誰能爲移種。《欒城集·和金橙徑》詩云：葉如石楠堅，實比霜柑大。穿徑得新苞，令公憶鱸膾。

金橙縱復里人知，【誥案】公詩亦作金橙，則題作香橙徑，似誤。今更正。不見〔三四〕鱸魚價自低。須是松江烟雨裏，小船燒薤擣香虀。〔王註〕鱸魚所以爲鱠，金橙所以爲虀，松江之鱸，江南所稱也。此爲金虀玉鱠。

南園

〔查註〕文與可《南園》詩云：農桑乘曉日，淩亂如碧油。紫椹熟未熟，但聞黄栗留。

不種夭桃與緑楊，使君應欲候農桑〔三五〕。【誥案】此詩乃勸農體也。暗切太守，味下句自知。子由和云：官是勸農官。可證。春畦雨過羅紈膩，夏壠〔三六〕風來餅餌香。〔查註〕《冷齋夜話》：荆公詩，繅成白雪桑重緑，割盡黄雲稻正青。東坡詩，春畦雨過羅紈膩，夏壠風來餅餌香。如《華嚴經》舉果知因，譬如蓮花，方其吐花，而果具蕊中。造語之工至此，盡古今之變。〔合註〕《鹽鐵論》：羅紈文繡。《急就篇》：餅餌麥飯甘豆羹。

北園

〔查註〕《欒城集·和北園》詩云：使君美且仁，徧地種桃李。豈獨放春花，行看食秋子。

漢水巴山樂有餘，〔查註〕《名勝志》：漢中府洋縣，東連襄漢，南蔽巴蜀。又云：漢山在漢中府西南二十里，北距漢水，南接巴山。一麾從此首歸途。〔王註次公曰〕「一麾」字，顔延年《詠阮始平》詩：屢薦不入官，一麾乃出守。本言麾去之麾。杜牧詩云：欲把一麾江海去。乃誤以爲旌麾之麾。今先生却用杜牧詩。【誥案】顔延年詩作旌麾解，義亦通。北園草木憑君問，許我他年作主無？【誥案】紀昀曰：三十首，各自爲意。然《湖橋》一首，確是總起，此首確是總結，而又各自還本位，不着痕跡，此布局之妙。但南園、北園非游覽地，知州勸農處也。每三月至園，散父老酒食，謂之開園。故二題獨殿後。曉嵐未通全部，而所論近是，已仁至義盡矣。

寄題刁景純藏春塢

【誥案】此後無復有與景純唱和詩矣。

白首歸來種萬松，〔施註〕景純藏春塢前有岡，皆種松。東坡有詩云：與君栽插萬松岡。待看千尺舞霜風。年拋造物陶甄外，〔施註〕《揚子》：甄陶天下，其在和乎。〔合註〕張華《女史箴》：茫茫造化，兩儀始分。散氣流形，既陶且甄。春在先生杖屨〔三七〕中。楊柳長齊低户暗，櫻桃爛熟滴階紅。〔施註〕白樂天《夢游春》詩：門柳暗全低，簷櫻紅半熟。何時却與徐元直，共訪襄陽龐德公。〔王註〕《襄陽記》曰：諸葛孔明每至德公家，獨拜牀下，德公初不令止。司馬德操嘗詣德公，值其渡沔上冢。德操徑入其室，呼德公妻子，使速作黍，徐元直向云，當來就我與德公談。其妻子皆羅拜堂下，奔走共設。須臾，德公還，直入相就，不知何者是客也。

玉盤盂〔三八〕并引

東武舊俗，每歲四月，大會於南禪、資福兩寺。以芍藥供佛，而今歲最盛。凡七千餘朵，皆重跗累萼，繁麗豐碩。中有白花，正圓如覆盂，其下十餘葉，稍大，承之如盤，姿格絶異，獨出於七千朵之上。云：得之於城北蘇氏園中，周宰相莒公之別業也〔三九〕。〔王註厚曰〕莒公，卽蘇禹珪也，爲周相，廣順元年罷。而其名甚俚，乃爲易之。〔查註〕《姑溪題跋》云：東坡守東武，得異花於芍藥品中，既名之，又賦二詩以志其事。崇寧四年，傅君仲訓，偶出花圖相示，而東坡小楷二詩在其下，蓋當日本也。予得此花，又見其字，泫然流涕，因次其韻。〔合註〕《姑溪集·懷舊》詩云：陳迹回頭似夢餘，花應長好但人無。詩成固已名千古，墓上誰傾飯一盂？流落丹青驚始見，形容筆墨竟難圖。公孫自是天同派，謾説周人載碩膚。第二首云：花存人往祇天知，目暗心搖却自疑。尚向漢廷傳詔令，如登魯廟見樽彝。一時鵷鷺娛賓賦，百世甘棠美召詩。安得殘春逢海上，盡傾衰淚灑新枝。

其一

雜花狼藉占春餘，芍藥開時掃地無。兩寺粧成寶瓔珞〔四〇〕，〔查註〕《法華經》：有七寶塔從地湧出，無數幢幡以爲嚴飾，垂寶瓔珞寶鈴萬億而懸其上。一枝争看玉盤盂。佳名會作新翻曲，〔施註〕陶淵明《斜川詩序》：有愛佳名，欣對不足。絶品難逢舊畫圖。從此定知年穀熟，姑山親見雪肌膚。〔施註〕《莊子·逍遥遊篇》：藐姑射之山，有神人居焉，肌膚若冰雪，淖約若處子，其神凝，使物不疵癘而年穀熟。

其二

花不能言意可知，令君痛飲更無疑。但持白酒勸嘉客〔四一〕，直待瓊舟覆玉彝。〔王註〕《周禮·春官》：六彝皆有舟。〔邵註〕《周禮·春官註》：六彝，謂雞彝、鳥彝、斝彝、黄彝、虎彝、蜼彝。又：舟，尊下臺，如今之承盤也。

負郭相君初擇地，〔王註〕《史記》：蘇秦既約六國從，爲從約長，并相六國。看羊屬國首吟詩。〔王註〕《漢書》：蘇武使匈奴，欲降之，知武終不可屈，乃徙武北海上，使牧羝。武仗漢節牧羊，卧起操持，節旄盡落。後歸，拜典屬國。

吾家豈與花相厚，更問殘芳有幾枝。

和潞公超然臺次韻〔四二〕

〔查註〕《東都事畧》：文彦博，字寬夫，汾州介休人。嘉祐中，以河陽三城節度使同平章事，封潞國公。《宋史》本傳：位將相五十餘年，徧歷公孤，兩以太師致仕。元豐中，居洛陽，與富弼等十三人爲耆英會。子由《超然臺賦敘》畧云：子瞻守高密，因其城上之廢臺而增葺之，以告轍曰：「將何以名之？」轍曰：「天下之士，奔走於是非之場，浮沈於榮辱之海，囂然盡力而忘反，亦莫自知也，而達者哀之，非以其超然不累於物耶？老子曰，雖有榮觀，燕處超然，試以超然名之，可乎？」乃爲之賦。〔合註〕《續通鑑長編》：熙寧九年八月，判大名府文彦博再任。則與先生倡和，潞公正在大名也。〔查註〕文彦博《超然臺》詩云：莒侯之燕處，層臺踰十尋。俛鎮千乘國，前瞻九仙岑。勿作西州意，姑爲東武吟。名教有静樂，紛華無動心。憑高肆遠目，懷往散沖襟。琴觴興不淺，風月情更深。民被襦袴惠，境絶枹鼓音。欲識超然意，鵷原賦擲金。

我公厭富貴，常苦勳業尋。相期赤松子〔四三〕，永望白雲岑。清風出談笑，萬竅爲號吟。吟成超然詩，洗我蓬之心。〔王註〕《莊子·逍遥遊篇》：夫子猶有蓬之心也夫。嗟我本何人〔四四〕，麋鹿强冠襟。〔施註〕《晉・陸雲傳》：山鹿野麋。身微空志大，〔施註〕《毛詩傳》：志大心勞，所以求者非其道也。交淺屢言深。〔王註〕《史記・范雎傳》：何交疎而言深也。《後漢・崔駰傳》：交淺而言深者，愚也。〔施註〕《戰國策》：馮忌請見趙王，曰：「服子曰，客交淺而言深，是亂也。客曰：不然，交淺而言深，是忠也。交淺者不可以深談，則天下不傳而三公不得也。」囑公如得謝，〔施註〕《禮記・曲禮上》：大夫七十而致仕。若不得謝，則必賜之几杖。呼我幸寄音。〔合註〕陸機詩：歸雲難寄音。但恐酒錢盡，煩公〔四五〕揮橐金。〔王註〕《古詩》：揮金留上客。杜子美《秋日寄題鄭監湖上亭》詩：揮金應物理。〔施註〕《文選》張景陽《詠史》詩：揮金樂當年，歲暮不留儲。《漢書・陸賈傳》：出所使越橐中裝賣千金，分其子。

聞喬太博換左藏知欽州，以詩招飲

〔查註〕左藏，武職也。《宋史・職官志》有西京左藏庫使，蓋喬禹功以文階而改武職也。《元和郡縣志》：漢平南越，置合浦郡。欽州，卽合浦縣之地也。梁置安州，開皇十八年爲欽州，取欽江爲名。東至廣州三百三里。

今年果起故將軍，〔王註〕先生《鐵溝行贈喬太博》詩云：明年定起故將軍，未肯先誅霸陵尉。〔施註〕故此云「果」，且曰「信有神」也。幽夢清詩信有神。〔施註〕柳子厚詩：月明空堦曙，幽夢綵雲生。杜子美《獨酌》詩：醉裏從爲客，詩成覺有神。馬革裹屍真細事〔四六〕，〔施註〕《後漢・馬援傳》：男兒要當死於邊野，以馬革裹屍還葬耳，何能卧牀上在兒女子手中耶？虎頭食肉更何人。〔施註〕《後漢・班超傳》：超行，詣相者。相者曰：「生燕頷虎頭，飛而食肉，此萬里侯相也。」陣雲冷壓黃茅瘴，〔王註〕《通真子・瘴氣論》曰：嶺南瘴猶如嶺北傷寒也。從仲春訖仲夏，行青草瘴，季夏訖孟冬，行黄茅瘴。〔施註〕庾信《擬詠懷》詩：陣雲平不動，秋蓬卷欲飛。羽扇斜揮白葛巾。痛飲從今有幾日，西軒月色夜來新。〔王註子仁曰〕先生《詩話》云：昔余與北使劉霄會食。霄誦僕詩「痛飲從今有幾日，西軒月色夜來新」，曰，公豈不飲者耶？

喬將行，烹鵝鹿〔四七〕出刀劍以飲客，以詩戲之

破匣哀鳴出素虬，〔王註次公曰〕素虬，以言刀劍也。〔施註〕《後漢·馮衍賦》：駟素虬而馳騁兮。倦看鶗鴂聽呦呦。〔施註〕《毛詩·小雅·鹿鳴》：呦呦鹿鳴，食野之苹。明朝只恐兼烹鶴，〔施註〕《雲谿友議》：韋鵬翼《題盱眙壁》云，自從煮鶴燒琴後，背却青山卧月明。李義山《雜纂》：燒琴煮鶴。此去還須却佩牛。便可先呼〔四八〕報恩子，〔王註〕韓退之《送石處士》詩：長把種樹書，人云避世士。忽騎將軍馬，自號報恩子。不妨仍帶醉鄉侯。〔王註〕皮日休詩：他年謁帝言何事，請贈劉伶作醉侯。唐人詩：若使劉伶爲酒帝，亦須封我醉鄉侯。〔施註〕唐王績撰《醉鄉記》，以配劉伶《酒德頌》。他年萬騎歸應好，〔施註〕《文選》班孟堅《東都賦》：萬騎紛紜。奈有移文在故丘。〔施註〕孔稚珪《北山移文·引》云：周彦倫先隱北山，後出爲海鹽令，欲還山。稚珪乃假山靈之意，作文移之，不許其至。

奉和成伯〔四九〕兼戲禹功

【誥案】此詩施編不載，查註從邵本補編。

金錢石竹道傍秋，〔合註〕《酉陽雜俎》：金錢花，一云出外國。梁時荆州掾屬雙陸賭金錢，錢盡，以金錢花相足，魚宏謂得花勝得錢。翠黛紅裙馬上謳。〔合註〕杜子美《陪諸貴公子丈八溝攜妓納涼晚際遇雨》詩：燕姬翠黛愁〔五〇〕。

無限小兒齊拍手，山公又作習池遊。〔馮註〕《襄陽記》：漢侍中習郁於峴山南作魚池。池邊有高隄，種竹及長楸，芙蓉菱芡覆水，是遊燕名處也。山簡每臨此池，未嘗不大醉而還，曰：「此是我高陽池也。」襄陽小兒歌之曰：「山公時一醉，徑造高陽池。日暮倒載歸，茗艼無所知。」

寄黎眉州

〔王註堯卿曰〕名錞，字希聲。慶曆六年，賈黯牓及第。熙寧八年，以尚書屯田郎中知眉州。〔施註〕黎眉州希聲，治《春秋》，有家法。文忠公喜之。王介甫素不喜《春秋》，目爲斷爛朝報。是時，介甫方得志，故云「治經方笑《春秋》學」。歐陽公有《送黎生還蜀》詩，故云「好士今無六一賢」。〔查註〕《宋史》：黎錞，渠江人。英宗以蜀士問歐陽修，對曰：「文行蘇洵，經術黎錞。」本集《眉山遠景樓記》畧云：太守黎希聲，先君子之友人也。《元和郡縣志》：眉州屬劍南道，西川節度使所轄，漢犍爲郡武陽縣之南境。梁於此立青州，後魏改眉州。武德元年，改爲嘉州；二年，於通義縣別置眉州。〔合註〕子由集末自註云：轍昔侍先人於京師，與希聲鄰，居太學前。

膠西高處望西川，應在孤雲落照邊。〔合註〕梁簡文帝詩：落照度窗邊。瓦屋寒堆春後雪〔五二〕，〔查註〕《太平寰宇記》：雅州滎經縣，滎水在城北，經水在城南，一出瓦屋山，一出改丁河。《名勝志》：瓦屋山在縣東北二十里，形如瓦屋，上有念佛鳥、娑羅花。其巖朝現辟支，午現普賢。峨眉翠掃雨餘天。〔施註〕《水經注》：峨眉山去成都南千里，秋日清澄，望見兩山相峙，如峨眉焉。〔查註〕《名山記》：峨眉山周匝千里，石龕一百十二，大洞十二，小洞二十八。《蜀都賦》云：抗峨眉之重阻。治經方笑《春秋》學，好士今無六一賢。〔公自註〕君以《春秋》受知〔五三〕歐陽文忠公，公自號六一居士。〔施註〕韓退之《寄盧仝》詩：《春秋三傳》束高閣，獨抱遺經究終始。〔查註〕張端義《貴耳録》：王荆公斥詞賦尊經，獨以《春秋》非聖經，不試，所以元祐諸人，多作《春秋傳解》，則其議論素不同矣。晁公武《讀書志》云：《春秋經解》，黎錞撰。錞，蜀人，歐陽公之客。名其書爲經解者，以經解經也。後又爲《統論》附焉。且待淵明賦歸去，〔施註〕東坡，眉人。故云「淵明賦歸去」。共將詩酒趁流年。〔王註〕陶淵明賦《歸去來辭》：攜幼入室，有酒盈樽。

【誥案】紀昀曰：懸空擲筆而下，起勢極是超拔，三四接得有力，後四句亦沈着。

和趙郎中捕蝗見寄次韻〔五三〕

〔施註〕趙郎中成伯。時官制未改，以尚書郎倅密州。

麥穗人許長，穀苗牛可没。〔施註〕韓退之《稻畦》詩：魚肥知已秀，鶴没覺初深。天公獨何意，忍使蝗蟲發。驅攘著令典，〔王註〕唐開元四年，山東大蝗，民祭且拜，不敢捕。姚崇曰：《詩·大田》云：去其螟螣，及其蟊賊，秉畀炎火。光武詔曰：勉順時政，去彼螟蜮。此除蝗證也。農事安可忽。我僕既胼胝，〔王註續曰〕禹治水手足胼胝，謂手足上重繭也。〔合註〕《淮南子》：舜黴黑，禹胼胝。《吕氏春秋》：舜之未遇，手足胼胝。我馬亦款矻〔五四〕。飛騰漸云少，筋力亦已竭。苟無百篇詩，何以醒睡兀。初如疏畎澮，〔王註孫倬曰〕嵇康《養生論》云：益之以畎澮，而泄之以尾閭。註：畎澮，細流也；尾閭，海水泄處也。〔施註〕《尚書·益稷》：濬畎澮距川。漸若決澥渤。〔施註〕漢司馬相如《子虛賦》：浮渤澥，游孟諸。往來供十吏，〔施註〕《漢·游俠傳》：陳遵爲河南太守。至官，召善書吏十人治私書，謝京師故人。遵馮几口占書數百封。《唐·王勮傳》：爲鳳閣舍人，壽春等五王出閤，有司具儀，忘載册文，羣臣已在，方悟其闕。遽召五吏，執筆分占，其辭粲然。腕脱不容歇。〔王註〕《唐・蘇頲傳》：玄宗平内難，書詔填委，獨頲在太極後閤，口授功狀百緒，輕重無所差。書吏白曰，丐公徐之，不然，手腕脱矣。平生輕妄庸，熟視笑魏勃。〔王註〕《前漢・高五王傳》：灌嬰聞魏勃本教齊王反。漢既誅吕氏，罷齊兵，灌嬰使使召責問勃。勃曰：「失火之家，豈暇先言丈人，後救火乎？」因退立，股戰而栗，恐不能言者。灌將軍熟視笑曰：「人謂魏勃勇，妄庸人耳。」愛君有逸氣，〔合註〕《文心雕龍》：時有逸氣。詩壇專斬伐。民病何時休，吏職不可越。〔施註〕《漢・宣帝紀》：吏或越職踰法，以取名譽，譬猶踐薄冰以待白日，豈不殆哉。慎毋及世事，〔施註〕白樂天《重題》詩：宦游自此心常别，世事從今口不言。向空書咄咄。〔施註〕《晉・殷浩傳》：雖被放黜，口無怨言，但終日書空，作咄咄怪事四字而已。

登常山絶頂廣麗亭

西望穆陵關，〔施註〕《史記・齊世家》：管仲曰：「昔召康公命我先君太公曰，東至於海，西至於河，南至於穆陵，北至於無棣。」《唐・地理志》：沂州沂水縣龍山北，有穆陵關。〔查註〕《元和郡縣志》：穆陵山在沂水縣北一百九十里。《名勝志》：大峴山在臨朐縣東南，上有穆陵關。東望琅邪臺。〔王註厚曰〕琅邪山，在沂州之沂水、海州之朐山、密州之諸城三縣界，漢有琅邪縣。先是越王勾踐嘗治此，始皇登山樂之，作琅邪臺。其地在今諸城之東南。〔查註〕《史記》：始皇二十八年，南登琅邪，留三月，徙黔首三萬户琅邪臺下，立石刻，頌秦德。《太平寰宇記》：臺基三層，層高三丈，上有始皇碑，碑有六百字可識，餘多剥落，李斯書。南望九仙山，〔查註〕《名勝志》：盧山，在諸城縣東南四十五里。又二十五里，爲九仙山，高聳摩空，常有仙人居之，峰巒十有一，盤石十有八。本集有「九仙今已壓京東」句，自註云：九仙在東武，奇秀不減雁蕩。北望空飛埃。相將叫虞舜，〔王註〕杜子美《同諸公登慈恩寺塔》詩：回首叫虞舜，蒼梧雲正愁。遂欲歸蓬萊。〔施註〕盧仝《謝孟諫議寄新茶》詩：蓬萊山，在何處，玉川子，乘此清風欲歸去。嗟我二三子，〔施註〕韓退之《山石篇》：嗟哉吾黨二三子。狂飲亦荒哉。紅裙欲仙去，長笛有餘哀。清歌入雲霄，妙舞纖腰回。〔施註〕《白孔六帖》：飛燕舞腰，宛轉若流風之回雪。《文選·古詩》：一彈再三歎，慷慨有餘哀。謝靈運《擬鄴中》詩：清歌拂梁塵。謝希逸《月賦》：收妙舞，弛清縣。自從有此山，白石〔五五〕封蒼苔。何嘗有此樂，將去復徘徊。〔施註〕《楚辭·九思》：周徘徊兮漢渚。人生如朝露，白髮日夜催。〔施註〕杜子美《早花》詩：誰憂客鬢催。棄置當何言，〔施註〕《文選》魏文帝詩：棄置勿復陳。萬劫終飛灰。〔合註〕梁簡文帝文：萬劫不朽。

【誥案】紀昀曰：篇幅不長，而氣脈極潤。

薄薄酒二首并引

〔查註〕按《姑溪集》，杜孝錫、晁堯民俱有和詩，今不傳。

膠西先生趙明叔，〔查註〕趙明叔，名杲卿。密州鄉貢進士，有行義。見本集《書劉廷式事後》。家貧，好飲，不擇酒而醉。常云：薄薄酒，勝茶湯；醜醜婦，勝空房。其言雖俚，而近乎達，故推而廣之以補東州之樂府；既又以爲未也，復自和一篇，聊以發覽者之一噱云爾〔五六〕。〔合註〕《說文》：噱，大笑也。《烏臺詩案》：熙寧九年內作《薄薄酒》詩。

其一

薄薄酒，勝茶湯；〔合註〕《春秋繁露》：厚厚而薄薄。王建《宮詞》：宮人手裏過茶湯。麤麤布，勝無裳。〔合註〕《管子》：非特知於麤麤也。甯戚《飯牛歌》：麤布衣兮縕縷。醜妻惡妾勝空房。〔施註〕《古樂府》應璩《道上逢三叟詞》云：道上逢三叟，何以得此壽？中叟前致詞，室內妻姿醜。〔合註〕王粲詩：回身入空房。五更待漏靴滿霜，〔施註〕《國史補》：舊百官早朝，必立馬於望仙建福門外，宰相卽於光宅東坊以避風雨。元和初，始置待漏院。《舊唐書·憲宗紀》亦云。白樂天《晏起》詩：早朝霜滿衣。不如三伏日高睡足北窗涼。〔施註〕白樂天詩：酒醒夜深後，睡足日高時。珠襦玉柙萬人祖送〔五七〕歸北邙，〔王註次公曰〕漢哀帝豫以東園秘器，珠襦玉柙賜董賢，制甚詳。見《漢書·佞幸傳》。北邙山，在河南偃師東北，王公多葬其地。唐人詩：孟郊死葬北邙山。〔施註〕《西京雜記》：漢制，諸陵皆珠襦玉匣，形如鎧甲，連以金鏤之。《後漢·禮儀志·大喪〔五八〕》亦云。《文選》張孟陽《七哀》詩：北邙何壘壘，高陵有四五。借問誰家墳？皆云漢世主。〔合註〕《太平御覽》引《續漢書·五行志》：靈帝時，童謠曰，侯非侯，王非王，千乘萬騎上北邙。不如懸鶉百結獨坐負朝陽。〔王註厚曰〕《荀子》：子夏衣若懸鶉，董京衣百結。《列子·楊朱篇》：宋國有田夫，嘗衣縕黂，自曝於日。顧謂其妻曰：「負日之暄，人莫知者，以獻吾君，將有重賞。」注：黂，亂麻。生前富貴，死後文章，百年瞬息〔五九〕萬世忙，夷、齊、盜跖俱亡羊，〔施註〕《莊子·駢拇篇》：伯夷死名於首陽之下，盜跖死利於東陵之上，二人所死不同，其於殘生傷性均也，奚必伯夷之是而盜跖之非乎？不如眼前一醉是非憂樂兩都〔六〇〕忘。〔施註〕韓退之《忽忽》詩：生死哀樂兩相棄，是非得失付閑人。

其二

薄薄酒，飲兩鍾；麤麤布，著兩重；美惡雖異醉暖同，醜妻惡妾壽乃公。〔王註〕《前漢・高帝紀》：幾敗乃公事。隱居求志義之從，〔王註次公曰〕言醜婦可與同隱，如梁鴻、孟光是也。本不計較東華塵土北窗風。〔王註次公曰〕東華門，百官入朝所從出入之門也。〔施註〕東坡《從駕景靈宮》詩，註云：前輩戲語，有西湖風月不如東華軟紅香土。百年雖長要有終，富死未必輸生窮。但恐珠玉留君容，千載不朽遭樊崇。〔施註〕《漢・王莽傳》：赤眉樊崇等入關，燒長安，宮室爲墟，宗廟園陵皆發掘，唯霸陵、杜陵完。文章自足欺盲聾，〔施註〕《莊子・逍遥遊篇》：瞽者無以與乎文章，聾者無以與乎鐘鼓。誰使一朝富貴面發紅。〔王註子功曰〕《古樂府》：今日牛羊上丘隴，當時近前面發紅。達人自達酒何功，〔王註〕白樂天嘗作《酒功贊》。世間是非憂樂本來空。

同年王中甫〔六二〕挽詞

〔施註〕王中甫，名介，三衢人。與王介甫同學。舉進士。以著作佐郎中嘉祐六年直言極諫科。東坡入三等，中甫四等。爲秘書丞，知静海縣，除秘閣校勘。熙寧初，介甫被召，不復辭。中甫寄詩曰：草廬三顧動幽蟄，蕙帳一空生曉寒。蓋有所諷。介甫後賦詩云：丈夫出處非無意，猿鶴從來自不知。爲中甫發也。介甫既得政，神宗轉對羣臣，中甫進疏云：願陛下師心勿師人。帝納之，以喻介甫，且以奏疏示之。介甫不樂，深闢其言。會考開封試，與劉貢父言語往復，御史劾之，罷判鼓院，歸館知湖州。去郡，卒。官止祠部郎中。元豐七年，坡在京口，又作《中甫哀詞》。

〔查註〕王安石《挽王中甫詞》云：同學金陵最少年，奏書曾用牘三千。盛名非復居人後，壯歲如何棄我先。種橘園林無舊業，采蘋洲渚有新篇。蒜山東路春風綠，埋沒誰知太守阡。

先帝親收十五人，〔公自註〕仁宗朝賢良十五人，今惟富鄭公、張宣徽、錢純老及余與舍弟在耳。〔合註〕《續通鑑長編》載：仁宗朝，策試賢良方正能直言極諫科，天聖八年七月何詠，景祐元年六月蘇紳，五年即寶元元年七月田況、張方平，慶曆六年七月錢彥遠，皇祐元年八月吴奎，嘉祐四年八月錢藻，六年八月王介、蘇軾、蘇轍，共十人。又茂才異等科，天聖八年七月富弼。才識兼茂明於體用科，景祐元年六月吴育，慶曆三年八月錢明逸，嘉祐二年七月夏噩，四年八月陳舜俞，共五人。《東都事畧》、《宋史》通謂之賢良科。四方争看擊鵬鶡。如君事業〔六三〕真堪用，【誥案】通篇惟此句挽中甫，餘皆於十五人悼歎不已，其後更作挽詞，亦此意也。顧我衰遲不足論。出處升沉十年後，死生契闊幾人存。〔王註〕《詩·邶風·擊鼓》：死生契闊，與子成説。杜子美《九日》詩：他時一笑後，今日幾人存。他時京口尋遺跡，〔合註〕中甫葬於潤州。宿草猶應有淚痕。【誥案】紀昀曰：其言沉着，非他挽詩有文無情之比。

七月五日二首

〔施註〕法令所載，「尋醫」爲去官，「入務」乃住理，詩中所用蓋出此。後一詩《答趙郎中成伯》，又申言之。

其一

避謗詩尋醫，畏病酒入務。〔王註師曰〕詩尋醫，謂不作詩也。酒入務，謂止酒不飮也。〔施註〕《唐・陸贄傳》：避謗不著書。《晉・顧榮傳》：恒縱酒酣暢，謂友人張翰曰：「惟酒可以忘憂，但無如作病何耳。」〔查註〕白樂天詩：將吏隨衙散，文書入務稀。趙與虤《娛老堂詩話》：詩有以法家史文語爲對者。如東坡云「避謗詩尋醫，畏病酒入務」；先子亦有云「架閣酒無債，編修詩未工」。蕭條北窗下，長日誰與度。今年苦炎熱，草木困薰煮。況我早衰人，幽居氣如縷。〔施註〕杜子美《火》詩：流汗臥江亭，更深氣如縷。秋來有佳興，秫稻已含露。還復此微吟，往和糟牀注。〔王註〕杜子美《羌村》詩：賴知禾黍收，已覺糟牀注。

其　二

何處見新秋？蕭然北臺上。〔王註〕李太白《尋陽紫極宮感秋作》詩：何處聽秋聲，蕭蕭北窗竹。秋來未云幾，風日〔六三〕已清亮。雲間聳孤翠，〔合註〕《韓詩外傳》：展而雲間。《藝文類聚》引徐摛賦：拔殘心於孤翠。林表浮遠漲。〔施註〕《文選》謝玄暉《休沐重還道中》詩：林表吴岫微。新棗漸堪剝，〔王註〕《毛詩・七月》：八月剝棗。晚瓜猶可餉。〔施註〕白樂天《秋遊原上》詩：新棗未全赤，晚瓜有餘馨。西風送落日，〔施註〕《文選》謝靈運《廬陵王墓下》詩：落日次朱方。萬竅含悽愴〔六四〕。念當急行樂，白髮不汝放。〔王註〕杜子美《九日》詩：苦遭白髮不相放。白樂天詩：紅顔今日雖欺我，白髮他年不放君。【誥案】紀昀曰：不作古音，而自有古意。

趙郎中見和，戲復答之

趙子吟詩如潑水，〔施註〕韓退之《寄崔立之》詩：文如翻水成，初不用意爲。一揮三百六十〔六五〕字。〔合註〕趙或聯和三次《七月五日二首》詩，則共得三百六十字矣。 奈何效我〔六六〕欲尋醫，恰似西施藏白地。〔王註〕白樂天《簡簡吟》：十三行坐事調品，不肯迷頭白地藏。〔合註〕《老學菴筆記》：唐人愛飲灰酒，陸龜蒙詩，酒滴灰香似去年。《學齋佔畢》哂其不然，俟再考。 趙子飲酒如淋灰，一年十萬八千杯。〔王註續曰〕李太白《襄陽歌》詩：百年三萬六千日，一日須傾三百杯。以日計之，則一年當飲十萬八千杯也。 若不令君早入務，飲竭東海生黃埃。〔施註〕鮑照《蕪城賦》：直視千里外，惟見起黃埃。又，《神仙傳》：麻姑曰：海中行復揚塵。 我衰臨政多繆錯，〔施註〕《漢·董仲舒傳》：臨政而願治。 羨君精采如秋鶚。〔王註〕杜子美《魏將軍歌》詩：魏侯骨聳精神緊，華岳峰尖見秋隼。〔施註〕《北夢瑣言》：符載爲劉闢《真贊》云，靈螭出水，秋鶚乘風。〔合註〕揚雄書：覬動精采。 頗哀老子令日飲，〔王註〕《後漢·馬援傳》：援爲隴西太守，任吏以職，但總大體而已。賓客故人，日滿其門。諸曹時白外事，輒曰：「此丞掾之任，何足相煩，頗哀老子，使得遨遊；若大姓侵小民，黠羌欲拒旅，此乃太守事耳。」 爲君坐嘯主畫諾。〔王註〕《後漢·黨錮傳》：汝陽太守宗資，任功曹范滂；南陽太守成瑨，亦委功曹岑晊。二郡爲謡曰：「汝南太守范孟博，南陽宗資主畫諾。南陽太守岑公孝，弘農成瑨但坐嘯。」

和魯人孔周翰題詩二首〔六七〕并引

孔周翰嘗爲仙源令，〔合註〕《宋史·地理志》：仙源，魏曲阜縣，大中祥符五年改。《禮志》：孔氏子孫，知仙源縣事。 中秋夜以事留於東武官舍中。時陳君宗古、任君建中皆在郡。其後十七年中秋，周翰持節過郡，而二君已亡，感時懷舊，留詩於壁。〔合註〕七集孔周翰詩云：屈指從來十七年，交親零落一潸然。嬋娟再見中秋月，依舊清輝照客眠。又其後五年中秋，軾與客飲於超然臺上，聞周翰乞此郡。客有誦其詩者，乃次其韻二篇，以爲他日一笑〔六八〕。〔查註〕此引全文載蒲積中《歲時雜詠全集》中，今補録。〔合註〕王本皆無此引，七集本載續集，有此全題，但刊本脱落「誦其詩者」以下十六字。【誥案】此詩施編不載，查註從邵本補編。

其一

壞壁題詩已五年，【誥案】壞壁題詩，截清感舊一層，下句出落周翰，細密之甚。故人風物兩依然。定知來歲中秋月，又照先生枕麴眠。

其二

更邀明月説明年，記取孤吟孟浩然。〔馮註〕《孟襄陽集序》：閑游秘省，秋月新霽，諸英華賦詩作會。浩然句曰：「微雲淡河漢，疎雨滴梧桐。」舉坐嗟其清絶，咸閣筆不復爲繼。〔合註〕孟襄陽《秋宵月下有懷》詩，有「秋空明月懸，驚鵲棲未定」之句。此去宦遊如傳舍，〔馮註〕《史記・司馬相如傳》：王吉曰：「長卿久宦遊不遂，而來過我。」揀枝驚鵲幾時眠。〔合註〕劉禹錫詩：玉樹容棲莫揀枝。

送碧香酒與趙明叔教授

〔施註〕趙明叔教授，膠西人。東坡守密，先賦《薄薄酒》詩贈之。元豐八年冬，赴文登，過密州，有《次韻趙明叔、喬禹功》，有「先生依舊廣文貧」之句。〔合註〕《黄山谷集》有《送碧香酒用子瞻韻戲贈鄭彦能》詩。

聞君有婦賢且廉，勸君慎勿爲楚相。【誥案】舊註引優孟事。〔施註〕《韓詩外傳》，北郭先生事同。不羨紫駝分御食，〔施註〕杜子美《麗人行》：紫駝之峰出翠釜，水精之盤行素鱗。自遣赤脚沽村釀。〔施註〕韓退之《寄盧仝》詩：一奴長鬚不裹頭，一婢赤脚老無齒。又《縣齋》詩：村酒時邀迓。嗟君〔六九〕老狂不知愧，更吟醜婦惡嘲謗。諸生聞語定失笑，〔合註〕《吴志·步騭傳註》：每讀騭表輒失笑。冬暖號寒卧無帳。〔施註〕韓退之《進學解》：冬暖而兒號寒，年豐而妻啼飢，頭童齒豁，竟死何裨。碧香近出帝子家，〔王註次公曰〕謂王駙馬家造碧香酒也。〔施註〕《楚辭》屈原《九歌》：帝子降兮北渚。註云：帝子，謂堯女娥皇、女英也。鵝兒破殼酥流盎。不學劉伶獨自飲，一壺往助齊眉餉。

趙既見和復次韻答之

長安小吏天所放，〔施註〕《莊子·馬蹏篇》：一而不黨，命曰天放。日夜歌呼和丞相。豈知後世有阿瞞，〔公自註〕曹公自言參之後〔七〇〕。北海樽前捉私釀。〔施註〕《後漢·孔融傳》：曹操以年飢兵興，表制酒禁，融頻書争之，多侮慢之辭。融嘗爲北海相。先生未出禁酒國，〔施註〕盧仝《歎昨日》詩：何時得出禁酒國，滿甕釀酒曝背眠。詩語孤高常近謗。幾回無酒欲沽君，〔施註〕《毛詩·小雅·伐木》：有酒湑我，無酒酤我。却畏有司書簿帳。〔公自註〕近制，公使酒過數，法甚重。酸寒可笑分一斗，〔施註〕《唐·王績傳》：待詔門下省，故事，官給酒日三升。或問：「待詔何樂？」答曰：「良醖可戀耳。」侍中陳叔達聞之，日給一斗。時稱斗酒學士。日飲無何〔七一〕足袁盎。〔施註〕《漢・爰盎傳》：南方卑濕，絲能日飲。更將險語壓衰翁，〔王註〕韓退之《醉贈張籍》詩：險語破鬼膽。只恐自是臺無餉。

趙郎中往莒縣，逾月而歸，復以一壺遺之，仍用前韻〔七二〕

〔查註〕《太平寰宇記》：《春秋・隱公二年》經書莒人入向。註云：今城陽莒縣是也。《漢書・地理志》：莒縣屬城陽國。隋廢莒縣，屬莒州，貞觀八年廢莒州，以莒縣屬密州。《名勝志》：今爲莒州，屬青州府。

東鄰主人游不歸，〔施註〕《列子・天瑞篇》：游於四方而不歸者，何人哉。悲歌夜夜聞春相。〔王註〕《禮・曲禮上》又《檀弓上》：鄰有喪，春不相。〔援曰〕蓋春者，歌以相杵聲也。〔施註〕陶淵明《楚調示龐鄧》詩：慷慨時悲歌，鍾期信爲賢。《史記・商君傳》：童子不歌謡，春者不相杵，此五羖大夫之德也。門前人鬧馬嘶急，一家喜氣如春釀。〔合註〕王績詩：春釀煎松葉。王事何曾怨獨賢，室人豈忍交謫謗。〔施註〕《毛詩・小雅・北山》：王事靡盬，憂我父母。又：大夫不均，我從事獨賢。又《邶風・北門》：王事敦我，政事一埤益我，我入自外，室人交徧讁我。大兒踉蹡越門限，〔王註〕韓退之《贈張籍》詩：有兒雖甚憐，教示不免簡。君來好呼出，踉蹡越門限。小兒咿啞語繡帳。〔合註〕徐陵詩：繡帳羅幃隱燈燭。定教舞袖掣伊涼〔七三〕，更想夜庖鳴甕盎。題詩送酒君勿誚，〔施註〕《史記・樊噲傳》：誚讓項羽。免使退之嘲一餉。〔施註〕韓退之《醉贈張秘書》詩：長安衆富兒，盤饌羅羶葷。雖得一餉樂，有如聚飛蚊。

蘇潛聖挽詞

〔王註堯卿曰〕潛聖名泳，成都新繁人。慶曆二年楊寘榜登第。嘗知乾州，又知邛州，以職方郎中致仕，年六十餘卒。有三子。其中子名槩，年十八，嘉祐四年劉煇榜登第，終著作郎。

妙齡馳譽百夫雄，〔王註〕《詩·黄鳥》：百夫之特。《文選》王仲宣詩：生爲百夫雄，死爲壯士規。〔施註〕《文選》孔稚珪《北山移文》：馳妙譽於浙右。〔合註〕郭璞詩：悲此妙齡逝。晚節忘懷大隱中。悃愊無華真漢吏，〔施註〕《後漢·章帝紀》：元和二年，詔曰，安静之吏，悃愊無華。《後漢·公孫述傳》：雖爲漢吏，無所憑資。文章爾雅稱吾宗。〔王註〕《漢·儒林傳》：公孫弘言，臣謹案詔書律令下者，明天人之際，通古今之誼，文章爾雅，訓詞深厚。〔施註〕《左傳·昭公四年》：魯以先子之故，將存吾宗。趨時肯負平生志，〔施註〕杜子美《夢李白》詩：出門搔白首，苦負平生志。「趨時」見《易經》。有子還應不死同。〔施註〕《左傳·昭公十六年》：季平子曰：「子服氏有子哉。」《三國·吴張温傳》：孫權問公卿曰：「温當今與誰爲比？」顧雍曰：「當今無輩。」權曰：「如是，張允不死也。」惟我閑思十年事，數行老淚寄西風。〔王註〕韓退之詩：幾行衰淚落烟霞。

和晁同年九日見寄

〔施註〕晁同年，名端彦，字美叔。時提點兩浙刑獄，置司杭州。〔合註〕《續通鑑長編》：熙寧九年五月，晁端彦衙替，待鞫於潤州，因違法赴杭州，同天節妓樂燕會也。十年正月，追兩官，免勒停。

則先生和詩，端彥尚在潤州也。

仰看鸞鵠刺天飛，富貴功名〔七四〕老不思。病馬已無千里志，〔施註〕《晉·王敦傳》：每酒後，輒詠魏武《樂府歌》曰：「老驥伏櫪，志在千里，烈士暮年，壯心不已。」騷人長負一秋悲。〔施註〕《楚辭》宋玉《九辨》：皇天平分四時兮，竊獨悲此凜秋。古來重九皆如此，別後西湖付與誰。〔施註〕張祜詩：孔雀羅衫付阿誰。【誥案】此句乃待鞫之證，時已不在杭也。遣子窮愁天有意，吳中山水要清詩。〔施註〕《史記·虞卿傳》：太史公曰，虞卿非窮愁，亦不能著書以自見於後世。白樂天《讀李杜集》詩：天意君須會，人間要好詩。【誥案】永叔謂公必名世，使美叔訂交，兩公亦頗自負，此在嘉祐極盛時也。詩前半皆寓此慨，後之本事，乃順流而下，合成一局者也。

送喬施州

〔王註堯卿曰〕名敘，字禹功。嘗以太博換左藏，知欽州，其後除知施州。〔合註〕劉貢父《彭城集》有《送喬左藏除知施州》詩。〔查註〕《元和郡縣志》：春秋巴國之界，漢爲巫縣之境，後周置施州。《與地廣記》：施州屬夔州路，其地有施王屯餘址，故以爲名。

恨無負郭田二頃，空有載行書五車。〔王註〕《莊子·天下篇》：惠施多方，其書五車。《唐·李襲譽傳》：罷揚州，書數車載。嘗謂子孫曰：「負京有賜田十頃，耕之足以食，江都書力讀，可進求宦。」杜子美《柏學士茅屋》詩：男兒須讀五車書。江上青山橫絕壁，雲間細路躡飛蛇。雞號黑暗通蠻貨，〔公自註〕胡人謂犀爲黑暗〔七五〕。〔王註李希聲曰〕《酉陽雜俎》：犀角通者，其理有倒插、正插、腰鼓插。倒者，一半已下通；正者，一半已上通；腰鼓者，中斷不通。故波斯謂牙爲白暗，犀爲黑暗。〔次公曰〕《抱朴子》：通天犀角，有白理，如綖，自本徹末。以置米中，羣雞欲往啄米，至，輒驚却。故南人名曰駭雞犀也。蜂閙黄連採蜜花。〔王註〕《本草》言有苦蜜，蓋蜂採黄連爲之。〔施註〕《補註本草》：宜州有黄連蜜，色黄味苦，蜂銜黄連花作之。共怪河南門下客〔七六〕，不應萬里向長沙。〔公自註〕喬受知於吴丞相，而施州風土，大類長沙。〔王註〕《漢・賈誼傳》：河南守吴公，聞其秀才，召置門下。文帝初立，聞吴公治平爲天下第一，徵爲廷尉。廷尉乃言誼年少，頗通諸家之書。上召以爲博士，議以任公卿之位。絳、灌之屬盡害之，以誼爲長沙王太傅。〔查註〕《東都事畧》：吴育，字春卿。仁宗朝拜相，後以資政殿學士知河南，卒謚正肅。按公詩用事，親切如此。

次韻周邠寄《雁蕩山圖》二首

〔王註續曰〕雁蕩山，在温州樂清縣，天下奇秀，然自古圖牒未嘗有言者。祥符中，因造玉清宫，伐山取材，方有人見之，此時尚未有名。按西域書：阿羅漢諾矩羅，居震旦東南大海際雁蕩山芙蓉峰龍湫。唐貫休爲《諾矩羅贊》，有「雁蕩經行雲漠漠，龍湫宴坐雨濛濛」之句。此山南有芙蓉峰，下有芙蓉驛，前臨大海，然未知雁蕩、龍湫所在。後因伐木，始見此山山頂有大池，相傳以爲雁蕩，下有二潭水，以爲龍湫。有經行峽、宴坐峰，皆後人以貫休詩名之。〔施註〕周邠數從湖上之游，故云：西湖三載與君同。是時爲樂清令。〔查註〕先生在密州，《與周開祖尺牘》云：脱湖北之行而得樂清，正如舍魚而取熊掌也。又云：寄示山圖，欲求善本而不可得者，新詩清絶，輒和二首。

其一

指點先憑采藥翁，〔施註〕《後漢·龐公傳》：攜其妻子，登鹿門山，因採藥不返。丹青化出大槐宮。〔王註績曰〕《太平廣記》引《異聞録》：唐廣陵淳于棼，嘗夢見人引入大城，有金書題曰大槐安國，其王以女妻棼，拜爲南柯太守。及覺，尋其所經由，乃宅南大槐下一蟻穴耳。眼明小閣浮烟翠，齒冷新詩嚼雪風。〔合註〕李洞《送遠上人》詩：齒因吟後冷。二華行看〔七〕雄陝右，〔王註厚曰〕太華在華州華陰縣南，少華居其西，佐命之山也。〔施註〕《文選》張平子《西京賦》：綴以二華。註：太華、少華也。〔查註〕《山海經》：太華之山，削成而四方，其高五千仞，其廣十里。又西八十里，曰小華之山。註：即少華山。九仙今已壓京東。〔公自註〕將赴河中，密邇太華，九仙在東武，奇秀不減雁蕩也。此生的有尋山分，〔施註〕杜子美《曲江》詩：自斷此生休問天。已覺温、台落手中。〔王註厚曰〕雁蕩山，在温州，台州有天台山。杜子美《將適吴楚留别章使君》詩：不意青草湖，扁舟落吾手。〔施註〕白樂天《泛春池》詩：天與愛水人，終焉落吾手。〔查註〕《太平寰宇記》：上元二年，分括州置温州，以温嶠嶺爲名。北至台州五百里。台州即回浦縣地，三國吴少帝置臨海郡，唐武德五年，改台州。北至越州五百里。

其二

西湖三載與君同，〔王註堯卿曰〕公通守杭州時，開祖知錢塘縣。馬入塵埃鶴入籠。〔施註〕顧況《酬柳相公》詩：箇身恰似籠中鶴。東海獨來看出日，〔施註〕《三齊畧記》：秦始皇作石橋，欲過海看日出處，有神能驅石下海，石去不速，神輒鞭之，石皆流血。《尚書·堯典》：寅賓出日，平秩東作。石橋先去踏長虹。〔王註次公曰〕《太平寰宇記》：石橋在天台山，路不盈尺，長約十丈，下臨絶澗。惟忘其身，然後能濟渡，得平路。始見天台山蔚然有瓊樓玉闕，天堂碧林。〔查註〕《天台記》：石橋長七丈，北濶二尺，南濶七尺，龍形龜背，莓苔甚滑。孫綽《天台賦》：踐莓苔之滑石。是也。遥知别後添華髮，〔合註〕羊祜《讓開府表》：服事華髮。時向樽前説病翁。所恨蜀山君未見，他年攜手醉郫筒。〔王註〕《華陽風俗録》：郫人刳竹之大者，傾春釀於筒，閉以藕絲，包以蕉葉，信宿，馨香達於林外，然後斷之以獻，俗號郫筒酒。杜子美《將赴成都草堂途中有作先寄嚴鄭公五首》詩：酒憶郫筒不用沽。〔孫倬曰〕山濤治蜀之郫城，用筠管釀酴醾作酒，浹旬方開，香聞百步，故蜀人傳其法，號之。〔施註〕《成都記》：郫縣因水得名。

雪夜獨宿柏仙庵〔七八〕

晚雨纖纖變玉霙，〔王註〕《韓詩外傳》：雪花曰霙。〔施註〕韓退之詩：廉纖微雨不能晴。小庵高卧有餘清。〔施註〕《宋書》：袁粲門無雜客，閑居高卧。夢驚忽有穿窗片，〔施註〕謝惠連《雪賦》：始緣甍而冒棟，終開簾而入隙。夜静惟聞瀉竹聲。〔施註〕杜荀鶴《雪》詩：江湖不見飛禽影，巖谷惟聞折竹聲。稍壓〔七九〕冬温聊得健，未濡秋旱若爲耕。天公用意真難會，又作春風爛漫〔八〇〕晴。〔施註〕李太白《答丁十一》詩：待得明朝酒醒罷，與君爛漫尋春暉。

和孔郎中荆林馬上見寄

〔查註〕《東都事畧》：孔宗翰，字周翰，孔子四十五代孫道輔之子。以父任爲將作監主簿，復舉進士，王珪、司馬光奉勅薦士，皆以宗翰應。詔知蘄、密、陝、揚、洪、兖六州。元祐初，除司農少卿、刑部侍郎，卒。〔施註〕周翰與東坡密州爲代，未至，以此詩先之。是時官制未行，階官爲郎。既合符而去。《青州道上大雪懷東武園亭寄周翰》詩，周翰《寄五絶和章》，又《和一絶》答求書與詩。周翰，名父子，繼坡爲東武，契好日篤，倡酬相屬，其知敬賢哲如此，宜爲司馬公所深知也。

【詒案】宗翰之父道輔，乃與范仲淹諫廢后事，爲吕夷簡驅逐者也。但《東都事畧》云：孔道輔，孔子四十五世孫。後又云子宗翰，即不言世系。今查註顛倒其文句，則連上連下皆可讀，似宗翰亦四十五世也。又云，《宋史》，道輔爲孔子四十五代孫。《温公集》，宗翰爲孔子四十七代孫。邵註謂宗翰孔子五十世孫。合註謂以下卷孔君亮自註考之，當從《温公集》爲確。其説皆非是。蓋君亮、宗翰，皆道輔之子，公自註君亮四十八世，則宗翰亦四十八世，不得以温公説爲確也。公後詩與自註甚明，若註家不道其世系，使讀者自以後詩通之，則眼明者皆見。餘考定下卷《和孔君亮》詩註。

秋禾不滿眼，〔施註〕杜子美《入奏行》：爲君酤酒滿眼酤。宿麥種亦稀。〔王註次公曰〕《後漢》詔有云：宿麥不下。蓋麥隔年秋種，至明年夏收，所以謂之宿麥也。〔施註〕《漢書·食貨志》：董仲舒曰，願詔大司農，使關中民益種宿麥。永愧此邦人，芒刺在膚肌。〔施註〕《漢·霍光傳》：宣帝始立，光從驂乘，上内嚴憚之，若有芒刺在背。平生五千卷，〔施註〕《北史·崔儦傳》：大署其户曰，不讀五千卷書者，無得入此室。《三國遺録》：魏文帝云：文爲當代所宗，讀書五千卷，許登閣觀書。登者才六人。一字不救飢。〔王註堯卿曰〕李太白《答王十二寒夜獨酌有懷》詩：萬言不直一杯水。又豈可以救飢乎？方將怨無襦，〔施註〕《後漢·廉范傳》：遷蜀郡太守，百姓歌之曰，廉叔度，來何暮，平生無襦今五絝。忽復歌《緇衣》。〔王註〕《禮記·緇衣》：孔子曰，好賢如緇衣。〔施註〕《毛詩·緇衣》，美武公也。緇衣之宜兮，敝，予又改爲兮。堂堂孔北海，〔王註〕《後漢·孔融傳》：字文舉，魯國人，孔子二十世孫。爲北海相，爲賊管亥所圍，遣東萊太史慈求救於平原相劉備。備驚曰：「孔北海乃復知天下有劉備耶？」直氣凛羣兒〔八二〕。〔王註〕《後漢·禰衡傳》：嘗稱曰：「大兒孔文舉，小兒楊德祖，餘子碌碌，不足數也。」韓退之詩：不知羣兒愚。朱輪未及郊，〔施註〕《漢·景帝紀》：六年，令長史二千石朱兩轓。〔邵註〕《後漢·輿服志》：中二千石、二千石皆皂蓋，朱兩轓。其千石、六百石，朱左轓。清風已先馳。何以累君子，【誥案】君子二字，下得扼要，不但能添宗翰身價，且通首神韻，皆此句領起也。十萬貧與羸。〔合註〕《唐書·陳子昂傳》：一州得才刺史，十萬户受其福；得不才刺史，十萬户受其困。【誥案】自起句至此一節，所謂舊令尹之政，必以告新令尹者，言無數句，而和盤托出，明切曉暢。其仁愛惻怛之意，自然流露於齒頰，諷之而意味無窮，此非他集之所有也。滔滔滿四方，我行竟安之。【誥案】二句別有寄託，自此入結，灑落之甚。何時劍關路，〔施註〕《九域志》：劍門關，隸利州路。春山聞子規。

別東武流杯

〔查註〕《名勝志》：諸城縣有柳林河，出石門山，流逕縣西北，入於扶淇，密人爲上巳祓除之所。

【誥案】此詩施註原編不載，查註從邵本補編。

莫笑官居如傳舍〔二〕，故應人世等浮雲。百年父老知誰在，惟有雙松識使君。〔馮註〕韓退之《藍田縣丞廳壁記》：對樹二松，日吟哦其間。

留別雩泉

〔王註薛士昭曰〕先生《雩泉詩叙》云：廟門之西南十五步有泉，汪洋折旋如車輪，乃琢石爲井，作亭於其上，名之曰雩泉。〔施註〕東坡《雩泉記》：古者謂吁嗟而求雨曰雩。

舉酒屬零泉，〔施註〕韓退之詩：一杯相屬君當歌。白髮日夜新。〔施註〕王維《送丘爲》詩：爲客黄金盡，還家白髮新。何時泉中天？復照泉上人。二年飲泉水，魚鳥亦相親。〔施註〕《世説》：晉簡文入華林園，顧謂左右曰：「會心處不必在遠，翳然林水，便自有濠濮間想也。覺鳥獸禽魚，自來親人。」還將弄泉手，遮日向西秦。〔王註〕杜牧之《途中》詩：惆悵江湖釣竿手，却遮西日向長安。【誥案】謂欲赴河中也。

留别釋迦院牡丹呈趙倅

【誥案】查註引陳後山《登鳳皇山懷子瞻》詩，及後山自引公此詩之「應問使君何處去，憑花説與春風知」句，又據田汝成載「吴山寳成寺，晉天福中建，名釋迦院，石壁刻此詩」。合觀二處，詩當是杭州作。以題中有「呈趙倅」三字，姑依施編；又合註引倪濤語此詩石刻有「熙寧壬子東坡題」等字，當係杭州詩。其説皆誤。鳳皇山與寳成寺距遠，並不連屬，師道登鳳皇山，豈能見寳成寺之石刻？如謂公後録此詩於杭，時有刻於寳成寺者，師道過而見之，因以載入《登鳳皇山》詩下，其説尚可通。但石刻題於熙寧壬子，即爲倅杭所作，而詩中屢稱使君，彼時未嘗有此稱也。且公盛稱吉祥寺牡丹，而不及釋迦院，時至寳山，憩息其地，相與櫛比，而從不及寳成寺，其爲妄也審矣。又，原引師道詩云：朱欄行徧花間路，看盡當年題壁處。更有何人問使君，青春欲盡花飛去。今證以公詩，壬子春中到杭纔百日，何爲留别？詩有「去年」、「壁間」等句，應指辛亥春中公在史館，而先有題壁，可乎？當日高述、潘岐僞作公書，雖黄魯直未易辨别。石刻一項，卷三十三總案載有專條，此不具論。總之，施編並不誤，查註、合註何苦引必不可信之説以亂之乎。均應駁正。〔案〕總案卷三十三論蘇軾書跡石刻專條，與本詩内容無涉，不録。

春風小院却〔三〕來時，壁間惟見使君詩。應問使君何處去，憑花〔四〕說與春風知。〔王註〕杜子美《曲江》詩：傳語風光共流轉。年年歲歲何窮已，花似今年人老矣。〔王註〕唐人詩：菊花一歲歲相似，人貌一年年不同。去年崔護若重來，〔施註〕《本事詩》：博陵崔護，清明日獨游都城南，得居人莊。叩門久之，有女子自門隙窺問，對曰：「求飲。」女以杯水至，獨倚小桃佇立，意屬殊厚。及來歲清明，逕往尋之，門牆如故，而已鎖扃之。因題詩於左扉曰：去年今日此門中，人面桃花相映紅。人面祇今何處去，桃花依舊笑春風。前度劉郎在千里。【誥案】紀昀曰：前四句，運意巧幻，後四句，出以曼聲，亦情思惘然不盡。

董儲郎中嘗知眉州，與先人遊，過安丘，訪其故居，見其子希甫，留詩屋壁

〔王註堯卿曰〕董儲，密州安丘人。寶元二年，以都官員外郎知眉州。〔合註〕《續通鑑長編》：景祐二年正月，屯田員外郎董儲，通判吉州。以龐籍劾范諷，凡與諷善者皆絀。卽此人也。〔施註〕《東坡集》云：董儲能詩，有名寶元、慶曆間。其書尤工，而人莫知，僕以爲勝西臺也。〔查註〕《太平寰宇記》：安丘縣在密州西北一百二十里。漢舊縣，屬北海郡。大業二年，改牟山縣爲安丘，復舊名。【誥案】自此詩起以下，皆赴京師改知徐州作也。

白髮郎潛舊使君，〔王註〕《漢武故事》：顏駟，不知何許人，帝至郎署，見駟龐眉皓髮。問：「何時爲郎，何其老也？」對曰：「臣文帝時爲郎，文帝好文而臣好武，景帝好美而臣貌醜，陛下好少而臣已老，是以三世不遇。」上感其言，擢爲會稽都

尉。張衡賦：尉龐眉而郎潛兮，逮三葉而遘武。至今人道最能文。〔合註〕藍田縣有石刻前進士董儲《重修元聖文宣王廟記》，亦可爲能文之證，惜其他不傳。隻雞敢忘橋公語，〔王註〕《後漢·橋玄傳》：曹操感其知己，及後經過玄墓，輒悽愴致祭，自爲其文。曰：「士死知己，懷此無忘。又承從容誓約之言，徂没之後，路有經由，不以斗酒隻雞過相沃酹，車過三步，腹痛勿怨。」雖臨時戲笑之言，非至親之篤好，胡肯爲此辭哉？下馬來尋董相墳。〔施註〕《國史補》：董仲舒墓，門人過皆下馬，故謂之下馬陵。〔查註〕《雍録》：下馬陵，在萬年縣南六里。韋述《西征記》曰：本董仲舒墓。李肇《國史補》曰：武帝幸宜春苑，每至此下馬，時謂之下馬陵。歲遠謌爲蝦蟇陵也。冬月負薪雖得免〔八五〕，〔王註〕《史記·優孟傳》：楚相孫叔敖死，其子窮困負薪。〔次公曰〕《文選》劉孝標《廣絶交論註》：劉峻見任昉諸子西華兄弟流離不能自振，平生舊交，莫有收卹。西華冬月著葛巾，帔練裙，路逢峻，峻泫然矜之，乃廣朱公叔《絶交論》。兩事相類，故用冬月負薪也。〔施註〕《禮記·曲禮下》：問庶人之子。長曰：「能負薪矣。」《文選》謝靈運《擬鄴中》詩：已免負薪苦，乃遊椒蘭室。鄰人吹笛不堪聞。〔王註〕向秀作《思舊賦序》云：余與嵇康、吕安，居止接近，其人並有不羈之才，其後各以事見法。經其舊廬。於時日薄虞淵，寒冰凄然，隣人有吹笛者，發聲寥亮。追思曩昔遊宴之好，感音而歎，故作賦云。死生契濶君休問，【誥案】紀昀曰：補出與先人游意。灑淚西南向白雲。〔王註〕《唐書》：狄仁傑赴并州，其親在河陽。過太行山，反顧見白雲孤飛，謂左右曰：「吾親舍其下。」〔施註〕杜子美《懷舊》詩：老罷知明鏡，悲來望白雲。

卷十四校勘記

〔一〕邀安國……仍請率……某當……以撥滯悶……二首　外集「國」後有「見過」二字，無「仍」字，「某當」作「予」；「滞」作「滿」，疑誤。「以」前盧校有「爲樂」二字。七集「撥」作「發」，無「二首」二字。

查註「仍請率」無「率」字，合註謂一本無「請」字。

〔二〕煮粥　外集作「煮酒」。

〔三〕陽初　外集作「陽和」，查註謂「和」訛。

〔四〕臥作團　外集作「鬬作團」。

〔五〕早春　七集作「青春」。

〔六〕白髮　七集作「白首」。

〔七〕呼取　外集作「呼作」。

〔八〕熏四支　集本作「薰四肢」。類甲、類丙作「重四肢」。

〔九〕賢婦　類甲作「野婦」，疑誤。

〔一〇〕詠螽斯　集乙作「詩螽斯」。

〔一一〕和文與可洋川園池三十首　類丙「洋川」作「洋州」。查註題下註云：「石刻題云：寄題與可學士洋州園池三十首，從表弟蘇軾上。」陸耀遹《金石續編》收石刻此三十詩。

〔一二〕亂葉　查註作「落葉」，謂石刻「落」作「亂」。

〔一三〕三齊記略　原作「三齋記略」，誤，今校改。

〔一四〕付此身　《金石續編》石刻作「寄此身」。查註同。

〔一五〕漾水　類丙作「漢水」。

〔一六〕銀潢　《金石續編》石刻作「銀河」。查註：石刻「潢」作「河」。

〔一七〕挂簷　施乙作「桂簷」，施甲作「挂簷」。「挂簷」是。
〔一八〕豈容談　《金石續編》石刻作「豈容淡」。
〔一九〕秋風　《金石續編》石刻作「秋深」。查註：石刻「風」作「深」。
〔二〇〕稽首　《金石續編》石刻作「致問」，查註同。
〔二一〕敢問　《金石續編》石刻作「不□」，查註作「不二」。
〔二二〕春風　查註作「春花」，謂石刻「花」作「風」。
〔二三〕翠蛾　施本作「翠娥」。
〔二四〕勝於人　《金石續編》石刻作「不須人」。查註：石刻「勝于」作「不須」。
〔二五〕菡萏亭　《金石續編》石刻作「菡萏軒」。
〔二六〕不斷　集本、施本、類本作「不盡」。
〔二七〕亂葉　何校：「萬葉」。合註：「亂」一作「萬」。
〔二八〕茶蘼洞　此詩，七集續集重收，題作「同前」。其前一詩，乃《李鈐轄坐上分題戴花》。
〔二九〕長憶故山　七集續集作「半雨半晴」。紀校：寄題詩不便全着自己，作「半雨半晴」爲是。今仍從底本。
〔三〇〕渭濱　「濱」原作「川」。集本、施本、類本作「濱」；《金石續編》石刻作「濱」；查註：石刻作「濱」；類丙註文作「濱」。今從。
〔三一〕春暉　類甲、類乙作「清暉」。

〔三二〕此君菴　類本作「此君亭」。

〔三三〕金橙徑　清施本、查註、合註作「香橙徑」。集本、施本、類本作「金橙徑」。

〔三四〕不見　《金石續編》石刻作「不得」。查註作「不覺」；石刻「覺」作「得」。合註：「見」一作「覺」。

〔三五〕候農桑　類丙作「作農桑」。

〔三六〕春畦……夏壠　類丙趙次公原校：舊《眉山集》一本云：「桑疇」、「麥壠」。類乙、類丙、類丁「春畦」作「春疇」。

〔三七〕杖屨　查註作「杖履」。

〔三八〕玉盤盂　施本「盂」字下有「二首」二字。集甲「盂」下原註：二首并叙。

〔三九〕東武舊俗云云　類本「以芍藥」無「以」字，施本「重跗」作「重柎」，集本、施本、類本「甚俚」作「俚甚」。

〔四〇〕瓔珞　集甲作「纓絡」。

〔四一〕嘉客　類本作「佳客」。

〔四二〕和潞公超然臺次韻　施本無「次韻」二字。

〔四三〕赤松子　類甲作「七松子」，疑誤。

〔四四〕本何人　類丁作「今何人」。

〔四五〕煩公　施本作「煩君」。

〔四六〕細事　集乙作「絶事」，疑誤。

〔四七〕鵝鹿　集乙作「鳩鹿」。
〔四八〕先呼　集乙作「知呼」。
〔四九〕奉和成伯　類本作「和趙成伯」。外集「奉和」作「奉賀」。
〔五〇〕燕姬翠黛愁　「愁」後原有「紅裙」二字，乃涉合註註文而誤衍者，今删。
〔五一〕春後雪　類丙作「春雪後」，合註謂「春雪後」訛。
〔五二〕受知　集本「知」後有「於」字。
〔五三〕和趙郎中捕蝗見寄次韻　施本無「次韻」二字。
〔五四〕款矻　施本作「款吃」。
〔五五〕白石　原作「白日」，今從集本、施本、類本。
〔五六〕既又以爲未也復自和一篇聊以發覽者之一噱云爾　類丙無「既又以爲未也」、「聊」、「云爾」等字。集甲、施本「云爾」作「云耳」。
〔五七〕祖送　原作「相送」。今從集甲、類丙。
〔五八〕後漢禮儀志大喪　原作「後漢大喪志」。今校改。
〔五九〕瞬息　集乙作「聊息」。
〔六〇〕兩都　集本作「都兩」。
〔六一〕王中甫　合註：「中」一作「仲」。
〔六二〕事業　集本、施本作「才業」。

〔六三〕風日　合註：「日」一作「月」。

〔六四〕悽愴　集本作「悽悵」，類本作「凄悵」。查註：石刻作「悽悵」。

〔六五〕六十　集本、施乙作「八十」。

〔六六〕效我　類本作「教我」。

〔六七〕和魯人孔周翰題詩二首　七集續集兩次重收此二詩。其一題作「見魯人孔宗翰題詩三首」，其二、三首，卽此二詩，其第一首，乃孔之作。其一以本詩詩引爲題。外集亦以本詩詩引爲題。

〔六八〕孔周翰嘗爲仙源令云云　七集「官舍中」無「中」字；「宗古」作「榮右」；「任君」作「王君」；「超然臺上」無「上」字；「誦其詩者」無「其」字。外集「留於」無「於」字；「榮右」作「榮古」；「其後」無「其」字；「於壁」後有「云」字，「云」後録孔周翰之詩；「次其韻二篇」作「次韻二絶」。

〔六九〕嗟君　施本作「嗟余」。

〔七〇〕曹公自言參之後　施本、類本無此自註。類本程縯註有云：「曹孟德小字阿瞞，自言參之後。」集本有此自註。

〔七一〕無何　集本、施本作「如何」。

〔七二〕復以……前韻　類丙「復以」作「亦以」。合註：一本無「復」字。集甲「前韻」作「元韻」。

〔七三〕掔伊涼　類本作「徹伊涼」。

〔七四〕功名　類甲作「功明」，疑誤。

〔七五〕胡人謂犀爲黑暗　施本無此條自註。集本、類本有此自註。

〔七六〕門下客　類本作「門下士」。
〔七七〕行看　集甲、施本、類本作「行觀」。
〔七八〕雪夜獨宿柏仙庵　合註：「雪夜」一作「夜雪」。類本「柏仙」作「柏山」。
〔七九〕稍壓　查註作「稍厭」。
〔八〇〕爛漫　查註作「爛熳」。
〔八一〕羣兒　查註作「郡兒」。
〔八二〕傳舍　合註：「舍」一作「室」。
〔八三〕却來時　原作「初來時」，今從集本、施本、類甲、類乙。
〔八四〕憑花　類甲、類乙作「憑君」。
〔八五〕雖得免　施本原校：「雖」字一作「那」。類本作「那得免」。

蘇軾詩集卷十五

古今體詩六十四首

【誥案】起熙寧十年丁巳正月，自濰州至京師，以尚書祠部員外郎直史館，改權知徐州軍州事，四月出京至任，盡十二月作。

除夜大雪，留濰州，元日早晴，遂行，中途雪復作

〔查註〕《說文》：濰水，出琅邪箕屋山。《太平寰宇記》：青州北海縣，隋置濰州。宋建隆五年，建爲北海軍。西至東京一千三百二十里，東南至密州界七十五里。曾鞏《隆平集》云：乾德三年，以北海軍爲濰州。

除夜雪相留，元日晴相送。東風吹宿酒，瘦馬兀殘夢。〔施註〕杜子美《瘦馬行》：東郊瘦馬使我傷。劉駕《早行》詩：馬上兀殘夢，馬嘶時復驚。葱曨〔一〕曉光開，旋轉〔二〕餘花弄。〔施註〕《文選》謝朓詩：鳥散餘花落。下馬成野酌，佳哉誰與共。須臾晚雲合，亂灑無缺空。鵝毛垂馬騣，〔王註〕白樂天《春雪》詩：大似落鵝毛，密如飄玉屑。〔施註〕白樂天《房家夜宴》詩：門前雪片似鵝毛。自怪騎白鳳。〔查註〕曹唐《遊仙》詩云：

玉詔新除沈侍郎，便分茅土領東方。不知今夜遊何處，侍從皆騎白鳳皇。【誥案】紀昀曰：「鵝毛」字本俚語，得下五字，便成奇彩，可悟點化之法。三年東方旱，〔施註〕《漢・于定國傳》：東海殺孝婦，郡中枯旱三年。逃户連攲棟。〔合註〕《唐書・食貨志》：括籍外羨田、逃户。盧綸詩：攲棟止羣雞。老農釋耒歎，淚入飢腸痛。春雪雖云晚，春麥猶可種。敢怨行役勞，助爾歌飯甕。〔施註〕《隋・五行志》：武平二年，童謡曰：「七月刈禾傷早，九月喫糕正好，十月洗蕩飯甕，十一月出却趙老。」曾子固《霧淞淞》詩引云：東人歌云：霧淞淞，窮漢辦飯甕。以爲豐年之祥也。【誥案】紀昀曰：波瀾壯濶，立言亦極得體。

大雪，青州道上，有懷東武園亭，寄交代孔周翰〔一〕

〔查註〕《元和郡縣志》：青州北海郡，齊營丘，漢爲臨淄。唐武德二年，改青州，置總管府。東至密州三百三十里。《後漢書》：傅燮爲漢陽太守。初，范津舉燮孝廉。及津爲漢陽，與燮交代合符而去。〔合註〕《困學紀聞》云：「交代」字出《漢書・蓋寬饒傳》。

超然臺上雪，〔王註次公曰〕超然臺在使園之北，先生有記云：園之北，因城以爲臺者舊矣，稍葺而新之。城郭山川兩奇絶。海風吹碎〔二〕碧琉璃，時見三山白銀闕。〔施註〕《史記・封禪書》：三神山，其物禽獸盡白，而黄金銀爲宫闕。蓋公堂前雪，〔查註〕本集《蓋公堂記》云：曹參爲齊相，避正堂以舍蓋公。吾爲膠西守，知公之爲邦人也，治新寢於黄堂之北，名之曰蓋公堂。緑窗朱户相明滅。堂中美人雪争妍，粲然一笑玉齒頰。〔合註〕戴叔倫詩：玉頰啼紅夢初醒。就中山堂雪更奇，〔查註〕本集《山堂銘敍》云：熙寧九年六月，大雨，野人來告，故東武城中，溝瀆圮壞，亂石無數，取而儲之。因守居之北墉，爲山五，成列，且開新堂北向，以遊心寓意焉。青松怪石亂瓊絲。〔王註萬先之曰〕《禹貢》：青州，厥貢鉛松、怪石。註云：怪異好石似玉者。〔施註〕劉禹錫《玉蘂花》詩：雪絮瓊絲滿院春，羽衣輕步不生塵。惟有使君游不歸，五更馬上〔五〕愁斂眉。〔合註〕庾信詩：看花定斂眉。君不是〔六〕淮西李侍中〔七〕，夜入蔡州縛取吴元濟，〔王註〕《舊唐書》：李愬以散騎常侍充隨、唐、鄧節度使，襲蔡州。至懸瓠城，夜半，雪愈甚，賊宴然無一人知者，遂入蔡州。元濟檻送京師。又不是〔八〕襄陽孟浩然，長安道上騎驢吟雪詩。〔王註堯卿曰〕孟浩然《途中雪》詩云：迢遞秦京道，蒼茫歲暮天。窮陰連晦朔，積雪滿山川。落鴈迷沙渚，飢烏噪野田。客愁空佇立，不見有人烟。又《長安道中雪》詩：積雪及平皐，飢鷹捉寒兎。〔施註〕世有《孟浩然連天漢水闊孤客郢城歸圖》，作騎驢吟詠之狀。何當閉門〔九〕飲美酒，無人毁譽河東守。〔施註〕《史記》：季布爲河東守。孝文時，人有言其賢，召欲以爲御史大夫。復有言其勇，使酒難近，至留邸一月見罷。布進曰：「陛下以一人譽召臣，以一人毁去臣，臣恐天下有識者聞之，有以窺陛下也。」〔合注〕河東守，當指自言將赴河中。【誥案】君不是以下六句，皆公自謂也。

至濟南，李公擇以詩相迎，次其韻二首

〔查註〕于欽《齊乘》云：漢濟南國，元魏改爲齊州，天寶中改濟南郡。《揮麈録前録〔一〇〕》：英宗以齊州防禦使入繼，以齊州爲興德軍節度。《淮海集·李公擇行狀》：神宗初，爲右正言，力詆新法，落職。通判滑州，歲餘復職，知鄂州，徙知湖州，遷尚書祠部員外郎，徙知齊州。東坡離密，正公擇知齊州時也。

其一

敝裘羸馬古河濱，野闊天低糁玉塵。〔王註〕何遜《詠雪》詩：若逐微風起，誰言非玉塵。秦韜玉《春雪》詩云：雲重寒空思寂寥，玉塵如糁滿春潮。孟浩然詩：野曠天低樹。自笑餐氈典屬國，來看換酒謫仙人。宦遊到處身如寄，〔施註〕《文選》魏文樂府：人生如寄，多憂何爲。農事何時手自親。剩作新詩與君和，莫因風雨廢鳴晨。〔王註〕《詩·鄭風·風雨》：風雨如晦，雞鳴不已。〔施註〕杜子美《催樹雞栅》詩：不昧風雨晨，亂離減憂感。

其二

夜擁笙歌霅水濱，回頭樂事總成塵。〔查註〕本集《定風波詞敍》云：余昔與張子野、劉孝叔、李公擇、陳令舉、楊元素會於吴興，時子野作《六客詞》。今年送汝作太守，到處逢君是主人。聚散細思都是夢，身名漸覺兩非親。〔施註〕《老子》：名與身孰親？相從繼燭何須問，〔王註〕《左傳·莊公二十二年》：陳公子完奔齊，齊侯使爲工正。飲酒樂，公曰：「以火繼之。」辭曰：「臣卜其晝，未卜其夜。」蝙蝠飛時日正晨。〔王註〕韓退之詩：黄昏到寺蝙蝠飛。

和孔君亮郎中見贈

〔合註〕《闕里志》：孔舜亮，字君亮，道輔長子。嘉祐四年進士，位至左中散大夫，致仕，累特進少師。〔查註〕《欒城集》有《孔君亮郎中新葺闕里西園棄官而歸》七律一首。亦宣聖後裔也。

偶對先生盡一樽，醉看萬物洶崩奔。〔施註〕《文選》謝靈運《入彭蠡》詩：圻岸屢崩奔。優游共我聊卒歲，〔施註〕《史記·孔子世家》：優哉游哉，可以卒歲。骯髒如君合倚門。只恐掉頭難久住，〔王註〕杜子美《送孔巢父》詩：巢父掉頭不肯住，東將入海隨烟霧。應須傾蓋便深論。【誥案】紀昀曰：「此切姓氏，却好以句中有意故也。初白稱其使事無痕，淺耳。」但懂得切姓氏，亦非容易之事。如曉嵐知下二句兼孔宗翰説，即并前與宗翰詩之查誤註，皆可互證。固知嚴、勝風流在，又見長身十世孫。〔公自註〕戣，字君嚴；弟戡，字君勝。退之志其墓云：孔子世卅八，吾見其孫，白而長身。今君亮四十八世矣〔二〕。【誥案】孔宗翰即君亮之弟，公先與宗翰交代，至此又遇其兄君亮，故引戣、戡爲比，有「又見長身」之句，謂已見宗翰而又見君亮也。又自孔世三十八至君亮已四十八世，故云「十世孫」，其引用親切如此，斷無有誤其世次者。可見宗翰四十八世，公在密已具知之，否則并君亮無此詩，此註情顯然矣。各註於前卷引載孔宗翰世次並誤，當以公自註爲正。

送范景仁游洛中

〔施註〕范景仁，名鎮，成都華陽人。仁宗擢知諫院，帝天性寬仁，言事者競爲激訐，公獨務大體，非關朝廷安危生民利疚，則闊略不言。時帝在位三十五年，未有繼嗣，景仁奮曰：「天下事有大於此者乎？」拜疏至十九，須髮爲白。帝曰：「卿言是也，當俟二三年。」景仁卒辭言職，三入翰林爲學士，知通進銀臺司。王介甫得政，改常平爲青苗，景仁極言其不可。韓魏公論新法，送條例司疏駁。李公擇乞罷青苗錢，令分析。司馬温公辭副樞，詔許之。景仁皆封還。舉東坡爲諫官，不行；薦孔經父制科，以對策切直報罷。皆力爭之，不聽。即上言：「臣言不行，無顏立於朝，請謝事。」最後，指陳介甫用喜怒爲賞罸，曰：「陛下有納諫之資，大臣進拒諫之計，陛下有愛民之性，大臣用殘民之術。」介甫大怒，持其疏，至手顫，自草制極詆之，使以本官致仕，恩典悉不與。公表謝曰：「願陛下集羣議爲耳目，以除壅蔽之奸；任老成爲腹心，以養和平之福。」天下聞而壯之，時年六十三爾。故詩云：小人真闇事，閑退豈公難。道大吾何病，言深聽者寒。久之，歸蜀。與親舊樂飲期年而後還。故有「去年行萬里，蜀路走千盤」之句。是時，東坡館於京師門外景仁園中。故有「園亭借客看」之句。哲宗即位，召不起，拜端明殿學士，起提舉中太一宮兼侍讀，鎮固辭，復致仕。

小人真闇事，閑退豈公難。道大吾何病，〔施註〕《史記·孔子世家》：顏回曰：「夫子之道至大，故天下莫能容，雖然，夫子推而行之，不容何病，不容然後見君子。」言深聽者寒。憂時雖早白，〔王註〕先生《范公墓誌》：上疏，請擇宗室賢者，異其禮物，而試之政事，以繫天下心。凡章十九上，待罪百餘日，須髮爲白。駐世〔三〕有還丹。〔王註〕李白《江上望皖公山》詩：待吾還丹成，投迹歸此地。得酒相逢樂，無心所遇安。去年行萬里，蜀路走千盤。〔查註〕《司馬溫公詩話》：范景仁年六十三致仕，一朝思鄉里，遂徑行入蜀。至成都，日與鄉人樂飲，散財於親舊之貧者。遂游峨眉青城山，下巫峽，出荆門。凡期歲，乃還京師。投老身彌健，〔施註〕《後漢·仇覽傳》：守寡養孤，苦身投老。登山意未闌。西游爲櫻筍，〔施註〕《秦中歲時記》：唐有櫻筍廚。白樂天《歇馬吟》：忽憶家園須速去，櫻桃欲熟筍應生。東道盡鵷鸞。〔施註〕《文選》徐敬業詩：甬道入鵷鸞。劉禹錫《洛下拜表》詩：雲路鵷鸞想退朝。杖屨攜兒去，〔施註〕《世説》：陳太丘詣荀朗陵，貧儉無僕役，乃使元方將車，季方持杖從後。韓退之《孔戣墓誌》：

可杖履往來。園亭借客看。折花斑竹寺，弄水石樓灘。〔王註縯曰〕石樓，在河南龍門伊水中。〔查註〕《洛陽伽藍記》：城東門曰建春門，門外有石樓，穀水周圍繞城，至建春門外，東入陽渠。羇馬哀憐白，〔施註〕白樂天《不能忘情吟序》：樂天既老又病風，乃録家事，會經費，去長物。馬有駱者，駔壯駿穩，乘之亦有年，籍在長物中，將鬻之。圉人牽馬出門，馬驤首反顧一鳴，似知去而旋戀者，予愍然，且命迴勒。〔邵註〕白樂天又有《賣駱馬》詩。驚雷怯笑韓。〔王註堯卿曰〕退之《題名》云：元和四年三月二十六日，余與著作佐郎樊宗師、處士盧仝，同自洛中至少室，謁拾遺公李渤宗師，次玉泉寺，疾作，歸。明日，遂與渤道士韋濛、僧惠榮，並少室而東抵衆寺，上太室中峰，宿封禪臺下石室，自龍潭寺下釣龍潭水，遇雷。明日觀啓母石，入天封觀，與道士趙元遇，乃歸。此乃唐嵩陽觀所題也。〔施註〕歐陽《集古跋尾》：右韓退之《題名》，在洛陽嵩山天封宮石柱上刻之，記龍潭遇雷事。余爲西京留守推官，游嵩山，入天封宮，登山頂封禪處。有石記曰，人游龍潭者，毋妄語笑，以黷神龍，龍怒，則有雷恐。因念退之記遇雷，意其有所誡也。薜書標洞府，〔公自註〕歐陽永叔嘗游嵩山。日暮，於絶壁上見苔蘚成文，云：神清之洞。明日復尋，不見。〔王註堯卿曰〕潁陽石唐山一峰，特峙勢雄秀，獨支徑通絶頂，有石室，邢和璞算心處。治平中，許昌齡者，安世之諸父也。蚤得神仙術，杖策來居，天下傾焉。後游太清宮時，歐陽文忠公守亳社，要至郡舍，與語，豁然有悟，贈之詩曰：「緑髮方瞳瘦骨輕，飄然乘鶴去吹笙。郡齋獨坐風生竹，疑是孫登長嘯聲。」且道昔遊嵩見神清洞事，公默有所契，語秘不傳。後公歸汝陰，臨薨，以詩寄之曰：四字丹書萬仞崖，神清之洞鎖樓臺。雲深路絶無人到，鸞鶴今應待我來。事出蔡絛《西清詩話》。松蓋偃天壇。〔施註〕《九域志》：洛陽有天壇山。〔查註〕《太平寰宇記》：天壇山，在河南府澠池縣東北，一名壇屋山。高五百丈，四絶如壇。試與劉夫子，重尋靖長官。〔公自註〕劉几云〔一三〕：曾見人嵩山幽絶處，眼光如貓，意其爲靖長官也。〔查註〕曾慥《集仙傳》云：靖不知何許人。唐僖宗時，爲登封令，既而棄官學道，遂仙去，隱其姓而以名顯，故世謂之靖長官。劉几嘗遇於嵩高山中。《烏臺詩案》：熙寧十年三月三日，范鎮往西京，軾作詩送之。軾昨知密州，得替到關城外，借得范鎮園安泊。鎮，鄉里世舊也。其詩除無譏諷外，云：小人真闇事，閑退豈公難。意以諷今時小人以小才而享大位，暗於事理，以進爲榮，以退爲辱。范鎮前爲侍郎，難進易退，小人不知也。又云：言深聽有寒。軾謂鎮舊日多論時事，其言深切，聽者爲恐。意言鎮當時所言，皆不便事也。九月三日，在臺準問目供出，其詩不係降到册子内。【誥案】《詩案》二月三日誤，今已更正。餘詳總案中。〔案〕熙寧十年三月三日「送范鎮往游嵩洛」條誥案云：此詩有「杖屨攜兒去，園亭借客看」句，是公已寓園中。前考二月間，公尚在齊，而子由以驚蟄日往游東園作詩，公尚未至。更以本集寒食北城之游合考《詩案》，則清明在三月三日，而驚蟄卽在二月二三日間，是其時子由尚未走馬黄河往迎公也。且會宿詩敍子由以二月見公澶濮之間，今卽以二月一日爲澶濮相遇之日，而欲以二月三日寓園賦送行詩，其何能及。再據公答司馬光書，景仁以三月杪還京，其去也，當在三月初間。子由同日和韻送景仁游嵩洛詩，有「得意忘春晚，逢人語夜闌」句，其去已在春晚，則又三月之確證也。《詩案》、《紀年録》「二月三日」信爲「三月三日」之譌。

次韻景仁留别

公老我亦衰，〔施註〕《文選》嵇叔夜《養生論》：從衰得白，從白得老。相見恨不數。臨行一杯酒，〔施註〕沈休文《别范安成》詩：及爾各衰暮，非復别離時。勿言一杯酒，明日難重持。此意重山岳。〔施註〕《文選》陸機《謝内史表》：施重山岳，義足灰沒。歌詞白紵清，〔施註〕《樂府解題·白紵歌》：白紵，吴地所出。《白紵舞》，本吴舞也，梁武帝令沈約改其辭，爲《四時歌》。琴弄黄鍾濁。〔王註續曰〕《史記·田完世家》：騶忌子曰：「大絃濁以春温者，君也，聲中於宫，宫爲君。五聲之本，生於黄鍾，琴有黄鍾調。」〔施註〕《周禮·春官》：凡樂，黄鍾爲宫。鄭氏云：凡五聲，宫之所生，濁者爲角。詩新眇難和，飲少僅可學。欲參兵部選，有力誰如犖。〔王註〕《朝野僉載》云：崔湜爲吏部侍郎，掌銓。有選人白提曰：「某能翹關負米。」提笑曰：「若壯，何不求選兵部？」答曰：「外議謂崔侍郎下有氣力者即得選。」〔施註〕《左傳・莊公三十二年〔一四〕》：雩，講於梁氏，女公子觀之，圉人犖自牆外與之戲。子般怒，使鞭之。公曰：「不如殺之，是不可鞭，犖有力焉，能投蓋於稷門。」且作東諸侯。〔施註〕《左傳・成公十六年》：郤犨將新軍，且爲公族大夫以主東諸侯。〔合註〕東諸侯，當指知徐州。山城雄鼓角。〔施註〕劉禹錫《送裴司徒再命太原》詩：行色旌旗動，軍聲鼓角雄。南游許過我，不憚千里邈。會當聞公來，倒屣髮一握〔一五〕。〔施註〕《三國志・魏・王粲傳》：蔡邕見而奇之，聞粲在門，倒屣迎之。《史記・魯世家》：周公戒其子伯禽曰：「我於天下亦不賤矣，然一沐三捉髮，一飯三吐哺，起以待士，猶恐失天下之賢人。」

書韓幹《牧馬圖》

〔王註饒德操曰〕《歷代名畫記》：韓幹，大梁人。王右丞維見其畫，遂推獎之，官至太府寺丞，善寫貌人物，尤工鞍馬。〔查註〕《名畫録》：幹，天寶中，召入供奉，能狀飛黃之質，圖噴玉之奇。開元後，外國名馬，重譯累至。明皇擇其良者，與中國之駿同頒畫寫之。陳閎貌之於前，韓幹繼之於後，寫渥洼之狀，若在水中，移騕褭之形，出於圖上，故幹居神品宜矣。

南山之下，汧渭之間。〔王註績曰〕汧水，出隴州汧源縣，東南至鳳翔虢縣，入於渭。《史記・秦本紀》：非子居犬丘，好馬及畜，善養息之。周孝王召使主馬於汧、渭之間，馬大蕃息。想見開元天寶年，八坊分屯隘秦川。〔王註〕《唐・兵志》：八坊，一曰保樂，二曰甘露，三曰南普閏，四曰北普閏，五曰岐陽，六曰太平，七曰宜祿，八曰安定。八坊之田千二百三十頃，募民耕之，以給芻秣。〔合註〕《蜀志・諸葛亮傳》：身率益州之衆，以出秦川。四十萬匹如雲烟，〔施註〕《唐·兵志》：唐初得突厥馬二千匹，又得隋馬三千於赤岸澤，徙之隴右，監牧之制始於此。用張萬歲領羣牧，自貞觀至麟德四十年間，馬七十六萬六千，置八坊岐豳涇寧間，地廣千里。自萬歲失職，馬政頗廢。開元初，國馬益耗，王毛仲領内外閑廄馬，稍稍復始二十四萬。至十三年，及四十三萬。《王毛仲傳》：從帝東封，牧馬數萬匹。每色一隊，相間如錦繡。杜子美《天育驃騎歌》：當時四十萬匹馬，張公歎其才盡下。〔查註〕《名畫記》：明皇好大馬，御廄至四十萬匹，遂有沛艾大馬，西域大馬，骨力追風，毛彩照地，不可名狀，號木槽馬。騅、駓、駰、駱、驪、騮、騵。〔王註〕蒼白雜毛曰騅，黄白雜毛曰駓，陰白雜毛曰駰，白馬黑鬣曰駱，純黑曰驪，赤身黑鬣曰騮。以上見《駉頌》註。騮馬白腹曰騵。見《爾雅》。白魚、赤兔、騂、皇、鶾，〔查註〕鶾，胡安切。〔王註續曰〕《爾雅》：一目白瞯，二目白魚。註：似魚目也。《詩魯頌·駉》：有驔有魚。《曹瞞傳》曰：吕布馬名赤兔。當時歌曰，人中有吕布，馬中有赤兔。赤黄曰騂，黄白曰皇。見《駉頌註》。駿鶾，馬名也。〔邵註〕《廣韻》：鶾，駿鶾，番大馬。龍顱鳳頸獰且妍〔一六〕。〔王註〕劉琬《馬賦》：龍頭烏目，麟腹虎胸。杜子美《胡馬行》：鳳臆麟鬐未易識。〔施註〕李玫《異聞實録》：鮑謂韋曰：「得良馬乎？」曰：「予春初獲駰駿數匹，龍形鳳頸，兔脛鳧膺。」奇姿逸德隱駑頑，碧眼胡兒手足鮮。歲時翦刷供帝閑，〔王註〕《唐·兵志》：尚乘掌天子之御，左右六閑，總十二閑。爲二廄，一曰祥麟，二曰鳳苑。〔施註〕《周禮·夏官》：校人掌王馬之政。天子十有二閑，馬六種；邦國六閑，馬四種；家四閑，馬二種。柘袍〔一七〕臨池侍三千。〔施註〕《六典》曰：隋文帝服柘黄袍及巾帶以聽朝，至今遂以爲常。白樂天《長恨歌》：後宫佳麗三千人。紅粧照日光流淵，〔王註〕李太白《採蓮曲》詩：日照紅粧水底明。樓下玉螭吐清寒。〔合註〕《洞冥記》：以金鐺貫玉螭腹爲戲。《淮南子》：氣清寒。往來蹙踏生飛湍，〔施註〕杜子美《曹將軍馬圖引》：霜蹄蹙踏長楸間。衆工舐筆和朱鉛。〔施註〕《莊子·田子方篇》：宋元君將畫圖，衆史皆至，舐筆和墨，在外者半。〔合註〕杜牧之詩：舐筆和鉛欺賈馬。先生曹霸弟子韓，〔施註〕杜子美《贈將軍曹霸丹青引》：弟子韓幹早入室，亦能畫馬窮殊相。幹惟畫肉不畫骨，忍使驊騮氣彫喪。〔查註〕《名畫記》：韓幹初師曹霸，其後遂自獨擅。廐馬多肉尻脽圓。〔查註〕尻，立刀切。脽，音誰。〔施註〕《漢・東方朔傳》：結股脚，連脽尻。肉中畫骨誇尤難〔一八〕，金羈玉勒繡羅鞍。鞭箠刻烙傷天全，〔王註〕《莊子・馬蹄篇》：伯樂曰：我善治馬。燒之，剔之，刻之，雒之，連之以羈馽，編之以皁棧，馬之死者，十二三矣。不如此圖近自然。平沙細草荒芊綿，〔合註〕謝靈運《山居賦》：長洲芊綿。驚鴻脱兔争後先。〔王註〕曹植《洛神賦》：翩若驚鴻。《孫子》：後如脱兔，敵不及拒。王良挾策飛上天，〔王註援曰〕王良，趙簡子時御者。《漢・天文志》：漢中四星曰天駟，傍一星曰王梁，王梁策馬，車騎滿野。〔施註〕《漢・王褒傳》：庸人御駑馬，亦傷吻敝策，而不進於行。及王良執靶，韓哀附輿，縱馳騁騖，忽如景靡，周流八極，萬里一息，何其遼哉，人馬相得也。何必俯首服短轅。〔王註〕《晉書》：蔡謨戲王導，短轅犢車。〔查註〕《烏臺詩案》：熙寧十年二月到京。三月初一日，王詵約來日出城外相見。次日，軾與詵相見。次日，王詵送韓幹畫馬十二匹，共六軸，求軾題跋。不合作詩云：王良挾策飛上天，何必俯首服短轅。意以麒驥自比，譏諷執政大臣無能盡我之才，如王良之能御者，何必折節干求進用也。其詩卽不係朝旨降到册子内。【誥案】紀昀曰：通首傍襯，只結處一着本位，章法奇絶。放翁《嘉陵驛折枝海棠》詩，似從此得法。

京師哭任遵聖

〔王註堯卿曰〕遵聖嘗爲寺丞。〔施註〕遵聖，名孜，眉山人。以學問氣節，推重鄉里，名與老蘇公埒。其季師中，名伋。皆舉進士。遵聖爲簡州平原令以卒。一子卽伯雨，字德翁〔一九〕。

十年不還鄉，兒女日夜長。〔施註〕柳子厚《田家》詩：子孫日已長，世事還復然。豈惟催老大，〔合註〕杜子美

《熟食日示宗文宗武》詩：汝曹催我老。漸復成彫喪。每聞耆舊亡，涕泣〔三〇〕聲輒放。〔施註〕《禮記·檀弓上》：孔子泫然流涕。《南史·任昉傳》：昉卒，其子流離不能自振。劉孝標泫然矜之。杜子美《送柴十八》詩：泫然欲霑裳。老任況奇逸，〔施註〕《後漢·孔融傳》：奇逸博聞。先子推輩行。韓退之《王公神道碑》：當時名公，皆折官位、輩行，願爲交。文章得少譽〔三一〕，詩語尤清壯。〔王註〕陸士衡《文賦》：銘博約而温潤，箴頓挫而清壯。〔施註〕《晉·阮籍傳》：文帝讓九錫，公卿將勸進，使籍爲其辭。籍沈醉忘作，臨詣府，使取之，見籍方據案醉眠。使者以告，籍便書案，使寫之，無所改竄。辭甚清壯，爲時所重。吏能復所長，談笑萬夫上。〔施註〕李太白《送梁公昌》詩：高談百戰術，鬱作萬夫雄。自喜作劇縣，〔王註〕《晉書·袁甫傳》：嘗詣何勗，自言能爲劇縣。勗問：「惟欲宰縣，不爲臺閣職，何也？」甫曰：「人各有能有不能。」〔邵註〕《漢·灌嬰傳》：景帝曰：「魏其沾沾自喜耳。」偏工破豪黨。〔合註〕《漢書·食貨志》：并兼豪黨之徒。奮髯走猾吏，〔合註〕《後漢書·周紆傳》：性讐猾吏。嚼齒對姦將。〔王註〕《唐書》：張巡守睢陽，裂眥血面，嚼齒皆碎。哀哉命不偶，每以才得謗。竟使落窮山，青衫就黃壤。〔施註〕《文選》潘安仁《西征賦》：黃壤千里。宦遊久不樂，【誥案】公自謂也。江海永相望。退耕本就君，時節相勞餉。〔施註〕《漢·楊惲傳》：田家作苦，歲時伏臘，烹羊炰羔，斗酒相勞。此懷今不遂，歸見纍纍葬。〔王註〕《搜神後記》：丁令威曰：「何不學仙冢纍纍。」〔施註〕潘安仁《懷舊賦》：墳纍纍而接壠，柏森森以攢植。望哭國西門，落日銜千嶂。平生惟一子，〔查註〕《東都事略》：任伯雨，字德翁。邃於經術，文力雄健。抱負珠在掌。〔王註〕杜子美《寄漢中王戲其新誕子》詩：掌中貪見一珠新。〔施註〕白樂天《哭崔兒》詩：掌珠一顆兒三歲。見之齠齔中，〔施註〕《韓詩外傳》：男子八月生齒，八歲而齠齒，女子七月而齒生，七歲而齔齒。白樂天《觀兒戲》詩：齠齔七八歲，綺紈三四兒。已有食牛量。〔王註〕《尸子》：虎豹之子，雖未成文，已有食牛之氣。〔施註〕杜子美《徐卿二子歌》：小兒五歲氣食牛，滿堂貴客皆回頭。他年如入洛，生死一相訪。〔王註〕韓退之《岳陽樓别竇司直》詩：行當挂其冠，生死君一訪。惟有王濬沖，心知中散狀。〔王註〕《晉書》：嵇紹，中散大夫康之子也。紹始入洛，或謂王戎曰：「昨於稠人中，始見嵇紹，昂昂然如野鶴之在雞羣。」戎曰：「君復未見其父耳。」濬沖，戎字。

送魯元翰少卿知衛州

〔施註〕東坡自密移守河中，至京師，改徐州。時有旨不許入國門，寓城外范蜀公園，故首句云然。魯元翰，名有開，乃肅簡公之姪。自知南康代還，王介甫問：「江南如何？」元翰對：「新法當爲異日患。」介甫怒，僅得倅杭。東坡亦爲杭倅，與魯同官，魯先代去，有《壽星寺餞魯少卿》詩，卽元翰也。〔查註〕《宋史·魯有開傳》：自南康軍代還，出通判杭州，知衛州，徙冀州。增河堤，朝廷遣使，河北民遮道誦有開功狀，召爲膳部郎中。元祐中，歷知洛、滑州，官至中大夫。《元和郡縣志》：河北道衛州汲郡，卽殷牧野之地，漢爲汲縣。魏孝静帝於汲縣置義州，周武帝改爲衛州。

冗士無處著，寄身范公園。〔王註〕子由文集載：子瞻兄始與元翰皆倅杭州，及自彭城還止都門，寓居范景仁東園，元翰時相過。〔查註〕本集《與黎希聲尺牘》云：向自密將赴河中，至陳橋受命，改差彭城，便欲赴任，以兒子娶婦，暫留城東景仁園中。桃李〔三〕忽成陰，薺麥秀已繁。閉門春晝永，惟有黄蜂喧。誰人肯攜酒，共醉榆柳村。髯卿獨何者，一月三到門。我不往拜之，髯來意彌敦。〔王註次公曰〕魯元翰有髭髯，故以髯稱之。〔施註〕《文選》謝靈運《彭蠡》詩：弦絶念彌敦。堂堂元老後，〔施註〕《漢·蕭望之傳·贊》：堂堂折而不撓。

《晉・魏舒傳》：堂堂人之領袖。《毛詩・小雅・采芑》：方叔元老。〔查註〕《宋史》：魯宗道，字貫之，亳州譙人。真宗朝爲諭德直龍圖閣，仁宗立，拜右諫議大夫，參知政事。在政府七年。卒謚剛簡。有開之從父也，用其蔭入官。亹亹仁人言。〔王註〕《晉書》：謝安弱冠詣王濛，清言良久。既去，濛子修曰：「向客何如大人？」濛曰：「此客亹亹，爲來逼人。」又，《阮修傳》：王衍族子敦謂衍曰：「阮宣子可與言。」衍曰：「吾亦聞之，但未知其亹亹之處。」〔施註〕《左傳・昭公三年》：君子曰，仁人之言，其利溥哉。憶在錢塘歲，情好均弟昆。〔施註〕《爾雅》：昆，兄也。時於冰雪中，笑語作春温。〔施註〕杜子美《貽柳少府》詩：柳侯披衣笑，見我顏色温。欲飲徑相覓，〔施註〕杜子美《醉時歌》：得錢即相覓，沽酒不復疑。夜開叢竹軒。搜尋到篋笥，〔合註〕孟郊、韓愈《聯句》：搜尋得深行。鮓醢無復存。〔合註〕《釋名》：鮓，葅也，以鹽米釀魚以爲葅，熟而食之也。每愧烟火中，玉腕親炮燔。〔王註任居實曰〕吹火紅脣動，揎薪玉腕斜。遥觀烟裏面，却似霧中花。事見孟棨《本事詩》。别來今幾何，相對如夢魂。告我當北渡，新詩侑清罇。坡陁太行麓，〔查註〕《名勝志》：衛輝府輝縣西北，與太行山連接。洶湧黄河翻。〔查註〕《元和郡縣志》：黄河自新安縣界流入，經汲縣南，謂之棘津，亦謂之石濟津。仕宦非不遇，王畿西北垣。〔施註〕《周禮・夏官》：方千里曰王畿。〔查註〕《太平寰宇記》：衛州，東南至東京一百三十五里。斯民如魚耳，見網則驚奔。皎皎千丈清，不如尺水渾。〔合註〕用《家語》「水至清則無魚」意。刑政雖首務，念當養其源。一聞襦袴〔三〕音，盜賊安足論。

次韻子由送蔣夔赴代州學官

〔查註〕《九域志》：河東路代州雁門郡，宋乾德元年爲上州，治雁門縣。《宋史·職官志》：慶曆四年，詔州、軍監各立學，置教授，訓導諸生，委運司及長吏於幕職州縣或本處舉人有德藝者充。熙寧中，始命於朝。《欒城集·送蔣夔赴代州學官》詩云：憶遊太學十年初，猶見胡公豈弟餘。遍閱諸生非有道，最憐能賦似相如。青衫共笑方持板，白髮相看各滿梳。暫免百憂趨長吏，勉調三寸事新書。

功利争先變法初，〔施註〕《史記·商君傳》：利不百，不變法，功不十，不易器。《文選》鮑明遠詩：争先萬里途。〔查註〕《宋史·王安石傳》：訓釋《詩》、《書》、《周禮》，頒之，號曰《新義》。主司純用以取士，士莫得自名一經，先儒傳註，一切廢不用。典型獨守老成餘。窮人未信詩能爾，倚市懸知繡不如。〔施註〕《史記·貨殖傳》：用貧求富，農不如工，工不如商，刺繡文不如倚市門，此言末業貧者之資也。代北諸生漸狂簡，〔合註〕陳子昂詩：雁山横代北。牀頭雜説爲爬梳。〔王註〕《晉書》：王濟嘗詣王湛，見牀頭有《周易》。〔合註〕「爬梳」用《進學解》「爬羅剔抉」意，以切學官也。韓退之《送鄭尚書序》：蜂屯蟻雜，不可爬梳。歸來問雁吾何敢，疾世王符解著書。〔王註〕《後漢·王符傳》：隱居著書三十餘篇，以譏當時失得，號曰《潛夫論》。《述赦篇》曰：皇甫規解官歸安定。鄉人有以貨得雁門太守者，亦去職還家，書刺謁規，規卧不迎。既入，而問：「卿前在郡食雁美乎？」有頃，又白王符在門。規乃驚遽而起，屣履出迎，援符手而還，與同坐，極歡。時人爲之語曰：「徒見二千石，不如一逢掖。」言書生道義之爲貴也。

宿州次韻劉涇〔二四〕

〔查註〕《太平寰宇記》：元和四年，以徐州、符離之地，南臨汴河，有埇橋爲舳艫之會，襟帶梁、宋，漕運所歷，乃以符離、蘄縣、虹縣三邑立宿州。開寶元年，陞爲保靜軍節度。北至徐州一百四十里。〔施註〕劉涇，字巨濟。舉進士，爲宿州教授。王介甫薦爲經義所檢討。除太學博士。報罷。後知處、虢、真、坊四州，除職方郎中。卒。〔合註〕《續通鑑長編》：熙寧七年五月，新成都府户曹參軍劉涇爲提舉修撰經義所檢討。涇，孝孫子。八年七月，詔劉涇候教授直講有闕日與差。鄧椿《畫繼》：涇善作林石槎竹，筆墨狂逸，體製拔俗。

我欲歸休瑟漸希，舞雩何日〔三五〕著春衣。多情白髮三千丈，〔施註〕李太白《秋浦歌》：白髮三千丈，緣愁似箇長。無用蒼皮四十圍。〔施註〕杜子美《古柏行》：霜皮溜雨四十圍，黛色參天二千尺。晚覺文章真小技，早知富貴有危機。爲君垂涕君知否？千古華亭鶴自飛。〔公自註〕涇之兄汴，亦有文，亦死矣〔三六〕。〔施註〕《晉書》：陸機受誅，歎曰：「華亭鶴唳，豈可復聞乎？」〔查註〕本集《與劉巨濟書》云：「賢兄文格奇拔，不幸早世，見其手書舊文，不覺垂涕。」詩中有富貴危機之語，又引華亭鶴，乃陸機臨刑事，若不得其死者。而他無可考。

徐州送交代〔三七〕仲達少卿

【誥案】江仲達，少卿也。《欒城集·有徐州送江少卿》詩，查註引戴仲達，誤，已刪。餘詳總案中。此詩施編不載，查註從外集改編。自此首起以下，皆徐州作，公舊名《黃樓集》。〔案〕總案熙寧十年四月「送交代江仲達少卿」條下云：《欒城集·徐州送江少卿》詩，有「公來初無事，豐歲多牟麥，鈴閣多清風，芳樽對佳客」句，信前守爲江仲達。查註引題跋之詩人戴仲達以擬之，此元祐間事。今刪。

此身無用且東來，賴有江山慰不才〔二八〕。〔馮註〕《詩・豳風・東山》：我來自東。《唐書》：張說謫岳州，詩益淒惋，人謂得江山助云。《莊子・人間世篇》：是不才之木也。舊尹未嫌衰廢久，〔合註〕《後漢書・寇榮傳》：寇氏由是衰廢。清樽猶許再三開。滿城遺愛知誰繼，〔馮註〕《左傳・襄公三十年》：子産而死，誰其嗣之？極目扁舟挽不回。〔馮註〕《晉・鄧攸傳》：攸爲吴郡，刑政清明。去郡，不受一錢，百姓數千人，留牽攸船不得進，攸乃少停，夜中發去。吴人歌之曰：「紞如打五鼓，雞鳴天欲曙。鄧侯挽不留，謝令推不去。」歸去青雲還記否，〔馮註〕《史記》：非附青雲之士，惡能施於後世哉。交遊勝絶古城隈。〔馮註〕《爾雅》：厓内爲隩，外爲隈。

和孔密州五絶

〔查註〕即孔宗翰，註見《前和孔郎中》詩註。

見邸家園留題

〔合註〕邸，姓也。《集韻》：漢上郡太守邸柱。【誥案】題謂見孔宗翰所留題也。合註謂公留題，誤，已删。

大旆傳聞載酒過，〔王註〕沈傳師詩：大旆璀錯輝松門。小詩未忍著磚磨〔二九〕。〔合註〕《傳燈録》：南岳讓師曰：「磨磚若不成鏡，坐禪豈得成佛。」陽關三疊君須秘，除却膠西不解歌。〔公自註〕來詩有渭城之句。〔王註縯曰〕漢於燉煌龍勒縣置陽關，後人因以陽關名曲。〔次公曰〕先生云：余在密州，有文勛長官以事至密，自云，得古本陽關，其聲宛轉淒斷，不類向之所聞，每句皆再唱，而第一句不疊，乃知唐本三疊。《詩話》雖後來所作，今所謂「除却膠西不解歌」，豈正是文長官所傳之聲耶？

春步西園見寄

歲歲開園成故事，〔查註〕宋制，州守每歲二月開園，散父老酒食。年年行樂不辜春。今年太守尤難繼，慈愛聰明惠利人。〔王註〕《前漢·馮奉世傳》：子九人。野王爲上郡太守；立，五原太守，徙上郡，治行略與野王相似。吏民嘉美相代爲太守，歌之曰：「大馮君，小馮君，兄弟繼踵相因循。聰明賢知惠吏民，政如魯、衞德化鈞，周公、康叔猶二君。」〔施註〕《後漢·蔡邕傳》：墨綬長吏，職典理人，皆當以惠利爲績，日月爲勞。

東欄梨花

梨花淡白柳深青，柳絮飛時花滿城。〔施註〕劉禹錫《秦娀行》：長安二月花滿城。惆悵東欄一株雪〔三〇〕，人生看得幾清明。〔王註〕韓退之詩：走馬西城惆悵歸，不忍千株雪相映。〔合註〕昌黎又有《聞梨花發》詩云：聞道郭西千樹雪。

和流杯石上草書小詩

【誥案】卽公《別東武流杯》詩。

蜂腰鶴膝嘲希逸，〔王註〕《南史·齊·陸厥傳》：永明時，盛爲文章。吳興沈約、陳郡謝朓、琅邪王融，以氣類相推轂。汝南周顒，善識聲韻。約等文皆用四聲制韻，有平頭，上尾、蜂腰、鶴膝；五字之中，音韻悉異，兩句之內，角徵不同，世呼爲永明體。春蚓秋蛇病子雲。〔王註〕《晉·王羲之傳》：制曰：蕭子雲近出，擅名江表，然僅得成書，無丈夫之氣，行行若縈春蚓，字字如綰秋蛇。醉裏自書醒自笑，〔施註〕唐張旭每大醉，或以頭濡墨而書，既醒，自視以爲神，不可復得也。附《李白傳》。如今二絶更逢君。〔施註〕《南史·顧野王傳》：宣城王爲揚州起齋，野王畫，王褒書贊，時稱爲二絶。杜子美《江南逢李龜年》詩：落花時節又逢君。

堂後〔三一〕白牡丹

城西千葉豈不好，笑舞春風醉臉丹。何似後堂冰玉潔，〔公自注〕孔頎有聲妓，而客無見者〔三二〕。遊蜂非意不相干。〔王註〕韓退之《戲題牡丹》詩：雙燕無稽遠拂掠，遊蜂多意正經營。〔施註〕《晉·衛玠傳》：嘗謂人有不及，可以情恕，非意相干，可以理遣，故終身不見喜愠之容。

和趙郎中見戲二首〔三三〕

〔公自註〕趙以徐妓不如東武，詩中見戲，云，只有當時燕子樓〔三四〕。

其一

燕子人亡三百秋，〔施註〕白樂天《燕子樓詩序》：徐州故尚書張建封，愛妓曰盼盼。張既没，第中有小樓名燕子，盼盼念舊愛而不肯嫁，居是樓十餘年，幽獨塊然。捲簾那復似揚州。西行未必能勝此，〔查註〕言赴河中，未必便勝徐州也。空唱崔徽上白樓。〔王註堯卿曰〕裴敬中以興元幕使河中，與徽相從者累月。敬中使罷，徽不能從，情懷怨抑。後數月，東川幕白知退將自河中歸。徽乃托人寫真，因捧書謂知退曰：「爲妾謂裴郎，崔徽一旦不及卷中人，徽且爲郎死矣。」明日，遂疾，發狂。元稹爲作《崔徽歌》，以叙其事。白樓，在河中府城之西北。

其　二

我擊藤牀君唱歌，〔合註〕白樂天詩：藤牀鋪晚雪。明年六十奈君何。〔公自註〕趙每醉歌畢，輒曰：「明年六十矣〔三五〕」。〔施註〕李太白《青山獨酌》詩：玳瑁筵中懷裏醉，芙蓉帳底奈君何。醉顛只要裝風景，莫向人前自洗磨。

司馬君實獨樂園

〔施註〕司馬光，字君實。其先河内人，後家陝州夏縣涑水鄉。中進士甲科。仁宗擢知諫院，事英宗、神宗爲翰林學士御史中丞。王介甫爲相，始行青苗、助役、農田水利，謂之新法。光言其害，以身争之。當時士大夫言新法不便者，皆倚以爲重。拜樞密副使，以言不行，不受命。除端明殿學士，出知永興軍。力乞歸，以爲留司御史臺，提舉崇福宫。閑居十五年，自號迂叟。當熙寧之四年，始家於洛，六年，買田二十畝於尊賢坊北，闢以爲園，命之曰獨樂。【誥案】施註謂首言其害者，誤。當吕誨首彈新參，光遇於資善堂，苦勸止之。且自謂先見不及吕誨，敢言不及蘇軾、孔文仲，徒以與安石朋友之義，冀其悛改，此乃登之奏牘引以爲愧者。若如施註，即非。光之本意，不可誣也，今已改削去之，應駁正。〔王註林致約曰〕《元城語録》：司馬温公既居洛，於國子監之側，得故營地，創獨樂園。〔查註〕李格非《洛陽名園記》：獨樂園，極卑小，不可與他園班。其曰讀書堂者數椽屋，澆花亭，弄水種竹軒尤小。公自撰《獨樂園記》，略云：中有堂，曰讀書堂，堂北爲沼，沼上有廬曰釣魚庵，沼北曰種竹齋，沼東曰采藥圃，圃南爲六欄，欄北曰澆花亭，又於園中築臺作屋，曰見山臺，合而命之，曰獨樂園。

青山在屋上，流水在屋下。〔王註〕石季倫《思歸引序》：古木幾於萬株，流水周於舍下。柳子厚《盩厔縣食堂記》：高山在前，流水在下，可以俯仰，可以宴樂。〔施註〕《楚辭》屈原《九歌》：鳥次兮屋上，水周兮堂下。孟浩然《符公蘭若》詩：緑篠夾路旁，清泉流舍下。中有五畝園，〔查註〕白樂天《池上篇》：十畝之宅，五畝之園。花竹秀而野。花香襲杖屨〔三六〕，竹色侵杯斝〔三七〕。樽酒樂餘春，棋局消長夏。〔施註〕《幽閑鼓吹》：令狐相公進李遠爲杭州。宣宗曰：「聞李遠詩云『長日惟消一局棋』，豈可臨郡？」洛陽古多士，風俗猶爾雅。先生卧不出，冠蓋傾洛社。〔查註〕《唐詩紀事》：白居易致仕居洛，愛香山之勝，與僧如滿結社於此。雖云與衆樂，中有獨樂者。才全德不形，所貴知我寡。〔王註〕才全德不形，《莊子》全語。《老子》：知我者希，則我貴矣。先生獨何事，四海〔三八〕望陶冶。〔合註〕《淮南子》：陶冶萬物。兒童誦君實，走卒知司馬。〔施註〕《澠水燕談》：司馬文正公以高才全德，大得中外之望，士大夫識與不識，稱之曰君實。下至閭閻畎畝，匹夫匹婦，莫不能道。司馬公身退十餘年，而天下之人，日冀其復用於朝。持此欲安歸，〔王註子仁曰〕《前漢書》：蒯通説韓信曰：「足下歸楚，楚人不信，歸漢，漢人震恐，足下持此安歸乎？」〔施註〕《三國志·魏·鍾會傳》：呼所親語之曰：「我自淮南以來，畫無遺策，四海所共知也，我欲持此安歸乎？」造物不我捨。名聲逐吾輩〔三九〕，此病天所赭。〔劉須溪曰〔四〇〕〕古者刑人衣赭衣，若《莊子》天刑之意耳。撫掌笑先生，年來效瘖啞。〔施註〕《舊唐書·太宗紀》：一歲再赦，善人瘖啞。〔查註〕《東都事略》：光乞判西京留司御史臺以歸，自是絶口不論事。《烏臺詩案》：熙寧十年，司馬光在西洛葺園，名獨樂。軾於是年五月六日作詩寄題，言四海望司馬執政，陶冶天下，以譏見在執政，不得其人。又言兒童走卒，皆知姓字，終當進用。既言「終當進用」，亦是譏新法不便，終當用光。光却瘖啞不言，意望光依前正言攻擊新法。九月三日，準問目供説，不合虛稱無有譏諷，再勘，方招。【誥案】詩無攻擊之意，其時僅能瘖啞，無可再供，若更望之，是常夢不醒人語矣。此乃亶、定欲陷君實於誅，特坐實之，其坐公不藉此詩也。

和李邦直沂山祈雨有應

〔施註〕《周禮·夏官》：青州，其山鎮曰沂山。〔查註〕《元和郡縣志》：沂山，在沂水縣北一百二十里。《齊乘》沂山註云：沂水所出，山半有東鎮東安王廟石刻神像。又云：翁婆廟，即沂山之神，歷代封祀有典。李邦直詩云：南山高峻層，北山亦嶦崒。

山中有靈物。鬱鬱其焚蘭，罩罩其擊鼓。祝屢祝，巫屢舞。我民無罪神所憐，一夜雷風三尺雨。坐看兩山雲出没，雲行如驅歸若呼，始覺嶺木兮蒼蒼，溪水兮泱泱。雲散諸峰互明滅，東阡西陌農事忙，廟閉山空音響絶。

高田生黄埃，下田生蒼耳。〔王註〕杜子美《夏日歎》詩：雨降不濡物，良田起黄埃。《本草》：蒼耳，一名胡葈，一名地葵，亦名卷耳、猪耳。〔合註〕《漢書·溝洫志》：高田五倍，下田十倍。蒼耳亦已無，更問麥有幾。蛟龍睡足亦解慚，二麥枯時雨如洗。不知雨從何處來，但聞吕梁百步聲如雷。〔王註厚曰〕莒縣有石梁，謂之吕梁，今謂百步洪，在徐州彭城之東。〔施註〕《莊子·達生篇》：孔子觀於吕梁，懸水三十仞，流沫四十里。〔查註〕吕梁、百步，徐州二洪也。試上城南望城北，〔施註〕杜子美《哀江頭》詩：黄昏胡騎塵滿城，欲往城南忘城北。際天菽粟〔四一〕青成堆。〔施註〕《莊子·刻意篇》：上際於天。柳子厚詩：故國千里無山河，麥芒際天摇青波。飢火燒腸作牛吼，〔合註〕白樂天詩：飢火燒其腸。沈約《禪林寺尼淨秀行狀》：忽聞空中有聲，狀如牛吼。不知待得秋成否？〔施註〕《莊子·庚桑楚篇》：春氣發而百草生，正得秋而萬寶成。杜牧之《霅溪館》詩：萬家相慶喜秋成。半年不雨坐龍慵，共怨〔四二〕天公不怨龍。今朝一雨聊自贖，〔施註〕《唐·李邕傳》：請戍邊自贖。龍神社鬼〔四三〕各言功。〔施註〕「龍神」見《法華經》。《漢·王莽傳》：社鬼記之。《蕭何傳》：漢五年，論功行封，羣臣爭功，歲餘不決。無功日盜太倉穀〔四四〕，〔王註〕杜子美《醉時歌》詩：日糴太倉五升米。〔施註〕《毛詩·伐檀》，在位貪鄙，無功而受禄。嗟我與龍同此責。勸農使者不汝容，〔查註〕時邦直爲京東提刑。按《職官分紀》：天禧四年，改諸路提刑爲勸農使。因君作詩先自劾。〔王註師民瞻曰〕《漢書·韋玄成傳》：玄成作詩，自劾責。〔堯卿曰〕韓退之詩：家請官供不報答，無異鼠雀偷太倉。行袖手版付丞相，不待彈劾還耕桑。此公之意也。〔查註〕《烏臺詩案》：熙寧十年，軾知徐州日，六月内，李清臣因沂山禱雨有應，作詩寄軾，軾作詩一首與清臣。除無譏諷外，不合言神龍慵懶不行雨，却使人心怨天公，以諷大臣不任職，不能燮理陰陽，却使人怨天子，以天公比天子，以神龍社鬼比執政大臣及百職事。軾自言無功竊禄，與龍無異。當時送與。李清臣來相謁，戲笑言，承見示詩，只是勸農使者，不管恁地事。

次韻〔四五〕子由與顔長道同遊百步洪，相地築亭種柳

〔查註〕《名勝志》：百步洪，在徐州城東南二里。水中若有限石，懸下迅急，亂石激濤，凡數里。《宋史》：顔復，字長道。魯人顔子四十八世孫。父太初，以名儒爲國子監直講。嘉祐中，試中書第一，賜進士，爲校書郎。熙寧中，爲國子監直講。坐王安石罷。元祐初，起太常博士，累遷中書舍

人兼國子祭酒，以疾改天章閣待制，卒年五十七。子岐，門下侍郎。《欒城集·陪子瞻遊百步洪》詩云：城東泗水平如席，城頭遠山銜落日。輕舟鳴櫓自生風，渺渺江湖動顏色。中洲過盡石縱横，南去清波頭盡白。岸邊怪石如牛馬，銜尾舳艫誰敢下。没人出没須臾間，却立沙頭手足乾。客舟一葉久未上，吴牛回首良間關。風波蕩潏未可觸，歸來何事嘗艱難。樓中吹笛暮烟起，出城騎火催君還。

平明〔四六〕坐衙不暖席，〔施註〕白樂天《喜罷郡》詩：枕上休聞報，坐衙不暖席。歸來閉閤閑終日。〔王註〕《漢書》：汲黯多病，卧閤内不出，歲餘，東海大治。卧聞客至倒屣迎，〔王註〕陳壽《三國志·魏·王粲傳》：左中郎將蔡邕，見而奇之，時邕才學顯著，貴重朝廷，聞粲在門，倒屣迎之。兩眼蒙籠餘睡色。〔合註〕郭璞《遊仙》詩：蒙籠蓋一山。《文選》「籠」作「龍」。城東泗水步可到，〔施註〕《九域志》：徐州泗水。今呼爲清河。路轉河洪翻雪白。安得青絲絡駿馬，〔王註〕杜子美《高都護驄馬行》詩：青絲絡頭爲君老。蹙踏飛波柳陰下。奮身三丈兩蹄間，〔王註〕《史記》：張儀説韓王曰：「秦馬之良，戎兵之衆，探前趹後，蹄間三尋，騰者不可勝數。」《蜀志註》：劉備出所乘馬名的盧，騎走，渡襄陽城西檀溪水，中溺，不得出，的盧乃一踴三丈，遂得過。振鬣長鳴聲自乾。〔施註〕《戰國策》：楚客謂春申君曰：「騏驥遇伯樂，俯而噴，仰而鳴，以伯樂之知己也。今君獨無意使僕長鳴乎？」少年狂興久已謝，但憶嘉陵繞劍關。〔王註厚曰〕嘉陵江水，出大散關，下嘉陵谷，南行，逕鳳、興、利至劍門關下木瓜園，轉東，向閬中，西與涪水會。〔查註〕《元和郡縣志》：劍關道，其山峭壁千丈，下瞰絶壑，飛閣以通行旅。劍關大道車方軌，〔王註〕《漢書》：李左車説成安君曰：「井陘之道，車不得方軌，騎不得成列。」君自不去歸何難。山中故人應大笑，〔施註〕李太白《南陵别兒童入京》詩：仰天大笑出門去。築室種柳何時還。

與梁先、舒焕泛舟，得臨釀字，二首

〔查註〕梁先，字吉老。見本集《李憲仲哀詞·引》中。舒焕，字堯文。時爲徐州教授。見《烏臺詩案》。

其一

彭城古戰國，〔王註縯曰〕彭城，徐州也，古有莘氏之國，自春秋至唐末，多戰争之地。〔次公曰〕漢高、項羽、劉裕，皆起彭城。〔查註〕《水經注》：彭城，殷大夫老彭之國也，於春秋爲宋地。《成十八年》：楚伐宋，并之，以封魚石。崔季珪《述初賦》：報黄公於邳圯，勒魚石於彭城。即是處矣。《名勝志》：秦始置彭城縣，屬泗水郡，漢高祖改泗水爲沛郡，又分沛郡立楚國，因置徐州。孤客倦登臨。汴泗交流處，〔查註〕《水經注》：泗水又南，淮水入焉，經彭城縣故城。《名勝志》：泗水源出山東泗水縣，南流過沛縣，至徐州東北，合汴水，循城東南達淮。汴水自河南浚儀縣界東流，過蕭縣，至州城東北，與泗水合。二水滙而爲潭，極深，有龍居之。清潭百丈深。〔施註〕李太白《贈楚司馬》詩：百尺清潭寫翠娥。故人輕千里，繭足〔四七〕來相尋。〔王註縯曰〕吴入郢，申包胥走秦乞師，足皆生繭。〔施註〕《戰國策》：蘇秦足重繭，日百而舍，造外闕，顧見於前，口道天下之事。何以娱嘉客〔四八〕，潭水洗君心。〔施註〕李太白《送裴十八圖南歸嵩山》詩：君思潁水渌，忽復歸嵩岑。歸時莫洗耳，爲我洗君心。【誥案】此首與梁先。

其二

老守厭簿書，〔施註〕《漢·賈誼傳》：大臣特以簿書不報，期會之間，以爲大故。先生罷函丈。〔王註次公曰〕罷函丈，言舒煥也。〔施註〕《禮記·曲禮上》：非飲食之客，則布席，席間函丈。鄭氏云：謂講問之客也。風流魏晉間，〔王註績曰〕魏、晉間士尚清談，慕達節，視名教吏事爲俗。〔施註〕《晉·樂廣傳》：天下言風流者，謂樂、王爲稱首焉。談笑羲皇〔四九〕上。河洪忽已過，水色緑可釀〔五〇〕。君無輕此樂，此樂清且放。【誥案】此首與舒煥。

次韻李邦直感舊

〔施註〕邦直初娶韓。東坡謂欲得佳壻，無易邦直。孫巨源於是首肯，卒以歸之。故此感舊詩，有「入夢」、「還鄉」之戲。又長短句云：誰教幽夢裏，插他花。亦此意也。

騶騎傳呼出跨坊，〔王註次公曰〕跨乃淩跨之跨，蓋以出而騶騎傳呼，則淩跨坊巷，入而簿書填委，則充滿堂廳。或曰：跨坊，乃籠街之義。〔施註〕《唐·温造傳》：舒元褒等言，中丞呵止不半坊，今乃至兩坊，謂之籠街。簿書填委入充堂。〔王註〕《文選》劉公幹詩：職事煩填委，文墨紛消散。〔次公曰〕陸士衡《歎逝賦》：居充堂而衍宇。亦必堂名。誰教按部如何武，〔王註〕《漢書》：何武爲揚州刺史，所舉奏二千石長吏先露章，服罪者免之而已；不服，極法奏之，抵罪或致死。只許清尊對孟光。〔查註〕《李清臣本傳》稱：其自幼敏悟，韓琦以兄子妻之。則邦直元配爲韓，而巨源之女爲繼室耳。婉娩有時來入夢，〔王註〕韓退之詩：孤遊懷耿介，旅宿夢婉娩。温柔何日聽還鄉。〔王註〕

《趙飛燕外傳》：飛燕進合德，成帝謂爲溫柔鄉，曰：「吾老是鄉矣，不能效武皇帝求白雲鄉也。」酸寒病守尤堪笑，千步空餘僕射場。〔王註厚曰〕張建封好擊毬之戲，韓愈佐幕，以書戒之。又《贈張僕射》詩：汴泗交流郡城角，劚場千步平如削。

次韻答邦直、子由五首〔五二〕

〔施註〕《東坡詩案》云：李清臣答弟轍詩二首，批云，可求子瞻和。軾却作詩二首和清臣，其內一首，首句云「五斗塵勞尚足留」。集中失載此詩，今附於後。又云：軾又用弟轍韻與李清臣六首。蓋東坡次韻，通爲八首，集中止有四首，今收《詩案》一首，猶逸其三也。【誥案】施註所收《詩案》一首，卽「五斗塵勞」一章，在《欒城集》乃次韻邦直之第二首，而查註以爲子由鷗字韻已逸，以公詩充數者。以詩論，當是公作。

其一

簿書顛倒夢魂間，知我疎慵肯見原。閑作閉門僧舍冷，〔施註〕韋應物《郡齋》詩：惟我出塵意，賞愛似僧家。卧聞〔五三〕吹枕海濤喧。忘懷杯酒逢人共，〔施註〕白樂天《病游卽事》詩：逢人共杯酒。〔合註〕駱賓王序：忘懷在真俗之中。引睡文書信手翻。〔王註〕白樂天詩：卧枕一卷書，起嘗一杯酒。書將引昏睡，酒用扶衰朽。〔施註〕白樂天《晚庭逐涼》詩：引睡卧看書。欲吐狂言喙三尺，〔王註〕《莊子·徐無鬼篇》：丘願有喙三尺。〔施註〕馬異《答盧仝結交》詩：與君俛首大艱阻，喙長三尺不得語。《朝野僉載》：陸餘慶爲洛州，善論事，而謬於判決。時嘲之曰：「說事喙，長三尺；判事手，重五斤。」怕君嗔我〔五三〕却須吞。〔公自註〕邦直屢以此見戒。〔王註〕杜牧之詩：撩頭雖欲吐，到口却成吞。

其二

城南短李好交遊，箕踞狂歌不自由〔五四〕。〔王註〕劉伶《酒德頌》：奮髯箕踞。尊主庇民君有道，〔王註〕《舊唐書》：尊主庇民者，遭時也。【誥案】邦直非尊主庇民者，觀下句似有諷意。樂天知命我無憂〔五五〕。〔王註〕《列子·仲尼篇》：顏回曰：「昔聞之夫子，曰，樂天知命故不憂。」醉呼妙舞留連夜，〔公自註〕邦直家中舞者甚多〔五六〕。〔施註〕杜子美《鄭駙馬池臺喜遇鄭廣文同飲》詩：留連春夜舞。又：《陪王侍御同登東山最高頂》：妙舞逶迤夜未休。閑作清詩斷送秋。〔王註〕白樂天詩云：留連燈下明猶飲，斷送尊前倒即休。〔施註〕韓退之詩：斷送一生惟有酒。瀟灑使君殊不俗，〔施註〕《文選》孔稚圭《北山移文》：瀟灑出塵之想。〔合註〕《魏志·公孫度傳註》：辨而不俗。樽前容我攬須不？〔查註〕《烏臺詩案》：李邦直原唱一首云：東來嘗恨少朋游，得遇高人蘇子由。已誓不言天下事，相看俱遣世間憂。新詩定及三千首，曩別幾成二十秋。南省都臺風雪後，問君還記劇談不？《欒城集·和李邦直見邀終日對卧南城亭上二首》云：一徑陂陁草木間，孤亭勝絶俯川原。青天圖畫四山合，白晝雷霆百步喧。烟柳蕭條漁市遠，汀洲蒼莽白鷗翻。客舟何事來悤草，逆上波濤吐復吞。又：東來無事得遨遊，奉使清閑亦自由。撥棄簿書成一飽，留連笑語失千憂。舊書半卷都如夢，清簟横眠似欲秋。聞說歸朝今不久，塵埃還有此亭不？

其三

老弟東來殊寂寞，〔施註〕《楚辭》劉向《九歎》：幽空虛以寂寞。故人留飲慰酸寒。〔施註〕韓退之詩：酸寒溧陽尉。草荒城角開新徑，〔查註〕《水經注》：淮泗之會，即城角也。雨入河洪失舊灘。車馬追陪迹未掃，〔施註〕《後漢·杜密傳》：劉勝自蜀郡告歸鄉里，閉門掃軌，無所干及。註云：軌，車迹也。唱酬往復字應漫。〔施註〕《後漢·禰衡傳》：初達潁川，陰懷一刺，既無所之適，至刺字漫滅。此詩更欲憑君改，待與江南子布看。〔王註〕《吳志》：張昭，字子布。註：《典略》云：余曩聞劉荊州嘗自作書欲與孫伯符，以示禰正平。正平蚩之，言，如是爲欲孫策帳下兒讀之邪，將使張子布見乎？如正平言，以爲子布之才高乎？

其四

君雖爲我此遲留，〔合註〕范彥能詩：遲留法未輕。韓退之賦：容盡日以遲留。別後淒涼我已憂。不見便同千里遠，退歸〔五七〕終作十年游。恨無揚子一區宅，懶臥元龍百尺樓。〔王註〕《三國志》：許汜與劉備在劉表坐，共論天下人。汜曰：「陳元龍湖海之士，豪氣不除。昔遭亂過下邳，元龍無客主之意，自上大牀臥，使客臥下牀。」備曰：「今天下大亂，所望君憂國忘家，有救世之意，而君求田問舍，是元龍所諱也，何緣當與君語。如小人欲臥百尺樓上，臥君於地，何但上下牀之間邪？」聞道鵷鸞〔五八〕滿臺閣，〔施註〕劉禹錫《和蘇十郎中》詩：左掖鵷鸞到室中。〔合註〕《樂府·焦仲卿妻詩》：仕宦於臺閣。網羅應不到沙鷗。〔查註〕以上二首，答子由原韻。《欒城集·次韻邦直見答二首》云：真能一醉逃煩暑，定勝三杯禦臘寒。自有詩書供永日，莫將絲竹亂風灘。舞雩何處歸春暮，叩角誰人怨夜漫。聞道丹砂近有術，錙銖稱火共君看。《烏臺詩案》：李邦直一首云：匙飯盤蔬強少留，相逢何物可消憂。緣君未得酒中趣，與我漫爲方外遊。草亂不容移馬跡，山雄全欲逼城樓。濟時異日須公等，莫狎翩翩海上鷗。

其五

五斗〔五九〕塵勞尚足留，閉關〔六〇〕却欲〔六一〕治幽憂。〔施註〕《文中子》：或問：「劉靈何如人也？」曰：「古之閉關人也。」韓退之《寄盧仝》詩：閉門不出動一紀。羞爲毛遂囊中穎，〔施註〕《史記·平原君傳》：秦圍邯鄲，平原君求合從於楚，取於門下客，得十九人。有毛遂者，自贊備員，曰：「使遂蚤得處囊中，乃脱穎而出。」未許朱雲〔六二〕地下遊。〔施註〕《漢·朱雲傳》：臣願賜尚方斬馬劍，斷佞臣一人，以厲其餘。上問曰：「誰也？」對曰：「安昌侯張禹。」上大怒，御史將雲下，雲攀殿檻，檻折。雲呼曰：「得從龍逢、比干遊於地下，足矣。」無事會須成好飲，思歸時欲〔六三〕賦《登樓》。羨君幕府如僧舍，〔施註〕《世説》：蔡洪赴洛，人問曰：「幕府初開，羣公辟命。」日向城南〔六四〕看浴鷗。〔施註〕杜子美《江邊星月》詩：鷺浴自晴川。〔查註〕《烏臺詩案》：與李清臣干涉事。軾和清臣，其内一首「五斗塵勞尚足留」云，朱雲，漢成帝時乞斬張禹，成帝欲誅之，雲曰，臣得下從龍逢、比干遊，足矣。龍逢，夏桀臣，比干，商紂臣，皆由諫而死。軾爲屢言新法不便，不蒙施行，以朱雲自比。意至明之世，無誅戮之事，故言軾未許與朱雲地下遊。王粲是魏武時人，因天下亂離，故粲在荆州依托，作《登樓賦》，賦中有懷鄉思歸之意。軾爲屢言新法不便，不蒙施行，有罷官懷鄉之意，亦欲作此賦也。軾在臺於八月二十八日供出，即不係朝旨降到册子内。

送顔復兼寄王鞏

〔施註〕顔復，字長道。父名太初，字醇之。先師兖公之四十七世孫，號鳧繹先生，東坡爲敍其文。元祐初，長道入爲太常博士，寖遷二史經筵西掖，以病改待制，未拜而卒。子岐，建炎中爲門下侍郎。【誥案】公會議富弼配饗神宗廟廷，顔復與議，正其在京時也。〔施註〕王鞏，字定國。文正公旦之孫，懿敏公素之子。有儁才，長於詩。東坡稱其詩清平豐融，藹然有治世之音。〔合註〕《續通鑑長編》：熙寧八年閏四月，趙世居謀不軌，大理評事王鞏追兩官勒停，以見徐革言世居涉不順而不告也。

彭城官居〔六五〕冷如水，〔施註〕白樂天《司馬廳》詩：官曹冷似冰。誰從我遊顔氏子。〔王註〕《繫辭》：顔氏之子，其殆庶幾乎？〔施註〕《漢・高帝紀》：十一年詔曰，有肯從我游者，吾能尊顯之。我衰且病君亦窮，衰窮相守正其理。胡爲一朝捨我去，〔施註〕韓退之《贈張籍》詩：子又捨我去，我懷焉所窮。輕衫觸熱行千里。〔王註〕杜子美《送高三十五書記》詩：借問今何官，觸熱向武威。〔施註〕《藝文類聚》：晉程曉《伏日》詩，今世褦襶子，觸熱到人家。問君無乃求之與，答我不然聊爾耳。京師萬事日日新，故人如故今有幾。君知牛行相君宅，〔施註〕鞏大父文正公，居牛行街，見徐度《南窗紀談》。《史記・范雎傳》：天下之事，皆決於相君。〔查註〕《東京夢華録》：潘樓東街巷，出舊曹門，朱家橋瓦子。下橋，人烟市井，不下州南，以東牛行街，一直抵新城。扣門但覓王居士。〔施註〕《楞嚴經》：若諸衆生愛談名言，清淨自居，我於彼前現居士身，而爲説法，令其成就。〔合註〕「居士」字，始見《禮記》。清詩草聖俱入妙，〔施註〕《法書苑》：衛瓘、鍾繇等章草，入妙品。别後寄我書連紙。苦恨相思不相見，〔施註〕《古樂府》：道遠不可思，宿昔夢見之。他鄉各異縣，展轉不相見。約我重陽嗅霜蕊。君歸可喚與俱來，〔施註〕《史記・范雎傳》：鄭安平言於王稽曰：「臣里中有張禄先生，欲見君言天下事，其人有讐，不敢晝見。」王稽曰：「夜，與俱來。」〔施註〕定國約先過安道，而以重陽謁公於徐，故屬長道拉與俱來。然定國過南京，竟以事不至，有詩送梁交寄坡，坡和答，有「花枝不共秋敧帽，筆陣空來夜斫營」之句。後一歲，始赴重陽之約。未應指目妨進擬。〔施註〕《漢·陳勝傳》：旦日，卒中往往指目勝、廣。《舊唐書·李珏傳》：文宗語珏曰：「竇易直勸我，宰相進擬，五人留三人，兩人勾一人。」〔合註〕《續通鑑長編》：熙寧八年閏四月，賜右羽林大將軍秀州團練使世居死。大理評事王鞏追兩官勒停，以鞏見徐革言涉不順而不告。又，上曰：「鞏見徐革言世居似太祖，反勸令焚毀文書。」詩意似言鞏已勒停，不能進擬，卽來游徐，未有所妨也。太一老仙閑不出，〔公自註〕張安道爲中太一宮使〔六六〕。〔施註〕鞏，安道壻也。李賀《羅浮山人與葛篇》：博羅老仙時出洞。〔查註〕《容齋三筆》：熙寧六年，司天中官正周琮言，據《太一經》推算，熙寧七年甲寅歲，太一陽九、百六之數，至是年復元之初，爲災厄之會，而得五福太一，移入中都，可以消災爲祥。竊詳五福太一，自雍熙甲申歲入東南巽宮，故修東太一宮於蘇村。天聖己巳歲入西南坤位，故修西太一宮於八角鎮。望稽詳故事，崇建宮宇。詔度地於集禧觀之東，於是爲中太一宮。【誥案】時子由尚在徐州，而公已有此句，可見子由到南京簽判任，在方平罷任後也。踵門問道今時矣。〔施註〕《莊子·達生篇》：有孫休者，踵門而詫子扁慶子。因行過我路幾何，願君推挽加鞭箠。〔施註〕《左傳·襄公十四年》：臧孫說，謂其人曰：「衛君必入。夫二子者或輓之，或推之，欲無入，得乎？」吾儕一醉豈易得，買羊釀酒〔六七〕從今始。〔王註〕韓退之詩：買羊酤酒謝不敏。

蝎虎

〔王註洪朋曰〕《方言》云：秦、晉、西夏謂之守宮，又呼蝘蜓。其在澤中者，謂之蜥蜴，南楚謂之蛇醫。〔合註〕《續通鑑長編》：熙寧十年三月，內出蜥蜴祈雨法，試之果驗。詔附宰鵝祈雨法頒行之。此詩當是奉到頒行法而作也。

黄鷄啄蝎如啄黍，〔王註〕李太白《南陵别兒童入京》詩：黄鷄啄黍秋正肥。窗間守宫稱蝎虎。〔王註厚曰〕漢武帝以端午日取蜥蜴，置之器，飼以丹砂，至明年端午擣之，以塗宫人之臂。有所犯，輒消没。以其驗於此，故得守宫之名。李賀所謂「玉臼夜舂紅守宫」者是也。闇中繳尾伺飛蟲，巧捷功夫在腰膂。〔施註〕《文選》曹子建樂府：連翩擊鞠壤，巧捷惟萬端。跂跂脈脈善緣壁，〔王註〕《東方朔傳》：上嘗使諸數家射覆，置守宫盂下，射之，皆不能中。東方朔别蓍布卦而對曰：「臣以爲龍又無角，謂之爲蛇又有足，跂跂脈脈善緣壁，是非守宫卽蜥蜴。」陋質從來誰比數。今年歲旱號蜥蜴，〔六八〕狂走兒童鬧歌舞。能銜渠水作冰雹，便向蛟龍覓雲雨。〔施註〕《三國志·吴·周瑜傳》：上疏云：劉備、關、張俱在疆埸，恐蛟龍得雲雨，終非池中物也。〔合註〕何焯曰：亦有諷意。守宫努力搏蒼蠅，明年歲旱當求汝。〔施註〕楊文公《談苑》：魏庠言：昔游關中佛寺，值村民祈雨，沙門有善胡法者，求得蜥蜴十數，置甕中。以樹葉漬水，童男女數人持柳枝，呪曰：「蜥蜴蜥蜴，興雲吐霧，雨今滂沱，放汝歸去。」咸平初，余守縉雲，適閔雨，用此有驗，具奏其事。蜥蜴，蓋龍類也。

子由將赴南都，與余會宿於逍遥堂，作兩絶句，讀之殆不可爲懷，因和其詩以自解。余觀子由，自少曠達，天資近道，又得至人養生長年之訣，而余亦竊聞其一二。以爲今者宦游相别之日淺，而異時退休相從之日長，既以自解，且以慰子由云〔六九〕

〔王註十朋曰〕子由《逍遥堂會宿二首》并引云：轍幼從子瞻讀書，未嘗一日相捨。既壯，將遊宦四方，讀韋蘇州詩，至「那知風雨夜，復此對牀眠」，惻然感之。乃相約早退，爲閑居之樂。故子瞻始爲鳳翔幕府，留詩爲別，曰「夜雨何時聽蕭瑟」。其後子瞻通守餘杭，復移守膠西，而轍滯留於睢陽、濟南，不見者七年。熙寧十年二月，始復會於澶、濮之間，相從來徐，留百餘日，時宿於逍遥堂。追感前約，爲二小詩記之。子由《逍遥堂會宿》詩云：逍遥堂後千尋木，長送中宵風雨聲。誤喜對牀尋舊約，不知漂泊在彭城。第二首云：秋來東閣冷如水，客去山公醉似泥。困臥北窗呼不醒，風吹松竹雨淒淒。〔查註〕歸德府，宋爲南京。按《潁濱遺老傳》：改著作佐郎，簽書南京判官。今將赴南都，正簽書判官時也。〔合註〕《續通鑑長編》：熙寧八年十月，宣徽北院使中太一宮使張方平爲宣徽南院使，判應天府。十年五月，爲東太一宮使，聽居南京。方平四表乞致仕，而有是命。【誥案】合註所引《長編》，方平已罷任，其後公往南京《寄子由》詩「聯翩閲三守」句，合註又拉方平湊數，何也？

其一

別期漸近不堪聞，風雨蕭蕭已斷魂。猶勝相逢不相識，〔王註〕《後漢·黨錮傳》：夏馥爲黨魁，及張儉等亡命，皆被收考，辭所連引，布徧天下。馥乃自剪鬚變形，隱匿姓名，爲冶家傭。親突烟炭，形貌毁瘁，人無知者。弟靜，遇馥不識，聞其言聲，乃覺而拜之。形容變盡語音存。〔施註〕《戰國策》：趙襄子將知伯頭爲飲器。豫讓曰：「吾其報知氏之讐矣。」乃漆身爲厲，滅鬚去眉，自刑以變其容。爲乞人而往乞，其妻不識，曰：「狀貌不似吾夫，其音何類吾夫之甚也。」又呑炭爲啞，變其音。

其 二

但令朱雀長金花，〔施註〕陰真君《金液還丹歌》：北方正氣爲河車，東方甲乙成丹砂。兩情合養歸一體，朱雀調護生金花。此別還同一轉車。〔王註〕賈島詩：碌碌復碌碌，百年雙轉轂。五百年間誰復在？會看銅狄兩咨嗟。〔施註〕《後漢·薊子訓傳》：人於長安東霸城見之，與一老翁，共摩挲銅人，相謂曰：「適見鑄此，而已近五百歲矣。」《水經注》：魏黃初元年，徙長安金狄，重不可致，因留霸城南。

留題石經院三首

〔查註〕石經院，在臺頭寺中。本集《題跋》云：熙寧十年八月四日，與子由同來，留小詩三首。子由和云：岧嶤山上寺，近在古城中。苦恨河流遠，長教眼力窮。又：盤曲山前路，流年向此消。興亡須一弔，范叟卧山腰。又：孤絶山南寺，僧居無限情。不知行道處，空聽暮鐘聲。【誥案】《欒城集》同。

其 一

葱蒨門前路，【誥案】「葱蒨門前路」、「夭矯庭中檜」、「窈窕山頭井」，特有意，句法一式，而淺深則別。行穿翠密中。

【誥案】此二句，是第一首起法。却來堂上看，巖谷意無窮。

其二

夭矯庭中檜〔七〇〕，〔合註〕《淮南子》：夭矯曾撓。枯枝鵲踏消。【誥案】崔駰賦：幹弱枝彊，末大本消。詩用其意，故以枯枝代本字也。瘦皮纏鶴骨，高頂轉龍腰。

其三

窈窕山頭井，〔施註〕《文選》王文考《靈光殿賦》：旋室㛹娟以窈窕。〔查註〕《名勝志》：石佛井，在雲龍山頂，雲氣出其中，去地可七百餘尺。潛通〔七一〕伏澗清。〔施註〕杜子美《秦州雜詩》：萬古仇池穴，潛通小有天。欲知深幾許，聽放〔七二〕轆轤聲。〔施註〕鄭嵎《津陽門》詩註：石甕寺飛泉樓中轆轤，斜引修綆，長二百尺，以引甕泉。〔合註〕梁簡文帝詩：銀牀繫轆轤。

過雲龍山人張天驥

〔查註〕《名勝志》：雲龍山，在徐州城西二里。山出雲氣，蜿蜒如龍，故名。張天驥，字聖塗。見本集《七寶寺題名》。

郊原雨初足，風日清且好。病守亦欣然，〔施註〕《莊子・秋水篇》：河伯欣然自喜。肩輿白門道。〔施

註〕白樂天《游玉泉》詩：肩輿半日程。《後漢・吕布傳》：與麾下登白門樓。宋《北征記》：下邳城有三重。白門，大城之門，吕布所守也。荒田咽蛩蚓，村巷懸梨棗。下有幽人居，〔施註〕《文選》顔延年《贈王太常》詩：仄同幽人居，郊扉常晝閉。閉門空雀噪。西風高正厲〔七三〕，落葉紛可掃。孤童〔七四〕卧斜日，病馬放秋草。墟里通有無，〔施註〕《尚書・益稷》：懋遷有無。《三國志・周瑜傳》：堅子策，與瑜同年，相友善，升堂拜母，有無相共。垣牆任摧倒。君家本冠蓋，絲竹鬧鄰保。脱身聲利中，道德自濯澡。【誥案】三十二卷，查註改列公《次韻送張山人歸彭城》詩於互見卷中，合註以爲誤，仍以入編，而此處又引邵博語，自爲矛盾。張天驥既能與公唱和，即不得謂之一無知村夫，且有「冠蓋」二句，尤非無知村夫事，今删。躬耕抱羸疾，〔王註〕《晉・陶潛傳》：躬耕自資，遂抱羸疾。奉養百歲老。詩書膏吻頰，菽水媚翁媪。〔施註〕《禮記・檀弓下》：子路曰：「傷哉，貧也，生無以爲養。」夫子曰：「啜菽飲水盡其歡，斯之謂孝。」〔合註〕梁武帝文：閭尹有翁媪之稱。〔查註〕本集《題張希甫墓志後》云：余爲徐州，始識張希甫父子。元年之冬，李夫人病没，徐人多言其賢。天驥出其母手書數十紙，紀浮屠道家語，筆迹不類婦人。是時，希甫年七十，辟穀導引，飲水百餘日，甚瘠而不衰，目瞳子炯然。飢寒天隨子，杞菊自擷芼。〔施註〕陸龜蒙《杞菊賦序》：天隨生宅荒，前後皆樹以杞菊，春苗恣肥，得以采擷，供左右杯。按，《詩・周南・芣苢》：采采芣苢，薄言擷之。又云：參差荇菜，左右芼之。慈孝董邵南，〔王註厚曰〕韓退之詩：嗟哉董生孝且慈。雞狗相乳抱。〔合註〕陸龜蒙詩：譬如養雞鶩，豈不容乳抱。吾生如寄耳，〔施註〕《法苑珠林》：支遁在剡，謝安與書云，人生如寄耳，終日戚戚，遲君來以晤言消之。歸計失不早。故山〔七五〕豈敢忘，但恐迫華皓。〔施註〕《明皇雜録》：李林甫曰：「食甘露羹，縱華皓亦必髮黑。」從君好種秫〔七六〕，斗酒時自勞〔七七〕。

贈王仲素寺丞

〔公自註〕名景純〔七八〕。【誥案】仲素罷仕，隱灊山。其游彭城，年七十四矣，留三日去。查註謂仲素致仕將歸者，誤，已刪。

養氣如養兒，〔王註〕《老子》：專氣致柔，能如嬰兒乎？《醫經》云：欲養兒，慎風池。棄官如棄泥。〔王註〕《莊子·田子方篇》：棄隸者若棄泥塗。人皆笑子拙〔七九〕，事定竟誰迷。歸耕獨患貧，問子〔八〇〕何所齎？尺宅足自〔八一〕庇，寸田有餘畦，〔王註厚曰〕《黄庭經》：寸田尺宅可治生。兩眉間爲上丹田，心爲絳宫田，臍下三寸爲下丹田。明珠照短褐，〔王註〕《老子》：被褐懷玉。〔施註〕《列子·力命篇》：北宫子衣其短褐。〔合註〕阮籍《詠懷》詩：被褐懷珠玉。《韓詩外傳》：短褐不蔽形。陋室生虹霓。雖無孔方兄，〔施註〕《晉·魯褒傳》：作《錢神論》：錢之爲體，有乾坤之象，親之如兄，字曰孔方。顧有法喜妻。〔施註〕《維摩經》：法喜以爲妻，慈悲以爲女。彈琴一長嘯，不答阮與嵇。〔王註〕《晉·孫登傳》：登好讀《易》，撫一弦琴，見者皆親樂之。嘗住宜陽山，文帝聞之，使阮籍往觀，與語，不應。嵇康又從之遊三年，問其所圖，終不答。曹南劉夫子，〔王註次公曰〕劉夫子，豈劉宜翁乎？先生在惠州時，有書與宜翁，咨問道要，自以爲杜門屏居，胸中廓然，實無荆棘，有受道之質。〔堯卿曰〕劉安世待制，字器之，曹南人。得養生煉丹術。〔施註〕或云：謂劉誼，恐未然。【誥案】二劉皆非，是宜翁乃吴興人，故施云未然也。器之晚好譚禪，公北還，遇於虔州，始相合。乃後二十五年事。名與子政齊。家有《鴻寶書》，〔施註〕《漢·楚元王傳》：劉向，字子政，本名更生。淮南王有《枕中鴻寶秘書》，言神仙使鬼物爲金之術。更生父德，治淮南獄，得其書。更生幼而讀誦，以爲奇，獻之。上令典尚方鑄作事，費甚多，方不驗，乃下更生吏。不鑄金裹蹄。〔王註〕《漢・武帝紀》：太始二年三月，詔曰：「有司議曰，朕郊見上帝，西登隴首，獲白麟以饋宗廟，渥洼水出天馬，泰山見黃金，宜改故名。今更黃金爲麟趾褭蹄，以協瑞焉。」促膝問道要，〔施註〕杜子美《相從歌》：夜如何其初促膝。遂蒙分刀圭。〔王註〕韓退之詩：金丹別後知傳得，乞取刀圭救病身。《本草》：丸散藥有云刀圭者，十分方寸匕之一，準如梧桐子大〔八二〕。不忍獨不死，〔施註〕韓退之《太學博士李君墓誌》：余自袁州還京師。襄陽乘舸，邀我於蕭洲，屏人曰：「我得秘藥，不可獨不死，今遺子一器。」註：襄陽，孟簡也，時爲節度使。尺書肯見梯。〔合註〕取梯引之意。我生本强鄙，少以氣自擠。孤舟倒江河，〔合註〕此言學道修養之訣。倒江河，卽水逆流之意。赤手攬象犀。〔合註〕此與上句同意。年來稍自笑，留氣下暖〔八三〕臍。苦恨聞道晚，意象颯已凄。〔合註〕李嶠書：筌蹄意象。空見孫思邈，區區賦《病梨》〔八四〕。〔王註續曰〕《唐書》：盧照鄰得惡病，從孫思邈問養生之道，作《病梨賦》以自悲。〔施註〕《舊唐書・孫思邈傳》：庭前有病梨樹，盧照鄰爲之賦，序：思邈曰：「道合古今，學殫數術，高談正一，則古之蒙莊子；深入不二，則今之維摩詰；其推步甲乙，度量乾坤，則洛下閎、安期生之儔也。」

陽關詞三首〔八五〕

〔王註次公曰〕三詩各自說事，先生皆以陽關歌之，乃聚爲一處，標其題曰《陽關三絶》。

贈張繼愿〔八六〕

【誥案】別本題止軍中二字，施本題作《右贈張繼愿》，列於詩後。其《答李公擇》、《中秋月》二題並同。今從全集及王本，概去右字，改列詩前。

受降城下紫髯郎。〔施註〕《漢·匈奴傳》：今因杅將軍築受降城。〔查註〕《舊唐書》：神龍三年，張仁愿於河北築三受降城，首尾相應，以絕南寇之路。自是突厥不敢度山放牧。《元和郡縣志》：東受降城，漢雲中郡地，在榆林縣東北八里。中受降城，本漢五原郡地，今爲天德軍。西受降城，在豐州西北八十里，蓋漢朔方郡地。戲馬臺前〔七〕古戰場。〔王註次公曰〕戲馬臺，在徐州彭城縣，項羽所築。宋武建第舍，重九日引賓客，登臺賦詩。自春秋以來，乃用武之處。春秋鄭伯取宋彭城，而漢高祖、項羽皆起於此，後漢吕布自下邳相持，築城於彭城。〔施註〕《唐文粹》李華《弔古戰場文》：亭長告余曰：「此古戰場也。」恨君不取契丹首，〔合註〕《隋書》：契丹之先，與庫莫奚異種而同類，居黄龍之北。金甲牙旗歸故鄉。〔施註〕《文選》潘安仁《關中》詩：桓桓梁征，高牙乃建。註云：牙，牙旗也。《兵書》曰：牙旗，將軍之旗。張平子《東京賦》：牙旗繽紛。〔合註〕蔡琰詩：金甲耀日光。

答李公擇

〔施註〕李公擇先知湖州，自湖移濟南，故東坡以霅溪女戲之。

濟南春好雪初晴，〔施註〕《唐·地理志》：齊州濟南郡。行到〔八〕龍山馬足輕。〔查註〕濟南有龍山鎮，見《外紀》。〔翁方綱註〕王士禛《漁洋詩話》云：濟南郡城東七十里龍山鎮，即《水經》巨合城也。東坡《陽關詞》：行到龍山馬足輕。〔合註〕陳後山《談叢》：齊之龍山鎮，有平六故城附城，有走馬臺。使君莫忘霅溪女，時作〔九〕陽關腸斷聲。〔王註次公曰〕霅溪在湖州，李公擇先爲湖州故也。〔施註〕郗昂《樂府解題》：許永新歌奏慢聲，喜者聞之氣勇，愁者聞之腸斷。〔合註〕李義山詩：斷腸聲裏唱陽關。

中秋月

〔查註〕《風月堂詩話》云：東坡《中秋》詩，紹聖元年自題其後云，予十八年前，中秋與子由觀月彭城，時作此詩，以陽關歌之。

暮雲收盡溢清寒，銀漢無聲轉玉盤。〔施註〕李太白《古朗月行》詩：小時不識月，喚作白玉盤。此生此夜不長好，明月明年何處看。【誥案】江藩曰：《陽關詞》，古人但論三疊，不論聲調，以王維一首定此詞平仄。此三詩，與摩詰毫髮不爽。

和孔周翰二絶

再觀邸園留題

小園香霧曉蒙籠，醉守〔九〇〕狂詞未必工。【誥案】自謂前和詩也。魯叟録《詩》應有取，〔王註次公曰〕指言孔宗翰也。曲收彤管《邶、鄘風》。〔王註〕《詩・邶風・静女》：静女其孌，貽我彤管。傳云：后夫人必有女史，事無大小，記以成法。箋云：赤管，煒煒然也。〔堯卿曰〕嘗聞高密老儒之言曰：邸氏有賢婦，孀居不嫁，其節甚高。故公此詩用《静女》「彤管有煒」、《柏舟》「共姜自誓」，邶、鄘二風之事也。

觀靜觀堂效韋蘇州詩〔九一〕

弱羽巢林在一枝，〔王註〕柳子厚詩：每憶纖鱗游尺澤，翻愁弱羽上青霄。〔合註〕《唐語林》：貞觀中，蜀人李義府，八歲號神童。至京師，太宗在上林苑，便對。有得烏者，上賜義府，義府登時進詩曰：「日裏揚朝彩，琴中伴夜啼。上林多許樹，不借一枝棲。」上笑曰：「朕以全樹借汝。」後相高宗。幽人蝸舍兩相宜。〔合註〕《魏畧》：焦先，字孝然。自作一瓜牛廬，淨掃其中，呻吟獨語。《高士傳》：先常結草爲廬，後野火燒其廬，先露寢，遭冬雪大至，袒臥不移。樂天長短三千首，〔施註〕白樂天《白氏文集記》：樂天有文集七帙，合六十七卷，凡三千四百十七首。却愛韋郎五字詩。〔王註〕《舊唐書》白居易《與元微之書》云：韋蘇州歌行，才麗之外，頗近興諷。其五言詩，又高雅閑澹，自成一家之體，今之秉筆者，誰能及之。然當蘇州在時，人亦未甚愛重，必待身後，人始貴之。〔合註〕杜子美《送韋郎司直歸成都》詩：同病得韋郎。

答任師中、家漢公〔九二〕

【誥案】家勤國，字漢公。公同年定國之兄也。漢公未仕，其子愿登進士第，有聲。

先君昔未仕，杜門皇祐初。〔王註次公曰〕先君，言編禮也。皇祐，仁宗年號也。慶曆八年，歲在戊子，次年改皇祐，盡五年，改至和。〔施註〕《漢·司馬相如傳》：卓王孫恥之，爲杜門不出。道德無貧賤，風采照鄉閭。何嘗疎小人，小人自凋疎。出門無所詣，老史在郊墟〔九三〕。〔王註任居實曰〕老史，名經臣，字彥輔，眉之老儒。嘗作《思子臺賦》，公甚稱之。門前萬竿竹，〔合註〕杜子美《將赴成都草堂途中有作先寄嚴鄭公》詩：惡竹應須斬萬竿。堂上四庫書。〔王註〕《唐·藝文志》：兩都各聚書四部，以甲乙丙丁爲次，列經史子集四庫，其本有正副，軸帶牙籤，皆異色以別之。高樹紅消梨，〔王註〕《三秦記》云：漢武帝園，有大梨，如五升瓶，落地則破，名含消梨。小池白芙蕖。常呼赤脚婢，雨中擷園蔬。嬌嬌任夫子，罷官還舊廬。是時里中兒，始識長者車。〔王註〕《漢・陳平傳》：平家貧，席爲門，門外多長者車轍。杜子美《對雨書懷走邀許主簿》詩：門多長者車。烹雞酌白酒，〔王註〕李太白《南陵别兒童入京》詩：白酒新熟山中歸，黄雞啄黍秋正肥。呼童烹雞酌白酒，兒女嬉笑牽人衣。相對歡有餘。有如龐德公，往還葛與徐。妻子走堂下，主人竟誰歟。我時年尚幼〔四〕，作賦慕相如。〔王註〕《漢・揚雄傳》：先是蜀有司馬相如作賦，甚宏麗温雅，雄心壯之，每作賦，常擬之以爲式。〔施註〕杜子美《酬高使君相贈》詩：草玄吾豈敢，賦或似相如。侍立看君談，精悍實起予。〔王註吕祖謙曰〕《漢・嚴延年傳》：爲人短小精悍。歲月曾幾何，耆老逝不居。史侯最先没，孤墳拱桑樗。我亦涉萬里，清血滿襟袪。〔合註〕此指丁老蘇公憂也。杜牧之詩：清血灑不盡。陸龜蒙詩：有襦一緹，不襟不袪。漂流二十年，始悟萬緣虚。獨喜任夫子，老佩刺史魚。〔王註〕《唐書・車服志》：高祖入長安，罷隋竹使符，頒銀菟符。《舊唐書・輿服志》：武德元年，改銀菟符爲銅魚符。杜牧詩：使君四十四，兩佩左銅魚。〔查註〕《淮海集・任師中墓表》云：元豐中，知瀘州。〔合註〕《續通鑑長編》元豐二年二月載：職方郎中知瀘州任伋討夷宣力，減磨勘二年。蓋是年正月九日，伋雖衝替，尚在瀘也。威行烏白蠻，〔施註〕《唐・南蠻列傳》：蠻有邛部六姓，一姓白蠻也，五姓烏蠻也。〔查註〕《蜀鑑・西南夷考》自曲州、靖州西南距龍利城，通謂之西爨白蠻。自彌鹿、升麻二川，南至步頭，通謂之東爨烏蠻。延袤二千餘里。《唐會要》：東謝蠻，在黔州之西數百里，北至白蠻。《梁益州記》：巂州巂山，地接諸蠻部，有烏蠻、秋蠻。解辮請冠裾。〔王註〕丘希範《與陳伯之書》：夜郎滇池，解辮請職。〔施註〕《漢書・終軍傳》：將有解編髮，削左衽，襲冠帶，要衣裳而蒙化者焉。顔師古曰：編讀曰辮。師中在瀘，威信大著，歲滿當更，詔留再任，增秩。方當入奏事，〔施註〕《史記・

李斯傳》：上方閒，可奏事。清廟陳璠璵。〔王註〕《逸論語》曰：璠璵，魯之寶玉也。孔子曰：「美哉璠璵，遠而望之，煥若也，近而視之，瑟若也。」〔施註〕《左傳·定公五年》：陽虎將以璵璠斂。胡爲厭軒冕，歸意不少紓〔九三〕。上蔡有良田，〔王註次公曰〕上蔡，蔡州也。任公有田在新息。〔施註〕師中嘗爲蔡州新息令，邑人愛之，爲買田。黄沙走清渠。罷亞百頃稻，〔邵註〕罷亞，禾名，本作穲稏。雍容十年儲。閑隨李丞相，搏射鹿與豬。〔王註援曰〕李斯出獄，顧謂其中子曰：「吾復與若牽黄犬，出上蔡東門，逐狡兔，豈可得乎？」蒼鷹十斤重，〔王註洪朋曰〕《酉陽雜俎》云：鷹有荆窠白者，短身而大五斤，漁陽白五斤，東道白大者六斤。猛犬如黄驢。豈比陶淵明，窮苦自把耡。〔王註〕陶淵明《歸園田居》詩：晨興理荒穢，帶月荷耡歸。我今四十二，衰髮不滿梳。彭城古名郡，〔合註〕《晉書·顔含傳》：今莅名郡。乏人偶見除。頭顱已可知，幾何不樵漁。〔合註〕孔魚詩：蘭澤伴樵漁。會當相從〔九六〕去，芒鞋老菑畬。〔施註〕元微之詩：騰騰兀兀恣閑行，竹杖芒鞋稱野情。〔合註〕「菑畬」見《易經》。念子瘴江邊，〔施註〕韓退之《示湘》詩：知汝遠來應有意，好收吾骨瘴江邊。懷抱向誰攄。〔施註〕《文選》謝靈運《擬鄴中》詩：歡娱寫懷抱。賴我〔九七〕同年友，〔施註〕劉禹錫《送張盥赴舉詩引》：古人以偕受學，爲同門友，今人以偕升名，爲同年友。【誥案】公少與家漢公、退翁、復禮兄弟三人，同游學於西社，而與退翁爲同年，故送退翁詩有「吾州同年友，粲若琴上星」之句。以《謝知舉范舍人書》「軾也在十三人之中」證之，此即琴上星之比也。漢公未仕，此同年友，似因其弟連而及之，或以同門爲同年也。據詩，漢公在師中處，故但言其相歡而止，若以此同年友與送退翁之同年友並解，即大誤矣。前註皆失考，故爲論之。相歡出同與。〔施註〕《晉·夏侯湛傳》：與潘岳友善，每行止，同與接茵。冰盤薦文鮪，〔公自註〕鮪，鮥也。戎、瀘常有〔九八〕。〔王註〕韓退之詩云：冰盤夏薦碧實脆。〔施註〕《周禮·天官》：獻人春獻王鮪。玉斝傾浮蛆。〔施註〕劉孝標《廣絶交論》：霑玉斝之餘瀝。《説文》：斝，玉爵也。醉中忽思我，清詩綴瓊琚〔九九〕。知我少所諧〔一〇〇〕，教我時卷舒。〔施註〕韓退之詩：簡編可卷舒。世事日反覆，翩如風中旟。雀羅弔廷尉，秋扇悲婕妤。〔王註〕《文選》：趙飛燕姊弟得幸，班婕妤失寵，作《怨歌行》，云：裁爲合歡扇，團團似明月。常恐秋節至，涼飆奪炎熱。棄捐篋笥中，恩情中道絶。升沈一何速，喜怒紛衆狙〔一〇一〕。〔施註〕《莊子·齊物論篇》：狙公賦芧，曰：「朝三莫四。」衆狙皆怒。曰：「然則朝四而莫三。」衆狙皆悦。名實未虧，而喜怒爲用，亦因是也。芧，陸德明音序；司馬云，橡子也。沈存中《筆談》作芧，云：江南有小栗，謂之芧栗。此正莊子所謂狙公賦芧者。《列子》作與若芧，註云：栗也。作詩謝二子，我師甯與蘧。〔施註〕《文選》潘安仁《閑居賦》：雖吾顔之云厚，猶内媿於甯蘧。

初別子由

〔合註〕先生烹字韻，子由押榮字，句云：學成志益勵，秋霜落春榮。

我少知子由，天資和而清。〔施註〕《風俗通》：范滂天資聰叡。好學老益堅，表裏漸融明。豈獨爲吾弟，要是賢友生。不見六七年，微言誰與賡。〔施註〕《漢·藝文志》：仲尼没而微言絶。常恐坦率性，〔王註〕《唐國史補》：宋濟老於場屋，嘗試賦，誤落官韻，撫膺曰：「宋五又坦率矣。」名甚著。《盧氏雜説》云：唐德宗夏中微行西明寺，宋濟葛巾抄書。上曰：「茶請一碗。」濟曰：「鼎水方煎，此有茶末，可自潑之。」上又曰：「作何事業？是何姓名？」濟曰：「姓宋第五，應進士舉。」須臾，聞呼官家，濟惶懼。上曰：「宋五坦率。」後聞禮部放榜，上令探濟，無名。上曰：「宋五又坦率矣。」放縱不自程。〔合註〕《漢書·王吉傳》：王賀復放縱自若。《廣韻》：程，限也。會合亦何事，〔施註〕

《文選》曹子建《七哀》詩：升沈各異勢，會合何時諧。無言對空枰。〔施註〕《方言》曰：投博謂之枰。《文選》韋弘嗣《博弈論》：所志不出一枰之上，所務不過方罫之間。使人之意消，〔施註〕《莊子·田子方篇》：東郭順子，其爲人也，物無道正容以悟之，使人之意也消。不善無由萌。森然有六女，包裹布與荆。〔施註〕《後漢·梁鴻傳》：妻荆釵布裙。《南史·范雲傳》：江祏欲求雲女婚姻，取剪刀爲聘。及祏貴，雲曰：「昔與將軍俱爲黄鵠，今將軍化爲鳳凰，荆布之室，理隔華盛。」因出剪刀還之。無憂賴賢婦，〔查註〕子由夫人史氏。藜藿等大烹。〔施註〕《漢·司馬遷傳》：藜藿之羹。《文選》曹子建《七啓》：予甘藜藿，未暇此食。《周易》：大烹以養聖賢。使子得行意，青衫陋公卿。明日無晨炊，〔施註〕杜子美《稻畦水歸》詩：玉粒足晨炊。倒牀作雷鳴。秋眠我東閣，〔施註〕《漢·朱雲傳》：薛宣曰：「在田野無事，且留我東閣。」夜聽風雨聲。懸知不久别，妙理難細評〔一○〕。〔施註〕《文選》曹顔遠《思友人》詩：清機法妙理。昨日忽出門，孤舟轉西城。〔施註〕陶淵明詩：眇眇孤舟逝。歸來北堂上，〔施註〕《文選》陸士衡《擬古》詩：安寢北堂上，明月入我牖。【誥案】此卽逍遥堂也。古屋空峥嶸。〔施註〕杜子美《禹廟》詩：古屋畫龍蛇。退食悮相從，〔施註〕《毛詩·衛風·木瓜》：委蛇委蛇，退食自公。入門中自驚。南都信繁會，〔王註次公曰〕南都，南京也。時子由從張文定簽書南京判官，爲此别也。〔施註〕《楚辭·九歌》：五音紛兮繁會。〔合註〕李太白《南都行》詩：南都信佳麗。人事水火争。〔王註〕韓退之《石鼎聯句》詩：謬當鼎鼐間，妄使水火争。〔施註〕《五代史·宏肇傳》：會飲王章第，蘇逢吉戲之，宏肇大怒，以醜語詬逢吉，由是將相如水火。念當閉閤坐，〔施註〕《漢·韓延壽傳》：入卧傳舍，閉閤思過。頽然寄聾盲。〔施註〕《晉·庾敳傳》：頽然已醉。妻子亦細事，文章固虚名。〔施註〕《文選·古詩》：良無磐石固，虚名復何益。會須掃白髮，不復用黄精。〔王註〕杜子美《丈人山》詩：掃除白髮黃精在，君看他時冰雪容。

次韻呂梁仲屯田

〔查註〕《職官分紀》：工部所屬，有屯田郎中員外郎。《水經》：泗水，又東過沛縣東，又東逕山陽郡，又東南過彭城縣東北，又東南過呂縣南。注云：呂，宋邑也，縣對泗水，上有石梁焉，懸濤淵漭，實爲泗險。《元和郡縣志》：呂梁在彭城東南五十七里。蓋泗水至呂縣，積石爲梁也。【誥案】仲屯田，名伯達，乃承受無譏諷文字者。見《烏臺詩案》。

雨葉風花日夜稀，〔王註〕陸龜蒙詩：閑窗雨過苔花潤，小簟風來薤葉涼。〔施註〕庾信《屏風》詩：風花直亂回。《唐文粹》孟遲《懷鄭泊》詩：風蘭舞幽香，雨葉墮寒滴。一杯相屬竟何時。空虛豈敢酬瓊玉，〔施註〕《毛詩·衛風·木瓜》：投我以木桃，報之以瓊瑤。枯朽猶能出菌芝。〔施註〕柳子厚《與蕭俛書》：雖朽枿腐敗，不能生植，猶足蒸出芝菌，以爲瑞物。門外呂梁從迅急，〔合註〕《水經註》：水勢迅急。胸中雲夢自逶遲。〔施註〕《毛詩註》：逶遲，歷遠之貌。待君筆力追靈運，莫負南臺九日期。〔王註績曰〕劉裕爲宋公，在彭城，九月九日，出游戲馬臺，送孔靖辭位歸鄉。謝靈運、宣遠等，並從作詩。

王鞏屢約重九見訪，既而不至，以詩送將官梁交且見寄，次韻答之。交頗文雅，不類武人，家有侍者，甚惠麗

〔合註〕《續通鑑長編》：熙寧四年八月，詔以文思副使梁交、副陳繹爲遼國母生辰使。〔查註〕梁

交，字仲通。見《欒城集》。《職官分紀》：國朝自河北通和，特分將領置官於河東、京東等處，以統領所部兵，謂之將官。

知君月下見傾城，破恨懸知酒有兵。〔王註〕《南史·陳瑄傳》：江諮議有言，酒，猶兵也。兵可千日而不用，不可一日而不備；酒可千日而不飲，不可一飲而不醉。杜牧《贈酒》詩：與愁争底事，要爾作戈矛。〔施註〕唐韓偓詩：酒銜愁陣出奇兵。老守亡何惟日飲，將軍競病自詩鳴。〔王註〕《南史》：曹景宗振旅凱入，帝於華光殿宴飲連句，啓求賦詩不已，帝令沈約賦韻。時韻已盡，唯餘競病二字，景宗便操筆，斯須而成。曰：「去時兒女悲，歸來笳鼓競。借問行路人，何如霍去病？」〔施註〕《南史·曹景宗傳》：賦成，於是拜領軍將軍。韓退之《送孟東野序》：東野始以其詩鳴，其高出魏、晉，不懈而及於古，其他浸淫乎漢氏矣。花枝不共秋攲帽，筆陣空來夜斫營。〔王註師民瞻曰〕渾日進知虜曲折，夜斫其營，斬千餘級。〔施註〕《吳志·甘寧傳》：受敕出，斫敵前營，至二更時，銜枚出斫敵，敵驚動，遂退。《晉·佛圖澄傳》：石勒北過枋頭，枋頭人夜欲斫營。白樂天詩：晝聽笙歌夜斫營。愛惜微官將底用，〔施註〕杜子美《獨酌》詩：苦被微官縛，低頭媿野人。他年只好寫銘旌。〔施註〕《禮記·檀弓下》：銘，明旌也。以死者爲不可别已，故以其旗識之。杜牧之《池州李使君没後新命到》詩：黄壤不霑新雨露，粉書空換舊銘旌。

九日邀仲屯田，爲大水所隔〔一〇三〕，以詩見寄，次其韻

【誥案】七月，河決澶淵，八月二十一日，水及徐州城下。

無復龍山對孟嘉，西來河伯意雄夸。霜風可使吹黄帽，〔公自註〕舟人黄帽，土勝水也〔一〇四〕。樽酒那能泛浪花。〔王註〕杜子美《望兜率寺》詩：閃閃浪花翻。漫遣鯉魚傳尺素，却將燕石報瓊華。〔王註縯曰〕

《荀子》：宋之愚人，得燕石以爲玉。周人曰：「此燕石也，瓦礫不殊。」〔施註〕《毛詩·齊風·著》：尚之以瓊華乎而。《闕子》：宋之愚人，得燕石於梧臺之東，歸而藏之，以爲大寶。何時得見悲秋老，〔施註〕杜子美《九日》詩：老去悲秋强自寬，興來今日盡君歡。醉裏題詩字半斜〔一〇五〕。〔施註〕杜子美《同元使君春陵行》詩：作詩呻吟內，墨淡字攲傾。

臺頭寺雨中送李邦直赴史館，分韻得憶字人字，兼寄孫巨源二首

〔查註〕《東都事略》：李清臣以歐陽修薦，召試，擢集賢校理，尋爲京東提點刑獄，召充國史院編修官，修起居註，知制誥。〔合註〕《續通鑑長編》：熙寧十年八月，提點京東路刑獄李清臣爲國史院編修官。先生送行詩，卽指此也。〔查註〕《太平寰宇記》：戲馬臺，宋於其上置寺，曰臺頭寺。《宋史·職官志》：國初有三館，曰昭文館、史館、集賢院，皆仍前代之制。太宗賜名崇文院，端拱中，於崇文院中堂建秘閣，置直閣校理等員。凡直三館及秘閣，與集賢修撰、史館修撰、直龍圖閣，皆爲高等。次日集賢校理、秘閣校理。卑者曰館閣校勘、史館檢討。均謂之館職。

其一

霜林日夜西風急，老送君歸百憂集。〔王註〕杜子美《百憂集行》詩：强將笑語供主人，悲見生涯百憂集。清歌窈眇入行雲，〔施註〕《文選·洛神賦》：女媧清歌。《漢·元帝紀》：班彪曰，元帝鼓琴瑟，吹洞簫，自度曲，被歌聲，分刌節度，窮極幼眇。《外戚傳》武帝《悼李夫人賦》：惟幼眇之相羊。註云：幼眇，猶窈窕也。雲爲不行天爲泣。〔王註〕杜子美《奉先劉少府新畫山水障歌》詩：真宰上訴天應泣。《唐書·五行志》：無雲而雨，是謂天泣。紅葉黃花秋

正亂，白魚紫蟹君須憶。〔施註〕杜牧之《出守吳興》詩：吳谿紫蟹肥。憑君說向髯將軍，〔合註〕指孫巨源也。衰病〔一〇六〕相逢應不識。〔王註〕歐陽文忠公詩云：滁人思我雖未忘，見我今應不能識。〔施註〕白樂天詩：相逢應不識，滿頷白髭須。

其二

珥筆〔一〇七〕西歸近紫宸，〔王註縯曰〕《魏畧》曰：殿中侍御史，簪白筆，側階而立。上問曰：「此何官也？」辛毗曰：「御史，簪筆書過。」上帝所居曰宸，紫微，天帝之座也。〔施註〕《文選》曹植表：執鞭珥筆。註：戴筆也。潘安仁《贈陸機》詩：優游省闥，珥筆華軒。〔查註〕《漢・趙充國傳》：張安世本持橐簪筆。註云：謂備顧問。《長安志》：唐龍朔三年，造宣政、紫宸、蓬萊三殿。《宋史・禮志》：常朝之儀，唐以宣政爲前殿，紫宸爲便殿，宋因其制。元豐官制行，詔百司朝官以上，每五日一朝紫宸，在京朝官以上，朔望一朝。太平典册不緣麟。〔王註次公曰〕司馬子長作《史記》，亦以獲麟而起。〔師民瞻曰〕杜預《左傳序》：仲尼絶筆於獲麟一句者，所感而起，故所以爲終也。〔合註〕《西京雜記》：高文典册用相如。付君此事寧論晉〔一〇八〕，〔施註〕《晉・陳壽傳》：壽撰《三國志》，時人稱其善敘事，有良史之才。張華深善之，謂壽曰：「當以《晉書》相付耳。」〔合註〕兼用陶淵明「不知有漢，何論魏、晉」語意。載我當時舊《過秦》。〔查註〕《烏臺詩案》：熙寧十年九月内，李清臣差修國史，軾作詩送清臣云「付君此事全書漢，載我當時舊過秦」。軾於仁宗朝，曾進論二十五篇，皆論往古得失。賈誼，漢文帝時人，追論秦之得失，作《過秦論》，《史記》載之。軾以賈誼自比，意欲清臣於國史中載所進論，故將詩與清臣。即不係詔旨降到册子内。門外想無千斛米，〔王註〕《晉・陳壽傳》：丁儀、丁廙，有盛名於魏。陳壽謂其子曰：「可覓千斛米，當爲尊公作佳傳。」子不與，竟不立傳。墓中知有百年人。〔王註緽曰〕漢末，有發前漢時冢者，宮人猶活，問漢時宮中事，説之了了，皆有次序。又發范明友家奴冢，奴亦三百五十餘年矣，説霍光廢立之際，多與《漢書》相似者。〔次公曰〕《廣記》載：鄭郊謁友人於陳蔡，路逢一冢，有竹二竿，鄭爲詩曰：「冢上兩竿竹，風吹常裊裊。」冢中人賡之曰：「下有百年人，長眠不知曉。」【誥案】二句活畫出一惟利是圖，不顧分義之小人，蓋他事不足以誡勉修史，故以鬼恐嚇之也。使公當國，雖一枝筆尚信不過，肯畀以國是乎？可見日後呂大防、劉摯輩務欲召之之愚。看君兩眼〔一〇九〕明如鏡，休把《春秋》坐素臣。〔施註〕韓退之《答劉秀才論史書》：左丘明紀《春秋》時事以失明。夫爲史者，不有人禍，則有天刑。杜預《左氏傳序》：説者以爲仲尼自衛反魯，修《春秋》，立素王，丘明爲素臣。《漢・昭帝紀》：大將軍，國家忠臣，敢有譖毀者，坐之。

代書答梁先

此身與世真悠悠，蒼顔華髮誰汝留。强名太守古徐州，〔施註〕《漢・百官表》：郡守，秦官。景帝中二年，更名太守。忘歸不如楚沐猴。魯人豈獨不知丘〔一一〇〕，〔施註〕《家語》：魯人不識孔子聖人，乃曰：「彼東家丘者，吾知之矣。」蹸藉〔一一一〕夫子無罪尤。〔施註〕《莊子・讓王篇》：夫子再逐於魯，殺夫子者無罪，藉夫子者無禁。〔合註〕《莊子註》：藉，毁也。又云：陵，藉也。曹植詩：無端獲罪尤。異哉梁子清而修，〔施註〕《三國志・魏・陳矯傳》：陳登曰：「清修疾惡，有識有義，吾敬趙元達。」不遠千里從我遊。瞭然正色懸雙眸，世之所馳子獨不。一經通明傳節侯，〔施註〕《漢・韋賢傳》：號稱鄒魯大儒，薨，謚節侯。〔合註〕《漢書・劉向傳》：道術通明。小楷精絶規摹〔一一二〕歐。〔公自註〕梁生學歐陽公書。我衰廢學懶且媮，〔施註〕《漢・韓信傳》：輟作怠惰，媮衣靡食。顔師古曰：媮，苟且也。畏見問事賈長頭。別來紅葉黄花秋，夜夢見之起坐愁。〔施註〕白樂天《因夢有寤》詩：平生所厚者，昨夜夢見之。遺我駁石盆與甌，〔施註〕《文選》張孟陽《擬四愁》詩：佳人遺我綠綺琴。〔合註〕《說文》：甌，小盆也。黑質白章聲琳球。〔施註〕《漢·司馬相如傳》：白質黑章，其儀可嘉。謂言山石生澗溝，追琢尚可王公羞。〔施註〕《毛詩·大雅·棫樸》：追琢其章，金玉其相，勉勉我王，綱紀四方。《左傳·隱公三年》：可羞於王公。左太沖《蜀都賦》：蕡實時味，王公羞焉。感子佳意能無酬，反將木瓜報珍投。學如富賈〔三〕在博收，〔合註〕《漢書·伍被傳》：重裝富賈。仰取俯拾無遺籌。〔施註〕《漢·貨殖傳》：魯俗儉嗇，而曹邴氏尤甚，家自父兄子孫約，頫有拾，仰有取。道大如天不可求，〔王註次公曰〕《家語》：諸弟子之言孔子，曰：「道大不可容。」又《論語》曰：如天之不可階而升也。修其可見致其幽。願子篤實慎勿浮，發憤忘食樂忘憂。

送楊奉禮

〔查註〕《職官分紀》：太常寺官屬，有奉禮郎。【誥案】此詩施編不載，外集載徐州卷，查註從邵本補編。

譜牒推闕右，〔馮註〕《後漢·楊震傳》：字伯起，弘農華陰人也。諸儒爲之語曰「關西孔子」。又，《楊彪傳》：孔融曰：「楊公四世清德，海內所瞻。」劉攽曰：按楊氏有兩族，赤泉氏從木，子雲自敘其受氏從才，而楊修書，稱修家子雲，似震族亦是揚氏。今書中華陰之族，從木從才相半，未知所從，學者辨之。《唐書》：柳沖著《姓系錄》。柳芳著論曰：魏氏立九品，置中正，晉、宋因之，於是有司選舉，必稽譜籍，而考其真僞，故官有世冑，譜有世官。初，漢有《鄧氏官譜》，應劭有《氏族》一篇，王符《潛夫論》亦有《姓氏》一篇，宋何承天《姓苑》二篇。譜學大抵具此。風流出靖恭。〔馮註〕《詩·小雅·小明》：靖共爾位。〔查註〕白樂天詩：惟憶靖恭楊閣老。《小學紺珠》：唐楊憑居履道坊，於陵居新昌坊，汝士居靖恭坊，時稱三楊。《海録碎事》：汝士父子，並爲公卿，居靖恭里，號靖恭楊家。〔合註〕《長安志》：靖恭楊家，爲冠蓋盛族。時情任險陂〔二四〕，〔合註〕《史記·五宗世家》：彭祖險陂。家法故雍容。南去河千頃，〔公自註〕大水中相別。〔馮註〕《世説》：郭林宗曰：「叔度汪汪如千頃之陂。」餘惟〔二五〕酒一鍾。〔馮註〕《孔叢子》：昔平原君與子高飲。强子高飲酒曰：「昔有遺諺，堯舜千鍾，孔子百觚，子路嗑嗑，尚飲百榼，古之聖賢，無不能飲，子何辭焉。」〔合註〕何其楷云：《後漢書·南蠻傳》，夷犯秦，輸清酒一鍾。更誰哀老子，令得〔二六〕放疎慵。

河　復并敘〔二七〕

熙寧十年秋，河決澶淵。〔合註〕《續通鑑長編》：是年七月乙丑，河大決於澶淵曹村下埽。《宋史》作丙子。注鉅野，入淮泗，自澶魏以北，皆絶流而濟。楚〔二八〕大被其害，彭門城下水二丈八尺，七十餘日不退。〔合註〕《欒城集》有《和子瞻》詩云：我昔去彭城，明日河流至。不見五斗泥，但見三竿水。吏民疲於守禦。十月十三〔二九〕日，澶州大風終日。既止，而河流一枝，已復故道，聞之喜甚，庶幾可塞乎。乃作《河復》詩，歌之道路，以致民願而迎神休，蓋守土者之志也。〔查註〕《春秋·襄公二十年》：諸侯之卿，會於澶淵。《元和郡縣志》：河北道澶州，本漢頓丘縣地。武德四年，置澶淵郡，後避高祖諱，改澶州，因澶水爲名。黄河在州南三十五里。《寰宇記》：漢魏郡，周大象二年，改魏州，後漢乾祐元年，改爲大名府。東至東京四百里。《水經注》：黄水，又東逕鉅野縣北。何承天曰：鉅野湖澤廣大，南通洙、泗，北連清、濟。《困學紀聞》：濟州鉅野縣東北，有大野澤，即鉅野也。《名勝志》：黄河有南北二道，俱在鉅野縣境内，濟寧州領縣三，鉅野其一也。

君不見西漢元光、元封間，河決瓠子二十年。〔王註次公曰〕前漢武帝元光元年，歲在丁未。改元封，歲在辛未。自元光至元封，凡二十五年。按《溝洫志》，元光中，河決瓠子，此元光之決也。上以用事萬里沙，則還自臨決河，此元封之決也。〔查註〕《水經》：瓠子河，出東郡濮陽縣北。《九域志》：濮州雷澤縣，有瓠子河。陳後山《談叢》云：雷澤，黄河故道，今呼爲沙河。沙河西北，其跡猶在，土人謂之瓠岡也。鉅野東傾淮泗滿，〔王註次公曰〕武帝作《瓠子之歌》，有云：吾山平兮鉅野溢。又曰：齧桑浮兮淮泗滿。〔查註〕《風俗通》曰：南陽桐柏大復山，淮水所出也，山南有淮源廟。淮水又東北至下邳淮陰縣西，泗水從西北來，流注之。泗水出魯卞縣北山，東南過彭城縣東北，又東南過下邳縣西，又東南入淮。淮、泗之會，即城角也。二水決入之所，謂之泗口也。楚人恣食黄河鱣。〔王註〕魏武帝《四時食制》，鱣魚大如五斗奩，長一丈。郭璞註《爾雅》：鱣魚大者，長二三丈。萬里沙回封禪罷，〔王註師民瞻曰〕萬里沙，神祠也，在萊州掖縣。〔查註〕《名勝志》：萬里沙夾萬歲水，兩岸沙長三百里，漢元封元年，大旱，禱於此。初遣越巫沉白馬。河公未許人力窮，薪芻萬計隨流下。〔施註〕《溝洫志》：孝武帝元光中，河決於瓠子東南。後二十餘年，上既封禪，巡祭山川。其明年，乾封少雨，乃使汲仁、郭昌發卒數萬，塞瓠子，決河。於是，上以用事萬里沙，則還自臨決河。湛白馬，玉璧，令羣臣從官自將軍以下皆負薪寘決河。是時，東郡燒草，以故薪柴少，而下淇園之竹以爲楗。帝悼功之不成，作歌曰：皇謂河公兮何不仁。又曰：搴長茭兮湛美玉，河公許兮薪不屬。卒塞瓠子，築宫其上，名曰宣防。吾君盛德如唐堯〔三〇〕，百神受職河神驕。〔王註徐師川曰〕《禮記·禮運》：禮行於郊，而百神受職焉。〔施註〕劉禹錫《平齊行》：開元皇帝東封時，百神受職争奔馳。帝遣風師下約束，〔施註〕《史記·漢高祖紀》：定約束耳。北流夜起澶州橋。東風吹凍收微渌，神功不用淇園竹。楚人種麥滿河淤，仰看浮槎棲古木。〔王註〕柳宗元詩：渡頭水落村徑成，撩亂浮槎在高樹。

登望谼亭〔一一〕

〔施註〕此詩墨蹟，乃欽宗東宫舊藏，今在曾文清家。宿嘗刻石餘姚縣治。東坡題云：僕在彭城大水後，登望谼亭，偶留此詩，已而忘之。其後，徐人有誦之者，徐思之，乃知其爲僕詩也。集中無之，以入《河復》詩後。

河漲西來失舊谼〔一二〕，孤城渾在〔一三〕水光中。忽然歸壑無尋處，千里禾麻一半空。

韓幹馬十四匹〔一四〕

〔查註〕樓鑰《攻媿集·題趙尊道渥洼圖序》云：趙尊道以《龍眠渥洼圖》示余。余曰：誤矣。本韓幹馬，東坡曾爲賦詩，此龍眠所臨。爲書坡詩於後，而次其韻。馬實十六，坡詩云十四匹，豈誤耶？樓鑰《次韻》詩云：良馬六十有四蹄，騰驤進止紛不齊。權奇倜儻多不羈，亦有顧影成驕嘶。或行或涉更相顧，交頸相靡若相語。畫出老杜《沙苑行》，將軍弟子早有聲。中閒名種雜羣鶴，無復瘦瘡烏燕啄。當時玉花可媒龍，後日去盡烏呼風。開元四十萬匹馬，俯仰興亡空看畫。龍眠妙手欲希韓，莫遣鐵面關西看。【誥案】據公詩，馬十四匹，樓所見并非臨本也。

二馬並驅攢八蹄，〔王註〕李賀《許公子鄭姬歌》：兩馬八蹄踏蘭苑。〔施註〕《毛詩·齊風·還》：並驅從兩肩兮。二馬宛頸騣尾齊。〔合註〕《列女傳·黄鵠歌》：宛頸獨宿兮。一馬任前雙舉後，〔施註〕《韓非子》：伯樂教二人相踶馬，相與之簡子廄觀馬。一人舉踶馬，其一人從後而循之，三撫其尻而馬不踶，此自以爲失相。其一人曰：「子非失相也，此其爲馬也，踒肩而腫膝。夫踶馬也者，舉後而任前，腫膝不可任也，故後不舉。」【誥案】曉嵐疑刊本任字譌，故曰任前當作在前，誤甚。一馬却避長鳴嘶。老髯奚官騎且顧，〔王註續曰〕奚官，養馬之役者。前身作馬通馬語。〔施註〕王充《論衡》：廣漢楊翁偉，能聽鳥獸之音。乘蹇馬之野，田間有放馬者，相去數里，鳴聲相聞，翁偉謂其御曰：「彼放馬目眇。」其御曰：「何以知之？」曰：「罵此轅中馬曰蹇，此馬亦罵之曰眇。」其御不信，往視之，目竟眇焉。〔查註〕《酉陽雜俎》：大食國，馬解人語。後有八匹飲且行，微流赴吻若有聲。〔施註〕《晉·佛圖澄傳》：泫然微流。前者既濟出林鶴，後者欲涉鶴俯啄。【誥案】「前者」、「後者」貫下「最後」，皆詳敍「飲行」也。最後一匹馬中龍，不嘶不動尾摇風。〔王註〕《周禮·夏官》：馬八尺以上爲龍。〔施註〕杜子美《丹青引》：須臾九重真龍出，一洗萬古凡馬空。又，《天育驃騎歌》：是何意態雄且傑，騣尾蕭梢朔風起。【誥案】此一匹即八匹之一，非十五匹也。韓生畫馬真是馬，蘇子作詩如見畫。〔王註〕歐陽永叔《盤車圖》詩：古畫畫意不畫形，梅詩詠物無隱情。忘形得意知者寡，不若見詩如見畫。世無伯樂亦無韓，此詩此畫誰當看。【誥案】此用飲中八仙法，以其板滯，特下最後一匹句，變其法也。查註引樓說亂之，遂有十四五六匹之疑，此等註最可惡。

有言郡東北荆山下，可以溝畎積水，因與吴正字、王戶曹同往相視，以地多亂石，不果。還，遊聖女山，山有石室，如墓而無棺

槨，或云宋司馬桓魋墓。二子有詩，次其韻，二首

〔王註張栻曰〕按先生集《遊桓山記》云：元豐二年正月乙亥，春服既成，從二三子遊於泗之上，登桓山，入石室。〔查註〕《水經注》：泗水又南逕宋大夫桓魋冢西，山枕水上而盡石，鑿而爲冢，今人謂之石槨，槨有二重，石作工巧。《太平寰宇記》：桓魋墓，在彭城縣北二十七里。《徐州志》：荆山在懷遠縣西南桓山下，臨泗水，舊名聖女山。吴正字名琯，字彦律，正字其官也。《烏臺詩案》：元豐元年，軾知徐州，有本州正字吴琯鎖廳得解赴省試，軾作《日喻》一篇送之。卽其人矣。【誥案】王户曹，乃正路之子，名不詳，卽子高、子立之兄也。

其一

側手區區豈易遮〔一三〕，〔王註縯曰〕時河決，水方退，諺有側手障黄河之語。〔合註〕《淮南子·精神訓篇》：是猶決江河之源，而障之以手也。奔流一瞬卷千家。〔施註〕《文選》陸士衡《文賦》：觀古今之須臾，撫四海於一瞬。李太白《將進酒》詩：黄河之水天上來，奔流到海不復回。共疑智伯初圍趙，〔施註〕《戰國策》：智伯從韓、魏兵以攻趙，圍晉陽而水之，城之不沈者三板。猶有張湯欲漕斜。〔王註〕《前漢·溝洫志》：人有上書，欲通褒斜道及漕，事下御史大夫張湯。湯問之，言：「抵蜀從故道，故道多阪，回遠。今穿褒斜道，少阪，近四百里；而褒水通沔，斜水通渭，皆可以行船漕。」上以爲然。拜湯子卬爲漢中守，發數萬人，作褒斜道五百餘里。道果便近，而水多湍石，不可漕。已坐迂疏來此地，分將勞苦送生涯。〔施註〕杜子美《江畔獨步》詩：應須美酒送生涯。使君下策真堪笑，〔施註〕《漢·

溝洫志》：待詔賈讓言，治河有上中下策。若迺繕完故隄，增卑倍薄，勞費無已，數逢其害，此最下策也。隱隱驚雷響踏車。〔王註次公曰〕以車疏水也。〔合註〕《易林》：雷車不藏，隱隱西行。

其二

茫茫清泗遶孤岑，〔合註〕馬融《長笛賦》：託九成之孤岑兮。歸路相將得暫臨。試著芒鞋穿犖确，更然松炬照幽深。〔施註〕《南史》：顧歡好學而貧，夕則燃松節讀書。【誥案】此暗用温嶠燃犀事，謂察知水中有亂石也。故下有鑱石句，因現成石槨，就便過脈。前註多不知本集手法，而專事尋撦，故其註字面者多也。縱令司馬能鑱石，〔施註〕《禮記・檀弓上》：孔子居於宋，見桓司馬自爲石槨，三年而不成。夫子曰：「若是其靡也，死不如速朽之愈也。」〔合註〕《述征記》云：石槨隱起金銀，爲龜龍麟鳳之狀。奈有〔一三六〕中郎解摸金。〔王註〕《後漢書・袁紹傳〔一三七〕》：陳琳爲袁紹作檄文，言：「曹操署發丘中郎將、摸金校尉，所過隳突，無骸不露。」强寫蒼崖留歲月，他年誰識此時心。〔施註〕韓退之《次石頭驛》詩：默然都不語，應識此時情。

贈寫御容妙善師

〔合註〕妙善，鄧椿《畫繼》作妙喜。

憶昔射策干先皇，〔王註次公曰〕「射策」字出《前漢》，今以言試賢良時耳。先生中賢良科於仁宗朝。〔施註〕《漢・蕭望之傳》：射策甲科爲郎。〔查註〕《年譜》：公於仁宗嘉祐六年，應制科入第三等，授大理寺評事。珠簾翠幄分兩廂。〔施註〕《文選》左太沖《吳都賦》：䴥䴥翠幄。王文考《靈光殿賦》：西廂踟躕以閒宴，東序重深而奧秘。註：《爾雅》曰，東西廂謂之序。紫衣中使下傳詔，〔施註〕《後漢·宦者張讓傳》：凡詔所徵求，皆令西園騶密約，敕號曰中使。跪奉〔一二八〕冉冉聞天香。〔合註〕杜子美《狂夫》詩：雨裛紅蕖冉冉香。仰觀眩晃目生暈，但見曉色〔一二九〕開扶桑。〔王註〕《淮南子》：日出於暘谷，登於扶桑，入於虞淵之汜。〔施註〕《楚辭·九歌》：暾將出兮東方，照吾檻兮扶桑。迎陽晚出步就坐，絳紗玉斧光照廊。〔查註〕《歸田錄》：邇英閣，在迎陽門，東北向。《欒城集·入侍邇英》詩自註云：昔舉制策，坐於崇政西廊，蓋邇英之北也。是日晚，仁皇自延和步入崇政，過所試幄前，瞻望天表，最爲親近。〔合註〕陸錫熊引《石林燕語》云：崇政殿，即舊講武殿。自延和殿出，降階，由庭中步至，不乘輦。遇雨，然後行西廊。皆祖宗之舊也。《石林燕語》又云：崇政殿，崇寧初徙向後數十步，發舊基，得玉斧大七八寸，制作極工妙，今乘輿行幸，最近駕前，所持玉斧是也。觀此詩「絳紗玉斧光照廊」句，必駕所涖處，皆持玉斧，亦宋時祖宗舊制也。野人不識日月角，〔王註汪革曰〕鄭玄《尚書中候註》：日角，謂中庭骨起，狀如日。《後漢書》：光武日角。〔施註〕朱建平《相書》：額有龍犀入鬢，左角日，右角月，有者王天下。彷彿尚記重瞳光。〔王註〕《帝王世紀》：舜目重瞳。唐李遠《贈寫御容李長史》詩：乍分隆準山河秀，初點重瞳日月明。〔施註〕《春秋元命苞》：舜重瞳子。《漢·項羽傳》：舜重瞳子，項羽亦重瞳子。三年歸來真一夢，橋山松檜淒風霜。〔查註〕公於嘉祐六年辛丑十一月，赴鳳翔任，八年癸卯，仁宗晏駕，治平二年乙巳，公方還朝，故有「橋山松檜」之句。【誥案】此條誤處，皆已改正。天容玉色誰敢畫，〔合註〕《舊唐書·音樂志》：穆穆天容。「玉色」見《禮記》。老師古寺晝閉房〔一三〇〕。〔施註〕《文選》顏延年《贈王太常》詩：仄同幽人居，郊扉常晝閉。夢中神授心有得，覺來信手筆已忘。幅巾常服儼不動，〔查註〕李遠《贈寫御真李長史》詩：龍髯不動彩毫輕。孤臣入門涕自滂。元老侑坐鬚眉古，〔施註〕《左傳·昭公二十六年》：有君子白皙，鬒須眉，甚口。杜子美《貽阮隱居》詩：自益毛髮古。虎臣立侍〔三〕冠劍長。〔施註〕《毛詩·魯頌·泮水》：矯矯虎臣。平生慣寫龍鳳質，肯顧草間猿與麞。〔王註〕《唐書·太宗紀》：方四歲，有書生見太宗曰：「龍鳳之姿，天日之表，必能濟世安民。」《李揆傳》：龍章鳳姿，尚不見用，麞頭鼠目子，乃求官耶？都人踏破鐵門限，〔王註〕唐智永禪師，住吳興永福寺，人來覓書并請題頭者如市，戶限爲之穿穴，乃用鐵葉裹之，人謂爲鐵門限。出《尚書故實》。黃金白壁空堆牀。爾來摹寫亦到我，謂是先帝白髮郎。〔王註厚曰〕《前漢·馮唐傳》：爲郎中署長。文帝輦過，問唐曰：「父老何自爲郎，家安在？」具以實言。左太沖《詠史》詩：馮公豈不偉，白首不見招。不須覽鏡坐自了，〔合註〕《晉書·王敦傳》：迷不自了。明年乞身歸故鄉。〔王註〕杜子美《遣興》詩：上疏乞骸骨，黃冠歸故鄉。〔施註〕歐陽永叔《歸田四時樂歌》：乞身當及強健時。

哭刁景純

〔施註〕刁景純，名約，丹徒人。少卓越有大志，刻苦學問，能文章。始應舉京師，與歐陽永叔、富彥國聲譽相高下。天聖二年，登進士第。當官正辭毅然，有不可奪之色。其在寵祿之際，泊如也，故屈於爲郎，施不大耀，士友歎惜，而景純未嘗以爲恨。好急人之難，海內之人識與不識多歸之。不治產業，賓客故人，常滿其門，尊酒燕娛無虛時，重義輕施，有古人之風。年八十四，屬疾，王左丞和甫守潤往問焉，隱几笑語如平時，和甫登車，已逝矣。妻江，先景純一年卒。東坡此詩，形容其平生略盡云。【詰案】和甫，乃介甫弟安禮也。

讀書想前輩，〔施註〕杜子美《客堂》詩：前輩聲名人，埋没何所得。每恨生不早。紛紛少年場，〔王註〕李太白有《結客少年場行》。〔施註〕《漢・尹賞傳》：長安歌曰，安所求子死，桓東少年場。《文選・樂府》，鮑明遠有《結客少年場行》。猶得見此老。此老如松柏，不受霜雪〔一二〕槁。直從毫末中，自養到合抱。〔王註〕《老子》：合抱之木，生於毫末。宏才乏近用，〔王註〕《後漢書・伏、侯、宋傳・論》曰：器博者無近用，道長者其功遠。千歲自枯倒。文章餘正始，〔王註縯曰〕正始，魏齊王年號。時何晏以才秀知名，好莊、老言，作《道德論》及諸文賦數十篇。王弼好論儒道，詞才逸辨，文詞不如何晏，天下翕然宗之。由是名理之學盛行。〔王註厚曰〕《晉・衛玠傳》：與王敦相見，敦謂謝鯤曰：「昔王輔嗣吐金聲於中朝，此子復玉振於江表，微言之緒，絶而復續，不意永嘉之末，復聞正始之音。」風節貫華皓。〔合註〕《唐書・張仲方傳》：確正有風節。平生爲人爾，自爲薄如縞。〔施註〕《史記・韓安國傳》：彊弩之極，矢不能穿魯縞。許慎註：魯之縞尤薄。是非雖難齊，反覆看愈好。前年旅吴越，把酒慶壽考。〔施註〕韓退之詩：把酒對南山。扣門無晨夜，百過迹未掃。〔施註〕《後漢・范滂傳》：掃迹斥逐。但知從德公，未省厭丘嫂。〔施註〕《漢・楚元王傳》：高祖微時，常避事，時時與賓客過其丘嫂食。嫂厭與客來，陽爲羹盡轑釜，客以故去。已而視釜有羹，由是怨嫂。別時公八十，後會知難保。〔施註〕《文選》謝惠連《雪賦》：怨年歲之易暮，傷後會之無因。昨日故人書，連年喪翁媪〔一三〕。〔公自註〕景純妻先亡。傷心范橋水，〔施註〕潤州范公橋，以文正公得名。〔合註〕《一統志》：清風橋，在鎮江府治南，宋范仲淹建，俗呼爲范公橋。漾漾舞寒藻。〔合註〕宋之問詩：漾漾潭際月。柳子厚詩：寒藻舞淪漪。華堂不見人，〔施註〕劉禹錫《讀張曲江集》詩：魂歸不見人。瘦馬空戀皁。〔施註〕《晉・宣帝紀》：桓範出，赴曹爽。蔣濟言於帝曰：「智囊往矣。」帝曰：「駑馬戀棧豆，必不能用也。」揚雄《方言》：梁、宋、齊、楚之間，謂櫪曰皁。我欲江東去，匏樽酌行潦。鏡湖無賀監，慟哭稽山道。〔王註劉珙曰〕鏡湖，世傳軒后鑄鏡於此。〔績曰〕《唐書》：賀知章，字季真。天寶初，上章請度爲道士，有詔賜鏡湖剡川一曲。〔施註〕李太白《憶賀監》詩：欲向江東去，定將誰舉杯。稽山無賀老，却棹酒船回。《晉・阮籍傳》：車迹所窮，輒慟哭而回。忍見萬松岡，荒池没秋草。

答呂梁仲屯田

亂山合沓圍彭門，〔施註〕《文選》沈休文《鍾山》詩：合沓共隱天，參差互相望。官居獨在懸水村。〔公自註〕懸水村，呂梁地名〔一三四〕。〔王註績曰〕《莊子・達生篇》：孔子觀於呂梁，懸水三十仞。故今言呂梁爲懸水村。居民蕭條雜麋鹿，小市冷落無雞豚。〔查註〕《宋書・張暢傳》：彭城小市門。黃河西來初不覺，但訝清泗奔流〔一三五〕渾。夜聞沙岸鳴甕盎，〔施註〕韓退之詩：餘瀾怒不已，喧聒鳴甕盎。曉看雪浪浮鵬鯤。呂梁自古喉吻地，〔王註堯卿曰〕按《水經》云：呂梁乃自古黃河喉襟脣吻之地。萬頃一抹〔一三六〕何由吞。〔施註〕司馬相如《子虛賦》：吞雲夢者八九。坐觀入市卷閭井，〔施註〕《後漢・陳蕃傳》：不敢尸禄惜生，坐觀成敗。吏民走盡餘王尊。〔施註〕《漢・王尊傳》：遷東郡太守，河水盛溢泛，浸瓠子金堤，老弱奔走。尊投沉白馬，祀水神河伯。尊執圭璧，使巫策祝請以身填金堤，因止宿堤上。堤壞，吏民奔走，惟一主簿泣在尊傍，立不動，而水波稍却回還。計窮路斷欲安適，吟詩破屋愁鳶蹲。歲寒霜重水歸壑，〔王註次公曰〕《禮記・郊特牲》：土反其宅，水歸其壑。但見屋瓦留沙痕。入城相對如夢寐，我亦僅免爲魚黿。〔施註〕《左傳·昭公元年》：劉子曰：「微禹，吾其魚乎？」旋呼歌舞雜詼笑〔一三七〕，〔合註〕《漢書·枚乘傳》：詼笑類俳倡。不惜飲釂空瓶盆。〔施註〕《禮記·禮器》：盛於盆，尊於瓶。杜子美《遭田父泥飲》詩：叫婦開大瓶，盆中爲吾取。〔合註〕《説文》：釂，飲酒盡也。念君官舍冰雪冷，新詩美酒聊相温。〔施註〕《文選》張茂先《答何劭》詩：良朋貽新詩，示我以游娱。人生如寄何不樂，任使絳蠟〔一三八〕燒黄昏。〔施註〕杜牧之詩：絳蠟猶封繫臂紗。《楚辭》屈原《離騷》：黄昏以爲期兮。宣房未築淮泗滿，〔合註〕「宣房」字，並見《漢·溝洫志》。故道堙滅〔一三九〕瘡痍存。〔施註〕《史記·季布傳》：瘡痍未瘳。〔合註〕《史記·伯夷傳》：名堙滅而不稱。明年勞苦應更甚，我當畚鍤先黥髡。付君萬指伐頑石，千鎚雷動蒼山〔一四〇〕根。〔王註〕白樂天《開八節灘》詩：鐵鑿金鎚隱若雷。〔合註〕張平子《西京賦》：千乘雷動。高城如鐵洪口快，〔王註〕杜子美《潼關吏》詩：大城鐵不如。〔查註〕子由《黄樓賦序》：水既涸，乃請增築徐城，相水之衝，以隄捍之，水雖復至，不能病也。談笑却掃看崩奔。〔施註〕《文選》江淹《恨賦》：閉關却掃。農夫掉臂免狼顧，〔施註〕《漢·食貨志》：失時不雨，民且狼顧。秋穀布野如雲屯。〔王註〕《列子·周穆王篇》：化人之宮，望之若屯雲焉。杜子美《沙苑行》：王有虎臣司苑門，入門天廄皆雲屯。還須更置軟脚酒，爲君擊鼓行金樽。〔施註〕《毛詩·邶風·擊鼓》：擊鼓其鏜。《漢·叔孫通傳》：觴九行。謝靈運《石門》詩：清醑滿金樽。

答孔周翰求書與詩〔一四一〕

身閑曷不長閉口，〔王註次公曰〕《傳》曰：病從口入，患從口出。閉口則無事，而身得長閑矣，非謹而何。〔合註〕上二句，見《傅子·附録中》，卽傅休奕《口銘》也。〔施註〕《史記·張儀傳》：顧陳子閉口無復言。天寒正好深藏手。吟詩寫字有底忙，〔施註〕韓退之《寄白舍人》詩：有底忙時不肯來。未脱多生宿塵垢。不蒙譏訶子厚疾，〔王註〕柳宗元《報崔黯書》曰：凡人好詞工書，皆病癖也。吾不幸早得二病，學道以來，日思砭鍼攻熨，卒不能去，纏結心腑，牢甚，顧斯臾忘之而不克。竊嘗自毒，吾子乃始欽欽，思易吾病，不亦惑乎。〔合註〕《蜀志·孟光傳》：譏訶《左氏》。反更刻畫無鹽醜。〔王註〕《晉書·周顗傳》：庾亮嘗謂顗曰：「諸人咸以君方樂廣。」顗曰：「無乃刻畫無鹽，唐突西子？」征西自有家雞肥，太白應驚飯山瘦。〔王註〕《舊唐書·杜甫傳》：李白譏甫，有飯顆山之嘲誚。與君相從知幾日，東風待得花開否。撥棄萬事勿復談〔一四三〕，〔王註〕杜子美《暮秋枉裴道州手札率爾遣興》詩：撥棄潭州百斛酒。百觚之後那辭酒〔一四三〕。

顔樂亭詩〔一四四〕并叙

〔查註〕司馬君實有《顔樂亭頌》，李邦直有《顔樂亭銘》。【誥案】此詩施編不載，查註從邵本補編到濟南作，誤。今因人附編於此。餘詳總案中。〔案〕總案熙寧十年「答孔宗翰求書與詩并題顔樂亭詩」條下云：此詩，查註編《和孔君亮詩》後，而云因人移編，不喻其意，或偶譌君亮、宗翰爲一人耳。然公甫離密州，而周翰已訪得其地，浚井葺亭。公又知而詠之，必無此神速之事。今改編於此，亦因人附載之義也。

顔子之故居所謂陋巷者，有井存焉，而不在顔氏久矣。膠西太守孔君宗翰，始得其地，浚治其井，作亭於其上，命之曰顏樂。【誥案】觀此敘，公方自密行至齊州，何能遽作此詩，即宗翰訪得其地，浚井作亭，亦須月日，亦足見原編之謬矣。查註又謂因人移編，其前之孔君亮郎中一題，非此孔宗翰也，不知何以錯誤至此？昔夫子以簞食瓢飲賢顏子，而韓子乃以爲哲人之細事，何哉？蘇子曰：古之觀人也，必於小者觀之〔一四五〕，其大者容有僞焉。人能碎千金之璧，不能無失聲於破釜，能搏猛虎，不能無變色於蜂蠆。【誥案】以上四句，乃公十來歲時，宮師命作《夏侯太初論》語。後惟見於《黠鼠賦》及此敘中，其原文已佚去矣。孰知簞食瓢飲之爲哲人之大事乎？【誥案】一句鉤轉，真勘得透，是所謂本家筆也。乃作《顏樂亭詩》以遺孔君，正韓子之說，且用以〔一四六〕自警云。

天生烝民〔一四七〕，爲之鼻口。美者可嚼，芬者可嗅。美必有惡，芬必有臭。我無天游，六鑿交鬭。騖而不返〔一四八〕，跬步商受。〔合註〕似用《論語·紂之不善》章意。《荀子》：不積蹞步，無以至千里。注：「蹞」與「跬」同。偉哉先師，安此微陋。孟賁股栗，虎豹却走〔一四九〕。眇然其身，〔合註〕《漢書·文帝紀》：以微眇之身。中亦何有。【誥案】以上正韓，其下則自警也。我求至樂，千載無偶。〔合註〕《魏志·管寧傳》：德行卓絶，海內無偶。執瓢從之，忽焉在後。〔合註〕上、去聲通押。

卷十五校勘記

〔一〕葱嚨　集甲、施本、類丙作「葱朧」，類甲作「玲瓏」。

〔二〕旋轉　集乙作「放轉」。

〔三〕寄交代孔周翰　施本無「交代」二字。
〔四〕吹碎　合註：「碎」作「動」。
〔五〕馬上　集本、施本作「上馬」。
〔六〕君不是　類丙作「君不見」。
〔七〕李侍中　類丙作「李常侍」。
〔八〕又不是　類丙作「又不見」。
〔九〕閉門　合註：「門」一作「户」。
〔一〇〕揮麈録前録云云　「揮麈録前録」原作「宋史地理志」，誤，今校改。
〔一一〕戣字君嚴弟戡字君勝……孔子世三十八云云　施本云：「韓退之《孔戣墓誌》：孔子世三十八，吾見其孫，白而長身；戣字君嚴，弟戡字君勝。東坡云：今君亮四十八世矣。」集本「弟戡」無「弟」。「孔子」之「子」原脱，據集本、類本補。
〔一二〕駐世　集本、施乙、類本作「住世」。
〔一三〕劉几云　施乙作「劉几言」。
〔一四〕莊公三十二年　原作「襄公三年」，誤，今校改。
〔一五〕髮一握　查註、合註：「一」作「三」。
〔一六〕獰且妍　查註：《叢話》作「嬌且妍」。
〔一七〕柘袍　查註：《叢話》作「赭袍」。

〔一八〕尤難　查註、合註：「尤」一作「猶」。

〔一九〕遵聖名孜眉山人云云　合註云此條施註殘缺，今據施乙補足。删去題下合註一條四十三字，詰案一條二十三字。

〔二〇〕涕泣　集甲、施本作「涕泫」。

〔二一〕得少譽　集本、類本作「少得譽」。

〔二二〕桃李　集本、施本、類本作「桃花」。

〔二三〕襦袴　類本作「袴襦」。

〔二四〕宿州次韻劉涇　盧校，題未安，似有誤。

〔二五〕何日　類本作「何處」。

〔二六〕亦死矣　原無「亦」字，今據集甲、類本補。

〔二七〕徐州送交代　七集作「詩送交代」。

〔二八〕不才　外集作「病懷」。

〔二九〕著礴磨　類丙作「看塼磨」，疑誤。

〔三〇〕二株雪　集甲、施本、類本作「一株雪」。

〔三一〕堂後　施本作「後堂」。

〔三二〕孔頫有聲妓而客無見者　集甲此自註在「遊蜂」句後。

〔三三〕和趙郎中見戲二首　集甲、施本無「二首」二字。

〔三四〕趙以徐妓不如東武云云　類本爲趙次公註文。集本、施本作自註，集乙「趙以」作「趙曰」。
〔三五〕趙每醉歌畢輒曰明年六十矣　類本爲次公註文。集本、施本作自註，集乙「六十」作「太平」。
〔三六〕杖履　集本、施本、類本作「杖屨」。
〔三七〕杯斝　集本、施本、類本作「盞斝」。
〔三八〕四海　查註：《叢話》作「四方」。
〔三九〕逐吾輩　集乙作「遂吾輩」。
〔四〇〕劉須溪曰　原作「王註劉克莊曰」，誤，今據類丁校改。
〔四一〕菽粟　查註：《叢話》「粟」作「麥」。
〔四二〕共怨　查註：《叢話》「共」作「但」。
〔四三〕龍神社鬼　類本作「神龍社鬼」。
〔四四〕太倉穀　類本作「太倉粟」。
〔四五〕次韻　集甲、施本、類本作「和」。
〔四六〕平明　類甲作「平生」。查註謂「生」訛。
〔四七〕繭足　集甲、施本、類本作「足繭」。
〔四八〕嘉客　集本、施本、類本作「佳客」。
〔四九〕羲皇　集甲作「羲黃」。
〔五〇〕河洪……綠可釀　類本「河洪」作「洪河」。集甲、施乙、類丙「綠」作「淥」。

〔五一〕次韻答邦直子由五首　施本無「五首」二字。集甲、類丙「五」作「四」，無「五斗」一首。

〔五二〕卧聞　集本、施乙、類丙作「病聞」。類甲作「病間」。

〔五三〕嗔我　集本作「瞋我」。類本作「輕我」。

〔五四〕不自由　集本、施乙、類本作「總自由」。

〔五五〕無憂　類本作「何憂」。

〔五六〕邦直家中舞者甚多　集甲無此條自註。

〔五七〕退歸　集乙作「迴歸」。

〔五八〕鵁鶄　集本、施乙、類本作「鵁鴻」。

〔五九〕五斗　查註：《詩案》作「五十」。

〔六〇〕閉闗　施本作「閉門」。查註：《能改齋漫録》「闗」作「門」。

〔六一〕却欲　盧校：「聊欲」。

〔六二〕朱雲　查註：施氏補註本（按，即清刊施註本）作「龍逢」者，訛。

〔六三〕時欲　盧校：「時亦」。

〔六四〕城南　施本作「城西」。查註：《能改齋漫録》「南」作「西」。盧校：「城隅」。

〔六五〕官居　類本作「居官」。

〔六六〕中太一宫使　集本、類本無「中」字。

〔六七〕釀酒　類丙作「酤酒」。

〔六八〕蜥蜴　施本作「蜴蜥」。
〔六九〕以慰子由云　類本無「云」字。
〔七〇〕庭中檜　施本作「亭中檜」，類丙同。類甲、類乙作「亭中柏」。
〔七一〕潛通　類甲、類乙作「泉通」。
〔七二〕聽放　施本作「聽轉」。
〔七三〕高正厲　施本、類丁作「高正麗」。
〔七四〕孤童　集本、類本作「孤僮」。
〔七五〕故山　類本作「故人」。
〔七六〕好種秫　集甲作「學種木」。集乙、類本作「學種秫」。施本原校：「秫」，一本作「术」。
〔七七〕自勞　集甲、類丙作「相勞」。
〔七八〕名景純　施本無此條自註。集本、類本有。
〔七九〕笑子拙　類本作「笑予拙」。
〔八〇〕問子　類本作「問予」。
〔八一〕足自　類本作「自足」。
〔八二〕準如梧桐子大　「準」原作「堆」，不可通，據施註註文校改。
〔八三〕下暖　集甲、施本作「暖下」。
〔八四〕病梨　類丙作「病黎」，疑誤。

〔八五〕陽關詞三首　查註「詞」作「曲」，類本「三首」作「三絶」。
〔八六〕贈張繼愿　集甲此題在詩後，題作「右贈張繼愿」。《答李公擇》、《中秋月》二詩並同。
〔八七〕臺前　集本、類本作「臺南」。
〔八八〕行到　合註：「行」一作「纔」。
〔八九〕時作　合註：「時」一作「還」。
〔九〇〕醉守　集本作「醉手」。
〔九一〕觀静觀堂效韋蘇州詩　集本、施本「静」作「净」，類本無「詩」字。
〔九二〕答任師中家漢公　宋搨西樓帖（以下簡稱西樓帖）收有此詩，題作「奉和師中丈漢公兄見寄詩一首」，另行書「軾上」二字。
〔九三〕老史在郊墟　西樓帖「墟」字下自註云：彦輔十三丈。
〔九四〕年尚幼　類本作「年尚少」。
〔九五〕歸意不少紓　類丙作「歸志不少舒」。
〔九六〕相從　類丁作「從此」。
〔九七〕賴我　類甲作「願我」。
〔九八〕戎瀘常有　西樓帖作「戎瀘所出」。
〔九九〕綴瓊琚　西樓帖作「屬瓊琚」。
〔一〇〇〕少所諧　查註：「所」一作「詠」。清刊施註本作「少詠諧」。

〔一〇一〕衆狚　西樓帖作「羣狚」。

〔一〇二〕難細評　集本、施乙、類本作「重細評」。

〔一〇三〕所隔　查註作「所阻」。

〔一〇四〕舟人黄帽土勝水也　施乙此註文，無「東坡云」字樣。施註云：蜀方言，舟人黄帽，取土勝水也。

〔一〇五〕字半斜　集乙作「字字斜」。

〔一〇六〕衰病　集本、施乙、類本作「衰鬢」。

〔一〇七〕珥筆　類本作「珥耳」。查註：《叢話》「珥」作「班」，非。

〔一〇八〕寧論晉　查註：《詩案》作「全書漢」。

〔一〇九〕兩眼　查註：「兩」一作「雙」。

〔一一〇〕不知丘　類甲作「不如丘」。

〔一一一〕蹸藉　集本作「藉蹸」。

〔一一二〕規摹　類本作「規模」。

〔一一三〕富賈　施乙、類甲、類丙作「富貴」。

〔一一四〕險陂　外集作「險詖」。「陂」、「詖」，通。

〔一一五〕餘惟　外集作「餘懽」。

〔一一六〕令得　外集作「今得」。

〔一一七〕并敍　施乙作「并引」。

〔一一八〕濟楚　集本、施乙、類本作「齊楚」。合註謂「齊」誤。
〔一一九〕十三　此處，類甲、類乙作「三十」。
〔一二〇〕盛德如唐堯　集本、施乙、類本作「仁聖如帝堯」。
〔一二一〕登望谼亭　七集、外集題作「書望洪亭壁」。合註謂「谼」同「洪」。
〔一二二〕河漲西來失舊谼　七集、外集作「河漲平來出舊洪」。
〔一二三〕孤城渾在　七集作「山城都在」。
〔一二四〕韓幹馬十四匹　類本作「韓幹十四馬」。
〔一二五〕豈易遮　集本、施乙、類本作「未易遮」。
〔一二六〕奈有　類本作「會有」。
〔一二七〕後漢書袁紹傳　原作「三國魏志袁紹傳」，誤，今校改。
〔一二八〕跪奉　集本、類本作「跪捧」。
〔一二九〕曉色　查註作「曉日」。
〔一三〇〕晝閉房　類丙作「晝閑房」。查註謂「閑」訛。
〔一三一〕立侍　類本作「侍立」。
〔一三二〕霜雪　類本作「雪霜」。
〔一三三〕翁媼　集本作「公媼」。
〔一三四〕懸水村呂梁地名　「懸水村」三字原缺，今據施乙補。「懸」原作「縣」。按，「縣」、「懸」，通，今從底本正文。

〔一三五〕奔流　集本、施乙、類本作「流奔」。

〔一三六〕一抹　類甲、類丁作「一秣」，疑誤。

〔一三七〕詼笑　類本作「談笑」。

〔一三八〕絳蠟　集甲作「絳蝎」。「蝎」，《廣韻》，俗「蠟」。以後不重出。

〔一三九〕堙滅　類本作「堙没」。

〔一四〇〕蒼山　施乙作「蒼天」。

〔一四一〕答孔周翰求書與詩　類甲無「與詩」二字。

〔一四二〕勿復談　類本作「不復談」。

〔一四三〕辭酒　集本、施乙作「詞酒」。

〔一四四〕顏樂亭詩　集甲「詩」後有「一首」二字。

〔一四五〕必於小者觀之　集甲作「必於其小焉觀之」。

〔一四六〕且用以　集甲無「用」字。

〔一四七〕烝民　原作「蒸民」。查註、合註作「蒸民」。集甲作「烝民」。按，《爾雅·釋詁》：「烝」，衆也。《書·益稷》：烝民乃粒，萬邦作乂。烝民，衆民也。又，《説文·火部》：「烝」，火氣上行也。《康熙字典》：或作「蒸」。參卷十六第八條校記。訓「衆」之「烝」，不得作「蒸」。今從集甲。

〔一四八〕鶩而不返　「鶩」原作「騖」，查註、合註作「騖」。今從集甲、盧校。

〔一四九〕却走　查註作「於走」，合註謂「於」誤。

蘇軾詩集卷十六

古今體詩六十一首

【誥案】起元豐元年戊午正月，在尚書祠部員外郎直史館權知徐州軍州事任，至六月作。

送李公恕赴闕

〔施註〕李公恕時爲京東轉運判官，召赴闕。公恕一再持節山東，子由亦有詩送行云：幸公四年持使節，按行千里長相見。

君才有如切玉刀，〔王註援曰〕《漢武故事》：於建章別造華殿，四夷珍寶充之，火浣布、切玉刀，不可勝數。〔次公曰〕徐光禄《類書・刀部》云：昆吾，割玉刀。見《十洲記》。周穆王時，西胡獻昆吾割玉刀，切玉如切泥。見之凜凜寒生毛。願隨壯士斬蛟蜃，〔王註縯曰〕荆佽飛、澹臺滅明、周處、鄧遐、許旌陽，皆古斬蛟者。〔次公曰〕王粲《刀銘》曰：陸剸犀兕，水截鯨鯢。〔施註〕《漢・樊噲傳》：項羽曰：「壯士。」賜之卮酒。《吕氏春秋》：荆有佽飛，得寶劍於江干，渡中流，兩蛟夾舟，佽飛拔劍，赴江，刺蛟殺之。不願腰問纏錦絛。〔王註〕杜子美《大食寶刀》詩云：蒼水使者捫赤絛。用違其才志不展，〔王註〕《晉・殷浩傳》：桓温每輕浩，嘗謂郗超曰：「浩有德有言，向使作令僕，足以儀刑百揆，朝廷用違其才耳。」《唐書・房琯・贊》曰：用違所長。坐與胥史〔一〕同疲勞。〔施註〕《周禮》：府、史、胥、徒。忽然眉上有黄氣，〔施註〕韓退之《鄖城晚飲》詩：城上赤雲呈勝氣，眉間黄色見歸期。〔合註〕《玉管照神書》：黄色，喜徵。吾君漸欲收英髦。立談左右皆動色〔二〕，〔合註〕《後漢書・班固傳》：君臣動色。一語徑破千言牢。〔王註〕韓退之《平淮西碑》：萬口附和，并爲一談，牢不可破。我頃分符在東武，〔王註次公曰〕漢文帝爲竹使符，與太守分之。脱畧萬事惟嬉遨。盡壞屏障通内外，〔王註〕《晉・阮籍傳》：文帝輔政，籍嘗從容言於帝曰：「籍曾游東平，樂其風土。」帝大悦，即拜東平相。籍乘驢到郡，壞府舍屏障，使内外相望。法令清簡，旬日而還。仍呼騎曹爲馬曹。〔王註〕《晉書》：王徽之爲桓沖騎兵參軍使，沖問：「卿署何曹？」對曰：「似是馬曹。」又問：「管幾馬？」曰：「不知馬，何由知數？」又問：「馬比死多少？」曰：「未知生，焉知死？」君爲使者見不問，反更對飲持雙螯。酒酣箕坐語驚衆，〔王註〕《前漢・張耳傳》：高祖箕踞駡詈，甚慢之。顔師古註：箕踞者，謂曲兩脚，其形如箕。〔施註〕《史記・漢高祖紀》：酒酣，擊筑。《禮記》：坐無箕。《漢・陸賈傳》：尉佗箕踞見賈。雜以嘲諷窮詩騷。〔王註〕柳子厚《寄韋珩》詩：君今矻矻又竄逐，詞賦已復窮詩騷。世上小兒多忌諱，〔施註〕杜子美《醉歌行》：世上兒子徒紛紛。《老子》：天下多忌諱而民彌貧。獨能容我真賢豪。〔合註〕《史記・游俠傳》：豈非人之所謂賢豪間者耶？爲我買田臨汶水〔三〕，逝將歸去誅蓬蒿。〔施註〕杜子美《述古》詩：相率除蓬蒿。安能終老塵土下，俯仰隨人如桔槔。〔王註〕《莊子・天運篇》：子獨不見夫桔槔者乎？引之則俯，舍之則仰。

張寺丞益齋

〔施註〕張寺丞，名恕，字忠甫。父樂全先生文定公，字安道。東坡嘗爲忠甫作《字説》。元祐間，擢將作監丞。文定在翰林日，英宗立，神宗爲太子，手札除直祕閣知齊州。〔查註〕本集《張忠甫字説》云：張厚之忠甫，樂全先生子也，先生名之曰恕。軾推先生之意，字之曰厚之，又曰忠甫。

張子作齋舍，而以益爲名。吾聞諸〔四〕夫子，求益非速成。譬如遠遊客，日夜事征行。今年適燕薊，明年走蠻荆。〔施註〕《毛詩·小雅·采芑》：蠻荆來威。東觀盡滄海，西涉渭與涇。歸來閉戶坐，八方在軒庭。〔施註〕《前漢書·律曆志》：監八方，被八荒。又如學醫人，識病由飽更。〔施註〕劉禹錫《偶作》詩：藥性病多諳。風、雨、晦、明淫，〔施註〕《左傳·昭公元年》：天有六氣，淫生六疾。氣曰陰、陽、風、雨、晦、明也。分爲四時，序爲五節，過則爲災。陰淫寒疾，陽淫熱疾，風淫末疾，雨淫腹疾，晦淫惑疾，明淫心疾。跛、躄、瘖、聾、盲。〔合註〕《禮記·王制》：瘖、聾、跛、躄，斷者，侏儒。虚實在其脈，靜躁在其情。〔施註〕《老子》：躁勝寒，靜勝熱。榮枯在其色，壽夭在其形。苟能閲千人，〔施註〕《唐·房玄齡傳》：高孝基曰：「僕閲人多矣，未見此郎者。」望見知死生。〔施註〕《史記·扁鵲傳》：扁鵲望見桓侯而退走，桓侯使人問故。扁鵲曰：「疾在骨髓，雖司命，無奈之何，臣是以無請也。」後五日，桓侯體病，遂死。爲學務日益，此言當自程。爲道貴日損，此理在既盈。〔王註〕《老子》：爲學日益，爲道日損。願言〔五〕書此詩，以爲益齋銘。

春菜

蔓菁宿根已生葉〔六〕，〔王註〕《禮·坊記註》云：葑，蔓菁也，陳、宋之間謂之葑。陸璣云：葑，蕪菁，幽州人謂之芥。

《方言》云：豐，蕘菁也，陳、楚謂之蘴，齊、魯謂之蕘，關西謂之蕪菁，趙、魏謂之大芥，其實一物也。劉夢得《嘉話録》云：諸葛亮所止，令軍士獨種蔓菁者：取其才出甲，可生啖，一也；葉舒，可煮食，二也；久居，則隨以滋長，三也；棄去不惜，四也；回則易尋而采之，五也；冬有根，可劚食，六也。比諸蔬，其利甚溥。至今蜀人呼爲諸葛菜。韭芽〔七〕戴土拳如蕨。〔王註〕《南史·周顒傳》：文惠太子問顒：「菜食何味最勝？」顒曰：「春初早韭，秋末晚菘。」〔查註〕《本草》：韭之美，在黄，乃未出土者。爛蒸〔八〕香薺白魚肥，〔合註〕《爾雅翼》：薺菜最甘，故稱其甘如薺。又其枝葉細靡，通謂之靡。《月令》：孟夏之月，靡草死。鄭氏云：薺，亭歷之屬。碎點青蒿涼餅滑。〔查註〕《本草》：菣，一名青蒿。宿酒初消春睡起，細履幽畦掇芳辣。〔王註〕杜牧《晚晴賦》：雨晴秋容新沐兮，折繞園而細履。茵陳甘菊不負渠，〔查註〕《本草》：茵陳，蒿類也。經冬不死，更因舊苗而生。菊有二種，一種紫莖而味甘，葉可作羹者，爲真菊。鱠縷堆盤纖手抹。〔施註〕杜子美《立春》詩：菜傳纖手送青絲。【誥案】自首句至此，具數蜀中春菜。意謂江北苦寒，春時菜不可食，若如蜀中冬蔬，則至春且如此也。但詩不裝頭，凸然而至，讀者往往不喻其故，而次公謂自「北方苦寒」句至終篇，皆懷鄉里物。如依次公解，則前段春菜，既非北方苦寒所有，又係道何處物耶？熟讀當自知之。北方苦寒今未已，雪底波稜如鐵甲。〔施註〕劉禹錫《嘉話録》：菜之波稜者，本西竺國僧自波稜國將其子來，如苜蓿因張騫而至也。〔查註〕《本草》：波稜，一名赤根菜，八九月種者，可備冬食。豈如〔九〕吾蜀富冬蔬，霜葉露芽寒更茁。久抛菘葛〔一〇〕猶細事，苦筍江豚那忍説。〔合註〕《文選·江賦註》引《南越志》：江豚似豬。明年投劾徑須歸，莫待齒摇并髮脱。〔施註〕韓退之《祭十二郎文》：吾年未四十，而視茫茫，而髮蒼蒼，而齒牙動摇。自今年來，蒼蒼者或化而爲白矣，動摇者或脱而落矣。又，《齒落》詩：餘在皆動摇，盡落應始止。

送鄭戶曹

〔王註堯卿曰〕名僅，字彦能。赴大名府户曹。〔施註〕彭城人。〔查註〕《徐州志》：鄭彦能爲大名府司户參軍，歷知冠氏、福昌二縣，有善政。《宋史》：鄭僅第進士。屢遷龍圖閣陝西轉運使，進集賢殿修撰顯謨閣待制，改知寧州，徙秦州，召拜户部侍郎，改吏部，知徐州，以顯謨閣學士卒，謚修敏。《職官志》：軍州諸曹，有户曹參軍，掌户籍、賦税、倉庫。受納後，去參軍二字，改司户曹事。《職官分紀》：司户參軍，上州從八品，中下州從九品。此篇當是赴任大名時作也。

遊遍錢塘湖上山，歸來文字帶芳鮮。羸童〔一〕瘦馬從吾飲，陋巷何人似子賢。公業有田常乏食，〔施註〕《後漢書》：鄭太，字公業。交結豪傑，家富於財，有田四百頃，而食常不足。廣文好客竟無氈。〔施註〕《唐·鄭虔傳》：玄宗置廣文館，以虔爲博士，時號鄭廣文。在官貧約，杜甫嘗贈以詩曰：「才名四十年，坐客寒無氈。」東歸〔二〕不趁花時節，開盡春風誰與妍。

《虔州八境圖》八首 並引〔一〕

《南康八境圖》者，太守孔君之所作也。君既作石城，〔合註〕《宋史·孔宗翰傳》：知虔州。城濱章貢兩江，歲爲水齧，伐石爲址，冶鐵錮之。由是屹然，詔書褒美。即其城上樓觀臺榭之所見而作是圖也，東望七閩，南望五嶺，覽羣山之參差，俯章貢之奔流，雲烟出没，草木蕃麗，邑屋相望，雞犬之聲相聞。觀此圖也，可以茫然而思，粲然而笑，慨然〔一四〕而歎矣。蘇子曰：此南康之一境也，何從而八乎？所自觀之者異也。【誥案】虔州，漢曰章貢，屬豫章郡，至晉爲南康。又，南安軍亦有南康縣，其上游亦南康地，蓋隋、唐時皆屬虔州也。公後南遷，上言由南康軍出陸者指此。至星子、都昌一路，古屬九江郡，在宋亦爲南康軍，卽周濂溪、朱元晦皆嘗爲守者也，與此不同。且子不見夫日乎，其旦如盤，其中如珠，其夕如破璧，此豈三日也哉。苟知夫境之爲八也，則凡寒暑、朝夕、雨暘、晦冥〔一五〕之異，坐作、行立、哀樂、喜怒之變〔一六〕，接於吾目而感於吾心者〔一七〕，有不可勝數者矣，豈特八乎。【誥案】《八境圖敍》與後作《九成臺銘》同一手法。此但論八境之景物，尚是空中樓閣。彼則言韶樂之大全，能於無何有中發出九成之樂，若實有其事者。然非心靈敏妙，未易臻此境也。鑪錘雖同，而光燄則異，此由題境不同耳。如知夫八之出乎一也，則夫四海之外，詼詭譎怪，《禹貢》之所書，鄒衍之所談，相如之所賦，雖至千萬未有不一者也。後之君子，必將有感於斯焉。乃作詩八章，題之圖上〔一八〕。

其一

坐看奔湍〔一九〕遶石樓，使君高會百無憂。〔施註〕《漢·項籍傳》：宋義遣其子襄相齊，身送之無鹽，飲酒高會。三犀竊鄙秦太守，〔王註續曰〕秦時李冰爲蜀守，作石犀五，以壓水精。杜子美《石犀行》：君不見秦時蜀太守，刻石立作三犀牛。又云：嗟爾三犀不經濟。八詠聊同沈隱侯。〔施註〕《婺州圖經》：八詠樓，在州南。碑，宋沈約文。

《南史・沈約傳》：謚曰隱。集中有《東陽八詠》。

其二

濤頭寂寞打城還，章貢臺前暮靄寒。〔王註次公曰〕章貢臺，乃章貢二水，合流爲贛。東晉永和五年，太守高琰，置郡城於二水之間，南康郡治焉。〔查註〕《太平寰宇記》：貢水，源出雩都縣新樂山，章水，源出大庾縣聶都山，至贛縣合流爲贛水。趙抃《章貢臺記》畧云：水別二派，合流城郭，於文爲贛。予嘉祐六年出守，間爲游覩。治西北隅，有野景亭舊趾，於是復臺其上，以新其名爲章貢，蓋不失實也。倦客登臨無限思，孤雲落日是長安。〔施註〕李太白《春日》詩：長空去鳥沒，落日孤雲邊。

其三

白鵲樓前翠作堆，〔查註〕《贛州志》：八景臺，在郡治東北，下瞰奔流。白鵲樓，在八景臺北。趙清獻《記》云：望闕、鬱孤，軒豁於前；阜蓋、白鵲，瞰臨左右。縈雲嶺路若爲開。故人應在千山外，不寄梅花遠信來。〔王註縯曰〕越使者登，執梅一枝，以遺梁王。梁臣韓子曰：「烏有以一枝梅遺列國之君者乎？」梅花寄信，始於此。〔王註援曰〕《荆州記》曰：陸凱與范曄相善，自江南寄梅一枝，詣長安與曄，并贈詩曰：「折花逢驛使，聊贈一枝春。」〔師民瞻曰〕大庾嶺梅，南枝落，北枝開，寒暖之候異故也。嶺在虔之西南。〔合註〕「嶺梅」見《白孔六帖》。

其四

朱樓深處日微明，皂蓋歸時酒半醒。薄暮漁樵〔三〇〕人去盡，〔施註〕《楚辭》屈原《天問》：薄暮雷電，歸何憂？碧溪青嶂遶螺亭。〔王註次公曰〕蠉亭，乃螺亭石山，在贛縣東南七十里。〔師民瞻曰〕謝端孑然一身，釣於江上，獲一巨螺，其大如斗，置之於家。有好女子具饌於室，執而問焉。女曰：「我乃螺女，水神也。天帝憫君之孤，遣爲具食，君已悉，我亦當去。」乃留空螺曰：「君有所求，當取於螺中。」後端有乏，探螺皆如意，傳數世猶在。號江曰螺女江，洲曰螺女洲，廟曰螺女廟。其地在虔州西南。〔查註〕《述異記》：螺亭在南康郡，昔有貞女，採螺爲業，曾宿此亭，螺啖其肉，故號螺亭。

其五

使君那暇日參禪，〔查註〕《景德傳燈録》：江西道一禪師姓馬氏。開元中，習禪定於衡岳，始自建陽佛跡嶺，遷至臨川，次至南康龔公山。《南虔記》：龔公山在城北，今爲寶華寺，有馬祖遺跡。《江西舊志》：馬祖巖，在贛州城東五里。一望叢林一悵然。成佛莫教靈運後，〔王註〕《南史》：會稽太守孟顗，事佛精勤，而爲謝靈運所輕，嘗謂顗曰：「得道應須慧業文人。生天當在靈運前，成佛必在靈運後。」著鞭從使祖生先。〔王註〕《晉書》：劉琨爲并州刺史，與范陽祖逖爲友，聞逖被用，與親故書曰：「吾枕戈待旦，志梟逆虜，嘗恐祖生先吾著鞭。」

其六

却從塵外望塵中，〔查註〕塵外，亭名也。《虔州志》：馬祖巖上有馬禪關及雲端、駒巖、一憩、塵外四亭。無限樓臺烟雨濛。〔施註〕杜牧之《江南春詞》：南朝四百八十寺，多少樓臺烟雨中。山水照人迷向背，〔施註〕唐皇甫冉《雪》詩：山川迷向背，風霧失旌旗。只尋孤塔認西東。〔查註〕《釋氏稽古畧》：馬祖於貞元中示寂。元和八年，賜謚大寂禪師，塔曰大莊嚴之塔。趙與虤《娛老堂詩話》：歐陽文忠公詩云：山浦轉帆迷向背，夜江看斗辨西東。東坡亦云：山水照人迷向背，只尋孤塔認西東。身遊山水間，果有茲理。二公可謂善於形容者矣。

其七

雲烟〔三〕縹緲鬱孤臺，〔查註〕《名勝志》：鬱孤臺，一名賀蘭山，在府治。麗譙坤維，百步隆阜，鬱然孤峙，故名。唐李勉爲刺史，更名望闕。按趙清獻《記》云：望闕、鬱孤，軒豁於前。乃二臺名。曹能始謂更名望闕者，謁也。積翠浮空雨半開。〔王註〕顏延年詩：積翠亦葱芊。註：松柏重布云積翠。想見之罘觀海市，〔王註績曰〕之罘山，在登州牟平縣中，時時有雲氣。如宮室臺觀，城堞人物，車馬冠蓋，歷歷可見，謂之海市。《史記·天官書》云：海傍蜃氣，象樓臺廣野，氣成宮闕。〔施註〕《漢·郊祀志》：八神，五曰陽主，祠之罘山。〔查註〕《史記》：始皇二十九年，登之罘，刊石紀功。絳宮明滅是蓬萊。〔合註〕裴漼詩：神兵出絳宮。

其八

回峰亂嶂鬱參差，〔施註〕劉禹錫詩：雙檜蒼然古貌奇，含烟吐霧鬱參差。雲外高人世得知。誰向空山弄明月，山中木客解吟詩。〔施註〕《南康記》：贛縣東南山上有臺，風雨之後，景氣明淨，頗聞山上鼓吹聲，即山都木客吟唱也。〔王註次公曰〕徐鉉《小説》載：鄱陽山中有木客，自言秦時造阿房宮采木者也。食木實，遂得不死，時就民間酤酒酣飲。爲詩一章云：酒盡君莫酤，壺傾我當發。城市多囂塵，還山拜明月。〔合註〕《赤雅》：木客形如小兒，行坐衣服，不異於人。好爲近體詩，無烟火塵俗氣。

南康江水，歲歲壞城，孔君宗翰爲守，始作石城，至今賴之。軾爲膠西守，孔君實見代，臨行出《八境圖》求文與詩，以遺南康人，使刻諸石。其後十七年，軾南遷過郡，得遍覽所謂八境者，則前詩未能道其萬一也。南康士大夫相與請於軾曰：「詩文昔嘗刻石，或持以去，今亡矣，願復書而刻之。」時孔君既没，不忍違其詩。紹聖元年八月十九日眉山蘇軾書〔三〕。

讀孟郊詩二首〔三〕

〔查註〕《舊唐書》：孟郊少隱於嵩山，稱處士，留守鄭餘慶辟爲賓佐。性孤僻寡合，韓愈一見，以爲忘形之契。嘗稱其字曰東野，與之唱和。葛立方《韻語陽秋》云：孟郊詩「楚山相蔽虧，日月無全輝」、「萬株古柳根，拏此磷磷谿」等句，造語工新，無一點俗韻，然其他篇章似此者絶少。【誥案】魯直爲公所壓，故變此矯崛之體，而郊之避韓亦然，是所謂「得失寸心知」者。貽上論魯直固非，堇浦主錫鬯説亦不確，特正之。

其一

夜讀孟郊詩，細字如牛毛。〔施註〕杜子美《述古》詩：秦時任商鞅，法令如牛毛。寒燈照昏花，佳處時一遭。【誥案】郊《鬪角》詩：似開孤月口，能説落星心。公極賞之，是所謂佳處時一遭也。孤芳擢荒穢，苦語餘詩騷。〔施註〕韓退之《憶昨行》：危辭苦語感我耳。水清石鑿鑿，〔施註〕《毛詩·唐風·揚之水》：白石鑿鑿。湍激不受篙〔三四〕。初如食小魚，所得不償勞。又似煮彭蜞，〔查註〕郭璞《爾雅註》：蜎，即蟛蜎也。《本草》：蟛之最小者名蟛蜞，吴人謂爲彭越，音越。竟日持空螯〔二五〕。〔合註〕《晉書·謝安傳》：歡笑竟日。要當鬭僧清，未足當韓豪〔二六〕。〔王註續曰〕指如賈島者也。島初爲僧，名無本，詩才與郊齊名。〔次公曰〕或云鬭九僧之徒，亦是。〔施註〕《唐書》云：韓愈一見孟郊，爲忘形交。賈島亦韓門弟子，島初爲浮屠。皆附《愈傳》。人生如朝露，日夜火消膏。〔施註〕《漢·董仲舒傳》：積惡在身，猶火之銷膏而人不見也。何苦將兩耳，聽此寒蟲號。〔查註〕《本草》：曷旦，一名寒號蟲。不如且置之，〔施註〕柳子厚《法華西亭》詩：置之勿復道，且寄須臾閑。飲我玉色〔二七〕醪。

【誥案】公愛魯直而不諒孟郊，無怪紛然學魯直者多也。不知所避何人，可發一笑。詩話及論詩絶句，往往不當。

其二

我憎孟郊詩，復作孟郊語。飢腸自鳴喚，空壁轉飢鼠。詩從肺腑出，出輒愁肺腑。【誥案】十字絶倒，寫盡郊寒之狀。有如黃河魚，出膏以自煑。尚愛《銅斗歌》，鄙俚頗近古。〔合註〕孫綽《喻道論》：韶夏之棄鄙俚。《穀梁傳·桓公三年》：以是爲近古也。桃弓射鴨罷，獨速短蓑〔二八〕舞。不憂踏船翻，踏浪不踏土。〔王註〕郊《送澹公》詩十二首，其一曰：銅斗飲江水，手拍銅斗歌。儂是拍浪兒，飲則拜浪婆。脚踏小船頭，獨速舞短蓑。笑伊漁陽摻，空持文章多。閒倚青竹竿，白日奈我何。又曰：短蓑不怕雨，白鷺相爭飛。短楫畫菰蒲，鬭作豪横歸。笑伊水健兒，浪戰求光輝。不如竹枝弓，射鴨無是非。又曰：射鴨復射鴨，鴨驚菰蒲頭。鴛鴦亦零落，彩色難相求。儂是清浪兒，每踏清浪遊。笑伊鄉貢郎，蹋土稱風流。如何丱角翁，至死不裹頭。吴姬霜雪白，赤脚浣白紵。〔施註〕李太白《通塘曲》：浦邊清水明素足，別有浣沙吴女郎。又《越女詞》：耶溪女如雪，屐上足如霜。嫁與踏浪兒，〔王註〕唐李益詩：早知潮有信，嫁與弄潮兒。不識離別苦。歌君江湖曲，感我長羈旅。〔施註〕

東野詩：數年伊洛同，一旦江湖乖。江湖有故莊，小女啼喈喈。《文選》謝靈運《擬應瑒》詩：一旦逢世難，淪薄恒羈旅。【誥案】或以「我憎孟郊詩，復作孟郊語」爲誚者，答曰：是所謂惡而知其美也。著此二句，郊之地位固在。此詩筆之妙也。

章質夫寄惠《崔徽眞》〔二九〕

〔施註〕張君房《麗情集》元微之《崔徽傳》云：蒲女也。裴敬中使蒲，徽一見動情，不能忍。敬中使回，徽以不得從爲恨。久之，成疾，寫真以寄裴，且曰，崔徽一旦不及卷中人矣。元微之作《崔徽歌》。世有《伊州曲》，蓋採其歌成之也。【誥案】此詩，施編徐州卷熙寧十年八九月間大水危城之時，本屬不當。查註據宋景濂跋，以爲元祐二年章楶知慶州所寄，改編在翰林時。合註謂章楶知慶州，《長編》載在六年。宋跋不足爲據，應仍編徐州卷，以公在徐州時，嘗爲章楶作《思堂記》故也。今改編於此。

玉釵半脱雲垂耳，〔王註〕《華岳靈姻傳》：雲髮垂耳。郭子橫《洞冥記》：元鼎元年，起招靈閣，有一神女，留一玉釵以與帝，帝以賜趙倢伃。至昭帝元鳳中，宮人猶見此釵，共謀欲碎之。明日視釵匣，惟見白燕，直飛升天。後宮人常作此釵，因名玉燕釵。李賀詩：寒鬢斜釵玉燕光。亭亭芙蓉在秋水。〔王註〕《文選》陸韓卿詩：歲暮寒飆及，秋水落芙蓉。〔施註〕《西京雜記》：文君臉際，常若芙蓉。李太白《流夜郎憶舊游》詩：清水出芙蓉，天然去雕飾。當時薄命一酸辛〔三〇〕，〔施註〕李太白樂府有《妾薄命篇》。千古華堂奉君子。〔王註〕白樂天《陵園妾》詩：顏色如花命如葉，命如葉薄將奈何，一奉寢宮日月多。〔施註〕《文選》陸士龍詩：王在華堂，式宴嘉會。孟東野《覿石楠》詩：養此奉君子，賞覿日爲娛。水邊何處無麗人，近前試看〔三一〕丞相嗔〔三二〕。〔王註〕杜子美《麗人行》：三月三日天氣新，長安水邊多麗人。又云：炙手可熱勢絶倫，慎莫近前丞相嗔。不如丹青不解語，〔施註〕《楊貴妃遺事》：太液池有千葉白蓮數枝盛開，帝與貴戚宴賞，帝指貴妃示左右曰：「何如我解語花？」世間言語原非真〔三三〕。知君被惱更愁絶，〔施註〕杜子美《赴奉先》詩：放歌頗愁絶。白樂天詩：所遇皆如此，頃刻堪愁絶。卷贈老夫驚老拙。爲君援筆賦梅花，〔施註〕《北史·孫搴傳》：齊神武西征，搴代李義深作檄文，援筆立就，其文甚美。《文選》陸士衡《文賦》：慨投篇而援筆，聊宣之乎斯文。未害廣平心似鐵。

訪張山人得山中字二首

〔查註〕張山人，即張天驥也。

其一

魚龍隨水落，〔王註〕杜子美《秦州雜詩》：水落魚龍夜。又《草閣》云：魚龍回夜水。猿鶴喜君還。舊隱丘墟外，〔施註〕《晉·桓溫傳》：神州陸沈，百年丘墟。新堂紫翠間。〔施註〕杜牧之《蚕春閣下》詩：千峰横紫翠，雙闕凭欄干。〔查註〕本集《放鶴亭記》云：熙寧十年秋，彭城大水，雲龍山人張君之草堂，水及其半扉。明年春，水落，遷於故居之東，東山之麓。野麋馴杖履〔三四〕，幽桂出榛菅。〔王註〕韓退之《雪後寄崔二十六丞公》詩：稱多量少鑑裁密，豈念幽桂遺榛菅。灑掃門前路，山公亦愛山。〔公自註〕張故居爲大水所壞〔三五〕，新卜此室故居之東。〔王註援曰〕山公，山簡也。公自謂山公。

其二

萬木鎖雲龍〔三六〕，〔公自註〕山名〔三七〕。天留與戴公。〔王註次公曰〕戴公豈以戴安道比之耶？〔子仁曰〕戴符常乞買山錢於于頔，詩意或指此。又，潤州有戴公山。〔施註〕《南史·戴顒傳》：京口黄鵠山北，有竹林精舍，戴顒於此。文帝每欲見之，謂張敷曰：「東巡之日，當宴戴公山下。」路迷山向背，〔王註〕《後漢·地理志註》：衡山九向九背。人在瀼西東。〔王註縯曰〕瀼水，在夔州奉節縣，出於山谷間，南入江。楚俗謂水可步者爲瀼。杜子美《夔州歌》詩：瀼西瀼東一萬家，江南江北春冬花。甫嘗寓居瀼西，復還瀼東也。薺麥餘春雪，〔王註〕韓退之《琴操》：霜雪貿貿，薺麥之茂。櫻桃落晚風。入城都不記，歸路醉眠中。

送孔郎中〔三八〕赴陝郊

〔查註〕《東都事畧》：孔周翰歷知蘄、密、陝、揚、洪、兗六州。此則自密移陝時也。《水經》：河水又西逕陝縣故城南。注云：河北對茅城，春秋茅津也；河南卽陝城，周召分陝，以此城爲東西之别。《太平寰宇記》：魏太和十一年，置陝州。《九域志》：永興軍路陝州。宋爲保平軍節度理所。〔合註〕薛稷詩：驅車越陝郊。

驚風擊面黄沙走，〔王註任居實曰〕杜子美《湖城東遇孟雲卿》詩云：疾風吹塵暗河縣，行子隔手不相見。此正陝州詩也。〔施註〕《文選》曹子建詩：驚風飄白日，忽然歸西山。《漢·霍去病傳》：大風起，砂礫擊面。西出崤、函脱塵垢。〔王註縯曰〕言二崤與函關也。二崤山在河南永寧縣，函谷關在新安縣。〔查註〕《元和郡縣志》：二崤山，又名嶔崟山。自東崤至西崤三十五里。東崤長坂數里，峻阜絶澗。西崤全是石坂，十二里，峻絶不異東崤。《漢·地理志》：弘農，故秦函谷關也。使君來自古徐州，〔王註堯卿曰〕古有南徐、北徐。南徐，潤州；北徐，彭城。時自彭城而往，故云古徐。聲震河潼殷關右。〔查註〕《元和郡縣志》：潼關在華陰縣東北關西一里，有潼水。又云：河在關內，南流衝激，因謂之衝關。《名勝志》：潼谷水，經松果山下北流，入黄河。唐天授初，置潼津縣，長安二年廢，今爲驛，有石橋，尚名潼津橋，卽潼關水所逕也。十里長亭聞鼓角，〔施註〕庾信《哀江南賦》：十里五里，長亭短亭。王道珪註云：秦制，五里一亭，十里一堠，一丁主之。吴兢《樂府古題要解》：横吹曲有鼓角。唐樂，合諸道行軍給鼓角，三萬人以上，角十四具，鼓二十四面。一川秀色明花柳。〔施註〕李太白《寄元參軍》詩：一谿初入千花明。北臨飛檻卷黄流，〔施註〕韓退之《二鳥賦》：窺黄流之奔猛。南望青山如峴首。〔王註師民瞻曰〕峴首山，在襄州襄陽縣。陝州去郡二十里，有山亦名峴，以其狀類峴首，故得名。〔查註〕《名勝志》：峴山在陝州靈寶縣東，以形似襄陽峴山，故名。東風吹開錦繡谷，淥水翻動蒲萄酒。〔查註〕錢希白《南部新書》：太宗破高昌，收馬乳葡萄種於苑，並得酒法，仍自損益之，造酒成緑色，長安始識其味。訟庭生草數開樽，〔合註〕《隋書·劉曠傳》：爲平鄉令，風教大洽，獄中無繫囚，爭訟絶息，囹圄盡皆生草，庭可張羅。杜子美《獨酌》詩：開樽獨酌遲。過客如雲牢閉口。〔王註〕韓退之《與李尚書寘書》曰：接過客俗子，絶口不挂時事，務爲崇深，以拒止嫉妒之口。

與梁左藏會飲傅國博家

〔合註〕梁左藏，卽梁交。左藏，官名。【誥案】傅裼官國子博士，時爲徐州通判，乃龍圖閣學士燕肅之外曾孫也。見本集《徐州蓮花漏銘敘》。合註以爲楊公之外曾孫惜名失考者，並誤。餘詳總案中。〔案〕總案元豐元年三月，有「李常醉於傅楊家」條。〔查註〕《職官分紀》：國子監博士有太學五經四門，武學、律學、書學、算學諸名。

將軍破賊自草檄，〔王註〕《北史》：荀濟知梁武當王，然負氣不服，謂人曰：「會楯上磨墨作檄文。」〔施註〕韓退之《上都統相公》詩：盡管諸軍破賊年。論詩説劍俱第一。彭城老守本虚名，識字劣能欺項籍。風流別駕貴公子，〔施註〕晉庾亮《與郭游書》：別駕任居刺史之半。欲把笙歌暖鋒鏑。〔施註〕白樂天《送三兄》詩：少年曾管二千兵，晝聽笙歌夜斫營。紅旆朝開猛士噪〔三九〕，〔施註〕白樂天《温尚書莊》詩：白石清泉抛濟口，碧幢紅旆照河陽。《左傳·哀公十七年》：越子爲左右句卒鼓噪而進。翠帷暮捲佳人出。〔施註〕柳子厚《渾鴻臚宅聞歌》詩：翠帷雙卷出傾城。東堂醉卧呼不起，啼鳥落花春寂寂。〔王註〕王維詩：落花寂寂啼山鳥。韋莊詞云：滿院落花春寂寂。〔施註〕李太白《久離別》樂府：待來竟不來，落花寂寂委青苔。試教長笛傍耳根，一聲吹裂堦前石。

寒食日答李公擇三絶次韻〔四〇〕

【誥案】李公擇罷齊州，以寒食日至徐，公方出，督城工於外。公擇立成三詩，以促公還，公和詩全寓此意。其題之寒食日，並不重也。

其一

從來蘇、李得名雙，〔王註次公曰〕前漢蘇武、李陵能詩，謂之蘇、李。唐蘇味道里人李嶠，俱以文章顯，時號蘇、李。又，蘇晉、李嶠知制誥，時號蘇、李。又，蘇頲、李乂對掌文誥，明皇謂頲曰：「前朝有李嶠、蘇味道，謂之蘇、李，今有卿及李又，亦不讓之。」只恐全齊笑陋邦。〔合註〕《後漢書·耿弇傳·論》：尅拔全齊。詩似懸河供不辨，〔王註〕《晉·郭象傳》：字子元。王衍每云，聽象語，如懸河瀉水，注而不竭。韓退之《石鼓歌》：願借辨口如懸河。〔查註〕供不辨，似謂詩才敏捷，左右供事之人，書寫不及也。〔合註〕《三國·魏志·司馬朗傳》：爲堂陽長。當作船，民恐其不辦，相率助之。故欺張籍隴頭瀧。〔施註〕韓退之《病中贈張十八》詩：君乃崐崙渠，籍乃隴頭瀧。

其二

簿書鼙鼓不知春，〔王註〕《周禮·地官》：以鼙鼓鼓役事。佳句相呼賴故人。〔王註〕《南史》：謝靈運每有篇章，對惠連輒得佳語。寒食德公方上冢，歸來誰主復誰賓。

其三

巡城已困塵埃眯，〔王註〕《左傳·宣公二年》：華元爲植巡城。《莊子·天運篇》：播糠眯目，則天地四方易位。杜子美《狄明府》詩：黄土污人眼易眯。執扑〔四〕仍遭蟣蝨緣。〔施註〕《周禮·夏官》：司空執扑。《左傳·襄公十七年》：宋平公築臺，子罕執扑，以行築者，而抶其不勉者。《漢·嚴安傳》：介冑生蟣蝨。欲脱布衫攜素手，〔公自註〕來詩謂僕布衫督役。試開病眼點黄連。【誥案】《本草》：黄連出四川鷹爪者良，點眼赤。詩謂督役塵壒中致疾也。

約公擇飲是日大風

〔施註〕李公擇知齊，齊素多盜，公擇至，痛懲艾之，論報無虚日，而不少止。他日，得黠盜，以爲郡兵，使直事鈴下，稍任使之，因詢其奸狀。對曰：「此由富家爲之囊橐，官吏迹捕及門，禽一人以首則免矣。」公擇乃令得藏盜之家，皆發屋破柱，盡拔其根株，自是奸不容匿，境內遂清。始，公擇在江夏、吳興，政尚寬簡，吏民安樂之，郡以大治。及爲濟南，頗峻文深詆，郡亦大治。由是人知其通疎適變，所值無不可者。此詩有「偷兒夜探赤白丸，奮髯忽逢朱子元，半年羣盜誅七百」之句，蓋謂是也。

先生生長匡廬山，〔王註續曰〕匡廬山，在江州德化南康軍、星子二縣境。〔次公曰〕匡廬，江陽之名岳，本名三天子鄣。周景式《廬山記》曰：匡俗，周威王時人，生而神靈，廬於此山，世稱廬君，故山取號焉。山中讀書三十年。〔施註〕東坡《李氏山房記》云：李公擇少時，讀書於廬山五老峰下白石庵之僧舍。公擇既去，而山中人指其居爲李氏山房，藏書凡九千餘卷。杜子美《不見》詩：匡山讀書處，頭白早歸來。舊聞飲水師顏淵，不知治劇乃所便。〔王註〕《漢書》：張敞自請治劇郡。〔施註〕《漢·尹賞傳》：薛宣奏賞能治劇。偷兒夜探黑白〔四〕丸，〔王註〕《前漢·尹賞傳》：永始、元延間，長安中姦猾浸多。閭里少年羣輩殺吏受賕報仇，相與探丸爲彈。得赤丸者，斫武吏，得黑者，斫文吏，白丸者主治喪。賞守長安，令追捕甚精。《世說》：王獻之曰：「偷兒，青氈我家舊物。」奮髯忽逢朱子元。〔施註〕《漢·朱博傳》：字子元。半年羣盜誅七百，〔合註〕《宋史·李常傳》：齊多盜，半歲間，誅七百人，奸無所匿。誰信家書藏九千。春風無事秋月閑，紅妝執樂豪且妍。紫衫玉帶兩部全，〔合註〕《唐書·禮樂志》：《慶善樂》，舞四人，紫袍，白袴。又，樂工少年文玉帶，立左右。《隋書·禮儀志》：紫衫大口袴褶。琵琶一抹四十絃。〔施註〕潘若沖《郡閣雅談》：高從晦好彈胡琴。天成中，王仁裕使荆渚，從晦出十妓彈胡琴。仁裕有詩曰：紅妝齊抱紫檀槽，一抹朱絃四十條。客來留飲不計錢，【詁案】客非泛指，乃自述過齊州時也。齊人愛公如子產。〔施註〕《韓詩外傳》：子產之治鄭，一年而負罰之過省，二年而刑殺之罪亡，三年而庫無拘人。故民歸之如水就下，愛之如孝子敬父母。兒啼卧路呼不還，〔王註〕《史記·循吏傳》：子產治鄭，二十六年而死。丁壯號哭，老人兒啼，曰：「子產去我死乎，民將安歸？」〔施註〕《後漢·侯霸傳》：爲臨淮尹，政理有能名。更始元年，遣使徵霸，百姓老弱相攜，號哭遮使者車，或當道而卧，皆曰：「願乞侯君復留期年。」我慚山郡空留連。牙兵部吏笑我寒，邀公飲酒公無難。約束官奴買花鈿，〔合註〕沈約《麗人賦》：雜錯花鈿。薰衣理髮〔四三〕夜不眠。〔施註〕《古樂府·木蘭歌》：當窗理雲鬢。〔合註〕謝朓詩：插花理雲髮。曉來顛風塵暗天，〔王註〕杜子美《偪仄行》詩：曉來急雨春風顛。我思其由豈坐慳。〔施註〕《文酒清話》：東京周默未嘗作東道，一日，請客，時久旱，忽風雨交作。宋温以詩戲之曰：驕陽爲戾已成災，賴有開筵周秀才。莫道上天無感應，故交風雨一齊來。蓋諺有「慳值風，嗇值雨」之説也。作詩愧謝公〔四四〕笑讙，歸來瑟縮愈不安。〔施註〕韓退之《孟郊》詩：地祇爲之悲，瑟縮久不安。【詁案】自「我慚山郡」句起，至此，皆自述在齊飲公擇事。要當啖公八百里，〔王註〕《晉·王濟傳》：王愷以帝舅奢豪，有牛名「八百里駮」，嘗瑩其蹄角。濟請以錢千萬與牛對射而賭之。濟一發破的，因據胡牀，叱左右速探牛心來。須臾而至，一割便去。豪氣一洗儒生酸。【詁案】惟此二句是結，謂當日邀公擇爲兵吏所笑，今當作豪飲也。時有《宴提刑學士致語》，具見排場之盛，所謂一洗酸氣者此耳。

坐上賦戴花得天字

清明初過酒闌珊，〔施註〕白樂天《同宴見贈》詩：杯盤狼藉宜侵夜，風景闌珊欲過春。折得奇葩晚更妍。春色豈關吾輩事，老狂聊作坐中先。〔合註〕《吳越春秋》：子胥自謂老狂。醉吟不耐敧紗帽，〔施註〕《唐·白居易傳》：自號醉吟先生。杜子美李尚書《聯句》：數語敧紗帽，高文擲綵箋。起舞從教落酒船。結習漸消留不住，却須還與散花天。〔王註〕《維摩經》云：時維摩詰室，有一天女，見諸天人，聞所説法，便現其身，即以天花散諸菩薩大弟子上。花至諸菩薩，即皆墮落，至大弟子，便著不墮。結習未盡，花著身耳，結習盡者，花不著也。〔施註〕白樂天《招夢得》詩：方丈若能來問疾，不妨兼有散花天。

夜飲次韻畢推官

〔查註〕畢推官，字景儒。時爲徐州從事，見《淮海集》。曾爲杭僧法言篆「雪齋」二字。本集《游桓山記》：「同遊有畢仲孫者」，即景儒之名也。【誥案】畢仲游，元祐初入館。又，畢仲遠爲令，公在黃，有《與畢仲遠長官書》。三畢並從游。

簿書叢裏過春風，〔施註〕《漢·禮樂志》：簿書期會。酒聖時時且復中。紅燭照庭嘶騕褭，〔王註〕杜子美《春日戲題惱郝使君兄》詩：駿馬時看金騕褭。〔施註〕《漢書音義》：騕褭，神馬也，赤喙黑身。杜子美《槐葉冷淘》詩：願隨金騕褭，走置錦屠蘇。黃雞催曉唱玲瓏。〔王註〕白樂天《醉示妓人商玲瓏歌》詩：誰道使君不解歌，聽唱黃雞與白日。黃雞催曉丑時鳴，白日催年酉時没。玲瓏玲瓏奈老何，使君歌了汝更歌。老來漸減金釵興，〔王註〕韓退之詩：金釵半醉坐添春。醉後空驚玉筯工。〔公自註〕畢善篆。〔施註〕《唐文粹》舒元輿《玉筯篆志》：秦丞相李斯，變蒼頡籀文爲玉筯篆體，尚太古。月未上時應早散，免教壑谷問吾公。〔王註〕《左傳·襄公三十年》：鄭伯有嗜酒，爲窟室，而夜飲酒擊鐘焉，朝至未已。朝者曰：「公焉在？」其人曰：「吾公在壑谷。」

芙蓉城并敍〔四五〕

世傳王迥子高〔四六〕與仙人周瑶英遊芙蓉城。元豐元年〔四七〕三月，余始識子高，問之，信然。乃作此詩，極其情而歸之正，亦變風止乎禮義之意也。〔王註次公曰〕胡微之作《王子高傳》：子高，虞部員外郎正路之次子。人用其傳爲《六幺曲》。〔施註〕王子高後以姓字著於樂府，遂用東坡詩「蘧蘧形開如醉醒」之句，改名蘧，字子開。子由有《次韻子瞻招王蘧朝請晚飲》詩云：「忽過銀闕迷歸路，誤認瑶臺尋故人。」蓋猶以舊事爲習也。《東坡詩集》中已亡之矣。子開後再娶于澄江，遂居焉。官至左中散大夫，嘗守濡須。此詩王荆公嘗和之，首云：「神仙出没藏杳冥，帝遣萬鬼驅六丁。嘗爲俞紫芝誦之，紫芝請書於紙，荆公曰：「此戲耳，不可以爲訓。」故不傳。子開之孫寧，舉進士，爲司農少卿總領四川錢糧而卒。〔合註〕《清江孔毅父集》有《呈王子高殿丞絶句一首》：天上人間事不同，相思何日却相逢。芙蓉城在蓬萊外，海闊波深千萬重。亦指此事也。【誥案】胡微之《芙蓉城傳》：王迥子高，初遇一女，自言周太尉女，冥契當侍巾幘。既去，衾枕之屬，餘香不散。由此倏忽去來。一夕，夢周道服而至，謂王曰：「我居幽僻，君能一往否？」喜而從之。但覺其身飄然。須臾過一嶺，珍禽佳木，清流怪石，殿閣金碧相照。遂與王自東廂門入循廊。至一殿亭，甚雄壯，下有三樓，相視而聳，亦甚雄麗。廊間半開，周忽入，王少留須臾，周與一女郎至。周曰：「三山之事息乎？」曰：「雖已息，奈情何。」於是拊掌而去，遂巡東廊之門。門啓，有女流道裝而出者百餘人，立於庭下。俄聞殿上卷簾，有美丈夫一人，朝服憑几，而庭下之女，循次而上。少頃，憑几者起，簾復下，諸女流亦復不見。周遂命王登東廂之樓，梁上題曰碧雲，其字則《真誥》，八龍雲篆。王未及下，一女郎登，年可十五，容色嬌媚，亦周之比。周謂王曰：「此芳卿也。」夢之明日，周來，王語以夢，周笑曰：「芳卿之意甚勤也。」王問：「何地？」周曰：「芙蓉城也。」曰：「憑几者誰？三山之事何謂？」周皆不對。王問：「芳卿何姓？」曰：「與我同。」王感其事，作詩遺周。周臨别，留詩云：久事屏幃不暫閑，今朝離意尚闌珊。臨行惟有相思淚，滴在羅衣一半斑。此傳原文，施註分疏句下，邵子湘掇拾出之，自謂未免句字脱落者。今閲首一段，不但語句支離，而鋪敍亦極繁褻，爲删去一百九字。後又檢對王本，則謝無逸所載者，自「一夕夢周道服」句起至「登東廂之樓」句止，皆其原文，並非邵之掇拾。惟後段不全載，而邵本所有，亦冗，復删四十五字，作爲定本，其事已盡之矣。

芙蓉城中花冥冥，〔王註〕杜子美《醉歌行》詩：樹攪離思花冥冥。誰其主者石與丁。〔王註繽曰〕石曼卿卒後，其故人有見之者，云：「恍惚如夢中，言，我所主芙蓉城，欲呼故人共游。不諾。憤然騎一騾去。」〔次公曰〕張師正《括異志》載：慶曆中，有朝士冒晨赴起居，正道通衢，見美婦三十餘人，並馬而行，若前導者。俄見丁觀文度，按轡繼之而去。有一人最後行，朝士問曰：「觀文將游何處？」曰：「非也，諸女御迎芙蓉館主耳。」時丁已在告，頃之，聞卒。【誥案】是所謂美丈夫憑几者也。珠簾玉案翡翠屏，〔王註林子敬曰〕《襄陽記》：龍巢山鉢帽峰尹喜石室内，有《玉案仙經》八卷，在案上。〔崔曰〕《三輔黄圖》云：未央宫漸臺西有桂宫，中有光明殿，皆金玉珠璣爲簾箔。霞舒雲卷〔四八〕千娉婷〔四九〕。〔施註〕白樂天詩：娉婷十五勝天仙。杜子美《奉酬薛十二丈判官見贈》詩：赤節引娉婷。【誥案】以上四句，題清主腦，引入周事。中有一人長眉青，〔王註〕《異聞集》：柳毅之言龍女曰：「紅粧千萬，笑語熙熙。中有一人，自然蛾眉。」〔施註〕白樂天《長恨歌》：中有一人字太真。韓退之《華山女》詩：洗粧拭面著冠帔，白咽紅頰長眉青。炯如微雲淡疏星。往來三世空鍊形，〔王註〕《酉陽雜俎》：貞元中，有一家，因打牆掘地，遇石函，發之。見物如絲滿函，飛出於外。驚視之次，忽有人起於函，被白髮長丈餘，振衣而起，卽失所在，蓋太陰鍊形日將滿，人必露之。〔施註〕《真誥》：魏夫人云：死經太陰暫過三官者，肉脱脈散，血沉灰爛，而五臟自生，骨如玉，七魄營侍，三魂守宅。或三二十年，復質成形，勝於昔容，名鍊形。見《太平廣記》。竟坐誤讀《黄庭經》。〔施註〕《集仙録》：謝自然日誦《黄庭經》十遍。誦時，有二童子侍立，每十過，卽將向上界去。東華夫人曰：「誦經先讀《外篇》，大都精思講讀者獲福，癘行者招罪。」天門夜開飛爽靈，〔施註〕盧仝《沈山人》詩：天門九重高崔嵬，夜半醮祭夜半開。《太微靈書》：人有三魂，一曰爽靈，二曰台光，三曰幽精。無復白日乘雲軿。俗緣千刼磨不盡，〔施註〕《逸史》：許瀆暴卒，三日寤，而題詩云：曉入瑶臺露氣清，坐中惟見許飛瓊。塵心未盡俗緣重，千里下山空月明。〔合註〕《太平廣記》引《逸史》作許瀍，《本事詩》作許渾。翠被冷落淒餘馨。〔施註〕《左傳·昭公十二年》：雨雪，王皮冠，秦復陶，翠被，豹舃，執鞭以出。〔合註〕杜子美《奉酬薛十二丈判官見贈》詩：夢覺有餘馨。因過緱山朝帝廷，〔王註〕劉向《列仙傳》：王子晉好吹笙，作鳳凰鳴，道士浮丘公接上嵩山。三十餘年後，求之於山，見桓良曰：「告我家，七月七日，待我於緱氏山頭。」至期，果乘白鶴駐山嶺，舉手謝時人而去。【誥案】此句入王子高。夜聞笙簫弭節聽。〔王註〕《楚辭》：抑志而弭節兮。註云：按節徐行也。〔施註〕韓退之《謝自然》詩：如聆笙竽韻，來自冥冥天。《楚辭》屈原《九歌》：弭節兮北渚。飄然而來誰使令，皎如明月入窗櫺。〔施註〕江淹《擬悼婦》詩：明月入綺窗，彷彿想蕙質。宋玉《神女賦》：其少進也，皎如明月舒其光。忽然而去不可執，寒衾虛幌風泠泠。〔施註〕《文選》江文通《王徵君》詩：鍊藥矚虛幌。《班倢伃傳》：賦曰，廣室陰兮幃幄暗，房櫳虛兮風泠泠。〔合註〕梁元帝詩：寒衾夜夜空。【誥案】自「中有一人」句至此，敍冥契事畢。仙宮洞房本不扃，〔施註〕《楚辭》宋玉《招魂》：姱容修態，絙洞房些。【誥案】此句入夢之因。夢中同躡鳳凰〔五〇〕翎。〔王註次公曰〕杜子美《奉酬薛十二丈判官見贈》詩：嘆雨鳳凰翎。而其事則曲中所謂「夢中共跨青鸞翼」也。徑度萬里如奔霆，〔合註〕《楚辭·遠游》：浚天地以徑度。王勃《尊師讚》：奔霆易駭。玉樓浮空聳亭亭。天書雲篆誰所銘，〔王註次公曰〕玉樓亭，亭則曲中所謂「一簇樓臺」也。天書雲篆，則《傳》又云：梁上有碑題曰碧雲，而其字則《真誥》，有飛天之書八龍雲篆也。〔施註〕東方朔《十洲記》：崑崙山天墉城，上有玉樓十二。《文選》左太沖《魏都賦》：巍巍標危，亭亭峻峙。遶樓飛步高竛竮。〔施註〕《唐韻》：伶俜作竛竮。〔合註〕郭璞詩：飛步登玉闕。仙風鏘然韻流鈴，〔王註吴憲曰〕道家有流金火鈴。〔汪革曰〕《度人經》云：擲火萬里，流鈴八衝。〔施註〕《唐文粹》吴筠《步虛詞》：豁落制六天，流鈴威百魔。蘧蘧形開如酒醒〔五一〕。〔王註〕《莊子·齊物論篇》：其寐也魂交，其覺也形開。〔翁方綱云〕李雁湖《王荆公詩註》引坡詩此句，言夢而覺也。按陸德明《莊子音義》：蘧，音渠。李云，有形貌。【誥案】此句夢醒。芳卿寄謝空丁寧，〔施註〕《前漢·趙廣漢傳》：界上亭長，寄聲謝我。《後漢·郎顗傳》：丁寧再三。一朝覆水不返瓶，〔王註〕李太白《白頭吟》詩：覆水却收不滿杯。〔施註〕《後漢·何進傳》：覆水不收，悔將何及。李太白《妾薄命行》：雨露不上天，水覆難重收。羅巾別淚空熒熒。〔施註〕元微之《鶯鶯傳》云：熒熒然，猶瑩於茵席。〔合註〕劉孝威詩：覺淚濕羅巾。【誥案】自「仙宫洞房」句至此，敍同游及與周別，本傳事皆畢。春風花開秋葉零，〔王註〕白樂天《長恨歌》云：春風桃李花開夜，秋雨梧桐葉落時。【誥案】本傳末原有「春花秋月，悽愴悲泣而去」二句，誥以其不可聯屬，删去。今載於此，公亦本此語作總束也。世間羅綺紛羶腥。〔合註〕嵇康《絶交書》：漫之羶腥。此身〔五二〕流浪隨滄溟，〔施註〕《十洲記》：滄海在北海中，水皆蒼色，別有圓海，水色正墨，謂之溟海。〔合註〕鮑照詩：流浪漸冉經三齡。《武帝内傳》：諸仙玉女，聚居滄溟。偶然相值兩浮萍。〔施註〕白樂天《答微之》詩：與君相遇知何處，兩葉浮萍大海中。【誥案】以上四句，爲子高作追憶之辭。願君收視觀三庭，【誥案】願字入公意，君即子高也。客有過韻山堂論此詩，作王願周解者，多方開導，而執拗不服。因曉之曰：「此等長篇，皆本集之易讀者，而子弗悟，況其餘乎。子盍歸而求之，更讀十年來問，未爲晚也。」勿與嘉穀生蝗螟。〔王註次公曰〕此所謂歸之正也。《黄庭内景經》：三庭嘉穀生蝗螟。〔施註〕《文選》陸士衡《文賦》：皆收視返聽。《左傳·莊公七年》：秋，無麥苗，不害嘉穀也。《春秋·隱公四年》：螟。杜預曰：蟲食苗心者。《説文》：蝗，螽也。從渠一念三千齡，〔王註〕《神仙傳》：馬明生隨神女還岱，見安期生語神女曰：「昔與女郎遊於安息西海之際，憶此，已三千年矣。」〔施註〕陳鴻《長恨歌傳》：方士至玉真太妃院，致上皇意，玉妃因自悲曰：「由此一念，又不得居此，復墮下界，且結後緣。」下作人間尹與邢。〔王註績曰〕《史記》：漢武帝時，尹夫人與邢倢伃同時並幸，詔不得相見。尹自請願望見邢，帝許之。即令他夫人飾爲邢來前，尹見之曰：「此非邢身也，其狀貌不足以當人主矣。」於是，帝使邢衣故衣，獨身前來，尹見之，曰：「此真是也。」乃俛而泣，自痛其不如也。〔劉須溪曰〕謂彼自墮落勿效尤也。【誥案】自「春風花開」句至終，皆斷語，就子高作歸結也。末二句，謂如不能歸之以正，則此念終在，必將牽周重會人間，而所謂極其情者，將終不可止矣。公往往以開筆作收，故其餘意無窮，而按之入細，則未有不一綫穿下者也。堯卿謂尹喜、邢和璞，謬矣。

續麗人行〔五三〕并引〔五四〕

李仲謀家有周昉畫背面欠伸内人，極精，戲作此詩〔五五〕。〔王註謝薖曰〕張彥遠《名畫記》：周昉，字景玄。官至宣州長史。〔施註〕《名畫記》：周昉善畫子女。〔查註〕《唐朝名畫録》：周昉，京兆人。

深宮無人春日長，〔施註〕白樂天《送李使君》詩：館娃宮深春日長。沉香亭北百花香。〔王註績曰〕開元中，禁中重牡丹，植於興慶池東沉香亭前。李白《清平調》詞：解釋春風無限恨，沉香亭北倚闌干。〔堯卿曰〕唐明皇以外國貢沉香材而作沉香亭。美人睡起薄梳洗，〔施註〕白樂天《夢游春》詩：風流薄梳洗，時世寬裝束。燕舞鶯啼空斷腸。〔施註〕孟東野《傷春》詩：鶯啼燕語荒城裏。《樂府》魏文《燕歌行》：念君客游思斷腸。畫工欲畫無窮意，背立東風初破睡。若教回首却嫣然，陽城、下蔡俱風靡。〔王註〕宋玉《好色賦》：東家之子，嫣然一笑，惑陽城，迷下蔡。註：陽城、下蔡，二縣名，楚之貴介公子所封。〔施註〕《漢·韓信傳》：用廣武君策，發使燕，燕從風而靡。杜陵飢客眼長寒，〔王註堯卿曰〕杜子美自謂衣不蓋體，嘗寄食於人，奔走不暇，常恐轉死溝壑，可謂飢客矣。又《憶昔行》詩云：秋山眼冷魂未歸。蹇驢破帽隨金鞍。〔合註〕用杜子美詩《奉贈韋左丞丈》「騎驢三十載，旅食京華春」意。隔花臨水時一見，只許腰肢背後看。〔施註〕杜子美《麗人行》：三月三日天氣新，長安水邊多麗人。背後何所見，珠壓腰衱穩稱身。心醉歸來茅屋底，〔施註〕《列子·黃帝篇》：鄭有神巫曰季咸，列子見之而心醉。方信人間有西子。〔施註〕《吳越春秋》：苧蘿山鬻薪之女，曰西施。君不見孟光舉案與眉齊，何曾背面傷春啼。〔施註〕杜子美《北征》詩：見耶背面啼。

聞李公擇飲傳國博家大醉二首

其一

兒童拍手鬧黃昏，應笑山公醉習園。〔王註〕李太白《襄陽歌》云：落日欲没峴山西，倒著接䍦花下迷。襄陽小兒齊拍手，攔街争唱白銅鞮。傍人借問笑何事，笑殺山公醉似泥。縱使先生能一石，主人未肯獨留髡。〔王註〕《史記·淳于髡傳》：齊威王置酒後宫，召髡，賜之酒。問曰：「先生能飲幾何而醉？」對曰：「臣飲一斗亦醉，一石亦醉。」威王曰：「先生飲一斗而醉，惡能飲一石哉？」髡曰：「賜酒大王之前，執法在旁，御史在後，髡恐懼俯伏而飲，不過一斗徑醉矣。日暮酒闌，合尊促坐，男女同席，履舃交錯，杯盤狼藉，堂上滅燭，主人留髡而送客，羅襦襟解，微聞薌澤，當此之時，兕心最歡，能飲一石。」

其二

不肯惺惺〔五六〕騎馬迴，玉山知爲玉人頽。〔王註〕劉禹錫《揚州春夜》詩：寂寂獨看金燼落，紛紛只見玉山頽。自羞不是高陽侶，一夜惺惺騎馬迴。〔施註〕《世説》：山公稱嵇叔夜之爲人也，巖巖若孤松之獨秀；其醉也，忽若玉山之將頽。紫雲有語君知否？莫唤分司御史來。〔王註援曰〕《唐闕記》載：杜牧既爲御史，久之，分務洛陽。時李司徒愿罷鎮閒居，聲伎豪華，爲當時第一。嘗宴客，女伎百餘人，皆殊色。牧瞪目注視，問李公：「聞有紫雲者孰是？宜以見惠。」李俯而笑，諸伎亦皆回首破顔。牧自飲三爵，朗吟而起，曰：「華堂今日綺筵開，誰唤分司御史來。忽發狂言驚滿座，兩行紅粉一時回。」意氣閒逸，傍若無人。

傅子美召公擇飲，偶以病不及往〔五七〕，公擇有詩，次韻

〔查註〕子美當即傅國博字也。【誥案】此詩施編不載，查註從外集補編。

樊素、阿蠻皆已出，使君應作玉箏歌〔五八〕。〔馮註〕梁元帝《箏》詩：瓊柱動金絲，秦聲發趙曲。〔合註〕常建詩：開簾彈玉箏。可憐病士西窗下，一夜丹田手自摩。〔馮註〕《太微靈書》：清水鄉敖丘里丹田名藏精宫。

覩子美病中作，嗟歎不足，因次韻〔五九〕

【誥案】此詩施編不載，查註從外集補編。

百尺長松澗下摧，〔王註〕左太沖《詠史》詩：鬱鬱澗底松，離離山上苗。以彼徑寸莖，蔭此百尺條。知君此意爲

誰來。霜枝半折孤根出，尚有狂風急雨催。

起伏龍行并敍〔六〇〕

徐州城東二十里，有石潭。父老云：「與泗水通，增損清濁，相應不差，時有河魚出焉。」元豐元年春旱，或云置虎頭潭中，可以致雷雨。用其說作《起伏龍行〔六一〕》。

何年白竹千鈞弩，射殺南山雪毛虎。〔施註〕《後漢・南蠻傳》：板楯者，秦昭襄王時有一白虎，常從羣虎，數遊秦蜀巴漢之境。昭王重募國中能殺虎者。時有巴郡閬中夷人，能作白竹之弩，登樓射殺白虎。昭王嘉之，乃刻石盟，要夷人安之。《三國志・魏・杜夔傳》：千鈞之弩，不爲鼷鼠發機。至今顱骨帶霜牙，〔合註〕《文選・海賦》：顱骨成嶽。尚作四海毛蟲祖。〔施註〕《漢・五行志》：時則有毛蟲之孽。東方久旱千里赤，〔施註〕劉向《説苑》：晉平公時，赤地千里。三月行人口生土。碧潭近在古城東，神物所蟠誰敢侮。上敲蒼石擁巖竇，下應清河通水府。眼光作電走金蛇，鼻息爲雲擢烟縷。〔查註〕杜子美《太平寺泉眼》詩：如絲氣或上，爛漫爲雲雨。當年負圖傳帝命，左右羲軒詔神禹。〔王註〕《河圖挺佐輔》：黄帝言，余夢兩龍挺白圖以授余於河之都。又，洛出龜書以賜神禹，《洪範》是也。《河圖書》曰：舜以大尉即帝位，與三公臨觀，黄龍五采負圖出置舜前。〔施註〕《帝王世紀》：龍馬出圖於河，伏羲觀之以畫八卦。《左傳・昭公十七年》：郯子曰：「太昊氏以龍紀，故爲龍師而龍名。」杜預曰：太皞伏羲氏，以龍命官。爾來懷寶但貪眠，〔王註子仁曰〕張華云：龍抱寶而眠，謂之癡龍。滿腹雷霆瘖不吐。赤龍白虎戰明日，〔公自註〕是月丙辰，明日庚寅。〔王註績曰〕劉禹錫言：以虎頭置龍潭中，威猛相擊，其勢必鬬，則可以風雨，或遇歲旱𤰈之，有驗。〔施註〕《尚書故實》：南中久旱，以長繩繫虎頭骨，投有龍處，入水，即數人牽制不定。俄頃，雲起潭中，雨亦隨降。龍虎敵也，雖枯骨，能動之如此。劉禹錫《嘉話》亦云。〔合註〕《易林》：白龍赤虎，戰鬬俱怒。倒卷黃河作飛雨。嗟我〔六三〕豈樂鬬兩雄，〔王註〕《韓非子·揚權篇》：一棲兩雄，其鬬㘖㘖。〔施註〕《史記·孟嘗君傳》：秦、齊勢不兩雄。有事徑須〔六三〕煩一怒。〔施註〕《洞庭靈姻傳》：洞庭龍君謂柳毅曰：「錢塘君，我愛弟也。其勇過人，堯遭洪水九年，乃此子一怒耳。」

聞公擇過雲龍張山人，輒往從之，公擇有詩，戲用其韻

我生固多憂，肉食嘗苦墨〔六四〕。〔王註〕《左傳·哀公十三年》：公會單平公、晉定公、吳夫差於黃池。司馬寅曰：「肉食者無墨，今吳王有墨，國勝乎，太子死乎？」〔邵註〕杜預註：墨，氣色下也。軒然就一笑，〔施註〕《後漢·薊子訓傳》：軒渠笑悦，欲往就之。猶得好飲力。聞君過雲龍，對酒兩靜默。急攜清歌女，出郭及未昃。〔施註〕《易·豐》：日中則昃。一歡難力致，〔王註〕《晉書·劉毅傳》：合一歡甚難。〔施註〕韓退之《柳子厚墓志》：其文學詞章，必不能自以力致，必傳於後。邂逅有勝特。喧蜂集晚花，〔王註〕杜子美《陪鄭廣文遊何將軍山林》詩：疎籬帶晚花。〔合註〕杜子美《敝廬遣興奉寄嚴公》詩：花暖蜜蜂喧。亂雀啅〔六五〕叢棘。〔施註〕杜子美《曲江陪鄭八丈南史飲》詩：雀啅江頭黃柳花。《周易·坎》：寘於叢棘。山人樂此耳，寂寞誰侍側。何當求好人，聊使治要襋。〔王註〕《詩·小雅·大東》：糾糾葛屨，可以履霜。摻摻女手，可以縫裳。要之襋之，好人服之。註：要，褸也；襋，領也；好人，好女手之人。使君自孤僨〔六六〕，〔王註〕《前漢·匈奴傳》：冒頓爲書遺高后曰：陛下獨立，孤僨獨居，兩主

不樂，無以自虞。〔次公曰〕按《漢書註》：僨，仆也，猶言不能自立也。則獨居無偶，可以言孤僨矣。此理誰相值〔六七〕。不如學養生，一氣服千息。〔王註〕《晉·許邁傳》：常服氣，一氣千餘息。

送李公擇

〔施註〕公擇與東坡，皆以論新法擯黜遠外，意好最厚。公擇在濟南，東坡赴彭城，過之。公擇罷濟南，復過東坡於彭城。唱酬特多。故詩云：比年兩見之，賓主更獻酬。野夫，公擇之兄，名莘。嘗爲江西轉運使。東坡自黄移汝，道建昌，過其故居，有詩云：何人修水上，種此一雙玉。蓋謂其兄弟也。〔合註〕《續通鑑長編》：元豐二年五月，詔權遣江南西路提點刑獄李莘衝替，展磨勘二年，坐廖恩發所部，初不覺察也。後，元祐七年六月，爲光禄少卿。又任淵《山谷年譜》引《實録》云：元豐八年十二月，屯田郎中李莘知宣州。

嗟予寡兄弟，四海一子由。〔施註〕《毛詩·鄭風·揚之水》：終鮮兄弟，惟予二人。故人雖云多，出處不我謀。【誥案】謂張琥、章惇、李清臣諸人也。弓車無停招〔六八〕，〔王註〕《左傳·莊公二十二年》載《逸詩》：翹翹車乘，招我以弓。豈不欲往，畏我友朋。逝去勢莫留。〔施註〕《文選》曹子建詩：羲和逝不留。僅存今幾人，【誥案】謂司馬光、李師中、范純仁、滕甫、孫覺、錢顗、劉攽、劉摯、楊繪及李常諸人也。各在天一陬。〔王註〕杜子美詩：各在天一隅。又云：各在天一角。〔施註〕《文選·古詩》：相去萬餘里，各在天一涯。有如長庚月，到曉爛不收。〔王註厚曰〕李太白《獨酌有懷》詩：孤月滄波河漢清，北斗錯落長庚明。〔援曰〕韓退之詩：東方未明大星没，獨有太白配殘月。

〔施註〕韓退之《劉生》詩：妖歌嫚舞爛不收。宜我與夫子，相好〔六九〕手足侔。〔施註〕《唐文粹》李華《弔古戰場文》：誰無兄弟，如足如手。比年兩見之，賓主更獻酬。〔施註〕《毛詩·小雅·楚茨》：獻醻交錯。樂哉十日飲，〔王註〕《史記·范雎傳》：秦昭王《遺平原君書》：寡人聞君之高義，願與君爲布衣之交，君幸過寡人，寡人願與君爲十日之飲。衎衎和不流。〔王註〕柳子厚《序飲》曰：捨百拜而禮，無叫號而極，不袒裼而達，非金石而和，去糾逖而密，簡而同，肆而恭，衎衎而從容，於以合山水之樂，成君子之心。【誥案】以上五韻，謂僅存之人，雖氣節不改，而不可一見，故與公擇相得益深也。論事到深夜，僵仆鈴與騶。〔王註厚曰〕鈴，守鈴閣者。騶，廄御者。〔施註〕《魏志·管輅傳》：鳥與鷰鬬，直老鈴下耳。《晉·羊祜傳》：鈴閣之下，侍衞者，不過十數人。頗嘗見使君，有客如此不？〔王註〕《晉書》：桓温請謝安爲司馬，既到，温甚喜，言平生，歡笑竟日。温問左右：「頗嘗見我有如此客不？」欲別不忍言，慘慘集百憂。〔施註〕杜子美《送高三十五書記》詩：慘慘寸腸悲。【誥案】謂所憂皆國是也，此詩必如是逐處指出，方是送李公擇詩。念我野夫兄，知名三十秋。〔合註〕《魏志·曹爽傳》：何晏少以才秀知名。已得其爲人，〔施註〕《孔子世家》：孔子學鼓琴師襄子，有間，曰，有所怡然高望而遠志焉。曰：「丘得其爲人。」不待風馬牛。他年林下見，傾蓋如白頭。

送筍芍藥與公擇二首

其一

久客厭虜饌〔七〇〕，〔公自註〕蜀人謂東北人虜子。枵然思南烹。〔王註〕《莊子·逍遥遊篇》：非不枵然大也。故人知我意，千里寄竹萌。〔王註次公曰〕筍曰竹萌，出《筍譜》。〔任居實曰〕老蘇詩：竹萌抱淨節。〔邵註〕《爾雅》：筍，竹萌也。騈頭玉嬰兒，一一脱錦繃。〔施註〕吴筠《竹賦》：一筍明其胤嗣，三節獲乎嬰兒。儲光羲《筍》詩：稚子脱錦繃，騈頭玉香滑。白樂天《食筍》詩：紫籜拆故錦，素肌擘新玉。庖人應未識，旅人眼先明。我家拙廚膳〔七一〕，彘肉芼蕪菁。送與江南客，燒煮配香秔〔七二〕。〔施註〕鄭谷詩：坐中亦有江南客，莫向樽前唱鷓鴣。《文選》張平子《南都賦》：若其廚膳，則有華薌、重秬、滍皐、香秔。【誥案】此首筍。

其二

今日忽不樂，〔施註〕《毛詩·唐風·蟋蟀》：今我不樂，日月其邁。折盡園中花。園中亦何有，芍藥梟殘葩。〔合註〕柳子厚詩：隔淚數殘葩。久旱復遭雨，紛披亂泥沙。〔施註〕杜子美《寄岑參》詩：是節東籬菊，紛披爲誰秀。杜牧之《阿房宮賦》：用之如泥沙。韓退之詩：紛紛落盡泥與沙。不折亦安用，折去還可嗟。棄擲亮未能〔七三〕，送與謫仙家。還將一枝春，插向兩髻丫。〔王註〕歐陽文忠《清明前一日》詩云：小婢立我前，赤脚兩髻丫。【誥案】此首芍藥。

和孫莘老次韻〔七四〕

【誥案】公赴密州，過高郵，莘老方憂居。時已起知蘇州，旋由蘇徙福。合註謂未知何時赴閩，乃失考本傳耳。今删。

去國光陰春雪消，〔施註〕《文選》江文通《别賦》：光陰往來。還家踪迹野雲飄。功名正自妨行樂，〔施註〕《晉・向秀傳》：秀欲注《莊子》，嵇康曰：「此書詎復須註，正自妨人作樂耳。」迎送纔堪博早朝。〔王註〕白樂天詩：昏昏一覺睡，不博早朝人〔七五〕。〔施註〕《史記・越世家》：君王蚤朝晏罷，非爲吴邪？〔查註〕白樂天詩：鷄鳴猶獨睡，不博早朝人。雖去友朋親吏卒，却辭讒謗得風謡。〔施註〕《後漢・李郃傳》：和帝分遣使者，各至州縣，觀採風謡。明年〔七六〕我亦江南〔七七〕去，不問雄繁〔七八〕與寂寥。〔施註〕《南史》：梁元帝詩，寂寥千載後，誰畏軒轅臺。〔查註〕按史容註《山谷集》云：莘老前後典郡，自廣德徙湖州，又徙廬州，持祖母喪，服除，知蘇州。先生倅杭時，莘老自湖移廬，有詩送之。今是詩之作，當在莘老知蘇州時。故結處有「明年我亦江南去」之句。雄繁，指言劇郡也。

遊張山人園

壁間一軸烟蘿子，〔王註次公曰〕烟蘿子，今所畫修養者多有之。〔查註〕《經籍志》有烟蘿子《内真通玄歌》一卷，又有烟蘿子《養神關鎖秘訣圖》一卷，蓋古之學仙得道者也。盆裏千枝錦被堆。〔王註劉子翬曰〕錦被堆，一名粉團兒。花如月桂而小，粉紅色，或微黄色。葉亦相類，而有刺，棫柯纖長高丈餘，往往作架承之。兩句蓋寫所見。〔施註〕唐楊巨源《看花》詩：一林堆錦映千紅。慣與先生爲酒伴，〔施註〕杜子美《江上尋花》詩：走覓南鄰愛酒伴。韓退之詩：多情懷酒伴。不嫌刺史亦顏開。纖纖入麥黄花亂，〔王註〕司空圖《郊園》詩：綠樹連村暗，黄花入麥稀。颯颯催詩白雨來。〔王註〕杜子美《丈八溝納涼》詩：片雲頭上黑，應是雨催詩。〔施註〕白樂天《悟真寺》詩：赤日間白雨，陰晴同一川。〔合註〕李義山詩：颯颯東南細雨來。聞道君家好井水，歸軒乞得滿瓶回。

杜介熙熙堂

〔王註堯卿曰〕介字幾先。〔查註〕揚州人，居平山堂。見本集。【誥案】杜介嘗官供奉，時已歸老，故云「崎嶇世路最先回」也。

崎嶇世路最先回，窈窕華堂手自開。〔王註次公曰〕窈窕，深邃之義。《歸去來辭》云：既窈窕以尋壑，亦崎嶇而經丘。咄咄何曾書怪事，〔王註〕杜子美《喜晴》詩：焉能學衆口，咄咄空咨嗟。熙熙長覺似春臺。白砂碧玉味方永，〔王註〕引韓湘詩：琴彈碧玉調，爐養白硃砂。黄紙紅旗心已灰。〔施註〕白樂天《劉十九同宿》詩：紅旗破賊非吾事，黄紙除書無我名。遥想閉門投轄飲，鵾絃鐵撥響如雷。〔施註〕《五代史補》：馮道之子，能彈琵琶，以皮爲絃，世宗號繞殿雷。

次韻答劉涇〔七九〕

吟詩莫作秋蟲聲，〔王註〕韓退之《送孟東野序》：以蟲鳴秋。〔施註〕孟東野《秋懷》詩：吟蟲相唧唧。天公怪汝〔八〇〕鈎物情，使汝〔八一〕未老華髮生。〔施註〕白樂天《洛陽春》詩：中有老朝客，華髮映朱軒。韓退之《河之水》詩：三年不見汝，使我鬢髮未老而先化。芝蘭得雨蔚青青，〔合註〕陳子昂詩：蘭若生春夏，芊蔚何青青。何用自燔以出馨。細書千紙雜真行，〔施註〕《法書苑》：晉世以來，工書者，多以行書著名，兼真者謂之真行，帶草者謂之行草。〔合註〕倪濤《六藝之一録》載《雲烟過眼録》曰：鮮于伯機藏帖一册，内有劉涇巨濟墨帖一紙。則涇固善書也。新音百變口如鶯。異義〔二〕蜂起弟子爭，〔施註〕劉伯倫《酒德頌》曰：陳説禮法，是非蜂起。舌翻濤瀾卷齊城。〔王註〕《漢·蒯通傳》：説信曰：「酈生一士，伏軾掉三寸舌，下齊七十餘城。」〔施註〕韓退之《記夢》詩：挈攜陬維口瀾翻。萬卷〔三〕堆胸兀相撑，以病爲樂子未驚。我有至味非煎烹，是中之樂吁難名。緑槐如山闇廣庭〔四〕，〔施註〕《文選》張平子《東京賦》：并夾既設，儲乎廣庭。飛蝱〔五〕繞耳細而清。〔施註〕白樂天《蚊》詩：繞耳薨薨聲。〔合註〕《爾雅翼》：飛蝱，狀如蜜蜂，黄黑色。敗席展轉卧見經，〔施註〕《毛詩》：輾轉不寐。《説苑》：孔子困於陳、蔡，居環堵之室，坐三經之席。亦自不〔六〕嫌翠織成。〔王註〕杜子美《張舍人織成褥段》詩：客從西北來，遺我翠織成。意行信足無溝坑，〔施註〕白樂天《野行》詩：信脚望花行。不識五郎呼作卿。〔王註〕《唐·宋璟傳》：嘗宴朝堂。二張列卿，三品，璟階六品，居下坐。易之諂事璟，虚位揖曰：「公第一人，何下座？」璟曰：「才劣品卑，卿謂第一，何耶？」是時，朝廷以易之等内寵，不名其官，呼易之五郎，昌宗六郎。鄭善果謂璟曰：「公奈何謂五郎爲卿？」璟曰：「以官正當爲卿，君非其家奴，何郎之云。」吏民哀我老不明〔七〕，相戒無復煩鞭刑。〔施註〕《唐·徐有功傳》：補蒲州司法參軍。爲政仁，不忍杖罰，民服其恩，更相約曰：「犯徐參軍杖者，必斥之。」訖代，不辱一人。《尚書·舜典》：鞭作官刑，扑作教刑。時臨泗水照星星，〔王註〕《宋書·謝靈運傳》：何長瑜韻語云：陸展染須髮，欲以媚側室。青青不解久，星星行復出。歐陽永叔《秋聲賦》：黟然黑者爲星星。〔施註〕《文選》謝靈運《南亭》詩：戚戚感物歎，星星白髮垂。微風不起鏡面平。〔施註〕白樂天《登東樓》詩：水心如鏡面，千里無纖塵。安得一舟如葉輕，卧聞郵籤報水程。〔王註〕杜子美《宿青草湖》詩：宿槳依農事，郵籤報水程。蓴羹羊酪不須評，一飽且救飢腸鳴。〔王註次公曰〕此篇皆所以裁抑劉涇之豪氣也，劉涇好爲險怪之文。韓退之詩：婪酣大肚遭一飽，飢腸徹死無由鳴。〔施註〕陶淵明《飲酒》詩：傾身營一飽，少許便有餘。

攜妓樂游張山人園

〔王註洪炎曰〕雲龍山人張天驥也。

大杏金黄小麥熟，〔合註〕陳后山《談叢》：諺曰，杏熟當年麥，棗熟當年禾。故先生詩亦以杏麥並舉。墜巢〔八〕乳鵲〔九〕拳新竹。故將俗物惱幽人，〔王註〕《晉書・王戎傳》：戎每與阮籍爲竹林之游。戎嘗後至，籍曰：「俗物已復來敗人意。」戎笑曰：「卿輩意亦復易敗耶？」細馬紅粧滿山谷。〔王註子功曰〕李白《對酒》詩：吴姬十五細馬馱。提壺勸酒意雖重，〔王註次公曰〕提壺，鳥名，提壺之聲，俗倣之，如云提壺蘆。杜鵑催歸聲更速。〔王註縯曰〕世傳蜀主杜宇死，其魄爲鳥，名曰杜鵑，聲若云。杜子美《杜鵑行》詩：昔日蜀天子，化作杜鵑似老烏。或言，一名子規，非也。今春夏之間，月下有鳥聲，若云不如歸去者，此爲子規，蓋與杜鵑自别耳。〔堯祖曰〕《成都古今記》：蜀之先，有望帝，名杜宇。酒闌人散却關門，寂歷斜陽挂疎木。〔王註〕陶淵明詩：朔雲吹風寒，寂歷窮秋時。劉禹錫《龍陽縣歌》：汝門草緑見吏稀，寂歷斜陽照懸鼓。〔施註〕《文選》江文通《雜擬》詩：寂歷百草晦。

種德亭并叙

〔查註〕子由詩自註云：王君舊有園亭，子瞻兄名之曰種德，其亭頃以貧故，鬻之矣。元豐乙丑，子由自績溪還朝，道過錢塘，作此詩，距東坡寄詩已七年，亭已易主，而王復尚無恙也。其《贈王復秀才》詩云：候潮門外王居士，平昔交游遍海涯。本種松杉爲老計，晚將亭榭付鄰家。爲生有道終安隱，好事來游空歎嗟。猶有東坡舊詩卷，忻然對客展龍蛇。

處士王復，家於錢塘。爲人多技能，而醫尤精，期於活人而已，不志於利。築室候潮門外，治園圃，作亭榭，以與賢士大夫游，惟恐不及，【詁案】公倅杭時，嘗至候潮門外王復秀才所居，賦《雙檜》詩，有「青蓋一歸無覓處，只留雙檜待昇平」句，蓋隋唐間物也。其爲園圃亭榭，固足以與賢士大夫游矣。然終無所求。人徒知其接花蓺果之勤，而不知其所種者德也，乃以名其亭，而作詩以遺之。

小圃傍城郭，閉門芝朮香。〔施註〕唐劉禹錫《送兄歸王屋山隱居》詩：水静苔莎色，露香芝朮苗。名隨市人隱，德與佳木長。〔王註〕《史記》：一歲種之以穀，十歲種之以木，百歲種之以德。〔施註〕《文選》張平子《西京賦》：嘉木樹庭，芳草如積。元化善養性，〔王註〕《後漢·方術傳》：華陀，字元化。曉養性之術，年且百歲，而猶有壯容，時人以爲仙。倉公多禁方。〔王註〕《史記·倉公淳于意傳》云：倉公者，齊太倉長，少而喜醫方術。更受師同郡元里公乘陽慶。使意盡去其故方，更悉以禁方予之。所活不可數，相逢旋相忘〔九〇〕。但喜賓客來，置酒花滿堂。〔王註〕李太白《寄遠》詩：美人在時花滿堂。〔施註〕杜子美《江畔獨步尋花》詩：黄四孃家花滿溪。我欲東南去，再觀雙檜蒼。山茶想出屋，〔合註〕劉向《封事》：扶疎上出屋。湖橘應過牆。〔合註〕曹鄴詩：樹影空過牆。木老德亦熟，吾言豈荒唐。〔施註〕《莊子·天下篇》：關尹、老聃，古之博大真人哉。莊周聞其風而悦之，以謬悠之說，荒唐之言，無端崖之詞，時恣縱而不儻。

文與可有詩見寄云：「待將一段鵝溪絹，掃取寒梢萬尺長。」次韻答之

爲愛鵝溪白繭光〔九一〕，〔王註縯曰〕鵝溪，地名，在梓州鹽亭縣，出絹甚良。〔施註〕《茶録》：蜀東川鵝溪畫絹，作茶羅底佳。〔查註〕任淵《山谷内集註》：鵝溪，今在潼川，畫絹所出。掃殘雞距紫毫芒〔九二〕。〔施註〕白樂天《雞距筆賦》：足之健兮有雞足，毛之勁兮有兔毛。就足之中奮發者利距，在毛之内秀出者長毫。合爲乎筆，正得其要。世間那有千尋竹，月落庭空影許長。〔王註〕先生《篔簹谷偃竹記》云：余爲徐州，與可以書遺余，書尾復寫一詩，其畧曰：擬將一段鵝溪絹，掃取寒梢萬尺長。余謂與可竹長萬尺，當用絹二百五十疋，知公倦於筆硯，願得此絹而已。與可無以答，則曰：「吾言妄矣，世豈有萬尺竹哉。」余因而實之，答其詩云云。

聞辯才法師復歸上天竺，以詩戲問

〔施註〕辯才，名元淨，字無象。沈公遘治杭，以上天竺本觀音大士道場，以聲音懺悔爲佛事，非禪那居也，乃請師以教易禪。師至吴越，人争以檀施歸之，重樓傑閣，冠於浙西，詔名其院曰靈感觀音。居十七年，僧文捷者利其富，倚權貴人以動轉運使，奪而有之，遷師於下天竺。師恬不爲忤。捷猶不厭，使者復爲逐師於潛。逾年而捷敗，事聞朝廷，復以上天竺畀師。捷之在天竺也，吴人不悦，施者不至，巖石草木，爲之索然。及師之復，士女不督而集，山中百物，皆若有喜色。趙清獻親見而贊之，曰：「師去天竺，山空鬼哭。天竺師歸，道場光輝。」先生此詩前五聯，皆

紀其去來之實也。

道人出山去，山色如死灰。〔王註〕盧仝《月蝕》詩：青山死灰色。白雲不解笑，〔合註〕元微之詩：桃花解笑鶯能語。青松有餘哀。忽聞道人歸，鳥語山容開。神光出寶髻，〔施註〕《楞嚴經》：世尊從肉髻中，踊百寶光，光中涌出千葉寶蓮。法雨洗浮埃。〔合註〕《法華經》：雨大法雨。想見南北山，花發前後臺。〔王註〕白樂天《天竺》詩：西澗水流東澗水，南山雲起北山雲。前臺花發後臺見，上界鐘清下界聞。寄聲問道人：「借禪以爲詼，何所聞而去，何所見而回？」〔王註〕《晉書》：嵇康居貧，嘗與向秀共鍛於大樹之下，以自贍給。鍾會往造焉，康不爲之禮，而鍛不輟。良久，會去。康謂曰：「何所聞而來？何所見而去？」會曰：「聞所聞而來，見所見而去。」道人笑不答，此意安在哉。〔施註〕李太白《對酒》詩：君若不飲酒，昔人安在哉？昔年本不住，〔施註〕《金剛經》：應生無所住心。今者亦無來。〔王註〕《金剛經》：如來者無所從來，亦無所從去。〔施註〕《金剛經》：阿那含名爲不來，而實無不來。此語竟非是，且食白楊梅。〔王註〕《杭州圖經》云：楊梅塢在南山近瑞峰，楊梅尤盛，有紅白二種，今杭人呼白者爲聖僧梅。【誥案】通篇如謎，皆不道破，住得更妙。

和子由送將官梁左藏仲通

〔合註〕此詩次子由韻。

雨足誰言春麥短，〔施註〕白樂天《秋游原上》詩：是時雨新足，禾黍夾道青。城堅不怕秋濤卷。日長惟有睡相宜，〔施註〕歐陽文忠公《石枕竹簟》詩：自然惟有睡相宜。半脫紗巾落紈扇。〔施註〕文選班倢伃《怨歌行》：新製齊紈素，鮮潔如霜雪。裁成合歡扇，團團似明月。〔合註〕司空圖《詩品》：脱巾獨步。芳草不鋤當戶長，〔施註〕《蜀志・周羣傳》：先主將誅張裕，諸葛亮表請其罪，答曰：「芳蘭生門，不得不鋤。」珍禽獨下無人見。覺來身世都是夢，〔施註〕《楞嚴經》：却來觀世間，猶如夢中事。坐久枕痕猶著面。城西忽報故人來，急掃風軒炊麥飯。〔公自註〕徐州所出。〔王註〕《後漢・馮異傳》：光武詔曰：蕪蔞亭豆粥，滹沱河麥飯，厚意久不報。〔施註〕謝承《後漢書》：李固爲太守，食麥飯。伏波論兵初矍鑠，〔王註〕《後漢書・馬援傳》：拜伏波將軍。劉尚擊五溪蠻，軍沒，馬援請行，時年六十二。帝愍其老，未許之。援曰：「臣尚能被甲上馬。」帝令試之，據鞍顧盼，以示可用。帝笑曰：「矍鑠哉，是翁也。」〔合註〕袁宏《後漢紀》：世祖曰：「伏波論兵，常與吾合。」中散談仙更清遠。〔王註〕《晉・嵇康傳》：嵇康與魏婚，拜中散大夫。常修養性服食之事，彈琴詠詩，自足於懷。以爲神仙稟之自然，非積學所得至，於導養得理，則安期、彭祖之倫可及。乃著《養生論》。〔合註〕鍾嶸《詩品》：嵇康詩託喻清遠。南都從事亦學道，〔王註子仁曰〕是時，子由從張文定簽書南京判官。而先生嘗云：「余觀子由，自少曠達，天資近道，又得至人養生長年之訣。」子由亦嘗云：「學道三十年，今始粗聞道也。」不惜〔九三〕腸空誇腦滿。〔王註縯曰〕道家云：欲得不死，腸中無滓。欲得不老，還精補腦。〔施註〕《真誥・上清真人口訣》：夫學道之人，安心養神，服食治病，使腦宮填滿，玄精不傾，然後可以存神服霞，呼吸二景。問羊他日到金華，應許相將遊閬苑。〔公自註〕黃初平之兄，尋其弟於金華山〔九四〕。〔施註〕《神仙傳》：黃初平，年十五，家使牧羊。有道士見其良謹，將至金華山石室中四十餘年。其兄初起尋索得見，問羊何在？初平曰：「近在山東。」往視之，但見白石。初平叱曰：「羊起。」白石皆變爲羊數萬頭。〔施註〕《集仙録》：西王母居閬風之苑。

次韻秦觀秀才見贈，秦與孫莘老、李公擇甚熟，將入京應舉

〔施註〕秦觀，高郵人，初字太虛，後改字少游。陳履常爲之《說》。豪俊忼慨，溢於文詞，超然勝絶，追配古人。東坡赴吴興，相陪游惠山。元祐初，薦試賢良方正，除太學博士，入館閣，編修國史。東坡剛直忠正，二聖追神宗遺意，將付大政。臺諫多惎間，凡所與輒攻之，少游其一也。出通判杭州。紹聖初，時論一變，貶監處州酒。部使者奏其謁告寫佛書，削秩，徙郴州，編置横州，又徙雷。徽宗立，復官歸。至藤州，出游華光亭，爲客道夢中長短句，酌水欲飲，笑視之而逝。東坡痛惜之，告其友曰：「少游已矣，雖萬人何贖」。〔査註〕《宋史·秦觀傳》謂惟歷秘書省正字。紹聖初，御史劉拯論其損益《實録》。徽宗立，復宣德郎。《文集》四十卷。秦少游《淮海集》原作詩云：人生異趣各有求，繫風捕影祇懷憂。我獨不願萬户侯，惟願一識蘇徐州。徐州雄偉非人力，世有高名擅區域。珠樹三株詎可攀，玉海千尋真莫測。一昨秋風動遠情，便憶鱸魚訪洞庭。芝蘭不獨庭中秀，松柏仍當雪後青。故人持節過鄉縣，教以東來償所願。天上麒麟昔漫聞，河東鸑鷟今纔見。不將俗物礙天真，北斗以南能幾人。八磚學士風標遠，五馬使君恩意新。黄塵冥冥日月換，中有盈虛亦何算。據龜食蛤暫相從，請結後期游汗漫。【誥案】李公擇自徐過淮上，而少游因攜其書以來，故詩有「故人持節」二句。餘詳總案中。〔案〕總案元豐元年四月「秦觀投長篇來謁」條云：《欒城集·次韻秦觀秀才攜李公擇書相訪》詩自註云，秦君與家兄子瞻，約秋後再游彭城。據此，則少游到徐，當在夏初以後。

夜光明月非所投，〔王註〕《史記》：鄒陽曰：「明月之珠，夜光之璧，以暗投人於道路，人無不按劍相眄者。何則？無因而至前也。」逢年遇合百無憂。〔王註〕杜子美《徐卿二子歌》詩：吾知徐公百不憂。〔施註〕《史記·佞倖傳》：力田不如逢年，善仕不如遇合。將軍百戰竟不侯，〔王註〕《前漢·李廣傳》：廣與望氣王朔語曰：「自漢擊匈奴，廣未嘗不在其中，而自諸校尉已下，材能不及中，以軍功取侯者數十人，廣不爲後人，然終無尺寸功以得封侯者，何也？豈吾相不當侯耶！」李太白《贈張相鎬》詩：本家隴西人，先爲漢邊將。苦戰竟不侯，當年頗惆悵。伯郎一斗得涼州。〔施註〕《三輔決録》：孟佗，字伯郎。以葡萄酒一斗遺張讓，即拜涼州刺史。翹關、負重君無力〔九五〕，〔施註〕《唐·選舉志》：長安二年，始置武舉，有馬槍、翹關、負重、身材之選。十年〔九六〕不入紛華域。故人坐上見君文，【誥案】謂李公擇也。謂是古人吁莫測。〔施註〕《集異記》：岐王以王維詩薦於太平公主。主曰：「此皆兒所誦，嘗謂古人佳作，乃子之爲乎？」新詩說盡萬物情，硬黃小字臨黃庭。〔王註續曰〕公言：嘗於祕書閣覩王羲之墨蹟，皆唐人硬黃紙臨本，惟鵝羣一帖，似獻之真筆。〔施註〕唐法帖，皆用硬黃紙臨。故人已去君未到，【誥案】謂李公擇去，少游未至也。空吟《河畔草青青》。誰謂他鄉各異縣，天遣君來破吾顧。〔王註〕《古詩》：青青河畔草，鬱鬱園中柳。〔施註〕《文選·古樂府·飲馬長城窟行》：青青河畔草，緜緜思遠道。他鄉各異縣，展轉不相見。一聞君語識君心，短李髯孫眼中見。〔王註次公曰〕短李，指言公擇。髯孫，指言莘老。〔施註〕《吳録》：張遼問吳降人，髯將軍爲誰？曰：「孫會稽也。」短李借用李紳事。江湖放浪久全真，〔王註〕《文選》嵇叔夜詩：志在守樸，養素全真。〔施註〕杜子美《石櫃閣》詩：優游謝康樂，放浪陶彭澤。忽然一鳴驚倒人。〔施註〕《史記·楚世家》：伍舉進隱曰：「有鳥在於阜，三年不蜚不鳴，是何鳥也？」莊王曰：「三年不蜚，蜚將沖天；三年不鳴，鳴將驚人。」縱橫所值〔九七〕無不可，〔施註〕《唐·王勃傳》：張說論近世文章，曰：「李嶠、宋之問之文，如良金美玉，無施不可。」知君不怕新書新。〔王註次公曰〕言王介甫《新學經義》之說也。千金敝帚那堪換，〔王註〕《文選》魏文帝《論文》曰：夫人善於自見，而文非一體，鮮能備善，是以各以所長，相輕所短。里語曰，家有敝帚，享之千金。斯不自見之患也。我亦淹留豈長算。〔施註〕《文選》魏文帝《燕歌行》：何爲淹留寄他方？《晉・謝安傳》：安總關中書事，每鎮以和靖，御以長算。山中既未決同歸，我聊爾耳君其漫。〔施註〕《唐・元結傳》：自稱浪士。及有官，人以爲浪者亦漫爲官乎。呼爲漫郎。又曰：公漫久矣，可以漫爲叟。

僕曩於長安陳漢卿家，見吴道子畫佛，碎爛可惜。其後十餘年，復見之於鮮于子駿家，則已裝背完好。子駿以見遺〔九八〕，作詩謝之

〔施註〕米元章《畫史》云：蘇子瞻家收吴道子畫佛及侍者誌公十餘人，破碎甚，而當面一手，精彩動人，點不加墨，口淺深暈成，故最如活。元章所記，即此畫也。〔合註〕倪濤《六藝之一録》載《歐陽文忠集》云：陳漢卿，字師黯，閬中人。累遷尚書虞部員外郎，好古書奇畫，每傾貲購之。【誥案】元祐元年，公在詳定局，陳漢卿以地黄煎寄公，見本集書中。〔合註〕鮮于子駿，時爲京東西路轉運使。

貴人金多身復閑，〔王註〕《史記》：蘇秦謂其嫂曰：「何前倨而後恭也？」曰：「見季子位高金多也。」爭買書畫不計錢。已將鐵石充逸少，〔公自註〕殷鐵石，梁武帝時人。今法帖大王書中有鐵石字〔九九〕。〔施註〕《尚書故實》：《千字文》，梁周興嗣編次，而有王右軍書者，乃梁武教諸王書，令殷鐵石於大王書中搨一千字不重者，每字片紙，雜碎無序，

武帝召興嗣韻之。更補朱繇〔一〇〇〕爲道玄。〔公自註〕世所收吴道子〔一〇一〕畫，多朱繇筆也。烟薰屋漏裝玉軸，〔王註張拭曰〕《法書苑》：顔魯公與懷素同學草書於郭兵曹。或問：「張長史見公孫大孃舞劍器，始得低昂回翔之狀，兵曹亦有之乎？」懷素以古釵脚對。魯公曰：「何如屋漏痕？」〔施註〕米元章《畫史》：真絹色淡，雖百破而色明白，精神彩色如新。惟佛像多經香烟，薰損本色。鹿皮蒼璧知誰賢。〔施註〕《漢書·食貨志》：武帝造白鹿皮幣，令王侯朝覲，必以薦璧。顔異曰：「今王侯朝賀以蒼璧，直數千，而其皮薦反四十萬，本末不相稱。」吴生畫佛本神授〔一〇二〕，夢中化作飛空仙。覺來落筆不經意，〔施註〕韓退之《石鼎聯句序》：軒轅道士聞劉師服、侯喜聯句，因高吟，初不似經意，詩旨有似譏喜。神妙獨到秋毫顛。〔王註〕《畫斷》有神品、妙品。昔我〔一〇三〕長安見此畫，歎息〔一〇四〕至寶空潸然。〔施註〕《毛詩·小雅·大東》：睠言顧之，潸焉出涕。〔合註〕《韓詩外傳》：邦人潸然而涕下。素絲斷續不忍看，已作蝴蝶飛聯翩。〔王註〕小説載：一道人爲戲術，碎剪絹，作蝴蝶而飛，少選復如故。或有藏其一蝶，而絹亦虧，如蝶之大。〔施註〕裴硎《傳奇·陶尹二公傳》：太和中，陶太白、尹子虚游嵩華。遇大仙，與之飲。既別，但覺超然，而所衣之衣，因風若花片蝶翅而揚空耳。君能收拾爲補綴，〔施註〕韓退之《高閑上人序》：委靡潰敗，不可收拾。〔合註〕《禮記·内則》：紉箴請補綴。體質散落嗟神全。誌公彷佛見刀尺，〔王註吴少雲曰〕《傳燈録》：寶誌禪師，宋太始初，忽居止無定，飲食無時，髮長數寸，徒跣，執錫杖，頭擐剪刀尺銅鑑，或挂一兩尺帛，或歌或詠，詞如讖記，士庶皆共事之。〔施註〕《傳燈録》：寶誌禪師，金城人也，姓朱氏。修羅天女猶雄妍。〔施註〕《阿彌陁經》：天人阿修羅。〔查註〕《維摩經》註：阿修羅，男醜女端正，有大勢力，常與天共鬭。此神果報最勝，鄰次諸天，而非天也。如觀老杜飛鳥句，脱字欲補知無緣。〔王註〕歐陽公《詩話》：陳從易舍人，偶得《杜集》舊本，文多脱誤，至《送蔡都尉詩》云，身輕一鳥。其下脱一字，陳公與數客各用一字補之。或云疾，或云落，或云起，或云下。其後得一善本，乃是身輕一鳥過。陳公歎服，以爲雖一字，諸君亦不能到也。問君乞得良有意，欲將俗眼爲洗湔。貴人一見定羞怍，錦囊千紙何足捐。〔王註〕《畫史》：世人或有貲，置錦囊玉軸以爲珍祕。開之，或笑倒。不須更用博麻縷，〔施註〕《孟子》：麻縷輕重同。《八方珠玉集》：洞山塑佛，有僧問如何是佛？洞山云：麻三斤。《通明集》亦云。劉須溪曰〔一〇五〕：博麻縷，似祖語麻三斤之類，以佛畫尋超出故然，與作意遠矣，自謂其詩不足貴也。〔查註〕博麻縷，言貴人所蓄書畫多贋物，不值一錢，不足以博麻縷，止宜付之一炬而已。付與一炬隨飛烟。【誥案】貴人以下四句，皆指貴人而言，查註是。

雨中過舒教授

〔施註〕舒教授，名焕，字堯文，嚴陵人。東坡守徐，堯文時爲徐州教授。元祐八年，以左朝散郎爲校對祕書省黄本書籍，紹聖初，通判熙州。〔合註〕《老學庵筆記》：舒堯文，東坡公客，建炎中猶在，年九十，卒。〔查註〕《職官分紀》云：《通典》：「漢郡國皆有文學掾。唐府、郡置經學博士，各一人掌，以《五經》教授學生。」宋無專員。諸州文學之職，從九品，爲散官。

疏疏簾外竹，〔合註〕賈島詩：槐雨滴疏疏。瀏瀏竹間雨。〔施註〕文選左太沖《吳都賦》：翼颸風之瀏瀏。窗扉靜無塵，几硯寒生霧。美人樂幽獨，〔王註次公曰〕指言舒教授也。有得緣無慕。坐依蒲褐禪，起聽風甌語。客來淡無有，灑掃凉冠履〔一〇六〕。濃茗洗積昏，妙香淨浮慮〔一〇七〕。歸來北堂闇，

〔施註〕《戰國策》：秦攻趙，鼓鐸之音，聞於北堂。一一微螢度。〔施註〕杜子美《催宗文樹雞柵》詩：明明領處分，一一當剖析。此生憂患中，一餉安閑處。飛鳶悔前笑，〔合註〕此句用馬援事。【誥案】以下句用李斯事證之，則所用信馬援事也。施註引《列子·説符篇》，非是，已删。黄犬悲晚悟。自非陶靖節，誰識此閑趣。〔施註〕陶淵明詩：此中有真意，欲辨已忘言。

次韻舒教授寄李公擇

草書妙絶〔一〇八〕吾所兄，〔施註〕《文選》魏文帝《與吴質書》：妙絶時人。真書小低〔一〇九〕猶抗行〔一一〇〕。〔施註〕《晉·王羲之傳》：每自稱，我書比鍾繇當抗行，比張芝草猶當雁行也。《法華經》云：乃至小低頭。論文作詩俱不敵，看君談笑收降旌。去年逾月方出晝，〔公自註〕予去年〔一一一〕留齊月餘。〔合註〕轉韻古詩，每轉首句，亦皆押韻，今晝字無上聲，未知何據。爲君劇飲幾濡首。〔王註〕《易·未濟》：上九，象曰，飲酒濡首，亦不知節也。〔施註〕華嶠《譜序》：華歆能劇飲，至石餘不亂。見《魏志·華歆傳註》。《北史·元文遥傳》：子行恭與盧思道交游，文遥謂思道小兒，白擲劇飲，甚得師風。今年過我雖少留，寂寞陶潛方止酒。〔公自註〕此行公擇病酒，多不飲。〔王註續曰〕陶潛有《止酒》詩，見本集。〔施註〕陶潛《止酒》詩：始覺止爲善，今朝真止矣。别時流涕攬君鬚，懸知此歡墮空虛。松下縱横餘屐齒，門前轣轆想君車。〔合註〕《博雅》：車軌道謂之轣轆。怪君一身都是德，近之清潤淪肌骨。〔施註〕《大學》：富潤屋，德潤身。《漢·董仲舒傳〔一一二〕》：使之浹於肌膚，淪於骨髓。細思還有可恨時，不許藍橋見傾國。〔公自註〕公擇有婢名雲英，屢欲出，不果。〔施註〕裴鉶《傳奇》：長慶間，裴航歸輦下，經藍橋驛，因渴，乞漿於茅舍老嫗。嫗咄曰：「雲英，擎一甌漿來，郎君要飲。」航異之。俄於葦箔下出雙玉手，捧瓷甌，飲之，真玉液也。航謂嫗曰：「願納厚禮，娶之，可乎？」嫗乃使求玉杵臼，杵刀圭藥百日，以女妻之。遂入玉峰洞中，超爲上仙。

送鄭戶曹〔二三〕

〔施註〕鄭戶曹，名僅，字彥能，彭城人。是時赴大名，遂爲冠氏令。河決府西，檄夜下，調急夫。彥能方閱保甲，盡籍卽行，決遂塞。使者怒劾之，留守王拱辰爭於朝曰：「微冠氏，民其魚矣。」猶坐罰金。

水繞彭城〔二四〕樓，〔王註次公曰〕徐州彭城縣，以彭祖而得名。按《寰宇記》，殷之賢臣彭祖，顓頊之玄孫，至殷末，壽七百六十七歲。今墓猶存故邑，號大彭。〔查註〕《太平寰宇記》：魏刺史王延明，移彭祖廟於子城東北樓下，爲彭祖樓。山圍戲馬臺。〔查註〕《元和郡縣志》：戲馬臺，在彭城縣南一里，項羽所造，戲馬於此。古來豪傑地，〔施註〕《淮南子》：知過萬人謂之英，千人謂之俊，百人謂之豪，十人謂之傑。千載〔二五〕有餘哀。〔施註〕《文選》王仲宣《七哀詩》：悲歎有餘哀。隆準飛上天，〔王註〕《古詩》：破鏡飛上天。〔施註〕《漢・高祖紀》：沛豐邑中陽里人也。盧仝詩：臣血肉身，無由飛上天。重瞳亦成灰。〔王註〕李太白《玉真公主別館苦雨贈衛尉張卿》詩：此人已成灰。〔施註〕《史記・項羽紀》：羽敗垓下。〔徐廣曰〕在沛之洨下。白門下呂布，大星隕臨淮。〔王註厚曰〕臨淮王李光弼鎮徐州，廣德二年，有大星殞其地，而光弼卒。〔施註〕《唐・李光弼傳》：封臨淮郡王，復歸徐州，遇疾薨。杜子美《武衛將軍挽詞》：嚴警當寒夜，前軍落大星。尚想劉德輿，置酒此徘徊。〔施註〕《南史・宋高祖本紀》：武皇帝諱裕，字德輿，姓劉氏。《文選》有謝宣之《從宋公戲馬臺》詩。庾信詩：徘徊出桂苑。爾來苦寂寞，廢圃多蒼苔。河從百步響，〔王註師民瞻曰〕即百步洪也。山到九里回。〔查註〕《太平寰宇記》引《玄中記》云：彭城有九里山，有穴潛通琅邪，又通王屋，俗呼爲黄池穴。山水自相激，夜聲轉風雷。〔王註〕韋應物詩：水性自云静，石中固無聲。如何兩相激，雷轉空山鳴。蕩蕩清河堧，黄樓我所開。〔王註〕子由《黄樓賦敘》云：熙寧十年，秋，河決於澶淵，水及彭城下。子瞻適爲彭城守，廬於城上，調急走，發禁卒以從事，以身率之，故水大至而民不潰。於是即城之東門爲大樓焉，堊以黄土，曰：「土實勝水。」徐人相勸成之。即此也。秋月墮城角，春風摇酒杯。遲君爲座客，〔施註〕《文選》謝靈運《南樓遲客》詩：登臨爲誰思，臨江遲來客。遲，去聲。《後漢・吕布傳》：謂劉備曰：「卿爲坐上客，我爲降虜。」新詩〔一六〕出瓊瑰。〔王註〕劉禹錫詩：每逢詞客饋瓊瑰。樓成君已去，人事固多乖。他年君倦游，白首賦歸來。登樓一長嘯，〔施註〕《晉・劉琨傳》：在晉陽，爲胡騎所圍，城中窘迫。琨乃乘月登樓清嘯，賊聞之，悽然棄圍而走。白樂天《垂釣》詩：臨水一長嘯。使君安在哉。〔施註〕阮嗣宗《詠懷》詩：駕言發魏都，南向望吹臺。簫管有遺音，梁王安在哉。

次韻黄魯直見贈古風二首

〔施註〕黄魯直，名庭堅，分寧人，李公擇之甥而孫莘老之壻也。舉進士，教授北京國子監。東坡見其詩，以爲世久無此作。魯直以書及《古風二首》爲贄。公答之曰：「二詩托物引類，真得古詩人之風。而某非其人也。」其見重之如此。元祐初，召入館，修《神宗實録》，擢右史。爲韓川所還。紹聖中，出守，坐以《實録》詆誣，貶官，置黔州，避親，移戎州。淡漠不以遷謫介意，蜀士慕，從之游。徽宗立，召用，不起。求當塗，至，九日而罷。舊與趙挺之有小嫌，挺之得政，使者陳舉上所作《塔記》，指爲幸災，除名羈管宜州。三年，徙永，未聞命而卒，年六十一。魯直學問文章，天成性得，於詩尤高，善書法，自成一家。東坡所以推揚汲引，如恐不及。與張文潛、秦少游、晁无咎，俱出其門，天下號元祐四學士。初，遊灊皖山谷寺，樂其林泉，因自號山谷道人。建炎間，贈直龍圖閣。高宗愛其筆札，御府收蓄甚富，且録用其家云。〔王註〕魯直詩，其一曰：江梅有佳實，託根桃李場。桃李終不言，朝露借恩光。孤芳忌皎潔，冰雪空自香。古來和鼎實，此物升廟廊。歲月坐成晚，烟雨青已黃。得升桃李盤，以遠初見嘗。終然不可口，擲棄官道傍。但使本根在，棄捐果何傷。其二曰：青松出澗壑，十里聞風聲。上有百尺絲，下有千歲苓。小草有遠志，相依在平生。醫和不並世，深根且固蔕。人言可醫國，何用太早計。小大才則殊，氣味固相似。

其一

嘉穀〔二七〕卧風雨，〔王註〕《書·呂刑》：農殖嘉穀。〔施註〕杜子美《贈蜀僧》詩：天涯歇滯雨，粳稻卧不翻。稂莠登我場。〔施註〕《毛詩·小雅·大田》：既堅既好，不稂不莠。陳前漫方丈〔二八〕，玉食慘無光。〔王註〕《書·洪範》：惟辟玉食。《前漢書》：陳咸奢侈玉食。師古註：玉食，美食如玉也。〔施註〕杜子美《病橘》詩：此物歲不稔，玉食失光輝。大哉天宇間，〔施註〕《文選》謝靈運《鄴中》詩：會同庇天宇。美惡更臭香。〔施註〕《莊子·知北遊篇》：神奇復化爲臭腐，臭腐復化爲神奇。君看五六月，【誥案】公答詩，在五月之後也。飛蚊殷回廊。茲時不少假，〔施註〕《史記·荆軻傳》：願大王少假借之。俯仰霜葉黄。期君蟠桃枝，〔施註〕《山海經》：東海有山名度索，上有大桃，蟠屈三千里，名蟠桃。千歲終一嘗。〔王註〕《漢武故事》：東郡送短人，指東方朔曰：「王母種桃，三千歲一結子，此兒已三過偷之矣。」〔施註〕《漢武故事》：西王母以桃食帝，帝欲留核種之。王母笑曰：「此桃一千年生花，一千年結實，人壽幾何。」遂止。顧我如苦李，全生依路傍。〔施註〕《晉·王戎傳》：嘗與羣兒戲於道側，見李樹多實，等輩競趣之，戎獨不往。或問其故，戎曰：「樹在道邊而多子，必苦李也。」取之，信然。紛紛不足愠〔一九〕，〔施註〕《史記·陳平世家》：天下紛紛，何時定乎？悄悄徒自傷。〔王註〕《詩·邶風·柏舟》：憂心悄悄，愠于羣小。〔施註〕《烏臺詩話》：元豐元年二月内，北京國子監教授黄庭堅寄書一封并古詩二首與軾，依韻和答。云「嘉穀卧風雨」至「玉食慘無光」，以譏今之小人勝君子，如稂莠之奪嘉穀。又云「「大哉天宇間」至「悄悄徒自傷」，意言君子小人進退有時，如夏月蚊虻縱横，至秋自息。比黄庭堅於蟠桃，進必遲，自比苦李，以無用全生。又取《詩》云「憂心悄悄，愠于羣小」，以譏諷當今進用之人，皆小人也。

其二

空山學仙子，妄意笙簫聲。〔施註〕韓退之《謝自然》詩：一朝坐空室，雲霧生其間。如聆笙竽韻，來自冥冥天。李太白《鳳笙篇》：仙人十五愛吹笙，學得崑丘彩鳳鳴。千金得奇藥，〔施註〕《漢·郊祀志》：始皇登會稽，並海上，幾遇海中三神山之奇藥。開視皆豨苓。〔王註〕韓退之《進學解》：訾醫師以昌陽引年，欲進其豨苓也。不知市人中，自有安期生。〔王註援曰〕《前漢·郊祀志註》：安期生，琅邪人。賣藥東海邊，時人皆言千歲。〔施註〕《史記·封禪書》：李少君曰：「安期生，仙者，通蓬萊中，合則見人，不合則隱。」《漢·蒯通傳》：善齊人安期生。生嘗干項羽，羽不能用其策。今君已度世，〔施註〕《楚辭》屈原《遠遊章》：欲遠度世以忘歸兮，意恣睢以担撟。坐閱霜中蔕。〔施註〕《文選》謝玄暉詩：翩如秋蔕。摩挲古銅人，歲月不可計。閬風安在哉，〔王註〕《山海經》：閬風之山，是謂玄圃。要君相指似。〔施註〕《杼情集》李山甫《逢塞垣宿將》詩：年來上馬渾無力，望見飛鴻指似人。白樂天《戲贈李判官》詩：遥見廬山指似君。

次韻答舒教授觀余所藏墨

異時長笑王會稽，〔施註〕《漢·項羽傳註》云：異時，猶言先時也。野鶩〔一〇〕膻腥污刀几。暮年却得庾安西，自厭家雞題六紙。〔王註〕《柳子厚集》有《殷賢戲批書後寄劉連州并示孟崙二童》詩一首，其下註云：家有右軍書，每紙背，庾翼題云，王會稽六紙，二月三十日。而其詩云：書成欲寄庾安西，紙背應勞手自題。聞道近來諸子弟，臨池尋已厭家雞。二子風流冠當代，〔合註〕《後漢書·耿弇傳》：當代以爲榮。《舊唐書·王維傳》：詩名冠代。顧與兒童爭愠喜。秦王十八已龍飛，〔王註子功曰〕白樂天《長慶集·七德舞》云：太宗十八舉義兵，白旄黄鉞定兩京。又，太宗自云：「吾十八起義兵，二十四平天下，未三十致太平。」〔施註〕《唐·太宗紀》：武德元年，進封秦王。嗜好晚將蛇蚓比。我生百事不掛眼，〔王註子仁曰〕韓退之詩：我老嗜讀書，百事不掛眼。時人謬説云工此。世間有癖念誰無，〔王註縯曰〕杜預有《左傳》癖，王濟有馬癖，和嶠有錢癖，陸羽有茶癖，王福時有譽兒癖。傾身障簏尤堪鄙。人生〔一一〕當著幾緉屐〔一二〕，〔王註〕《晉·阮孚傳》：祖約性好財，孚性好屐，同是累而未判得失。

有詣約，見正料財物，客至，屏當不盡，餘兩小簏，以著背後，傾身障之，意未能平。或詣孚，正見自蠟屐，因自歎曰：「未知一生當著幾緉屐。」神色閒暢。於是勝負始分。定心肯爲微物〔一三〕起。〔施註〕《文選》謝靈運《還舊園》詩：微物預采甄。〔合註〕《管子》：定心在中。此墨足支三十年，〔施註〕《漢·食貨志》：邊食足以支五歲。蔡君謨《墨説》：徐鉉云：「嘗得李超墨一挺，與弟鍇共用，十年乃盡。」但恐風霜侵髮齒。非人磨墨墨磨人，〔王註〕公嘗曰：吾有佳墨七十丸，而猶求取不已，不近愚耶。石昌言蓄廷珪墨，不許人磨，或曰，子不磨墨，墨當磨子。今昌言墓木拱矣，墨故無恙。見《東坡題跋》。瓶應未罄罍先恥。〔王註〕《詩·小雅·蓼莪》：瓶之罄矣，惟罍之恥。逝將振衣歸故國，〔施註〕《楚辭》屈原《漁父章》：新沐者必彈冠，新浴者必振衣。數畝荒園自鋤理。〔合註〕王建詩：良田少鋤理。作書寄君君莫笑，但見來禽與青李。〔王註次公曰〕本朝《淳化法帖》：大王書四百六十五帖。其一云：青李來禽，櫻桃日給藤子。皆囊盛爲佳，函封多不生。足下所疎云此果佳，可爲致子，當種之。此種彼胡桃皆生也，吾篤喜種果，今在田里，惟以此爲事，故遠及足下，致此者大惠也。此號《青李來禽帖》。一螺點漆便有餘，〔王註次公曰〕蕭子良《與王僧虔書》曰：仲將之墨，一點如漆。陸雲《與兄書》曰：一日上三臺，曹公藏石墨數十萬斤，今送二螺。〔施註〕陶淵明詩：傾身營一飽，少許便有餘。萬竈燒松何處使。〔施註〕《史記·孫武傳》：爲十萬竈。君不見永寧第中擣龍麝，〔施註〕温庭筠《達摩支曲》詩：擣麝成塵香不滅。《法書苑》：歐陽通矜其書，必以松烟爲墨，末以真麝。唐永寧里，王涯第也。《傳》云，家書多與祕府侔，前世名書畫，嘗以厚貨鉤致。《盧氏雜説》云：永寧後爲王鍔宅。《鍔傳》但云多蓄貨財。〔王註次公曰〕永寧第者，李駙馬第也。今士大夫家有墨其上者，有永寧賜第四字，即李駙馬家也。列屋閑居清且美。〔王註〕韓退之《送李愿序》：粉白黛緑者，列屋而閑居。倒暈連眉秀嶺浮，〔施註〕《東齋記事》：蜀有大慈寺，壁畫《明皇按樂十眉圖》。倒暈，眉名。《列仙傳》：陽都女，生而連眉。《西京雜記》：文君眉如望遠山。雙鴉畫鬢香雲委。〔王註堯卿曰〕李賀《美人梳頭歌》云：纖手却盤老鴉色，翠滑寶釵簪不得。杜牧之《閨情》詩：娟娟却月眉，新鬢受鴉飛。〔劉珙曰〕《南部烟花記》載虞世南詩云：學畫鴉兒半未成。〔施註〕《毛詩》：鬒髮如雲。見《鄘風・君子偕老》。白樂天詩：千葉綠雲委。時聞五斛賜蛾綠〔二四〕，〔王註〕《大業拾遺》載：煬帝宮女，爭畫長蛾，司宮吏旦納螺子黛五斛，號爲蛾螺子。黛出波斯國。李賀詩：幽篁畫新粉，蛾綠横晚門。〔施註〕《南部烟花記》：隋煬帝鳳舸殿脚女吴絳仙，善畫長蛾眉，帝悦之，由是争爲長蛾。司宮吏日供螺子黛五斗，號蛾綠螺。不惜千金求獺髓。〔王註〕《酉陽雜俎》：吴孫和寵鄧夫人，嘗醉舞如意，誤傷鄧頰，血流，嬌婉。命太醫合藥，醫言得白獺髓雜玉與琥珀屑，當滅痕。和以百金購得白獺合膏，痕不滅，左頰有赤點，視之，更益甚妍。聞君此詩當大笑，寒窗冷硯冰生水。

送鄭戶曹賦席上果得榧子

彼美玉山果，〔查註〕《本草》：榧實，一名玉山果。《藝苑雌黄》云：予與潘伯龍食榧子，言諸處皆不及玉山者，方悟東坡詩語，恐是上饒玉山縣。潘云，玉山地名，在婺之東陽縣，所生榧子，香脆與他處迥殊。故《集韻》「榧子」註云：木名，有實，出東陽諸郡。粲爲金盤〔二五〕實。〔王註〕杜子美《自京赴奉先縣詠懷五百字》詩：況聞内金盤，盡在衛、霍室。瘴霧脱蠻溪，〔施註〕韓退之《杏花》詩：半開還落瘴霧中。清樽奉佳客。〔施註〕杜子美《漢中王》詩：宿昔奉清尊。《文選》陸士衡詩：俯觀嘉客，仰瞻玉容。客行何以贈，〔施註〕《毛詩・秦風・渭陽》：何以贈之？瓊琚玉佩。一語當加璧。〔王註〕《左傳・僖公二十三年》：晉重耳及曹，僖負羈饋盤飧，寘璧焉。〔施註〕《禮記・禮器》：束帛加璧，尊德也。《左傳・成公二年》：韓厥執縶，馬前再拜，奉觴加璧以進。祝君如此果，德膏以自澤。驅攘三彭仇，

〔施註〕《宣室志》：僧契虛游稚川，遇仙人。問曰：「爾絶三彭之仇乎？」彭者，三尸之姓，學仙者，當先絶三尸。《本草》：榧實去三蟲，行榮衛。〔查註〕《中黄經》云：一者上蟲居腦中，二者中蟲居明堂，三者下蟲居腸胃，名曰彭琚、彭質、彭矯。惡人進道，喜人退志。已我心腹疾。〔王註〕《本草》掌禹錫引孟詵云：榧多食，令人能食，明目輕身。〔施註〕《左傳·哀公六年》：楚昭王曰：「除腹心之疾，而寘諸股肱，何益。」《史記·范睢傳》：秦之有韓，如木之有蠹，人之有心腹之病也。願君如此木，凜凜傲霜雪。斲爲君倚几，〔查註〕《本草》又云：榧，一作棑。其木名文木，葉似杉木。如柏理，如松肌，細軟，可爲器用。詩家所云棐几，即此。滑淨不容削〔三六〕。〔王註〕《晉·王羲之傳》：嘗詣門生家，見棐几滑净，因書之，真草相半。後爲其父誤刮去之，門生驚懊者累日。物微興不淺，〔王註〕杜子美《病馬》詩：物微意不淺，感動一沉吟。此贈毋輕擲。〔合註〕李太白《贈裴司馬》詩：世途自輕擲。

送胡掾

【誥案】胡掾，字公達，允文之子也。時爲徐州獄掾。允文卒，公達以憂歸，故送此詩。餘詳總案中。〔案〕總案卷十六「胡允文病亡，其子公達罷獄掾，扶櫬將歸，爲文祭之」條下，收本集祭胡之文。「并送公達詩」條下云：胡允文之卒，無歲月可考。而施註原編有胡掾詩。詩有「節義古所重，艱難方自兹，他年譜清德，仍復畏人知」句，正送公達奉喪歸里作也。合註謂胡掾失考，非是。

亂葉和凄雨，投空如散絲。〔王註〕張協《雜詩》：騰雲似涌烟，密雨如散絲。流年一如此，〔施註〕韓退之《感春》詩：春序一如此，汝顔安足賴。遊子去何之。〔施註〕《文選》李少卿詩：攜手上河梁，遊子暮何之。節義古所重，艱危方自茲。〔王註〕杜子美《赤谷》詩：險艱方自茲。他年〔一二七〕著清德，仍復畏人知。【誥案】胡允文初在蜀，嘗敬禮宫師，及公爲鳳翔幕，而允文爲令，共事二年。時公達尚幼齡也，故此詩所以勉之者甚至。「他年仍復」二句中，有允文在也。公達後爲峽州守，有政聲。各註皆失考，故詳論之。

密州宋國博以詩見紀在郡雜詠，次韻答之

【誥案】宋國博，時代孔宗翰守密州。

吾觀二宋文，〔王註師民瞻曰〕二宋，宋郊、宋祁也，國博乃其嗣子。〔查註〕《宋史》：宋庠，初名郊，字公序，安陸人。弟祁，字子京。兄弟同舉進士，禮部奏祁第一，庠第三，章獻太后不欲以弟先兄，擢庠第一，置祁第十人，呼二宋，以大小别之。庠練習典故，擅儒雅之望，祁亦能文，多建白。〔合註〕歐陽公《歸田録》：宋鄭公庠，初名郊，字伯庠。與弟祁自布衣時，名動天下，號爲二宋。字字照縑素。〔施註〕《唐・駱賓王傳》：開元中，張説與徐堅論近世文章，張九齡如輕縑素練，實濟時用，而窘邊幅。〔合註〕崔塗詩：雕琢文章字字精。淵源皆有考，〔施註〕《漢・董仲舒傳・贊》曰：考其師友，淵源有漸，猶未及乎游、夏。奇險〔一二八〕或難句〔一二九〕。後來邈無繼，嗣子其殆庶。〔施註〕《後漢・黄憲傳・論》曰：若及門於孔氏，其殆庶乎。〔查註〕史識公序愛信幼子，多與小人游，爲御史吕誨所劾，請勅庠不得以二子隨。子京於皇祐中，亦坐其子從張彦方游，以龍圖閣學士出知亳州。則二宋之子，俱不能世其家者也。故先生詩中，亦多微詞。胡爲尚流落，〔施註〕杜子美《五盤》詩：流落隨丘墟。用舍真有數。當時苟悦可，〔施註〕《法華經》：言辭柔軟，悦可衆心。慎勿笑杕杜。〔施註〕《舊唐書・李林甫傳》：林甫典選。選人嚴迥，判語用杕杜二字。林甫不識杕字，謂韋陟，此云杖杜何也。陟俯首不敢言。斲窗誰赴救〔一三〇〕，〔王註〕《朝野僉載》云：唐陽滔爲中書舍人，時促命草

制，而吏持門鑰他適，無舊本檢視，乃斲窗取之，時號斲窗舍人。袖手良優裕。〔王註〕韓退之《祭柳子厚文》云：不善爲斲，血指汗顔。巧匠傍觀，縮手袖間。山城辱吾繼，缺短煩遮護。〔施註〕《文選》嵇叔夜《與山巨源絶交書》：仲尼不假蓋於子夏，護其短也。【誥案】公前有《送孔郎中赴陝郊》詩，今以此聯證之，宋國博乃代宗翰守密者，確無可疑，特指出之。昔年謬陳詩，〔施註〕《禮記·王制》：命太師陳詩以觀民風。無人聊瓦注。於今賡絶唱，外重中已懼。何當附家集，擊壤追咸濩。〔王註〕《藝經》云：堯時擊壤，壤以木爲之，前廣後鋭，長尺四寸，闊三寸，其形如履。將戲，先側一壤於地，遠三四十步，以手中壤擊之，中者爲上。〔施註〕《高士傳》：帝堯之世，壤父擊壤於道中。觀者曰：「大哉，堯之德也。」壤父曰：「吾日出而作，日入而息，鑿井而飲，耕田而食，帝何德於我哉。」《周禮·春官》：大司樂以樂舞教國子，舞《大咸》、《大濩》。鄭氏註：《大咸》，堯樂；《大濩》，湯樂也。

答范淳甫〔一〕

〔施註〕范淳甫，名祖禹，成都華陽人。幼孤，鞠於叔祖忠文公景仁。中進士甲科，從司馬温公修《通鑑》，在洛十五年。書成，温公薦爲正字。元祐初，擢右正言，改著作佐郎，修《神宗實録》，由著作郎兼侍講，遷起居郎，又召試中書舍人。自除拾遺及蟠掖，皆以婦父吕正獻公秉政，辭不拜。正獻薨，乃擢右諫議大夫，遷給事中，禮部侍郎，入翰林爲學士。其論議皆關天下大體。宣仁升遐，哲宗親政，忠讜日聞，皆人所難言。紹述事興，言不見聽。請外，以龍圖閣學士知陝州。言者論修《實録》詆誣，及嘗論禁中雇乳媪事，連貶永、賀、賓、化而卒，年五十八。淳甫在講筵，言簡而當，無一長語，義理明白，東坡稱爲講官第一。坡與范氏同爲蜀人，而忠文敬愛其兄弟甚至，故與淳甫意好尤篤。元祐間在要路，志同道合，相與力持國是，俱及南遷。淳甫竟没烟瘴。坡在海外聞之，悲甚，屢以書弔諸子。坡既北還，淳甫亦許歸葬。建炎間，追復舊職。子沖，字元長。高宗擢爲翰林侍讀學士，嘗事孝宗初潛，能世其家云。〔查註〕《梁溪漫志》：范淳甫之母夢鄧禹來而生淳甫，故名祖禹，字夢得，司馬温公爲改字淳甫。

吾州下邑生劉季，〔王註次公曰〕先生爲徐州太守，故稱吾州。漢高祖，豐邑人。今徐州有豐縣，故云下邑。〔施註〕《漢·高祖紀》：姓劉，字季，沛豐邑中陽里人也。〔查註〕《元和郡縣志》：沛縣，東南至徐州一百四十三里，本秦舊縣，取沛澤爲名。漢興四年，改爲沛郡，理相城，以此爲小沛。《史記》：高祖十二年，破黥布，還，過沛。謂沛父老曰：「遊子歸故鄉，吾雖都關中，萬歲後，吾魂魄猶樂思沛。且朕自沛公，以誅暴亂，其以沛爲朕湯沐邑。」**誰數區區張與李。**〔公自註〕來詩有張僕射、李臨淮之句。〔施註〕唐張建封，貞元四年，拜徐泗節度使檢校尚書右僕射。李光弼封臨淮郡王。並見本傳。**重瞳遺跡已塵埃，惟有黄樓臨泗水。**〔公自註〕郡有廳事，俗謂之霸王廳，相傳不可坐，僕拆之以蓋黄樓。〔合註〕《却掃編》：東坡南竄，黄樓易名觀風。〔施註〕《九域志》：徐州泗水。今呼爲清河。《水經》云：泗之別名。又，泗水亭，漢高祖嘗爲亭長。**而今太守老且寒，俠氣不洗儒生酸。**〔施註〕荀悦《紀·論》曰：世有三游，德之賊也。一曰游俠。立氣勢，作威福，結私交，以立强於世者，謂之游俠。《漢·游俠傳》：魯人皆以儒教，而朱家用俠聞。**猶勝白門窮吕布，欲將鞍馬事曹瞞。**〔施註〕《三國志·吕布傳》：布登白門樓，兵圍急，乃下降。布請操曰：「明公所患，不過於布，今已服矣。今布將騎，明公將步，天下不足定也。」劉備進曰：「明公不見布事丁建陽、董太師乎？」操頷之，縊殺布。【誥案】來詩以張、李爲譽，公謂但不至如吕布之低首下心而已。原唱皆使徐州事，故其答之如此，譏吕惠卿、曾布雖黨安石，終無成也。時淳甫在君實處，故打此讔謎，以博一笑。否則徐事無不可道，必不用吕布也。

次韻答王定國

每得君詩如得書，宣心寫妙書不如。〔王註〕劉禹錫《酬白樂天初冬早寒》詩：兩傳千里意，書札不如詩。〔施註〕《文選》王正長《雜詩》：誰能宣我心。眼前百種無不有，知君一以詩驅除。〔施註〕錢希白《滑稽集》：有小不快，必伸之以文。《漢·王莽傳》：聖王之驅除云爾。傳聞都下十日雨，〔施註〕《莊子·大宗師篇》：子輿與子桑友，而霖雨十日。子輿曰：「子桑殆病矣。」裹飯而往食之。青泥没馬街生魚。〔施註〕杜子美《崔氏東山草堂》詩：飯煮青泥坊底芹。〔合註〕杜子美《陪鄭廣文遊何將軍山林》詩：碾渦深没馬。舊雨來人今不來，〔王註〕杜子美《秋述》云：杜子卧病長安旅次，多雨生魚，青苔及榻，當時車馬之客，舊雨來，今雨不來。悠然〔一三二〕獨酌卧清虚。〔公自註〕堂名〔一三三〕。〔王註次公曰〕清虚，王定國堂名也。〔施註〕《唐·馬周傳》：舍新豐逆旅，主人不之顧，命酒一斗八升，悠然獨酌。我雖作郡古云樂，山川信美〔一三四〕非吾廬。〔王註〕謝朓詩：信美非吾室。〔施註〕杜子美《五盤》詩：成都萬事好，豈若歸吾廬。願君不廢重九約，念此衰冷〔一三五〕勤呵噓。〔合註〕韓退之《苦寒》詩：炎帝持祝融，呵噓不相炎。

和鮮于子駿《鄆州新堂月夜》二首

〔公自註〕前次韻，後不次〔一三六〕。〔查註〕《元和郡縣志》：漢東平國，後爲郡，隋分兗州萬安縣置鄆州。《宋史·地理志》：鄆州初爲京東路，熙寧七年，分爲東西兩路，鄆州屬西路。《名勝志》：今爲鄆城縣，屬濟寧州。《宋史・鮮于侁傳》：神宗朝，自利州路轉運使判官，爲京東西路轉運使。《宋文鑑》有鮮于子駿《新堂夜坐，月色皎然，由連理亭信步庭中，徘徊久之，因爲五言一首》。

其一

去歲遊新堂，春風雪消後。【誥案】上年二月，公自濟南至鄆州。池中半篙水，池上千尺柳。佳人如桃李，〔施註〕曹子建詩：南國有佳人，容華若桃李。胡蝶入衫袖。山川今何許，疆野〔一三七〕已分宿。〔王註次公曰〕此言鄆州與徐州。〔施註〕《楚辭》屈原《九章》：如列宿之錯置。《釋文》：宿，音秀。歲月不可思，駛若船放溜〔一三八〕。〔施註〕唐皇甫冉《出沅江》詩：放溜出江口，回瞻松栝深。繁華真一夢，〔施註〕《文選》阮嗣宗《詠懷》詩：繁華有憔悴。寂寞兩榮朽。惟有當時月，依然照杯酒。〔王註〕李太白《把酒問月》詩：惟願當歌對酒時，月光常照金尊裏。應憐船上人，坐穩不知漏。〔王註〕杜子美《放船》詩：坐穩興悠哉。〔合註〕不知漏，當是不知更鼓之意。

其二

明月入華池，〔合註〕梁簡文帝詩：欲待華池上，明月吐清光。反照池上堂。堂中〔一三九〕隱几人，心與水月涼。〔施註〕李太白《贈仲濬》詩：觀心同水月。風螢已無迹，露草時有光。起觀河漢流，步屧響長廊。〔王註〕《南史》：袁粲領丹陽尹，嘗步屧白楊郊野間。〔施註〕杜子美《遭田父泥飲》詩：步屧隨春風，村村自花柳。《蘇州圖經》：響屧廊，以楩梓板藉其地，西子行則有聲，因名之。名都信繁會，千指調笙簧〔一四〇〕。先生病不飲，童子爲燒香。獨作五字詩，清絶〔四二〕如韋郎。〔施註〕杜子美《奉同郭給事》詩：浩歌淥水曲，清絶聽者愁。〔查註〕《賓退録》：韋應物，京兆長安人。貞元二年，由左司郎中補外，得蘇州刺史。年九十餘，不知所終。詩成月漸側，〔合註〕裴説詩：星沉月側時。皎皎兩相望。〔施註〕《毛詩·陳風·月出》：月出皎兮。

送將官梁左藏赴莫州

〔王註次公曰〕莫州文安郡，理鄚縣。唐開元中，以鄚字類鄭，改爲莫，乃公孫瓚之易京也。〔查註〕《太平寰宇記》：河北道莫州文安郡，領鄚縣、任丘、長豐三縣。易京，城在鄚縣西北三十里。《元豐類稿》：興國初，左藏之財既充斥，始分爲三，錢與金帛皆別藏，典守者亦各異。《宋史·職官志》：左藏庫東西作坊使，階武顯大夫；西京左藏庫使，階武經大夫；作坊副使，階武顯郎；左藏副使，階武經郎。楊奂《汴故宫記》：宣徽院北曰御藥院，其北曰右藏庫，右藏庫之東曰左藏庫。

燕南垂，趙北際，其間不合大如礪。至今父老哀公孫，蒸土爲城鐵作門。〔施註〕《晉·載記》：赫連勃勃起都城，蒸土築之，錐入一寸，即殺作者而并築之。酈道元《水經注》：夏州統萬城，蒸土加功，雉堞雖久，崇墉若新。〔合註〕《太平御覽》引《郡國志》：鄚縣有易京城，公孫瓚築京以自固，圍塹十重，以鐵爲門。城中積穀三百萬，猛士如雲驕不戰。〔施註〕《文選》李少卿《答蘇武書》：猛將如雲，謀臣如雨。一旦〔四三〕鼓角鳴地中，帳下美人空掩面。〔施註〕《後漢·公孫瓚傳》：瓚禽劉虞，盡有幽州之地。前此，有童謡曰：燕南垂，趙北際，中央不合大如礪，惟有此中可避世。瓚以爲易地當之，遂徙鎮焉。盛修營壘樓觀。慮有非常，乃居高京，以鐵爲門。斥去左右，男人七歲以上，不得入易門。專侍姬妾，其文簿書記，皆汲而上之。令婦人習爲大聲，使聞數百步，以傳宣教令。謀臣猛將，稍有乖散。自此之後，希復攻戰。或問其故。瓚曰：「我昔驅畔胡於塞表，掃黃巾於孟津，當時謂天下指麾可定。至於今日，兵革方始，觀此非我所決，不如休兵力耕，以救凶年。積穀三百萬斛，足以待天下之變。」建安三年，袁紹攻瓚。瓚遣子續書曰：「袁氏之攻，狀如鬼神，梯衝舞吾樓上，鼓角鳴於地中。」及戰敗，乃悉縊其姊妹妻子，然後引火自焚。〔合註〕《左傳・哀公十六年》：子西以袂掩面而死。豈如千騎平時來，〔施註〕《古樂府・羅敷行》：東方千餘騎，夫壻居上頭。笑談謦欬生風雷。〔合註〕《莊子・徐無鬼篇》：謦欬吾君之側。葛巾羽扇紅塵靜，投壺雅歌清燕開。〔施註〕《後漢・祭遵傳》：遵爲將軍，取士皆用儒術，對酒設樂，必雅歌投壺。〔合註〕《南史・任昉傳》：昔承清宴。東方健兒虓虎樣，〔施註〕《魏志・呂布傳》：謂曹性曰：「卿健兒也。」《世說》：桓車騎過江，時公私儉薄，自使健兒，鼓行劫鈔。杜子美《哀王孫》詩：朔方健兒好身手。泣涕〔一四〕懷思廉恥將。〔王註〕杜子美《遣興》詩：安得廉恥將，三軍同晏眠。〔次公曰〕東方健兒，則梁左藏所替罷處，故懷思之也。彭城老守亦凄然，不見君家雪兒唱。〔施註〕王子韶《雞跖集》：唐韓定辭《酬馬彧》詩云，盛德好將銀筆述，麗辭堪付雪兒歌。馬問雪兒事。韓曰：「雪兒，李密歌姬也。每賓僚文章奇麗者，即付使歌之。」〔合註〕先生前詩題：梁交家有侍者甚惠麗。即此句所指也。

卷十六校勘記

〔一〕胥史　原作「胥吏」，今從集甲、施乙。

〔二〕皆動色　集甲、施乙、類本作「俱動色」。

〔三〕汶水　類丙作「汝水」。

〔四〕聞諸　集本、施乙、類本作「聞之」。

〔五〕願言　集本、類本作「願君」。

〔六〕生葉　類丙作「生菜」，疑誤。

〔七〕韭芽　集甲、類丙作「韭牙」。本詩「霜葉露芽寒更茁」，集甲「露芽」作「露牙」。「芽」、「牙」，通。

〔八〕爛蒸　集甲、施乙作「爛烝」。本卷《送將官梁左藏赴莫州》詩，集甲、施乙「蒸土」作「烝土」。卷十七《送孫勉》詩，集甲、施乙「蒸麪」作「烝麪」。他例尚多。按，《說文·火部》：「烝，火氣上行也。《康熙字典》：或作「蒸」。以後不重出。

〔九〕豈如　類本作「豈知」。

〔一〇〕菘葛　原作「松菊」。集乙、施乙、類甲、類乙作「松葛」。集甲作「菘葛」，今從。

〔一一〕羸童　集本、施乙作「羸僮」。

〔一二〕東歸　類甲作「東君」。

〔一三〕虔州八境圖八首并引　集甲無引文。類本引文作註文。類丙註文云：「先生《八境圖序》云（原作『云序』）：《南康八境圖》者，太守孔君之所作也。君作石城，城上樓觀臺榭，東望七閩，南望五嶺，覽羣山之參差，俯章貢之奔流，雲煙出没，草木蕃麗，乃作詩八章，題之圖上云。」

〔一四〕嘅然　施乙作「慨然」。

〔一五〕晦冥　施乙作「晦明」。

〔一六〕喜怒之變　原脱「變」字，據施乙補。

〔一七〕吾心者　施乙無「者」字。

〔一八〕題之圖上　查註作「題其上」。

〔一九〕奔湍　施乙原校：「湍」，一作「灘」。類本作「奔灘」。

〔二〇〕漁樵　施乙作「樵漁」。

〔二一〕雲烟　集本、施乙、類本作「煙雲」。

〔二二〕南康江水云云　翁方綱云：「此文施氏原註附録於詩後，蓋石刻詩後之自跋也。」原缺，據施乙補。類本爲註文，文字有删節。類本註文云：「後序云：其後十七年，某南遷過郡，得遍覽所謂八境者。南康士大夫請於某，願復書而刻之。時紹聖元年八月十九日。」

〔二三〕讀孟郊詩二首　西樓帖有此詩，題同。

〔二四〕不受篙　西樓帖作「不受蒿」。

〔二五〕持空螯　集本、施乙、類本、西樓帖作「嚼空螯」。

〔二六〕當韓豪　西樓帖作「追韓豪」。

〔二七〕玉色　類丙作「玉卮」。

〔二八〕短蓑　施乙作「短莎」。

〔二九〕章質夫寄惠崔徽真　西樓帖無「惠」字，「真」後有「一首」二字。

〔三〇〕酸辛　西樓帖作「辛酸」。

〔三一〕試看　集甲、施乙、西樓帖作「細看」。

〔三二〕丞相嗔　集甲作「丞相瞋」。

〔三三〕原非真　集本、施乙、類本、西樓帖作「元非真」。
〔三四〕杖履　集本、施乙、類本作「杖屨」。
〔三五〕爲大水所壞　施乙無「爲」字。
〔三六〕鎖雲龍　類丙作「鎮雲龍」。
〔三七〕山名　施乙無此條自註。
〔三八〕送孔郎中　類本無「中」字。
〔三九〕猛士噪　查註、合註：「噪」作「譟」。
〔四〇〕寒食日答李公擇三絶次韻　施乙無「次韻」二字。
〔四一〕執扑　施乙作「執朴」。
〔四二〕黑白　集本、施乙、類本作「赤白」。
〔四三〕理髮　集甲、施乙、類丙作「理鬢」。
〔四四〕謝公　合註：「公」一作「君」。
〔四五〕并敍　施乙作「并引」。
〔四六〕子高　集乙「子」前有「字」字。
〔四七〕元豐元年　類本作「元豐三年」。
〔四八〕霞舒雲卷　集本、施乙、類本作「雲舒霞卷」。
〔四九〕娉婷　集甲、類丙作「俜停」。

〔五〇〕鳳凰　集本、施乙作「鳳皇」。
〔五一〕酒醒　施乙作「醉醒」。
〔五二〕此身　集本、施乙、類本作「此生」。
〔五三〕續麗人行　西樓帖「行」字後有「一首」二字。
〔五四〕并引　集甲、類丙無此二字。
〔五五〕李仲謀家……內人極精……云云　西樓帖爲題下自註。帖「內人極精」作「內人一軸殊精絶」。類丙爲題下自註。
〔五六〕惺惺　類甲、類乙作「星星」。
〔五七〕傅子美召公擇飲偶以病不及往　七集無「傅」字。外集「公」前有「李」字，無「及」字。
〔五八〕應作玉箏歌　外集作「應自作箏歌」。
〔五九〕觀子美病中作嗟嘆不足因次韻　外集作「觀子美病中作次韻」。
〔六〇〕并敍　施乙作「并引」。
〔六一〕作起伏龍行　集甲「行」後有「一首」二字。
〔六二〕嗟我　集本、施乙、類本作「嗟吾」。
〔六三〕徑須　類甲作「必須」。
〔六四〕嘗苦墨　集甲、類丙作「常苦墨」。
〔六五〕亂雀啅　合註：「啅」一作「啄」。

〔六六〕孤債　集甲、類丁作「孤憤」。
〔六七〕誰相值　集本、施乙、類本作「誰相直」。
〔六八〕停招　類甲、類乙作「停佋」。
〔六九〕相好　合註：「好」一作「與」。
〔七〇〕虜饌　原作「鹵饌」，據宋刊各本改。
〔七一〕廚膳　施乙作「厨饍」。
〔七二〕香秔　原作「香粳」。集甲作「香秔」，施註註文「粳」作「秔」，今從。「秔」、「粳」通。
〔七三〕亮未能　類本作「諒未能」。
〔七四〕和孫莘老次韻　施乙無「次韻」二字。
〔七五〕王註白樂天詩昏昏一覺睡不博早朝人　類本未標註者姓氏，或爲自註。類本無「樂天」二字。
〔七六〕明年　集本、施乙、類本作「今年」。
〔七七〕江南　集本、類本作「江東」。
〔七八〕雄繁　集本、施乙、類本作「繁雄」。
〔七九〕次韻答劉涇　西樓帖「涇」字後有「一首」二字。
〔八〇〕怪汝　西樓帖作「諱君」。
〔八一〕使汝　西樓帖作「遣君」。
〔八二〕異義　類丙作「異議」。

〔八三〕萬卷　西樓帖作「詩書」。
〔八四〕廣庭　類甲作「黄庭」。
〔八五〕飛蝱　集本、施乙、類本、西樓帖作「飛蟲」。
〔八六〕自不　類本作「不自」。
〔八七〕老不明　西樓帖作「懦不明」。
〔八八〕墜巢　集本、施乙、類本作「墮巢」。
〔八九〕乳鵲　類本作「乳燕」。
〔九〇〕相忘　集乙作「如忘」。
〔九一〕白藾光　施乙作「白藾黄」。合註謂作「黄」訛。
〔九二〕毫芒　集本、施乙作「毫鋩」。
〔九三〕不惜　集本、類本作「不恤」，施乙作「不邺」。「恤」、「邺」通。
〔九四〕黄初平云云　施乙無此條自註。
〔九五〕君無力　施乙作「非無力」。
〔九六〕十年　類丙作「一年」。
〔九七〕所值　類丙作「所往」。
〔九八〕以見遺　類丙無「以」字。
〔九九〕殷鐵石云云　施乙作「法帖大王書中，有殷鐵石字。鐵石，梁武帝時人」。

〔一〇〇〕朱繇　紀校：他詩又作「朱瑶」，再校。
〔一〇一〕吴道子　集甲、類丙無「道子」二字。
〔一〇二〕神授　查註、合註：「授」一作「駿」。
〔一〇三〕昔我　類本作「我昔」。
〔一〇四〕歎息　集甲作「歎惜」。
〔一〇五〕劉須溪曰　原作「王註劉珙曰」，誤。今據類丁改。删去「付與」句下誥案「珙註以其不多見故存其人也」一句。
〔一〇六〕冠履　集本、施乙、類本作「冠屨」。
〔一〇七〕浮慮　施乙作「無慮」，查註云「無」譌。
〔一〇八〕妙絶　合註：一作「絶妙」。
〔一〇九〕小低　類本作「小字」。查註云「字」譌。
〔一一〇〕抗行　集乙、類丙作「抗衡」。
〔一一一〕予去年　集乙作「子去年」，疑誤。
〔一一二〕漢董仲舒傳　原作「論語註」。今據施乙校改。
〔一一三〕送鄭户曹　類本「送」字上有「又」字。
〔一一四〕彭城　集本、施乙、類本作「彭祖」。
〔一一五〕千載　集甲、施乙、類本作「千歲」。

〔一一六〕新詩　類甲作「新酒」。
〔一一七〕嘉穀　集本、類本「嘉」作「佳」。
〔一一八〕方丈　合註：《詩案》「丈」作「寸」。
〔一一九〕不足愠　原作「不足道」，今從集本、施乙、類本。施註引《烏臺詩話》轉引《詩》「愠于羣小」。合註：《詩案》「道」作「惜」。
〔一二〇〕野鶩　集甲作「野鶩」。
〔一二一〕人生　集本、施乙、類本作「一生」。
〔一二二〕幾緉屐　集甲、類丙作「幾兩屐」。
〔一二三〕微物　查註、合註：「物」一作「塵」。
〔一二四〕蛾緑　集甲作「蛾碌」。
〔一二五〕金盤　查註、合註：「金」一作「銀」。
〔一二六〕不容削　類本作「不容刮」。
〔一二七〕他年　集本、施乙作「他時」。
〔一二八〕奇險　集甲作「奇嶮」。
〔一二九〕或難句　類丙作「獲難句」。
〔一三〇〕赴捄　類本作「救赴」。
〔一三一〕答范淳甫　集本、類本作「答范祖禹」。

〔一三二〕悠然　集甲作「油然」。

〔一三三〕堂名　此條自註原缺，今據集甲、類丙補。施註有「定國以清虛名堂」之語，無「東坡云」字樣。

〔一三四〕信美　合註：「信」一作「洵」。

〔一三五〕衰冷　類本作「衰老」。

〔一三六〕前次韻云云　施乙無此條自註。

〔一三七〕彊野　施乙原校：「野」，一作「界」。類本作「疆界」。

〔一三八〕放溜　集甲、施乙、類丙作「放流」。集乙作「放溜」。

〔一三九〕堂中　類丙作「堂上」。

〔一四〇〕筀簹　集本、施乙、類本作「絲簹」。

〔一四一〕清絕　原作「清卓」，各本作「清絕」，今從。

〔一四二〕一旦　集本、施乙、類本作「一朝」。

〔一四三〕泣涕　類本作「涕泣」。

蘇軾詩集卷十七

古今體詩五十三首

【誥案】起元豐元年戊午七月，在尚書祠部員外郎直史館權知徐州軍州事任，至十二月作。

答仲屯田次韻〔一〕

秋來不見渼陂岑，〔王註〕杜子美《渼陂行》詩：岑參兄弟皆好奇，攜我遠來游渼陂。〔施註〕唐元澄《秦京雜記》：渼陂以魚美得名。千里詩盟忽重尋。〔施註〕《左傳·哀公十二年》：吳子使太宰嚭請尋盟。〔合註〕崔涯爲詩：深山客重尋。大木〔二〕百圍生遠籟，〔施註〕《莊子·齊物論篇》：大木百圍之竅穴，泠風則小和，飄風則大和，厲風濟則衆竅爲虚，地籟則衆竅是已。朱絃三歎有遺音。〔王註〕《禮記·樂記》：清廟之瑟，朱絃而疏越，一唱而三歎，有遺音者矣。〔合註〕《西溪叢語》：大木百圍生遠籟，朱絃三歎有遺音。東坡、介甫皆有此句。清風卷地收殘暑，〔合註〕白樂天詩：殘暑蟬催盡。素月流天掃積陰。〔施註〕《文選》謝莊《月賦》：白露曖空，素月流天。〔合註〕《淮南子》：積陰之寒氣爲水，水氣之精者爲月。欲遣何人賡絶唱，〔施註〕《宋書·謝靈運傳·論》：平子豔發，文以情變。絶唱高蹤，久無嗣響。滿階桐葉候蟲吟。〔王註劉珙曰〕柳宗元詩：門掩候蟲秋。

次韻子由送趙屼歸覲錢塘，遂赴永嘉

〔王註次公曰〕屼，清獻公之仲子也。清獻守杭，屼將倅温，先歸覲親，而後之官。過南都，子由作詩送之，時先生在徐，次其韻。〔查註〕按《東都事略·趙抃傳》，後云：子屼亦篤行君子，嘗爲御史，論事知治體。後爲太僕少卿以卒。【誥案】趙抃時由蜀拜資政殿大學士，再知杭州。施註謂清獻公時自政府拜資政殿學士知杭州，誤。此乃公未倅杭已前事也，今删。

歸舟轉河曲，稍見楚山蒼。〔施註〕白樂天《懷孟浩然》詩：楚山碧巖巖。候吏來迎客，〔施註〕杜牧之《得崔司馬書》詩：清晨候吏把書來。吴音已帶鄉。言從謝康樂，〔施註〕《南史·謝靈運傳》：襲封康樂公，世共宗之，咸稱謝康樂也。先獻魯靈光。〔施註〕謝承《後漢書》：王延壽有雋才，父逸欲作《魯靈光殿賦》，令延壽往録其狀。延壽因韻之以簡其父，父曰：「吾無以加也。」時蔡邕亦有此作，十年不成，見延壽《賦》，遂隱而不出。【誥案】紀昀曰：切省覲只此一句。已擊三千里，【誥案】此以鵬喻屼，言早達也。何須四十强。〔王註〕《禮記·曲禮上》：四十日强而仕。風流半刺史，〔施註〕别駕舊與刺史别乘，乘周流宣化於萬里者。其任居刺史之半，安可任非其人〔三〕。見《太平御覽》引《庾亮集·答郭遜書》。清絶校書郎。〔王註厚曰〕校書郎，隸祕書省，最爲仕林清選。〔施註〕《唐·百官志》：校書郎，正九品，主掌讐校典籍，刊正文章。到郡詩成集，〔施註〕《南史》：王筠以一官爲一集。【誥案】紀昀曰：謝靈運所選詩名詩集，見《隋書·經籍志》。此切永嘉也。尋溪水濺裳。〔施註〕《杼情集》：李相蔚鎮淮南，祖送孫處士。舟子回篙，濺水。近坐妓衣濕，孫爲《楊柳枝詞》：從教水濺羅衣濕，還道朝來行雨歸。芒鞋隨采藥，〔合

註〕《漢書》：卜式既爲郎，布衣草蹻而牧羊。註：蹻，卽今草鞋也。芒鞋，再考。【諸案】此卽芒草所爲，無他奥義也。芒草見《爾雅註》。 繭紙記流觴。〔施註〕《文房四譜》：右軍《蘭亭帖》，用蠶繭紙，鼠須筆書。《晉・王羲之傳・蘭亭序》云：清流激湍，映帶左右，引以爲流觴曲水，列坐其次。 海静蛟鼉出，山空草木長。〔王註〕陶淵明詩：孟夏草木長。〔施註〕杜子美《武侯廟》詩：遺廟丹青落，空山草木長。 宦遊〔四〕無遠近，民事要更嘗。〔施註〕《三國志・魏紀》：吾知爾非聖，但更事多耳。《孫權傳》：權怒曰：「朕年六十，世事難易，靡所不嘗。」 願子傳家法，〔施註〕《後漢・質帝紀》：令郡國舉明經，四姓小侯元能通經者，各令隨家法。 他年請尚方。〔王註次公曰〕此乃勉帆，令效清獻之直彈劾，不避權倖也。〔施註〕東坡作《清獻神道碑》云：爲殿中侍御史，彈劾不避權倖，京師號鐵面御史。【諸案】紀昀曰：句句深至似此，乃不摹古而直逼古人。

中秋月寄子由三首〔五〕

其一

殷勤去年月，〔施註〕《漢・司馬遷傳》：未嘗銜杯酒，接殷勤之歡。 瀲灩古城東。 憔悴去年人，卧病破窗中。〔施註〕劉公幹詩：余嬰沈痼疾，竄身清漳濱。《文選》謝靈運《齋中讀書》詩：卧疾豐暇豫。 徘徊巧相見，〔施註〕李太白《月下獨酌》詩：我歌月徘徊，我舞影淩亂。杜子美《醉時歌》詩：得錢卽相覓。 窈窕穿房櫳。〔施註〕《毛詩・關雎序》：哀窈窕。鄭箋：哀，蓋字之誤也。當爲衷，衷謂衷心恕之，無傷善之心，謂好逑之也。何遜《閨怨》詩：閨閣行人斷，房櫳月影斜。 月豈知我病，但見歌樓空。 撫枕〔六〕三歎息，〔施註〕《文選》陸機詩：撫枕不能寐。《左傳・昭公二十八年》："吾子置食之間，三歎何也？"扶杖起相從。〔施註〕《漢・賈山傳》：老羸癃疾，扶杖而往聽之。天風不相哀，吹我落瓊宮。〔施註〕韓退之《記夢》詩：隆樓傑閣磊嵬高，天風飄飄吹我過。張平子《思玄賦》：叫帝閽使開扉兮，覲天皇之瓊宮。白露入肺肝〔七〕，夜吟如秋蟲。〔施註〕韓退之《秋懷》詩：蟲弔寒夜永。坐令太白豪，化爲東野窮。〔王註續曰〕白詩豪放，郊詩窮苦。〔施註〕韓退之《薦士》詩：有窮者孟郊，受材實雄驁。餘年知幾何，佳月豈屢逢。寒魚亦不睡，竟夕相噞喁。〔王註〕左思《吳都賦》：泝洄順流，噞喁沈浮。註：言水物噞喁，出口於水上也。〔施註〕《說文》：噞喁，魚在水中，羣出動口貌。噞，宜檢切。何諷《夢渴賦》：鯤鯨噞喁，相呴以呬。見《唐文粹》。

其二

六年逢此月，五年〔八〕照離別。〔公自註〕中秋有月，凡六年矣。惟去歲與子由會於此。歌君別時〔九〕曲，【誥案】此乃公自述徐州中秋別子由時，自和密州中秋之《水調歌頭》詞，並已分載前卷總案。王註次公云：子由有《水調歌頭》。合註云：一本作公自註。公焉得有此謬註乎？但子由於詞曲不甚擅場，其集亦無此一類，何至次公并此不知，似原文子由上有別字，傳者落去，後無有正之者耳。〔案〕總案卷十五〔熙寧十年八月〕十五日同子由泛舟呂洪，作《水調歌頭》送別」條下，收《水調歌頭》詞，不錄。滿座爲凄咽。留都信繁麗，〔施註〕子由時之官南京，南京有留守司，故云留都。此會豈輕擲〔一〇〕。鎔銀百頃湖，〔王註〕劉夢得詩：洞庭秋月生湖心，層波萬頃如鎔銀。〔施註〕白樂天詩：冰消湖水銀爲面，風捲沙汀玉作堆。挂鏡千尋闕〔一一〕。〔合註〕沈佺期《望月》詩：臺前疑挂鏡。【誥案】紀昀曰：只鎔銀二句，用體物語，餘皆純以神思鎔鑄，情景相融，妙絕言說。三更歌吹罷，人影亂清樾。〔王註〕《韻註》：樾，木陰也。歸來北堂下，寒光翻露葉。〔施註〕《文選》謝惠連詩：團團滿葉露。喚酒與婦飲，念我向兒說。豈知衰病後，空盞對梨栗。〔施註〕韓退之詩：妻孥恐我生悵望，槃中不飣栗與梨。但見古河東，蕎麥〔一二〕花鋪雪〔一三〕。〔施註〕白樂天《渭村退居》詩：蕎麥鋪花白。又《村夜》詩：月明蕎麥花如雪。欲和去年曲，復恐心斷絶。〔施註〕鮑明遠《東門行》：涕零心斷絶，將去復還訣。【誥案】紀昀曰：仍繳到子由，首尾一綫。

其　三

舒子在汶上，閉門〔一四〕相對清。〔公自註〕舒煥試舉人鄆州。鄭子向河朔，孤舟連夜行。〔公自註〕鄭僅赴北京户曹。頓子雖咫尺，〔施註〕《左傳·僖公九年》：天威不違顏咫尺。註云：八寸曰咫。兀如在牢扃。〔公自註〕頓起來徐試舉人。趙子寄書來，《水調》有餘聲。〔公自註〕今日得趙杲卿書，猶記余在東武中秋所作《水調歌頭》也〔一五〕。〔查註〕本集有《水調歌頭》詞，註云：丙辰中秋，懽飲達旦，大醉，作此篇，兼懷子由。悠哉四子心，共此千里明。〔王註〕謝莊《月賦》：美人邁兮音塵闕，隔千里兮共明月。【誥案】紀昀曰：一語合併，筆力千鈞。明月不解老，良辰難合并。回頭〔一六〕坐上人，〔施註〕陶淵明《雜詩》：我行未云遠，回頭慘風景。聚散如流萍。〔施註〕杜子美《呈竇使君》詩：相看萬里別，同是一浮萍。嘗聞此宵月，萬里同陰晴。〔公自註〕故人史生爲余〔一七〕言：嘗見海賈云，中秋有月，則是歲珠多而圓，賈人常以此〔一八〕候之，雖相去萬里，他日會合，相問〔一九〕陰晴，無不同者。天公自著意，此會那可輕。明年各相望，俯仰今古情。〔施註〕《文選》盧子諒《贈劉琨》詩：瞻彼日月，迅過俯仰。

中秋見月和子由〔一〕

〔王註〕《欒城集·中秋見月寄子瞻》詩云：西風吹暑天益高，明月耿耿分秋毫。彭城閉門青嶂合，坐聽百步鳴飛濤。使君攜客登燕子，月色著人如著水。筵前不設鼓與鐘，處處笛聲相應起。浮雲捲盡流金丸，戲馬臺西山鬱蟠。杯中緑酒一時盡，衣上白露三更寒。扁舟明月浮古汴，回首逡巡陵谷變。河吞巨野入長淮，城没黄流只三板。明月築城城似山，伐木爲隄隄更堅。黄樓未成河已退，空有遺跡令人看。城頭看月應更好，河流深處今生草。子孫免被魚鼈食，歌舞聊寬史君老。南都從事老更貧，羞見青天月照人。飛鶴投籠不能出，曾是彭城坐中客。

明月未出羣山高，瑞光萬丈〔二〕生白毫。【誥案】《唐書》：景星卿雲爲大瑞。其名物六十四。此言月未出時，光無所不備也。凡日月未出，皆有此光，故後作《浴日亭》詩，又有「瑞光明滅到黄灣」句。一杯未盡銀闕涌，亂雲脱壞如崩濤。誰爲天公洗眸子，〔王註〕韓退之《效月蝕》詩：念此日月者，爲天之眼睛。〔施註〕盧仝《月蝕》詩：念此日月者，太陰太陽精。皇天要識物，日月乃化生。走天汲汲勞四體，與天作眼行光明。應費明河千斛水。〔施註〕宋之問《明河篇》：明河可望不可親，願得乘槎一問津。遂令冷看世間人，照我湛然心不起。西南火星〔三〕如彈丸〔四〕，〔王註〕《南史》：謝朓云，好詩流轉如彈丸。角尾奕奕蒼龍蟠。〔王註〕盧仝《月蝕》詩：東方蒼龍角，插戟尾曳風。〔施註〕《文選》謝惠連詩：皎皎天河明，奕奕星宿爛。【誥案】紀昀曰：就「月明星稀」語衍開，脱盡體物窠臼。今宵注眼看不見，〔合註〕杜子美《西閣曝日》詩：攲傾煩注眼。更許螢火争清寒。〔施註〕《維摩經》：

無以日光，等彼螢火。何人艤舟臨古汴，〔施註〕《史記·項羽本紀》：烏江亭長艤船待。孟康曰：附船著岸也。千燈夜作〔三四〕魚龍變。〔施註〕《漢·西域傳·贊》：曼衍魚龍角抵之戲。曲折無心逐浪花，〔施註〕《漢·灌夫傳》：益知吴壁曲折。註云：曲折，猶言委曲也。低昂赴節隨歌板。〔公自註〕是夜，賈客舟中放水燈。〔施註〕杜子美《畫鶴》詩：低昂各有意。陸機《文賦》：舞者赴節而投袂。杜牧之《霅溪館》詩：萬家相慶喜秋成，處處樓臺歌板聲。【誥案】紀昀曰：燈一波對面寫照，此是加一倍寫法。青熒滅没轉山前〔三五〕，浪颭風迴豈復堅。〔合註〕《説文》：颭風，吹浪動也。李洞詩：浪颭南山影入簷。明月易低人易散，歸來呼酒更重看。堂前月色愈清好，咽咽寒螿鳴露草〔三六〕。〔合註〕馬戴詩：咽咽陰蟲叫。謝惠連《擣衣》詩：烈烈寒螿啼。卷簾推户寂無人，窗下咿啞惟楚老。〔公自註〕近有一孫，名楚老。〔查註〕本集《與李公擇尺牘》云：某有一孫，體甚碩重，八月十二日生，名楚老。南都從事莫羞貧，對月題詩有幾人。明朝人事隨日出，〔施註〕《韓退之集》：事隨日生。武元衡詩：無因駐清景，日出事還生。【誥案】紀昀曰：用武元衡語，無迹。怳然一夢瑶臺客。〔王註〕李公垂《鶯鶯歌》：怳然夢作瑶臺客。〔施註〕《盧子逸史》：許渾詩，曉入瑶臺露氣清。

答王鞏

〔公自註〕鞏將見過，有詩，自謂惡客，戲之〔三七〕。

汴泗遶吾城，城堅如削鐵。中有李臨淮，號令肝膽裂。〔王註〕《唐書·郝廷玉傳》，魚朝恩聞其善布陣，請觀之。廷玉申號令，鳴鼓角，部伍坐作，進退若一。曰：「此臨淮王遺法也。王善御軍，賞當功，罰適過。每校，旗不如令者，輒斬。由是人皆自效而赴蹈馳突，心破膽裂。」〔施註〕《唐·李光弼傳》：寶應元年，進封臨淮郡王。後拜東都留守，歸徐州。古來彭城守，未省怕惡客。〔王註子仁曰〕元結謂不飲者爲惡客，後人以痛飲爲惡客。〔施註〕元次山詩：有時逢惡客。註云：非酒徒，卽爲惡客。惡客云是誰？祥符相公孫。〔施註〕鞏大父魏國文正公，相真宗於景德、祥符間。是家豪逸生有種，〔施註〕《漢・陳勝傳》：侯王將相，寧有種乎？千金一擲頗黎盆。〔王註〕韓退之詩：豁呀鉅壑頗黎盆。〔施註〕李太白《寄王明府》詩：莫惜連船沽美酒，千金一擲買春芳。連車載酒來，〔施註〕《文選》班孟堅《西都賦》：騰酒車以斟酌。註云：以車載酒也。〔合註〕宗懍詩：連車駐小門。不飲外酒嫌其村。〔查註〕《演繁露》云：唐令，在田野者爲村，別置村正一人。故世之鄙陋者，因以村名之。東坡詩：不飲外酒嫌其村。正用此意。子有千瓶酒，我有萬株菊。〔施註〕杜子美《暮秋枉裴道州手札率爾遣興》詩：撥弄潭川百斛酒，蕪没瀟岸千株菊。任子滿頭插，〔王註〕杜牧之詩：塵世難逢開口笑，菊花須插滿頭歸。團團〔三八〕見花不見目。醉中插花歸，花重壓折軸。〔王註〕《史記・張儀傳》：羣輕折軸。〔邵註〕《漢書・景十三王傳》：叢輕折軸，羽融飛肉。問客：「何所須？」客言：「我愛山，青山自遶郭，不要買山錢。此外有黃樓，樓下一河水，美哉洋洋乎，可以療飢并洗耳。」〔王註厚曰〕《詩・陳風・衡門》：泌之洋洋，可以樂飢。【誥案】此詩用「療飢」，合上句讀之，卽樂道忘飢之註脚。可見「療」、「樂」通用，公乃用古本作療字者也。後惠州《答周循州》「且見黃精與療飢」句，績註引「療飢」，並不誤，乃邵註、翁註於彼句則紛然訟蔓，於此句則儻恍失之，不知引此以證彼。讀書不能具體，雖復毛舉何益。彭城之游樂復樂，客惡何如主人惡。

次韻王定國馬上見寄

昨夜霜風入裌衣，〔合註〕潘岳《秋興賦》：御裌衣。曉來病骨更支離。〔王註〕《莊子·人間世篇》：支離疏者，頤隱於臍，肩高於頂。〔施註〕白樂天《渭村酬李二十》詩：莫歎學宮貧冷落，猶勝村客病支離。疎狂似我人誰顧，坎坷〔二九〕憐君志未移。〔施註〕杜子美《醉時歌》：德尊一代常坎軻，名垂萬古知何用。〔邵註〕《楚辭》：埳軻留滯。註：不遇也。〔合註〕《續通鑑長編》：元豐二年三月，刑部言，祕書正字王鞏坐借趙世居兵書勒停，今及三期，當敘太祝。上批：鞏所犯極重，更展三期。但恨不攜桃葉女，〔王註〕白樂天詩：小妓攜桃葉，新歌蹋柳枝。〔施註〕《古今樂録》：王獻之二妾，桃葉、桃根。獻之作《桃葉歌》。尚能來趁菊花時。南臺二謝人無〔三〇〕繼，直恐〔三一〕君詩勝義熙。〔公自註〕二謝從宋武帝九日燕戲馬臺〔三二〕。〔施註〕《宋書·七志》：宋武帝爲公時，九月九日，出游項羽戲馬臺，與百僚賦詩，謝瞻、謝靈運所作，並冠於時。按，武帝爲公，在義熙十四年。二詩並見《文選》。〔查註〕義熙，晉安帝年號，時宋武帝爲晉臣，鎮徐州。

與頓起、孫勉泛舟，探韻得未字〔三三〕

〔查註〕觀先生送勉詩，是淮南人莘老弟也，時與頓起同爲考官。

窗前堆梧桐，牀下鳴絡緯。〔王註〕吴淑《秋賦》：絡緯悲啼，蟋蟀宵征。李太白《贈范金鄉》詩：絡緯鳴中閨。〔汪養源曰〕按《遯齋閑覽》云：浙人呼螽斯之善鳴者爲絡緯織女。〔施註〕庾信《賜曹美人》詩：絡緯無機織。佳人尺書到，〔施註〕《文選》漢武帝《秋風辭》：懷佳人兮不能忘。客子中夜〔三四〕喟。〔施註〕白樂天詩：貧賤多悔尤，客子中夜歎。朝來一樽酒，晤語聊自慰。秋蠅已無聲，霜蟹初有味。當爲壯士飲，眥裂須磔蝟。〔施註〕《史記・項羽紀》：樊噲瞋目視項王，頭髮上指，目眥盡裂。《晉・桓温傳》：温眼如紫石稜，鬚作蝟毛磔。勿作兒女懷，坐念蠨蛸畏。〔施註〕《毛詩・豳風・東山》：伊威在室，蠨蛸在户。町畽鹿場，熠燿宵行。亦可畏也，伊可懷也。《爾雅》：蠨蛸，小蜘蛛長脚者，俗呼爲喜子。山城亦何有，一笑瀉肝胃。泛舟以娛君，魚鼈多可饒。〔施註〕《論語疏》：腥曰饒，謂生肉未煮者。縱爲十日飲，未遽主人費〔三五〕。〔施註〕《漢・東方朔傳》：上語竇太主曰：「恐羣臣從官多，大爲主費。」當是時，董君見尊不名，稱主人翁，飲大驩樂。吾儕俱老矣，〔施註〕《左傳・宣公十一年》：申叔時曰：「吾儕小人，所謂取諸其懷而予之也。」耿耿知自貴〔三六〕。〔施註〕韋應物《郊園聞蟬》詩：此心常耿耿。寧能傍門户，啼笑雜猩狒。〔王註〕左思《吴都賦》：猩猩啼而就禽，㺜㺜笑而被格。〔合註〕《集韻》：狒或作㺜。又《文選》李善註引《異物志》：猩猩聲如小兒啼。㺜㺜，梟羊也。要將百篇詩，一吐千丈氣。〔施註〕《晉・和嶠傳》：森森如千丈松。韓退之詩：李杜文章在，光燄萬丈長。蕭條歲行暮，迫此霜雪未。明朝出城南，遺跡觀楚、魏。〔王註厚曰〕彭城本宋地，而其後齊、楚、魏滅宋，三分其地。〔施註〕《晉・阮籍傳》：常登廣武，觀楚、漢戰處。西風迫吹帽，〔王註〕韓退之《薦士》詩：霜風破佳菊，嘉節迫吹帽。金菊亂如沸。〔施註〕孟郊詩：金菊亦姓陶。《毛詩・大雅・蕩》：如沸如羹。〔合註〕旋覆，一名金沸草。此沸字所本也。願君勿言歸，輕別吾所諱。〔施註〕《魏志・陳登傳》：劉備曰：「君求田問舍，言無可采，是元龍所諱也。」【誥案】紀昀曰：窄韻巧押，東坡長技，昌黎亦能押窄韻，而自然則遜矣。

次韻答頓起二首〔三七〕

其一

挽袖推腰踏破紳，〔施註〕韓退之《誰氏子》詩：白頭老母遮門啼，挽斷衫袖留不止。舊聞攜手上天門。〔查註〕上天門，言其同子由登嵩山事，自註甚明。【誥案】王註謂泰山之天門，合註謂天門當指君門，皆誤，已删。相逢應覺聲容似，【誥案】此句謂攜手天門者，雖非我而聲容當相似也。今見我，亦當似子由也。舊註引豫讓，可發一笑。欲話先驚歲月奔。新學已皆從許子，〔王註次公曰〕新學以言王介甫新經之學也。【誥案】此句以陳相比呂惠卿輩，而以許行比王介甫也。頓起雖出呂惠卿門下，而獨守故學，故末句用憂時策叫破，所以重予之也。諸生猶自畏何蕃。〔王註〕韓退之作《何蕃傳》：蕃入太學二十餘年，歲舉進士，學成行尊，太學諸生推頌，不敢與蕃齒。【誥案】何蕃，指頓起也。蓋是科葉祖洽輩，並以諂諛登上第，而頓起之風節獨不然也。殿廬直宿真如夢，猶記憂時策萬言。〔公自註〕頓君及第時，余爲殿試編排官，見其答策語頗直。其後與子由試舉人西京，既罷，同登〔三八〕嵩山絶頂。嘗見其唱酬詩十餘首，頓詩中及之。〔合註〕李太白《與韓荆州朝宗書》：請日試萬言，倚馬可待。《舊唐書·張涉傳》：日試萬言。時呼張萬言。

其二

十二東秦比漢京，〔施註〕《漢·高祖紀》：田肯賀上曰：「秦，形勝之國，帶河阻山，縣隔千里，秦得百二焉。齊，地方二千里，持戟百萬，齊得十二焉。此東西秦也。」〔施註〕《文選》陸士衡《齊謳行》：孟諸吞楚夢，百二侔秦京。去年古寺共題名。〔公自註〕去歲見之於青州。〔王註堯卿曰〕唐自慈恩寺鴈塔題名之後，士人多效之。早衰怪我遽如許，〔施註〕《後漢·左慈傳》：曹操欲殺之，慈走入羊羣。忽一老羝屈前膝，人立而言，曰：「遽如許。」苦學憐君太瘦生。茅屋擬歸田二頃，金丹終掃雪千莖。〔施註〕杜子美《遇鄭廣文》詩：白髮千莖雪，丹心一寸灰。何人更似蘇司業，〔王註次公曰〕蘇司業源明也。唐之詩人，先生以比子由云。和遍新詩滿洛城。【誥案】熙寧五年，子由赴洛考試舉人，及還，道出嵩少，閒同頓起游洛城、登封，至少林寺，别於許州。與頓起詩凡四篇，並載《欒城集》。此聯仍歸結洛中，可見前首「攜手天門」句之查註不誤。此乃公自註明者，而諸註猶紛然爲之説，何不憚煩也。

九日黄樓作

〔查註〕秦太虛《黄樓賦序》：太守蘇公守彭城之明年，既治河決之變，民以更生，又因修繕其城，作黄樓於東門之上，以爲水受制於土，而土之色黄，故取名焉〔三九〕。

去年重陽不可説，【誥案】紀昀曰：筆筆作龍跳虎卧之勢。南城夜半千漚發。〔施註〕《楞嚴經》：空生大覺中，如海一漚發。水穿城下作雷鳴，泥滿城頭飛雨滑。黄花白酒無人問，日暮歸來洗靴韈。豈知還復有今年，把盞對花容一呷。〔合註〕《説文》：吸，呷貌。莫嫌酒薄紅粉陋，終勝泥中千柄鍤〔四〇〕。黄樓新成壁未乾，清河已落霜初殺。〔施註〕《春秋·定公元年》：冬十月，隕霜，殺菽。朝來白霧如細雨〔四一〕，南山不見千尋刹。〔合註〕王簡栖《頭陀寺碑》：列刹相望。樓前便作海茫茫，〔王註〕木元虚《海賦》：茫茫積流，含形内虚。樓下空聞櫓鴉軋〔四二〕。〔施註〕杜牧之《登九峰樓》詩：歸棹何時聞軋鴉。〔合註〕元微之《琵琶歌》：幽關鴉軋胡雁悲。薄寒中人老可畏，〔王註〕宋玉《九辨》：悽愴增欷兮，薄寒之中人。熱酒澆腸氣先壓。烟消日出見漁村，遠水鱗鱗山齾齾。〔王註次公曰〕齾字，《官韻》云：缺齒也。〔師民瞻曰〕五鍇反。〔施註〕《唐韻》：獸食之餘曰齾。〔邵註〕韓退之《聯句》：交斫雙缺齾。《韻註》：缺齒，又，器缺也。【誥案】紀昀曰：查初白謂陰陽晦明，攝向毫端，作大開合，淺人但見寫景耳。詩人猛士雜龍虎，〔公自註〕坐客三十餘人，多知名之士。〔王註〕崔班《灼灼歌》：坐中之客皆龍虎。楚舞吴歌亂鵝鴨。〔施註〕《漢・張良傳》：戚夫人泣涕。上曰：「爲我楚舞，吾爲若楚歌。」《舊唐書・李愬傳》：取吴元濟。至懸瓠城，夜半，雪愈甚。近城有鵝鴨池，愬令驚之，以雜其聲。〔合註〕《新唐書》云：城旁皆鵝鶩池，令擊之，以亂軍聲。一杯相屬君勿辭，〔王註〕韓退之《贈張功曹》詩：一杯相屬君當歌。此景〔四三〕何殊泛清霅〔四四〕。

太虛以黄樓賦見寄，作詩爲謝

我在黄樓上，欲作黄樓詩。忽得故人書，中有黄樓詞。黄樓高十丈，下建五丈旗。楚山以爲城，泗水以爲池。〔施註〕《左傳・僖公四年》：楚屈完曰：「楚國方城以爲城，漢水以爲池，雖衆，無所用之。」我詩無傑句，萬景驕莫隨。〔施註〕白樂天《夏日獨直》詩：地貴不自覺，身閑景來隨。夫子獨何妙，雨雹散雷椎。〔王註援曰〕雷州大雷雨時，人有收得雷斧、雷椎，皆石也。〔施註〕《文選》張景陽《七命》：豐隆奮椎。註：豐隆，雷公也。雄辭雜今古，〔合註〕韓退之文：接雄辭於章句。中有屈、宋姿。〔施註〕屈原，楚之同姓也。宋玉，楚大夫也。皆有章句，見之《楚辭》。《唐・杜審言傳》：吾文章當得屈、宋作衙官。南山多磬石〔四五〕，〔施註〕《尚書・禹貢》：泗濱浮磬。孔安國註云：泗水涯石，可以爲磬。清滑如流脂。〔王註〕杜牧之《秋孃》詩：京江水清滑，生女白如脂。〔施註〕《西京雜記》：文君肌膚，柔滑如脂。朱蠟爲摹刻〔四六〕，細妙分毫釐。〔合註〕《漢書・律曆志》：度長短者，不失毫釐。佳處未易識，當有來者知。〔王註〕《晉書》：孫綽作《天台山賦》，示友人范榮期，每至佳句，輒云，應是我輩語。

九日次韻王鞏

【誥案】王定國至彭城，留十日，往反作詩，幾百餘篇。時大約已有數十篇矣。故詩有「詩律輸君一百籌」句。

我醉欲眠君罷休，〔王註〕《史記》：吴王謂孫子曰：「將軍罷休就舍。」已教從事到青州。〔施註〕《世説》：桓公有主簿，善别酒，有酒輒令先嘗，好者謂青州從事，惡者謂平原督郵。註：青州屬齊郡，平原有鬲縣，從事謂到臍下，督郵謂在膈上住也。鬢霜饒我三千丈，〔施註〕李太白《秋浦歌》：白髮三千丈，緣愁似個長。不知明鏡裏，何處得秋霜。詩律輸君一百籌。〔王註〕歐陽公《歸田録》：吕文穆公未第時，薄游一縣。胡大監旦，方隨其父宰是邑，遇吕甚薄。客有喻胡曰：「吕工於詩，宜少加禮。」胡問警句，客舉曰：「挑盡寒燈不成夢。」胡笑曰：「乃是一渴睡漢爾。」吕甚恨而去。明年，首中甲科，寄聲於胡曰：「渴睡漢狀元及第矣。」胡曰：「待我明年第二人及第，輸君一籌。」既而次榜，亦中首選。〔合註〕《大唐新語》：楊纂判曰，纂輸一籌。聞道郎君閉東閣，且容老子上南樓。〔施註〕《晉·庾亮傳》：亮在武昌，諸佐吏殷浩之徒，乘秋夜往登南樓，不覺亮至，諸人將起避之。亮曰：「諸君少住，老子於此興復不淺。」相逢不用忙歸去，明日黄花蝶也愁。〔王註次公曰〕蓋用鄭谷《十月菊》「節去蜂愁蝶不知」而反之也。

送頓起

〔查註〕《欒城集》中有《次韻頓起考試徐沂舉人寄詩》。

客路相逢難，爲樂常不足。臨行挽衫袖，更賞折殘菊。〔施註〕鄭谷《十月菊》詩：曉庭還繞折殘枝。佳人亦何念，悽斷《陽關曲》。酒闌不忍去，共接一寸燭。留君終無窮，歸駕不免促。〔施註〕《後漢・光武紀》：趣駕南轅。註云：趣，急也，讀曰促。岱宗已在眼，〔王註次公曰〕頓蓋之兗州。謝靈運詩：想見山阿人，薜蘿若在眼。杜子美《峽隘》詩：青山各在眼。〔施註〕《五經通義》：太山一名岱宗，言王者易姓告成，必於岱宗，東方萬物始交代之處。宗，長也。一往繼前躅。〔施註〕韋應物《陪王卿游》詩：君子有高躅，相攜在幽尋。天門四十里，〔王註次公曰〕《漢官儀》：泰山東上七十里，至天門。〔施註〕《太山記》：仰視天門，如從穴中望天窗。【誥案】此二條，乃前《次韻頓起》詩誤註，今移於此。誥凡於各註所列未妥爲之改列分列者，皆不註明，蓋仍以盡善歸之本註，不欲自見也。此二條前有論定，故註明。夜看扶桑浴。〔王註〕《淮南子》曰：出於暘谷，浴於咸池，拂於扶桑。東方朔《十洲記》云：扶桑在碧海中，葉皆如桑，又有椹樹，長者數千丈，大二千餘圍，兩兩同根，更相依倚，是名扶桑。回頭〔四七〕望彭城，大海浮一粟。故人在其下，【誥案】句從狄梁公語脱來。塵土相豗蹴。惟有黄樓詩，千古配《淇澳》。〔公自註〕頓有詩，記黄樓本末。〔施註〕《毛詩・淇澳》，衛人美武功之德也。【誥案】自「岱宗」句至結尾，一直貫下，此謂頓從岱頂回望彭城塵土豗蹴，都無所見。惟黄樓詩，頓所自有，已足千古，獨非塵土所能埋没者耳。曉嵐謂收句少促，又謂與上文不貫，殊不知「豗蹴」韻下，無他語可夾入一層也。

送孫勉

昔年罷東武，曾過北海縣。〔王註次公曰〕東武，密州也。先生前守密。北海縣，後漢爲北海國。〔施註〕濰州，治北海縣。〔查註〕《太平寰宇記》：隋開皇三年，置濰州，大業二年，州廢，改下密爲北海縣。《輿地廣記》：唐武德二年，以北海置濰州。本朝爲北海軍，乾德二年升爲濰州。治北海縣。白河翻雪浪，黄土如蒸麪。桑麻冠東方，一熟天下賤。是時累飢饉，嘗苦盜〔四八〕賊變。每憐追胥官，野宿風裂面。君爲淮南秀，文采照金殿。〔公自註〕君嘗考中進士第一人。〔施註〕《文選》江文通《雜體》詩：列坐金殿側。胡爲事奔走，投筆腰羽箭。〔王註〕杜子美《丹青引》詩：猛將腰間大羽箭。〔施註〕李太白《胡無人》詩：流星白羽腰間插。更被髯將軍〔四九〕，豪篇來督戰。〔公自註〕其兄莘老，以詩寄之，皆言戰事。〔合註〕《晉書·何無忌傳》：節至，乃躬執以督戰。親程三郡士，〔施註〕《史記·秦始皇紀》：以衡石量書，日夜有程，不中程不得休息。《漢·東方朔傳》：武帝既招英傑，程其器，能用之如不及。《後漢·欒巴傳》：興立學校，程試殿最。〔查註〕本集《徐州鹿鳴宴詩敍》：元豐元年，三郡之士，皆舉於徐。謂徐及沂、鄆三州也。【誥案】本集《詩敍》無三郡明文，徐、沂之外，其一不詳何郡。本卷《中秋月》詩「舒子」句自註云：舒焕試舉人鄆州。又「頓子」句自註云：頓起來徐試舉人。是鄆不舉於徐也。玉石不能銜。〔王註次公曰〕《揚子》云：銜玉而賈石，不能欺也。欲知君得人，失者亦稱善。〔施註〕《文選》傅武仲《舞賦》：觀者稱善。又按曹子建《名都篇》：觀者咸稱善。君才無不可，要使〔五〇〕經百鍊。〔王註〕劉琨詩：何意百鍊剛，化爲繞指柔。崔豹《古今注》：吴大帝有寶刀三，一曰百鍊。〔施註〕應劭《漢官儀》：金取堅剛，百鍊而不耗。吾詩堪咀嚼，〔施註〕孟東野《懊惱》詩：好詩更相嫉，劍戟生牙關。前賢死已久，猶在咀嚼間。聊送別酒嚥。

李思訓畫《長江絶島圖》

〔施註〕唐張彦遠《名畫記》：李思訓，宗室也，林甫之伯父。畫稱一時之妙，官至左武衛大將軍。

其畫山水樹石，筆格遒勁，湍瀨潺湲，雲霞縹緲，時覩神仙之事，窅然巖嶺之幽，時人謂之李將軍也。〔查註〕本集《雜記》云：唐人王摩詰、李思訓之流，畫山水峰巒，自成變態。雖蕭然有出塵之姿，然頗以雲物間之。作浮雲高靄與孤鴻落照，明滅於江天之外，舉世宗之，而唐人之典型盡矣。

山蒼蒼，水茫茫〔五一〕，〔施註〕庾信《傷心賦》：山蒼蒼而正寒。北齊斛律斯明月《琵琶歌》云：天蒼蒼，野茫茫，風吹山低見牛羊。〔合註〕《容齋隨筆》云：按古樂府斛律金唱《敕勒歌》，黃魯直誤以斛律金爲明月。明月，金之子也。大孤小孤〔五二〕江中央。〔查註〕《太平寰宇記》：彭蠡湖周圍四百五十里，湖心有大孤山，以別德化、都昌之界。小孤山高三十丈，周圍一里，在彭澤縣古城西北九十里。崖崩路絶猿鳥去，惟有喬木攙天長。客舟何處來？棹歌中流聲抑揚〔五三〕。〔王註〕漢武帝《秋風辭》云：横中流兮揚素波，簫鼓鳴兮發棹歌。〔施註〕《文選》丘希範《發漁浦》詩：棹歌發中流，鳴鞞響沓嶂。〔合註〕成公綏《嘯賦》：響抑揚而潛轉。沙平風軟望不到，〔施註〕白樂天《東城春意》詩：風軟春不動。孤山久與船低昂。峨峨兩烟鬟，曉鏡開新粧。〔王註〕杜牧《阿房宮賦》：明星熒熒，開粧鏡也。緑雲擾擾，梳曉鬟也。舟中賈客莫漫狂，小姑前年嫁彭郎。〔施註〕歐陽《歸田録》：江南有大小孤山，而世俗轉孤爲姑。江側有一石磯，謂之澎浪磯，遂轉爲彭郎。云，彭郎，小姑壻也。豈止俚俗之謬哉。《春明退朝録》：陳簡夫詩云：「山稱孤獨字，廟塑女郎形。過客雖知誤，行人但乞靈。」〔查註〕《名勝志》：小孤北岸與彭澤縣接界，山之西有小孤廟，對岸有澎浪磯，語譌爲彭郎。【誥案】此詩如古樂府，別爲一體，妙在一結，含蓄不盡，使讀者自得之也。且小姑本屬山名，人皆知其傳誤，非若烈女貞姬，遽遭誣謗，詩必爲之指證辨雪者比也。曉嵐詆爲市井惡少語，此以市井惡少身而得度者則然，於詩何尤。

張安道見示近詩

人物一衰謝〔五四〕，〔施註〕《明皇雜録》：李林甫敷奏安詳，貴妃言其風度。上曰：「妃尚不識張九齡，此可言人物矣。」杜子美《四松》詩：覽物歎衰謝。〔合註〕《三國・吳志・顧譚傳》：薛綜曰：「顧譚才照人物。」微言難重尋。〔王註續曰〕仲尼没而微言絶。見《漢書・司馬遷傳》。殷勤永嘉末，復聞正始音。清談未足多，〔施註〕《九州春秋》：焦和清談干雲。《文選》任彦升《薦士表》：勢門上品，猶當格以清談。感時意殊深。〔施註〕杜子美《觀公孫舞劍歌》：感時撫事增惋傷。少年有奇志，〔施註〕《吳志》：鄭泉博學有奇志。見《孫權傳註》。欲和南風琴。〔王註〕韓退之《贈孟郊》詩：騎驢到京國，欲和薰風琴。〔施註〕《禮記》：舜作五絃之琴，以歌南風。荒林〔五五〕蜩蚻〔五六〕亂，廢沼蛙蟈淫。〔合註〕《月令註》：螻蟈，蛙也。遂欲掩兩耳，〔施註〕《左傳・昭公三十一年》：荀躒掩耳而走。臨文但噫瘖〔五七〕。蕭然王郎子，來自緱山陰。〔公自註〕其壻王鞏攜來〔五八〕。云見浮丘伯，吹簫明月岑。遺聲落淮泗，蛟鼉爲悲吟。〔施註〕《文選》左太沖《招隱》詩：何事待嘯歌，灌木自悲吟。顧公正王度，《祈招》繼愔愔。〔施註〕《烏臺詩案》：元豐元年八月内，張方平令王鞏將詩一卷來徐州，題封曰《樂全堂雜詠》。拆開看，乃是方平舊詩。軾作一詩題卷末，言晉元帝時，衛玠初過江左，不意永嘉之末，復聞正始之音。軾意言人物衰謝，不意復見張方平之文章才氣，以譏諷今時風俗衰薄也。意以衛玠比方平，故云「清談未足多，感時意殊深」，言我非獨多衛玠清談，但感時之人物衰謝，微言難繼，此意殊深遠也。又「少年有奇志」至「臨文但噫瘖」，意言軾少年本有志，欲和天子薰風之詩，因見學者皆空言無實，或雜引老佛異端之書，文字雜亂，故以荒林廢沼比朝廷新法屢有變更，事多荒廢，致風俗虛浮，學者誕妄，如蜩蚻之紛亂，遂掩耳不欲論文也。又「蕭然王郎子」，以王子晉比王鞏，以浮丘伯比方平也。「顧公正王度，

《祈招》繼愔愔」，據《左氏》：楚靈王欲求九鼎於周，求地於諸侯。其臣右尹子革諫王，引祭公謀父之詩曰：「祈招之愔愔，式昭德音，思我王度，式如玉，式如金，形民之力，而無醉飽之心。」靈王不能用，以及於難。軾欲張方平勿爲虚言之詩，當作譏諷朝廷闕失，如祭公謀父作《祈招》之詩以正之也。

次韻王鞏顔復同泛舟

沈郎清瘦〔五九〕不勝衣，〔王註縯曰〕《南史》：沈昭略嘗遇王約，瞋目視之曰：「汝是王約邪，何乃肥而癡？」約曰：「汝沈昭略邪，何乃瘦而狂？」〔次公曰〕沈郎指言沈約。其《與徐勉書》云：老病百日，數圍革帶，常應移孔，以手握臂率，計月小半分。此則有不勝衣之意。〔合註〕李璟《浣溪沙》詞：沈郎多病不勝衣。邊老便便帶十圍〔六〇〕。〔王註〕《後漢書》：東平王蒼，腰帶十圍。〔施註〕《吳越春秋》：伍子胥身長一丈，腰十圍，眉間一尺。《世説》：庾子嵩長不滿七尺，腰帶十圍。〔合註〕《晉書・載記》：慕容超身長八尺，腰帶九圍；李勢身長七尺九寸，腰帶十四圍；赫連勃勃身長八尺五寸，腰帶十圍。躞蹀身輕山上走，〔施註〕李太白《效古》詩：歸時落日晚，躞蹀浮雲驄。人馬本無意，飛馳自豪雄。〔邵註〕《楚辭》：衆踥蹀而日進兮。註：踥蹀，行貌。歡呼〔六一〕船重醉中歸。〔施註〕杜子美《陪王侍御登東山》詩：三更風起寒浪湧，取樂喧呼覺船重。〔合註〕查初白謂王、顔二公，想當一肥一瘦，故前半云然。舞腰似雪金釵落，〔王註〕楊希道《詠舞》詩：二八如回雪。《西京雜記》：戚夫人善爲翹袖折腰之舞。《唐摭言》：張祜客淮南幕中。赴宴時，杜紫微爲支使，南座有屬意之處，索骰子賭酒。牧微吟曰：骰子逡巡裹手拈，無因得見玉纖纖。祜應聲曰：但知報道金釵落，彷彿還應露指尖。〔施註〕白樂天《胡旋女歌》：回雪飄飄轉蓬舞。談辯如雲玉麈揮。〔施註〕《晉・孫盛傳》：嘗詣殷浩談論，對食，奮擲麈尾，毛落飯中。《王衍傳》：妙善玄言，惟談老莊爲事，每捉玉柄麈尾，與手同色。〔合註〕《唐書・楊虞卿傳》：父寧，談辯可喜。憶在錢塘正如此，回頭四十二年非。〔施註〕按，東坡先生以景祐三年丙子生。是年元豐元年戊午，年四十有三。故云「回頭四十二年非」，亦猶蘧伯玉「行年五十而知四十九年非」也。

次韻張十七九日贈子由

〔查註〕張十七即張恕寺丞，見前益齋題註。

千戈〔六二〕萬槊擁笓籬，〔王註〕《晉史》：傅咸劾事云，令史張濟，案行城東，見有新立屋間笓籬障二十丈。〔查註〕《北史》：笓籬戰格，於女牆跳出安之，以遮矢石。九日清樽豈復持。〔公自註〕是日，南都敕使按兵。官事無窮何日了，〔王註〕《晉·傅咸傳》：楊濟與咸書曰：天下大器，非可稍了，而相觀每事欲了，生子癡，了官事，官事未易了也。了事正作癡，復爲快耳。菊花有信不吾欺。〔施註〕韓退之《出門》詩：天命不吾欺。逍遥瓊館真堪羨，〔王註次公曰〕逍遥瓊館，以言張公之宮祠。取次塵纓未可縻。迨此暇時須痛飲，〔王註〕《詩·小雅·伐木》：迨我暇矣，飲此醑矣。他年長劍拄君頤。〔王註〕《戰國策》：田單攻狄，不能下。齊嬰兒謠曰：「大冠若箕，修劍拄頤，攻狄不能，下壘梧丘。」〔施註〕李太白《答王十二》詩：嚴陵高揖漢天子，何必長劍拄頤事玉階。

次韻王鞏獨眠〔六三〕

居士身心如槁木，〔施註〕《莊子·庚桑楚篇》：身若槁木之枝，而心若死灰，若是者禍亦不至，福亦不來。旅館孤眠體生粟。〔施註〕《趙飛燕傳》：體温舒無軫粟。誰能相思琢白玉，〔王註〕盧仝詩：白玉璞裏琢出相思心，黃金鑛裏鑄出相思淚。服藥千朝償一宿。〔施註〕《神仙傳》：彭祖曰：「上士別牀，中士異被，服藥百裹，不如獨卧。」後有修其術，以爲彭祖經。天寒日短銀燈續，〔王註〕杜子美《公安縣懷古》詩：寒天催日短。〔合註〕李賀詩：銀燈點舊紗。欲往從之車脱軸。〔王註〕《詩·秦風·蒹葭》：溯游從之。《左傳·僖公十五年》：車脱其輹。〔施註〕《文選》張平子《四愁》詩：我所思兮在桂林，欲往從之湘水深。《周易·大畜》：輿説輹。《史記·范雎傳》：須賈曰：「吾馬病，車軸折。」何人吹斷參差竹，〔王註〕《風俗通》：舜作簫，其形參差，象鳳之翼。〔邵註〕《楚辭·九歌》：吹參差兮誰思。泗水茫茫鴨頭緑。

登雲龍山

〔查註〕先生手書刊石，詩後題云：元豐元年九月十七日，張天驥、蘇軾、顔復、王鞏，始登此山。

醉中走上黄茅岡，〔查註〕《徐州志》：雲龍山在徐州城東山之陰，曰黄茅岡。〔合註〕《名勝志》：岡在雲龍山之陰。滿岡亂石如羣羊。〔王註次公曰〕暗使黄初平事。岡頭醉倒石作牀，仰看〔六四〕白雲天茫茫。歌聲落谷秋風長，【誥案】通篇著意，妙在有此句一折，故能節短音長也。路人舉首東南望，拍手大笑使君〔六五〕狂。

題雲龍草堂石磬〔六六〕

【誥案】此詩施編不載，查註從邵本補編。

折爲督郵腰，〔馮註〕折腰爲磬折，故用淵明揖督郵事耳，讀者不以辭害意可也。懸作山人室。〔馮註〕《左傳・僖公二十六年》：室如懸罄。殊非濮上音，信是泗濱石。

次韻王鞏留別

〔施註〕東坡去國，爲杭州通判。是時，王介甫爲相。介甫罷，薦韓絳子華代之。又薦呂惠卿參知政事，相與守新法而不變。故子華號傳法沙門，惠卿號護法善神。正人端士皆以異論，指爲流俗，廢斥於外，其不能自持者，亦枉道以從之。故詩云：去國已八年，故人今有誰。平時交游内，不數蔡克兒。豈無知我者，好爵半已縻。争爲東閣吏，不顧北山移。意有所指，獨歎定國異於他人，不肯屈節爲用。故又云「公子表獨立，與世頗異馳」也〔六七〕。【誥案】熙寧七年四月，王安石罷相，以韓絳同中書門下平章事，呂惠卿參知政事。八年二月，安石再相，十月，呂惠卿罷，九年十月，安石再罷。施註一概牽入元豐元年，謬甚。如謂此註，是釋「去國已八年」句，公所謂「已八年」者，從熙寧四年被出數起，正安石變法之時，非罷歸金陵時也。又元豐元年五月，蔡確參知政事，此詩作於九月，故云「不數蔡克兒」也，與安石、惠卿何涉。

去國已八年，〔合註〕先生自熙寧四年離東京，至元豐元年，正八年。故人今有誰？〔施註〕《莊子・徐無鬼篇》：越之流人，去國數日，見其所知而喜；去國旬月，見所嘗見於國中者而喜；及期年，見似人者而喜矣。亦去人滋久，思人滋深乎？當時交游内，〔施註〕《漢・司馬遷傳》：爲宗族交游光寵。未數蔡克兒〔六八〕。〔王註〕《晉書・王導傳》：司徒蔡謨戲王導，導怒，謂人曰：「吾往與羣賢共遊洛中，何嘗聞有蔡克兒。」克，謨父也。豈無知我者，好爵半已縻。

爭爲東閤吏，〔王註〕《前漢·朱雲傳》：薛宣爲丞相，雲往見之。宣備賓主禮，從容謂雲曰：「在田野無事，且留我東閤，可以觀四方奇士。」雲曰：「小生乃欲相吏邪？」宣不敢復言。不顧北山移。〔王註援曰〕《齊書》：周彥倫隱鍾山，後應詔出仕，將過北山，孔稚珪乃假山靈之意，移文以却之，名曰《北山移文》。公子表獨立，〔施註〕《博物志》：公子王孫，皆古人相推敬之辭。又按《楚辭》屈原《九歌》：表獨立兮山之上。與世頗異馳。不辭千里遠，〔施註〕張九齡《答陸澧》詩：不辭山路遠，踏雪也相過。成此一段奇。〔施註〕《法帖》：王羲之帖云，吾年垂耳順，要欲一遊目汶嶺，足下但當保護，以俟此期，得果此緣，一段奇事也。蛾眉亦可憐，無奈思餅師。〔施註〕《本事詩》：寧王宅左，有賣餅者妻，纖白明媚，王一見屬目，厚惠其夫，取之。寵愛逾等，踰歲，問之曰：「汝復憶餅師否？」默然不對。王召餅師，使見之。其妻注視，雙淚垂頰，若不勝情。時坐客數人，皆當時文士，無不悽異。王命賦詩，右丞王維先成，曰：「莫以今時寵，難忘舊日恩。看花滿眼淚，不共楚王言。」無人伴客寢，惟有支牀龜。〔王註〕白樂天詩：春朝鎖籠鳥，冬夜支牀龜。〔施註〕《史記·龜策傳》：南方老人用龜支牀足，二十餘年，老人死，移牀，龜尚生。龜能行氣導引也。君歸與何人，文字相娛嬉。〔王註〕韓退之《贈張籍》詩：文章自娛戲，金石日擊撞。持此調張子，〔王註子仁曰〕韓退之有《調張籍》詩。王鞏乃張安道壻，此張子豈謂安道耶？【誥案】謂安道之子厚之也。公後在惠州，《與王定國書》云：張十七絶不聞消耗，懷仰樂全之舊德，欲其一箴之。卽此人也。一笑當脱頤。

次韻僧潛見贈

〔施註〕僧道潛，字參寥，於潛人。能文章，尤喜爲詩。嘗有句云：風蒲獵獵弄輕柔，欲立蜻蜓不自由。五月臨平山下路，藕花無數滿汀洲。過東坡於彭城，甚愛之，以書告文與可，謂其詩句清絶，與林逋上下，而通了道義，見之令人蕭然。坡守吴興，會於松江。坡既謫居，不遠二千里，相從於齊安。留期年，遇移汝海，同遊廬山，有《次韻留别》詩。坡守錢塘，卜智果精舍居之，入院，分韻賦詩，又作《參寥泉銘》。坡南遷，遂欲轉海訪之。以書力戒，勿萌此意，自揣餘生必須相見。當路亦捃其詩語，謂有刺譏，得罪，反初服。建中靖國初，曾子開在翰苑，言其非罪，詔復祝髮。蘇黄門每稱其體製絶似儲光羲，非近世詩僧所能比也。〔查註〕《咸淳臨安志》：道潛，於潛浮溪村人，字參寥，本姓何。幼不茹葷，以童子誦《法華經》爲比丘，於内外典無所不窺。崇寧末示寂，賜號妙總大師。【誥案】元符三年，公在嶺南，已知參寥復服，施註謂建中靖國初者誤。其賜號乃元祐八年事，首相吕大防所請也。此詩及後《次韻潛師放魚》一篇，施編在《王鞏留别》、《登雲龍山》詩後，不誤。查註據《烏臺詩案》改編四月，合註已引此詩「秋風過淮」句駁之。今屢復此詩，并以參寥次公韻「鈴閣追隨十月强」句合觀，蓋參寥到在王鞏去後，已在九月之杪，而其追隨鈴閣，自此得所依託，正在十月時也。參寥本於潛僧，公倅杭時，但於行部一遇之，集中無一字之及。其後《與秦太虚書》云：參寥真可人，太虚與之不妄。可見公之知其爲人，實始於徐，故參寥自道其知契之厚，則云「鈴閣追隨十月强」也。若因參寥句指爲十月到徐，即又誤矣。今此二詩，并復施編之舊。餘詳總案《送參寥》詩條下。〔案〕總案云：《與秦少游書》，作於參寥臨去之日，故有「諸事可問參寥」之語。又有「去替不遠」之説，是參寥到於九月王定國既去之後，而去於冬杪也。

道人胸中水鏡清，〔王註〕《晉書》：樂廣善談論。尚書令衛瓘見而奇之，曰：「此人之水鏡，見之瑩然。」萬象起滅無逃形。獨依古寺種秋菊，要伴騷人餐落英。人間底處有南北，〔王註〕《傳燈録》：六祖曰：「人有南北，佛性豈然。」紛紛鴻雁何曾冥。閉門坐穴一禪榻，頭上歲月空峥嶸。〔施註〕《文選》鮑照《舞鶴賦》：歲峥嶸而愁暮。今年〔六九〕偶出爲求法，〔施註〕《維摩經》：求法無懈，説法無吝。欲與慧劍加礱硎。〔施註〕《維摩經》：以智慧劍，破煩惱賊。《揚子》：有刀者礱諸，有玉者錯諸。《莊子·養生主篇》：庖丁十九年，刀刃若新發於硎。雲衲新磨山水出，〔合註〕杜荀鶴詩：穩披雲衲坐藤牀。霜髭不剪兒童驚。公侯欲識不可得，故知倚市無傾城。〔王註〕韓退之詩：倚市難藏拙。〔援曰〕言倚市，必醜悍無傾城之容也。秋風吹夢過淮水，〔王註〕李太白《江夏贈韋南陵冰》詩：西憶故人不可見，東風吹夢到長安。想見橘柚垂空庭。〔施註〕杜子美《禹廟》詩：荒庭垂橘柚。故人各在天一角，相望落落如晨星。〔王註〕劉禹錫《送張盥序》：吾不幸，向所謂同年友，當其盛時，聯袂齊鑣，互絶九衢，若屏風然。今來落落，如曙星之相望。〔施註〕韓退之《祭姪老成文》：一在天之涯，一在地之角。彭城老守何足顧，東林桑野相邀迎。〔合註〕《詩·豳風·東山》：烝在桑野。千山不憚荒店遠，兩脚欲趁飛猱輕。〔合註〕韓退之《征蜀聯句》：飛猱無整陣。多生綺語磨不盡，尚有宛轉詩人情。〔查註〕朱弁《風月堂詩話》：參寥自杭謁坡於彭城。一日，燕郡寮，謂客曰：「參寥雖不與此集，然不可不惱之也。」遣官妓馬盼盼持紙筆就求詩。參寥援筆立成，有「禪心已作沾泥絮，不逐春風上下狂」之句。坡喜曰：「吾嘗見柳絮落泥中，謂可以入詩，偶未收入，遂爲此人所先。」猿吟鶴唳本無意，不知下有行人行。空階夜雨自清絶，誰使掩抑啼孤惸。〔施註〕孟東野《逢晝上人》詩：追思東村日，掩抑北邙淚。〔合註〕曹植詩：自傷蛩孤煢。玩此四句，形容參寥詩情之妙，使行旅孤惸，聞之淒婉也。我欲仙山掇瑶草，〔王註〕杜子美《贈李太白》詩：亦有梁宋游，相期拾瑶草。東方朔《與友人書》曰：脱去十洲三島，相期拾瑶草。傾筐〔七〇〕坐歎何時盈。簿書鞭扑晝填委，煮茗燒栗宜宵征。〔王註〕

《詩・召南・小星》：肅肅宵征。〔施註〕唐王操詩：煮茶燒筍伴僧餐。乞取摩尼照濁水，共看落月金盆傾。〔王註〕杜子美《與閭丘師》詩：夜闌接軟語，落月如金盆。惟有摩尼珠，可照濁水源。【誥案】紀昀曰：一氣湧出，毫無和韻之迹。

次韻潛師放魚

〔王註韓駒曰〕《參寥子集》此詩序云：虛白齋與子瞻共坐，有客饋魚於子瞻，子瞻遣放之，遂命賦是詩。〔查註〕參寥原作詩云：嘉魚滿盤初出水，尚有青萍點紅尾。銀鰓戢戢畏烹煎，崛强有時俄自起。彼客殷勤贈使君，願向中厨薦醪醴。使君事道不事腹，杞菊終年食甘美。傳呼慎勿付庖人，百步洪邊放清泚。回首無欺子產淳，漫道悠然泳波底。

法師説法臨泗水，無數天花隨麈尾。〔施註〕《佛頂心經》：觀世音菩薩説此，陀羅尼已天雨寶花，繽紛亂下。勸將淨業種西方，〔查註〕梁武帝《淨業賦》：見淨業之可愛，以不殺而爲因。莫待夢中呼起起。〔合註〕此言不待臨死而懺悔求福也。哀哉若魚竟坐口〔七〕，遠愧知幾穆生醴。〔王註〕《漢・楚元王傳》：元王敬禮申公等。穆生不嗜酒，元王每置酒，常爲穆生設醴。及王戊即位，常設，後忘設焉。穆生退曰：「可以逝矣，醴酒不設，王之意怠，不去，楚人將鉗我於市。」遂謝病而去。況逢孟簡對盧仝，〔王註續曰〕孟簡爲常州刺史，與盧仝遊北湖，盡買魚人所獲魚，放之，仝作《觀放魚歌》。〔查註〕《唐詩紀事》：孟簡，字幾道，德州人。元和中擢第。不怕校人欺子美。〔施註〕《左傳・襄公二十五年》：子美入，數俘而出。杜預曰：子美，子產也。疲民尚作魚尾赤，〔施註〕《毛詩・周南・汝墳》：魴魚赬尾。鄭氏曰：赬，赤也。君子仕於亂世，其顔色瘦病如魚，勞則尾赤。數罟未除吾顙泚。【誥案】舊引

《孟子》已删。〔查註〕《烏臺詩案》：軾知徐州日，有相識浙僧道潛來相看，同在河亭上坐，見人打魚，其僧買魚放生，作詩一首，卽無譏諷。軾依韻和詩一首云：疲民尚作魚尾赤，數罟未除吾顙泚。《左傳》云，如魚赬尾，衡流而方揚裔。註云，魚勞則尾赤。是時，徐州大水之後，夫役數起，軾言民之疲病，如魚勞而尾赤也。數罟，謂魚網之細密者，以言民既疲病，朝廷又行青苗、助役，不爲除放，如密網之取魚，皆以譏朝廷新法不便，以致大水之災也。法師自有衣中珠，〔王註〕《三秦記》：漢武帝遊昆明池，見大魚銜索而放之。間三日，池濱得明月珠一雙。帝曰：「豈魚之報耶？」〔施註〕《楞嚴經》：譬如有人於自衣中，繫如意珠。《法華經》：有人醉卧，以無價寶珠繫其衣裏。不用辛苦泥沙〔七二〕底。〔王註〕白樂天《放魚》詩：施恩卽望報，吾非斯人徒。不須泥沙底，辛苦覓明珠。

滕縣時同年西園

〔查註〕《齊乘》云：古滕國，漢初夏侯嬰封滕公，後置蕃縣，隋改蕃爲滕縣，唐屬徐州。按《寰宇記》及《輿地廣記》皆以滕縣爲徐州屬縣。

人皆〔七三〕種楡柳，坐待十畝陰。〔施註〕杜子美《憑何十一少府邕覓榿木栽》詩：飽聞榿木三年大，與致溪邊十畝陰。我獨種松柏，守此一片〔七四〕心。〔施註〕《禮記・禮器》：如竹箭之有筠也，如松柏之有心也，貫四時而不改柯易葉。君看閭里間，盛衰日駸駸。〔施註〕柳子厚《感遇》詩：南風日駸駸。種木不種德，〔施註〕《尚書・大禹謨》：皋陶邁種，德德乃降，黎民懷之。《文選》劉孝標《辨命論》：于叟種德，不待勛華之高。聚散如飛禽。老時吾不識，用意一何深。知人得數士，重義忘千金。西園手所開，〔王註〕白樂天詩：屈曲閑池沼，無非手自開。珍木來千岑。〔合註〕劉公幹詩：珍木鬱蒼蒼。養此霜雪根，遲彼鸞鳳吟。池塘得流水，龜魚自浮沈。幽桂日夜長，白花亂青衿。〔王註〕《本草》：菌桂，花白蘂黃。牡桂亦曰白華，葉冬夏常青。豈獨蕃草木〔七五〕，〔王註〕《易・坤文言》：天地變化草木蕃。子孫已成林。拱把不知數，會當出千尋。〔王註〕《文子》：十圍之大，始於拱把。樊侯種梓漆，壽張富華簪。〔施註〕《後漢・樊弘傳》：弘，字靡卿，南陽湖陽人也。世祖之舅父重，嘗欲作器物，先種梓漆，時人嗤之。然積以歲月，皆得其用，向之笑者，咸求假焉。貲至巨萬，而賑贍宗族，恩加鄉閭。建武十五年，定封弘壽張侯。我作西園詩，以爲里人箴。

次韻王廷老和張十七九日見寄二首〔七六〕

〔施註〕王廷老，字伯敭，睢陽人。東坡倅杭，伯敭使兩浙。後子由爲睢陽從事，伯敭居里中，多與倡酬。二十三卷《題王伯敭藏趙昌畫》詩，二十四卷《送王伯敭守虢》，即其人也。觀御史詩欵，坡自惡之，殆其退居頗有强附之意，味此詩語，亦可見矣。【誥案】各本題云：次韻王廷老和張十七九日見寄。止詩一首，今作二首。餘詳後詩註。〔查註〕王廷老，名伯敭，官至虢州守。〔合註〕《續通鑑長編》：熙寧間，兩浙提點刑獄轉運使。八年十月，鄧綰言，王廷老朋附呂惠卿，又王古劾廷老不公失職。詔罷，令於潤州聽旨。十年正月，追兩官勒停。今先生詩作於元豐元年，有「齎面染鬚」之句，與附呂惠卿事相類。又有《次韻王廷老退居》詩，與勒停事相近。又《杭州水樂洞、石屋洞題名》，皆有睢陽王廷老伯敭之名，則廷老本睢陽人也。【誥案】《長編》謂廷老爲庭老，今爲改正。公倅杭，正王廷老爲提轉時也。是時罷官居宋，故與子由、張恕唱和，公後乞常至宋，廷老尚家居也。查註以廷老之子爲東坡壻，此乃毫無蹤影之事。合註謂廷老家近彭城，亦非，皆删。

其一

霜葉投空雀啅籬，〔施註〕杜子美《落日》詩：啅雀争枝墜。上樓筋力强扶持。〔施註〕杜牧之《題北樓》詩：不爲尋山試筋力，肯能寒上背雲樓。劉夢得詩：筋力上樓知。對花把酒未甘老，〔王註〕韓退之詩：把酒對南山。膏面染鬚聊自欺。〔王註〕劉夢得詩：近來時世輕先輩，好染髭鬚事後生。無事亦知君好飲，多才終恐世相縻。請看平日銜杯口，〔王註〕杜子美《醉時歌》詩：生前相遇且銜杯。〔施註〕《晉·劉伶傳》：著《酒德頌》曰：捧甖承槽，銜杯漱醪。會有金椎爲控頤。〔王註〕《莊子·外物篇》：儒以詩禮發冢。大儒臚傳曰：「東方作矣，事之何若。」小儒曰：「未解裙襦，口中有珠。」《詩》固有之，曰：青青之麥，生於陵陂。生不布施，死何含珠爲。儒以金椎控其頤，徐别其頰，無傷口中珠。【誥案】此詩指王廷老，而不及張十七，是後詩信此題第二首也。

其二

接果移花看補籬，〔王註〕杜子美《佳人》詩：牽蘿補破籬。〔施註〕白樂天《春葺新居》詩：移花夾暖室。腰鐮手斧不妨持。〔王註〕《文選》鮑照樂府云：腰鐮刈葵藿，倚杖牧雞豚。〔施註〕杜子美《惡樹》詩：獨遶虚齋徑，常持小斧柯。上都新事長先到，〔王註〕班固《西都賦》：隆上都而觀萬國。老圃閑談未易欺。釀酒閉門開社甕，〔合註〕羅隱詩：會待與君開社甕。殺牛留客解耕縻。〔王註子仁曰〕隋末劉黑闥，屏居漳南，諸將詣之，黑闥方種蔬，即殺耕牛，與之共飲。〔施註〕《漢·馮唐傳》：魏尚五日壹殺牛，饗賓客。〔合註〕《説文》：縻，牛轡也。何時得見纖纖玉，右手持杯左捧頤。【誥案】此詩施編作：次韻王廷老退居見寄之第二首。王註各本皆同。查註云：第二章，乃次張十七九日韻，又有次王廷老和張十七見寄韻，此詩疑同時作，編集者誤入此題也。今考查註所指二題，皆同此韻，而次王廷老和張十七，應有二首，前詩既指王廷老，則此詩應指張十七矣。張十七多蓄姬侍，觀此詩結語，正合。且兩集凡及廷老事，皆無此説，以此詩作退居詠，亦不類也。今改編於此，餘詳前後題註。

鹿鳴宴

〔查註〕《宋史》：州郡貢士曰鹿鳴宴，其登第曰聞喜宴，二宴許用雅樂。本集《徐州鹿鳴宴詩敍》云：元豐元年，三郡之士，皆舉於徐。九月辛丑晦，會於黄樓，修舊事也。【誥案】此詩施編不載，查註從邵本補編。

連騎〔七七〕匆匆畫鼓喧，〔馮註〕《戰國策》：結駟連騎，輝煌於道。〔合註〕張祜詩：畫鼓拖環錦臂攘。喜君新奪錦標還。〔馮註〕《南部新書》：唐盧肇、黄頗，皆宜春人。同舉，郡守獨餞頗。明年，肇狀元及第，歸，郡守接甚厚。肇作詩曰，向道是龍剛不信，果然奪得錦標歸。守大慙。金罍浮菊催開宴，〔馮註〕《詩·周南·卷耳》：我姑酌彼金罍。紅蕊將春待入關。〔查註〕杜牧及第後，《寄長安故人》詩：秦地少年多釀酒，待將春色入關來。〔合註〕宋之問詩：紅蕊續開花。他日曾陪探禹穴，〔合註〕《史記·太史公自序》：十歲誦古文，二十而南游江淮，上會稽，探禹穴。白頭重見賦《南山》。〔馮註〕《詩·小雅·南山有臺》：南山有臺。〔合註〕《詩序》：《南山有臺》，樂得賢也。得賢則能爲邦家立太平之基矣。何時共樂昇平事，風月笙簫坐夜閑〔七八〕。

與舒教授、張山人、參寥師同遊戲馬臺，書西軒壁，兼簡顏長道二首〔七九〕

〔查註〕《名勝志》：戲馬臺高數十仞，周圍土阜，宋時於上建臺頭寺，甃磴以升，中有西軒。

其一

古寺長廊院院行，〔王註〕唐王建詩：院院燒燈如白日。此軒偏慰旅人情。楚山西斷如迎客，〔合註〕何焯曰：《放鶴亭記》：獨缺其西一面。汴水南來故遶城。【誥案】汴河在商丘北，東流入淮泗。路失玉鈎芳草合，〔王註次公曰〕《桂苑叢談》：李蔚，咸通中自大梁移鎮淮海，見郡無勝游之地，命於戲馬亭西連玉鈎斜道葺亭，名賞心。【誥案】玉鈎斜，人盡知爲揚州事，可謂公獨不知乎？且所謂玉鈎斜道者，像其形也，非真有玉鈎之一物，不可移掇他處者。此詩因戲馬臺借用，猶言臺下之路，悉爲芳草所合，不見如鈎之形而已。當是時，陳無已方受知於徐，詩果有誤，何不質言之，乃晚年載入《詩話》，是可異矣。王註、施註皆主陳説，謬甚，今盡删。林亡白鶴古泉清。〔施註〕陳師道《後山集·徐州白鶴觀記》云：徐山不泉，州治之南，有平泉焉，深明潔甘，旱潦自如。説者曰，泉有鶴下，故名。淡游何以〔八〇〕娛庠老，〔王註〕《禮記·王制》：周人養庶老於虞庠。〔合註〕句指舒教授。坐聽郊原琢磬〔八一〕聲。〔王註次公曰〕泗濱多磬石，故云。

其二

竹杖芒鞋取次行，下臨官道見人情。〔王註〕劉夢得詩：安知從複道，然後見人情。〔合註〕祖詠詩：作鎮當官道。天寒菽粟猶棲畝，〔王註〕《南史》：宋武帝曰，餘糧栖畝，軍無匱乏之憂。〔施註〕《文選》左太沖《魏都賦》：餘糧栖畝而不收。註云：年豐穀多，盈於田畝，如鳥之栖宿，人不收也。日暮牛羊自入城〔二〕。〔王註〕《詩·王風·君子于役》：日之夕矣，牛羊下來。沽酒獨教陶令醉，〔王註續曰〕廬山僧慧遠，與陶潛遊，常沽酒飲之。〔合註〕詩意以淵明比張山人也。題詩誰似皎公清。〔王註厚曰〕吳興僧清晝，字皎然，唐時有詩名於世。〔胡仔曰〕皎然《九日》詩云：重陽荆楚尚，高會此難陪。遇見登龍客，同遊戲馬臺。風文將水疊，雲態擁歌迴。持菊還相問，含情愧不才。〔合註〕皎公指參寥。更尋陋巷顔夫子，〔王註次公曰〕名長道。爲顔夫子故，得使陋巷字。【誥案】長道，本顔子之後也。乞取微言繼此聲。

夜過舒堯文戲作

先生堂上〔三〕霜月苦，〔王註〕《何遜集》載何寘詩云：蒼茫曙月苦。弟子讀書喧兩廡。〔合註〕《説文》：廡，堂下周屋。《漢書·竇嬰傳》：所賜金陳兩廡下。註：廡，門屋也。推門入室書縱横，蠟紙燈籠晃雲母。〔施註〕《圖經本草》：雲母片，有絶大而瑩潔者，今人咸以飾燈籠，亦古扇屏風之遺事也。先生骨清少眠卧，〔施註〕韓退之《桃源歌》：月明伴宿玉堂空，骨冷魂清無夢寐。長夜默坐數更鼓。耐寒石硯欲生冰，〔施註〕《詩苑》：劉筠詩：溪箋未破冰生硯。得火銅瓶如過雨。〔施註〕白樂天《新秋早起》詩：銅瓶水冷齒先知。郎君欲出先自贊，〔王註次公曰〕《漢書·東方朔傳》：東方朔自贊曰：「臣嘗受易，請射之。」註云：贊，進也。郎君，指言堯文之子。〔施註〕《南史·袁粲傳》：出郎君者有厚賞。〔查註〕舒堯文之子，名彦舉。見本集《遊桓山記》。坐客歛衽誰敢侮。〔王註堯卿曰〕

《北史》：崔道固爲宋諸王參軍，被遣青州募人，長史以下並詣道固。道固諸兄等逼其所生，自致酒炙於客前。道固驚起接取，謂客曰：「家無人力，老親自執劬勞。」諸客皆歎美道固母子，而賤其諸兄。《晉書》：裴秀，字季彥。少好學，有風操。叔父徽，有盛名，賓客詣徽者，出，則過秀。然秀母賤，嫡母宣氏不之禮，嘗使進饌於客，見者皆爲之起。明朝阮籍過阿戎，〔王註〕《晉書·王戎傳》：阮籍素與王渾爲友。渾子戎，年十五，少籍二十歲，而籍與之交。籍每過渾，俄頃，輒去過視戎。良久，然後出，謂渾曰：「濬沖清賞，非卿倫也，共卿言，不如共阿戎譚。」應作羲之羨懷祖。〔王註〕《晉·王羲之傳》：王述蒙顯授，羲之恥爲之下，謂諸子曰：「吾不減懷祖，而位遇懸邈，當出汝等不及坦之故邪。」〔施註〕王述，字懷祖。坦之，述子也。

十月十五日觀月黃樓，席上次韻

中秋天氣未應殊，不用紅紗照座隅。〔施註〕白樂天《自勸》詩：日暮半墟麩炭火，夜深一盞紗籠燭。山上〔四〕白雲橫匹素，水中明月卧浮圖。未成短棹還三峽，〔施註〕《甘澤謡》：李源與圓澤上荆州，出三峽，次南浦，維舟山下。圓澤亡，源回棹指餘杭。忽聞葛洪川畔有牧豎歌，俄至寺前，乃澤也。【誥案】既引《甘澤謡》，圓澤當作圓觀。已約輕舟泛五湖。〔王註〕《吳郡圖經續記》：其一曰貢湖，二曰遊湖，三曰胥湖，四曰梅梁湖，五曰金鼎湖。〔施註〕《吳越春秋》：范蠡扁舟出三江，入五湖，人莫知其所適。爲問登臨好風景，〔施註〕王維《林園即事》詩：彌傷好風景。杜子美《江南逢李龜年》詩：正是江南好風景。明年還憶使君無。

答王定民

〔王註〕定民，字佐才，亳人，俊民弟也〔五〕。〔施註〕定民，東萊人，終通城縣令。嘗著《雙譎編》二十四卷。

開緘奕奕滿銀鉤，〔施註〕《毛詩·小雅·巧言》：奕奕寢廟〔八六〕。《晉·索靖傳》：草書之爲狀也，婉若銀鉤，漂若驚鸞。《法書苑》：索靖矜其書，名曰銀鉤蠆尾。書尾題詩語更遒。〔王註〕韓退之詩：暮作千詩轉遒緊。八法舊聞宗長史，〔王註厚曰〕張長史草書神逸，書有八法，以永字爲例云：側蹲鴟而墜石，勒緩縱以藏機。努彎環而勢曲，趯俊快以如錐。策依稀而似勒，掠髣髴以宜肥。啄騰波而速進，磔憶息以遲移。蔡邕得之神人，相傳至張旭，旭以傳李陽冰、顏真卿。〔施註〕《法書苑》：禁經云：八法起於隸字，始自崔、張、鍾繇傳授。李陽冰云：至王逸少，工書，十五年中，偏工永字，以其八法之勢，能通一切字。長史，張旭也。五言今復擬蘇州。筆蹤好在留臺寺，〔王註次公曰〕指臺頭寺，蓋言定民書字留於臺寺也。旗隊遥知到石溝。〔合註〕李洞詩：九城王氣生旗隊。欲寄鼠鬚并繭紙，請君章草賦黄樓。〔王註次公曰〕章草出漢元帝時，史游作《急就章》，解散隸體，麤書之。出《書斷》。〔施註〕《法書苑》：杜操善作草書，章帝愛之，詔令章表，亦作草字，遂謂之章草。

次韻王廷老退居見寄

【誥案】各本題云：次韻王廷老退居見寄二首。誤。今更正。第二詩并二首兩字，移前題下。〔查註〕《欒城集》中《送王廷老朝散》詩，有「一廢十五年，直坐多才耳」之句，正謂其退居時也。《欒城集》有《次韻王廷老寄子瞻》詩。

浪蕊浮花不辨春〔七〕，〔施註〕韓退之《杏花》詩：浮花浪蕊鎮長有，纔開還落瘴霧中。歸來方識歲寒人。回頭自笑風波地，〔施註〕白樂天《勸酒》詩：況在名利途，平地有風波。閉眼聊觀夢幻身。北牖已安陶令榻，西風還避庾公塵。〔施註〕《晉・王導傳》：時庾亮雖居外鎮，而執朝廷之權，趨向者多歸之。導內不能平，嘗遇西風塵起，舉扇自蔽，徐曰：「元規塵汙人。」亮，字元規。更搔短髮東南望，〔施註〕杜子美《春望》詩：白頭搔更短，渾欲不勝簪。試問今誰裹舊巾。

百步洪二首〔八八〕并敍〔八九〕

王定國訪余於彭城。一日，棹小舟，與顔長道攜盼、英、卿三子〔合註〕《宋詩紀事》：賀方回有《和彭城王生悼盼盼》詩，註云：盼盼馬氏，善書染，死葬南臺。又，《菊坡叢話》：陳後山《南鄉子詞序》曰，晁大夫增飾披雲，欲壓黃樓，而張、馬二子皆當年尊下世，所謂英英、盼盼者，盼卒英嫁，黃樓不可勝也。據此，則英英姓張，卿之姓則無考矣。游泗水，北上聖女山，南下百步洪，吹笛飲酒，乘月而歸。余時以事不得往〔九〇〕，夜著羽衣，佇立於〔九一〕黃樓上，相視而笑，以爲李太白死，世間無〔九二〕此樂三百餘年矣。【諧案】此段事，公載入《王定國詩敍》中。定國既去逾月〔九三〕，復與〔九四〕參寥師放舟洪下，追懷曩游，已爲〔九五〕陳迹，喟然而歎。故作二詩，一以遺參寥，一以寄定國，且示顔長道、舒堯文邀同賦〔九六〕云。〔合註〕《烏臺詩案》云：熙寧十年，知徐州日，觀百步洪作詩一篇。有本州教授舒煥和詩云：先生何人堪並席，李郭相逢上舟日。當卽所云同賦也。

其一

長洪斗落〔九七〕生跳波，〔王註〕《上林賦》：馳波跳沫。〔合註〕王維詩：跳波自相濺。輕舟南下如投梭。水師絶叫鳧雁起，亂石一綫争磋磨。有如兔走鷹隼落，駿馬下注千丈坡。〔合註〕《詩話總龜》云：東坡作《百步洪》詩云：有如兔走鷹隼落，駿馬下注千丈坡。當在黄時，有人云：「千丈坡，豈注馬處。」及還朝，其人云：「惟善走馬，方能注坡。」聞者以爲注坡。【誥案】周益公嘗論此句注字之佳，與駐字不同。斷絃離柱箭脱手，飛電過隙珠翻荷。四山眩轉風掠耳，〔施註〕《文選》班孟堅《西都賦》：目眩轉而意迷。〔合註〕「風掠耳」，用耳後生風意。但見流沫生千渦。【誥案】紀昀曰：語皆奇逸，亦有灘起渦旋之勢。嶮中得樂雖一快，何意〔九八〕水伯誇秋河。〔王註〕《莊子·秋水篇》：秋水時至，百川灌河，涇流之大，兩涘渚涯之間，不辨牛馬。於是焉，河伯欣然自喜，以天下之美爲盡在己也。我生乘化日夜逝，〔王註〕陶淵明《歸去來辭》：聊乘化以歸盡。〔施註〕《論語》：子在川上曰：逝者如斯夫，不捨晝夜。坐覺一念逾新羅。〔王註師民瞻曰〕《傳燈録》：有僧問從盛禪師，如何是覿面事？師曰：新羅國去也。新羅在海外，一念已逾。即《莊子》所謂「俯仰而撫四海」也。紛紛争奪醉夢裏，豈信荆棘埋銅駝。〔施註〕《晉·索靖傳》：有先識遠量，知天下將亂，指洛陽宫門銅駝歎曰：「會見汝在荆棘中。」覺来俯仰失千劫，回視此水殊委蛇〔九九〕。君看〔一〇〇〕岸邊蒼石上，古來篙眼〔一〇一〕如蜂窠。〔合註〕《魏志·管輅傳》：諸葛原取燕卵、蜂窠、鼅鼄著器中，使射覆卦。但應此心無所住，造物雖駛如吾何〔一〇二〕。回船上馬各歸去，〔施註〕杜子美《陪王侍御同登東山》詩：請公臨深莫相違，迴船罷酒上馬歸。多言譊譊〔一〇三〕師所呵。〔施註〕《揚子》：譊譊者，天下皆訟也，奚其存？曰：「天下之亡聖也久矣，呱呱之子，各識其親，譊譊之學，各習其師。」《華嚴經》：愚人之所貪，諸佛所訶。【誥案】此詩以題字爲詩，時與參寥同游，故結到參寥，須知後詩夾不進參寥也。敍云一以遺參寥者如此。讀者不可不知，餘詳後詩註。

其二

佳人未肯回秋波，〔施註〕《文選》傅武仲《舞賦》：目流睇而橫波。元微之《崔徽歌》：眼明正似琉璃瓶，心蕩秋水橫波清。幼輿欲語防飛梭。〔王註〕《晉・謝鯤傳》：鯤，字幼輿。隣家高氏女有美色，鯤挑之，女投梭，折其兩齒。時人爲之語曰：「任達不已，幼輿折齒。」鯤聞之，傲然長嘯曰：「猶不廢我嘯歌。」輕舟弄水買一笑，〔施註〕《漢・江都王傳》：建使郎二人，乘小舟入波中，船覆，兩郎攀船，乍見乍没，建臨觀大笑。醉中蕩槳肩相摩〔一〇四〕。〔合註〕磨，查本作摩，但韻書，磨與摩通。詩疊前韻，仍當作磨。【誥案】公疊孤山蒲字韻，作蒱，和程正輔硜字韻，從木，作桱，見於自註。且似此者，尚不乏也。今用此例定作摩，即以施註論，亦當作摩也。〔施註〕《戰國策》：蘇秦説齊宣王曰：「臨淄之途，車轂擊，人肩摩。」杜子美《城西泛舟》詩：不有小舟能盪槳。不學〔一〇五〕長安閭里俠，〔王註〕《前漢書》：閭里之俠，原涉爲冠。貂裘夜走臙脂坡。〔查註〕李濂《汴京遺跡志》：臙脂坡，在開封府城西北，朝暮斜暉照之，如臙脂，俗呼爲紅沙岡。獨將詩句擬鮑、謝，〔王註〕杜子美《遣興》詩：賦詩何必多，往往凌鮑、謝。涉江共採秋江荷。〔王註〕李太白《擬古》詩：涉江弄秋水，愛此荷花鮮。〔施註〕《涉江》，《楚辭》篇名。又，《招魂》：涉江採菱發陽阿。《文選・古詩》：涉江採芙蓉，蘭澤多芳草。不知詩中道何語，但覺兩頰生微渦。我時羽服黃樓上，〔合註〕沈約《郊居賦》：振羽服於清都。坐見織女初斜河。〔王註績曰〕小説《沈警傳》：姮娥妒人，不肯留照；織女無賴，已復斜河。歸來笛聲滿山谷，明月正照金叵羅。〔合註〕《野客叢書》：《北史》，祖珽盗神武金叵羅。蓋酒器也。奈何捨我入塵土，擾擾毛羣欺卧駝。〔王註次公曰〕「欺卧駝」事，見《志林》。〔施註〕《文選》班孟堅《西都賦》：毛羣内闐，飛羽上覆。不念空齋老病叟，退食誰與同委蛇。〔王註〕《詩・召南・羔羊》：委蛇委蛇，自公退食。時來洪上看遺跡，忍見屐齒青苔窠。詩成不覺雙淚下，悲吟相對惟羊、何。〔王註〕《文選》謝靈運《登臨海嶠序》云：與從弟惠連，見羊、何共和之。〔施註〕沈約《宋書》：靈運既東還，與族弟惠連、東海何長瑜、潁川荀雍、太山羊璿之，共爲山澤之游，時人謂之四友。〔合註〕羊、何，借指舒堯文、顏長道也。欲遣佳人寄錦字，〔王註〕杜子美《江月》詩：誰家挑錦字，燭滅翠眉嚬。〔施註〕李太白《久離别歌》：中有錦字書，開緘使人歎。夜寒手冷無人呵。〔施註〕王仁裕《開寶遺事》：太白於便殿草詔。時大寒，筆凍，帝令宮嬪十人，各執牙筆呵之，令白遞取書字。【誥案】此詩以詩敍爲題，專詠定國游事，故敍云一以寄定國也。公詩又有專以敍爲題者，皆不重題字。每見論者死看題字，不悟其用意所在，故論多掣肘。附見於此。

次韻顏長道〔一〇六〕送傅倅

【誥案】卽傅裼也。

兩見黃花掃落英，南山山寺遍題名。宗成不獨依岑范，魯、衞終當似弟兄。〔王註〕《漢書·馮奉世傳》曰：「大馮君，小馮君，兄弟繼踵相因循，政如魯、衞德化均。」大馮君，野王；小馮君，立。去歲雲濤浮汴泗，〔施註〕劉禹錫《武陵觀火》詩：洶疑雲濤翻。與君泥土滿衣纓。〔施註〕白樂天《酬劉五》詩：塵土滿衣何處來。如今别酒休辭醉，試聽雙洪落後聲。〔王註子仁曰〕雙洪，蓋徐州二水也。先生《徐州鹿鳴燕賦詩敍》云：俯聽二洪之號怒。卽此也。〔查註〕《宋史·河渠志》：呂梁、百步兩洪，湍急險惡，多壞舟楫。《徐州志》：呂梁洪，在城東南五十里。有上下二洪，巨石齒列，波流洶湧。呂梁西岸有尉遲城，唐尉遲恭疏二洪，因築城。

雲龍山觀燒得雲字

丁女真水妃，〔王註次公曰〕《左傳・昭公九年》：夏四月，陳災。鄭裨竈曰：「五年，陳將復封，封五十二年而遂亡。」子産問其故。對曰：「陳，水屬也，火，水妃也，而楚所相也。」註云：火畏水，故爲之妃。韓退之《陸渾山火》詩云：女丁婦壬傳世婚。蓋言在丁爲女，而歸壬則爲婦也。〔邵註〕妃，一音配。寒山便火耘。〔施註〕《史記・平準書》：江南火耕水耨。〔邵註〕《史記・貨殖傳》：楚越之地，地廣人稀，飯稻羹魚，或火耕而水耨。隕霜知已殺，〔施註〕《春秋經・僖公三十三年》：隕霜，不殺草。坯户〔一〇七〕聽初焚。〔王註厚曰〕季秋隕霜殺草，王者順天行誅，蟄蟲墐户，以避殺氣，始聽焚萊。〔合註〕《月令》，季秋無焚萊事。《周禮・夏官》：牧師贊焚萊，亦係仲春事。〔邵註〕《月令》：蟄蟲坯户。又：是月也，草木黄落，乃伐薪爲炭。束緼方熠燿，〔王註〕《漢書・蒯通傳》：里婦夜亡肉，姑逐之。里母束緼，請火於亡肉家，曰：「昨夜犬得肉相殺，請火治之。」亡肉家遽追呼其婦。註：緼，亂麻也。敲石俄氤氲。〔王註〕柳宗元詩：夜發敲石火。〔施註〕吴兢《樂府古題要解》：古詞《滿歌行》，終言人命如敲石見火。杜子美《小司寇舅》詩：佳氣日氤氲。落點甘泉烽，〔施註〕杜子美《烽火》詩：雲邊落點殘。《漢・匈奴傳》：孝文帝時，胡騎入代句注邊，烽火通於甘泉、長安。横烟楚塞氛。〔王註〕《左傳・襄公二十七年》：伯夙謂趙孟曰：「楚氛甚惡，懼難。」窮蛇上喬木，潛蛟躡浮雲。驚飛墮傷雁，狂走迷癡麏。谷蟄起蜩燕，〔王註次公曰〕蜩燕二物，過秋則蟄。〔合註〕詩言山谷幽伏中，寒蜩與冷燕俱驚起耳。山妖竄夔羵。〔施註〕《國語・魯語》：木石之怪曰夔魍魎，水之怪曰龍罔象，土之怪曰羵羊。野竹爆哀聲，幽桂飄寃芬。悲同秋照蠏，〔施註〕白樂天《別東樓》詩：春雨星攢尋蠏火。註：餘杭風俗，寒食雨後，家家持燭尋蠏。快若夏燎蚊。〔施註〕歐陽文忠公《憎蚊》詩：熏簷苦烟埃，燎壁疲照燭。火牛入燕壘，〔王註〕《史記·田單傳》：齊田單守卽墨，收城中，得千餘牛，爲絳繒衣，畫以五綵龍文，束兵刃於其角，而灌脂束葦於尾，燒其端。鑿城數十穴，夜縱牛，壯士五千人隨其後。牛尾熱，怒而奔燕軍，燕軍夜大驚。牛尾炬火，光明炫燿，燕軍視之皆龍文，所觸盡死。燧象奔吳軍。〔王註〕《左傳·定公四年》：吳伐楚，楚昭王使鍼尹固執燧象，以奔吳師。杜預云：燒燧火係象尾者也。〔查註〕梁元帝詩：連雞隨火度，燧象帶烽然。崩騰井陘口，萬馬皆朱幘。〔王註〕《漢·韓信傳》：信擊趙，未至井陘口，三十里止舍。夜半傳發選騎二千人，人持一赤幟，從間道草山而望趙軍，戒曰：「趙見我走，必空壁逐我，若疾入，拔趙幟，立漢幟。」趙軍還歸壁，壁皆漢赤幟，大驚，遂亂遁走。《毛詩·碩人註》：朱幩，以朱纏鑣扇汗也。〔查註〕《太平寰宇記》：井陘口，今名土門口，在獲鹿縣西南十里，卽太行八陘之第五陘也。四面高，中央下似井，故名。《困學紀聞》：土門口在鎭州，卽井陘關也。搖曳驪山陰，〔合註〕鮑照詩：搖曳高帆舉。諸姨爛紅裙。〔王註〕《舊唐書·楊貴妃傳》：姊三人，大姨封韓國，三姨封虢國，八姨封秦國。每年十月，幸華清宮，國忠姊妹，五家扈從，每家爲一隊，著一色衣，五家合隊照映，如百花之煥發。〔施註〕《唐·玄宗紀》：天寶六載，改驪山温泉爲華清宮。方隨長風卷，〔施註〕宋玉《高唐賦》：長風至而波起兮。忽値絶澗分。我本山中人，〔施註〕白樂天《游悟眞寺》詩：我本山中人，誤爲時網牽。習見匪獨聞。〔合註〕郭璞《山海經序》：夫玩所習見，而奇所希聞，此人情之常蔽也。偶從二三子，來訪張隱君。〔王註堯卿曰〕天驥山人也。君家亦何有，物象移朝曛。〔施註〕《文選》沈休文《鍾山》詩：山中咸可悅，賞逐四時移。把酒看飛燼，空庭落繽紛。〔施註〕《楚辭》屈原《離騷》：佩繽紛其繁飾兮。行觀農事起，畦壠如纈紋。細雨發春穎，嚴霜倒秋蕡。〔王註〕《廣韻》：草木多實曰蕡。《詩·周南·桃夭》：有蕡其實。始知一炬力，〔施註〕杜牧《阿房宮賦》：楚人一炬。洗盡狐兔羣。

祈雪霧豬泉，出城馬上作〔一〇八〕，贈舒堯文

〔查註〕《徐州志》：蕭縣東南五十里爲大觀山，其處有霧豬山，其泉曰豬泉，爲豬龍所伏。歲旱，禱雨極應。本集《祈雪祝文》云：噫嘻我民，何辜於天。不水則旱，於今二年。天未悔禍，百日不雨。雪不斂塵，麥不蓋土。天子命我，禱於山川。側聞此山，神龍之淵。

三年走吴越，踏遍千重山。〔施註〕白樂天《詠懷》詩：兩地江山踏得遍。朝隨白雲去，暮與棲鴉還。翩如得木狖，〔王註次公曰〕此杜詩《兩當縣吴十侍御江上宅》「哀哀失木狖」之反也。飛步誰能攀。一爲符竹累，坐老敲榜間。此行亦何事，聊散腰脚頑。浩蕩城西南，亂山如玦環。〔王註〕韓退之詩：青玉刻佩聯玦環。山下野人家，桑柘雜榛菅。歲晏風日暖，〔施註〕《楚辭》屈原《九歌》：歲既晏兮孰華予。人牛相對閑。〔施註〕果州清居和尚述《牧牛圖》：第十章，露地白牛安眠，牧者禪寂；第十一章，牛亡而鞭箠尚在；第十二章，人牛俱亡。〔合註〕《楊升菴集》云：東坡此句，用東方朔《占書》「春與歲齊，人牛並立」之語。薄雪不蓋土，麥苗稀可删。願君發豪句，嘲詼〔一〇九〕破天慳。

次韻舒堯文祈雪霧豬泉

長笑蛇醫一寸腹，〔施註〕《酉陽雜俎》：王彦威在汴州二年，夏旱，時袁王傅季玘寓汴，因宴，王以旱爲言。季醉曰：「欲雨，甚易耳。可求蛇醫四頭，十石甕二枚，每甕實以水，浮二蛇醫，以木蓋密泥之，分置於鬧處，甕前後設席燒香，選小

兒十歲已下十餘，令執小青竹，晝夜更擊其甕，不得少輟。」王如言試之，一日兩夜，雨大注。舊説龍與蛇醫爲親家焉。銜冰〔二〇〕吐雹何時足。〔王註〕《夷堅乙志》：劉居中隱嵩山顛。有大蜥蜴數百，皆長三四尺，人以手就食飼之，拊摩其體，滑膩如脂。一日，聚繞水盎邊，各就取水，纔入口，卽吐出，已圓結似彈丸，積之於側，俄頃間，纍纍滿地。忽震雷一聲起，彈丸皆失去。明日，人來言，昨午雨雹大作，乃知蜥蜴所爲者此也。蒼鵝無罪亦可憐，斬頭橫盤不敢哭。〔王註厚曰〕祈雨法，刑白鵝。〔潘大觀曰〕先生《志林》云：鵝能警盜，亦能却蛇，且又有祈雨之厄，悲夫。〔施註〕國朝祈雨雪法，先擇有龍潭湫濼或靈祠古廟以爲壇。晝龍懸竹上，取白鵝一隻，籠於壇南，以物束口，無令作聲。奠酒訖，取鵝於潭南，刀割其項，三分存一，勿令斷。用新盤盛血置壇上，承之以俎。又以盤盛鵝身於壇南，取血奠之。次日，視血盤中有無他物，以爲雨雪遲速之候。看訖，取盤洗血，并鵝於壇前，撅坎瘞之。景德、皇祐年中，詔鏤板頒下諸道。今所在皆有〔二一〕。〔合註〕《宋史·禮志》：祈雨法，刎鵝頸，血置槃中。當卽此也。豈知泉下有豬龍，〔施註〕《北夢瑣言》：邛州有湫，有牝豕出入，號豬龍湫。唐天復中旱，守宰祈之至誠，有雨。卧枕雷車踏陰軸。〔王註〕《酉陽雜俎》云：柳公權説：元和末，止建州山寺中。夜半，覺門外喧鬧，因潛於窗中觀之，見數人運斤造雷車，如圖畫者。久之，一噓氣，忽斗暗，其人兩目遂昏焉。〔施註〕《博物志》：地下四柱，三十六萬軸，犬牙相舉。前年太守爲旱請，雨點隨人如撒菽。〔公自註〕傅欽之曾禱此泉〔二二〕得雨。〔合註〕《宋史·傅堯俞傳》：熙寧三年，直昭文館權鹽鐵副使，俄出爲河北轉運使，改知江寧府，徙許州、河陽、徐州，再歲六移官。《續通鑑長編》：熙寧七年十一月，知徐州傅堯俞管勾崇福宮。太守歸國龍歸泉，至今人詠淇園綠。我今又復罹此旱，凛凛疲民在溝瀆。却尋舊跡叩神泉，坐客仍攜王子淵。〔公自註〕欽之時客，惟舒在矣。看草《中和》、《樂職》頌，新聲妙語慰華顛。〔王註援曰〕蔡邕賦云：華顛丈人，蓋老者之稱也。〔施註〕《史記·樂書》：衛靈公曰：「今者未聞新聲，請奏之。」《新序》：齊宣王曰：「士亦華髮墮顛而後可用耳。」曉來泉上東風急，須上冰珠老蛟〔一三〕泣。怪詞欲逼龍飛起，險韻〔一四〕不量吾所及。行看積雪厚埋牛，〔施註〕《戰國策》：魏惠王死，葬有日矣，天大雨雪，至於牛目。誰與春工掀百蟄。〔合註〕柳子厚詩：百蟄競所營。此時還復借君詩，餘力汰輈仍貫笠。〔王註〕《左傳·宣公四年》：越椒攻楚王，射王，汰輈，及鼓跗，著於丁寧。又射，汰輈，以貫笠轂。揮毫落紙勿言疲，驚龍再起震失匙〔一五〕。

和田國博喜雪

〔查註〕田國博，字叔通。本集有《留別叔通、元弼、坦夫》詩。首句云：田三昔同寮。即其人也。時以國子博士爲徐州通判，故先生贈詩，又有「風流別乘多才思」之句。

疇昔月如晝，〔王註〕《禮記·檀弓》：余疇昔之夜。〔施註〕《文選》鮑明遠詩：念我疇昔時。晚來〔一六〕雲暗天。玉花飛半夜，翠浪舞明年。〔王註次公曰〕玉花言雪，翠浪言麥也。〔施註〕雪盛則麥熟。〔合註〕任昉《同謝朏花雪》詩：散葩似浮玉。螟螣無遺種，〔施註〕《毛詩·小雅·大田》：去其螟螣，及其蟊賊。流亡稍占田。〔施註〕《晉·食貨志》：平吳之後，制，男子一人占田七十畝，女子三十畝。〔邵註〕《漢·宣帝紀》：流民自占八萬餘口。〔合註〕《漢書·紀註》師古曰：占者，謂自隱度其戶口而著名籍也。占，音之贍反。又見循吏《王成傳註》。歲豐君不樂〔一七〕，鐘磬幾時編。〔公自註〕田有服，不樂。〔王註次公曰〕樂有編鐘、編磬，見《周禮》。

宋復古畫《瀟湘晚景圖》三首

〔查註〕夏文彦《圖畫寶鑑》：宋迪，字復古。擢第爲郎。師李成，畫山水，運思高妙，筆墨清潤。又喜畫松，或高或偃，或孤或雙，以至於千萬株森森然，殊可駭。《事實類苑》：度支員外郎宋迪，善爲平遠山水，其得意者，有平沙雁落、遠浦帆歸、山市晴嵐、江天暮雪、洞庭秋月、瀟湘夜雨、烟寺晚鐘、漁村落照，謂之八景。好事者多傳之。《湘山野録》：長沙有八景臺，僧惠洪各賦詩於左。

【誥案】此三詩施編不載，查註從外集補編。

其一

西征憶南國，〔馮註〕臧榮緒《晉書》：潘岳爲長安令，作《西征賦》。堂上畫瀟湘。照眼雲山出，浮空〔一八〕野水長。舊游心自省，信手筆都忘。會有衡陽客，〔馮註〕《寰宇記》：衡陽縣，漢酃縣地。來看意渺茫。

其二

落落君懷抱，〔馮註〕《後漢·耿弇傳》：帝謂弇曰：「將軍前在南陽，建此大策，常以爲落落難合，有志者事竟成也。」山川自屈蟠。經營初有適，〔查註〕謝赫《畫品》：畫有六法，五曰經營位置。杜子美《丹青引》詩：意匠慘淡經營中。揮灑不應難。〔合註〕杜子美《石硯》詩：揮灑容數人。江市人家少，烟村古木攢。知君有幽意，〔合註〕

江淹《青苔賦》：以幽意之深傷。細細爲尋看。

其三

咫尺殊非少，〔馮註〕《史記·孔子世家》：有隼集於陳廷而死，楛矢貫之。石砮矢，長尺有咫。陰晴自不齊。〔馮註〕杜牧之《阿房宮賦》：舞殿冷袖，風雨淒淒，一日之內，一宮之間，而氣候不齊。徑蟠〔二九〕趨後崦，水會赴前溪。【詁案】宋復古讀至此二句，謂公亦深於畫者。自説非人意，曾經入馬蹄。他年宦遊〔三〇〕處，應指〔三一〕劍山西。

贈狄崇班季子

〔查註〕《職官分紀》：淳化二年，詔置内殿崇班，在供奉、侍禁、殿直之上。先是供奉、殿直有四十年不還者，故特置崇班、侍禁之目，差定其次授焉。【詁案】此詩施編不載，查註從外集補編。

狄生臂鷹來，見客不會揖。〔馮註〕《南史·張充傳》：字延符。少好逸遊。父緒，嘗告歸，至吴，始入西郭，逢充獵，右臂鷹，左牽狗。遇緒船至，便放紲脱韝，拜於水次。緒曰：「一身兩役，無乃勞乎？」踞牀吒得雋〔三二〕，〔查註〕韓退之詩：得雋語時囂。借筋數禽入。短後楠豹裘〔三三〕，〔馮註〕《莊子·説劍篇》：吾王所見劍士，皆蓬頭、突鬢、垂冠，曼胡之纓，短後之衣，瞋目而語難。猶濺猩血〔三四〕濕。〔合註〕《太平御覽》引《華陽國志》：猩猩，其血可以染朱罽。指呼索酒嘗，〔馮註〕杜子美《少年行》詩：指點銀瓶索酒嘗。〔合註〕李義山文：堪備指呼。快作長鯨吸。

〔馮註〕杜子美《飲中八仙歌》：飲如長鯨吸百川。半酣論刀槊，怒髮欲起立。〔馮註〕《史記》：怒髮上衝冠。北方老獮子，狂突尚不縶〔一三五〕。〔馮註〕《纂文》：獮，屈尾犬也。《禮記·少儀》：犬則執緤〔一三六〕。註：緤，繫也。按，老獮子，謂契丹也。要須此慓悍，〔合註〕《漢書·高帝紀》：項羽爲人慓悍。氣壓邊烽急。夜走追鋒車，〔馮註〕《古今注》：追鋒車，去巾蓋，施通幰，遽則乘之。《晉·杜預傳》：給追鋒車第二駙馬。生斬符離級〔一三七〕。〔馮註〕班固《東都賦》：四夷閒奏，德廣所及，僸佅兜離，罔不具集。「活離」疑即「兜離」。持歸獻天王，封侯穩可拾。〔馮註〕《漢書·夏侯勝傳》：每講授，常謂諸生曰：「士病不明經術，經術苟明，其取青紫如俛拾地芥耳。」何爲走獵師〔一三八〕，日使羣毛〔一三九〕泣。〔馮註〕班固《西都賦》：風毛雨血，灑野蔽天。

石炭并引

【誥案】粵中多以石炭培壅沙田，而年享其利，然粵人不知，徵粵事者亦不知也。今附載，以爲嶺南事實。

彭城舊無石炭。元豐元年十二月，始遣人訪獲於州之西南白土鎮之北，以〔一三〇〕冶鐵〔一三一〕作兵，犀利勝常云。〔查註〕《禹貢》：徐州厥貢，惟土五色。《漢·郊祀志》：王莽使徐州歲貢五色土。《九域志》：徐州蕭縣，有永安、白土二鎮。【誥案】《前漢·地理志》云：豫章郡出石，可然爲薪。陸游《老學庵筆記》云：北方多石炭，南方多木炭，蜀又有竹炭，燒巨竹爲之，易然，無烟，耐久。邛州出鐵炭，烹煉利於竹炭，予親見之。《正字通》云：石炭，即今西北所燒之煤。考詩有「投泥潑水愈光明，南山栗林漸可息」句，即今燒煤之法，用以代木，煤力堅久，故當時以爲冶鍛之用，視栗林爲便。《詩敍》專言指兵刃者，此也。查註引《水經注》「石虎作井，深十五丈，以藏石墨，亦謂石炭」者，誤。十五丈之井，所藏幾何，且石墨、石炭迥異，與全首詩意亦不合也。故爲考之。合註從誤，今删。

君不見前年雨雪行人斷，城中居民風裂骭。濕薪半束抱衾裯，〔施註〕《毛詩·鄭風·揚之水》：不流束薪。又：《召南·小星》：抱衾與裯。日暮敲門無處換。〔施註〕韓退之《寄皇甫湜》詩：敲門驚晝眠。杜子美《秋雨嘆》詩：城中斗米換衾裯，相許寧論兩相直。豈料山中有遺寶，磊落如䃜萬車炭。〔邵註〕《唐韻》：䃜，美石，黑色。流膏迸液〔一二〕無人知，〔合註〕《管子》：民得其饒，是謂流膏。陣陣腥風自吹散。根苗一發浩無際，萬人鼓舞千人看。投泥潑水愈光明，〔施註〕《唐·張説傳》：武后爲潑寒胡戲。説上疏曰：「乞寒潑胡，未聞典故，汩泥揮水，盛德何觀焉。」【誥案】施註傅會此條，可見彼於題字全不懂也。爍玉〔一三〕流金見精悍〔一四〕。〔施註〕《楚辭》宋玉《招魂》：十日代出，流金鑠石。南山栗林漸可息，〔王註次公曰〕南山栗林，以言木炭也。〔任曰〕《莊子·山木篇》：游於栗林。北山頑鑛何勞鍛。爲君鑄作百鍊刀，〔王註〕《晉書·載記》：赫連勃勃，造百鍊剛刀，爲龍雀大環，號曰大夏龍雀。要斬長鯨爲萬段。〔王註〕李太白《司馬將軍歌》詩：直斬長鯨海水開。〔施註〕李太白《王節士歌》：安得倚天劍，跨海斬長鯨。《唐·段秀實傳》：罵朱泚云，狂賊可斬萬段。

與參寥師行園中，得黃耳蕈

【誥案】《玉篇》：蕈，地菌也。〔查註〕《傳法正宗記》：迦毘羅國，有長者梵摩淨德園，樹中生耳如菌，味甚美。參寥《次韻》詩云：鈴閣追隨十月强，葵心菊腦厭甘涼。身行異地老多病，路憶故山秋易荒。西去想難陪蜀芋，南來應得共吳薑。白雲出處原無定，只恐從風入帝鄉。

遣化何時取衆香，法筵齋缽久淒涼。〔王註〕《維摩經》：維摩詰遣化菩薩，往衆香國，禮彼佛足，言願得世尊所食之餘，欲於娑婆世界，施作佛事。於是香積如來，以衆香缽盛滿香飯，與化菩薩，悉飽衆會。〔合註〕《北山移文》：法筵久埋。寒蔬病甲誰能採，落葉〔一三五〕空畦半已荒。老楮忽生黃耳菌，〔合註〕《本草》註：桑、槐、楮、榆、柳，此爲五木耳。楮耳，人常食。故人兼致白芽薑〔一三六〕。蕭然放箸東南去，〔施註〕杜子美《姜七設鱠》詩：放箸未覺金盤空。又入春山筍蕨鄉。【誥案】江藩曰：結二語，謂參寥將去徐州也。

次韻參寥師寄秦太虛三絕句，時秦君舉進士不得

其一

秦郎文字固超然，漢武憑虛意欲仙。〔施註〕《漢·司馬相如傳》：既奏《大人賦》，天子大說，飄飄然有淩雲氣游天地之間意。《太平廣記》引袁昂《書評》云：張伯英，書如漢武愛道，憑虛欲仙。底事秋來不得解？定中試與問諸天。〔王註堯卿曰〕劉夢得《和宣上人寄賀禮部王侍郎放榜後》詩云：禮闈新榜動長安，九陌人人走馬看。借問至公誰印可，支郎天眼定中觀。先生此詩和參寥師，故用宣上人及支郎故事。支郎，乃漢支謙黃眼上人也。〔查註〕《碧溪詩話》：東坡《寄參寥》，問少游失解，用劉禹錫詩，不惟兼具儒釋，又正屬科場事，其不泛如此。

其二

一尾追風抹萬蹄〔一三七〕，〔王註〕杜子美《徒步歸行》：須君櫪上追風驃。〔施註〕崔豹《古今注》：秦始皇有七名馬，一

曰追風。崑崙玄圃謂朝隮。〔王註〕《水經注》：崑崙三級，二曰玄圃。《穆天子傳》：周穆王駕八駿之乘，升崑崙之丘，賓於西王母，觴於瑶池之上。《神仙傳》：崑崙一曰玄圃，一曰積石瑶房，一曰閬風臺，一曰華蓋，一曰天柱。〔施註〕《毛詩·鄘風·蝃蝀》：朝隮於西。回看世上無伯樂，〔施註〕韓退之《雜説》：世有伯樂，然後有千里馬，千里馬常有，而伯樂不常有。却道鹽車勝月題。〔王註〕《莊子·馬蹄篇》：伯樂善治馬，加之以衡扼，齊之以月題。疏云：月題，額上當顱形似月者也。

其　三

得喪〔一三八〕秋毫久已冥，〔施註〕《莊子·知北游篇》：秋毫爲小，待之成體。不須聞此氣峥嶸。何妨却伴參寥子，無數新詩咳唾成。〔王註續曰〕李白《妾薄命》詩：咳唾落九天，隨風生珠玉。〔孫倬曰〕江淹謂郭璞曰：「子之咳唾成珠玉，吐氣作虹霓，非碌碌儔比也。」

送參寥師

上人學苦空，〔查註〕《翻譯名義》：苦以偪惱爲義，身爲諸苦之本，當求空寂滅最爲樂。百念已灰冷。【誥案】參寥入道有得，所不耐者，罵人與作詩耳。公意特首提十字，爲後幅以空静求詩作章本。然論詩則是，而論人則不足以肖之，故生出張旭、高閑一段，以比擬其人，而歸於詩當空静，所以深勉之也。劍頭惟一吷，〔王註〕《莊子·則陽篇》：惠子曰：「夫吹管也，猶有嗃也，吹劍首者，吷而已矣。」焦穀無新穎。〔王註〕《維摩經》言：如焦穀芽，如石女兒。胡爲逐吾輩，文字争蔚炳。〔王註〕《揚子》：聖人虎别，其文炳也，君子豹别，其文蔚也。〔施註〕引《周易》。【誥案】他僧多借禪爲詩，若蜜殊、法通之流，本屬文人，又不以僧論也。惟參寥能於詩自樹一幟，故此二句，特以予之。然上句已領起退之，下句已領起張旭、高閑，可見其胸有成竹，未易測識之也。新詩如玉屑〔一三九〕，〔合註〕《魏志·衛顗傳》：昔漢武信求神仙之道，謂當得雲表之露，以餐玉屑，故立仙掌，以承高露。出語便清警。〔合註〕《魏志·崔琰傳》：盧毓清警明理。【誥案】以上一節，是初知參寥口吻，可見前題下論參寥初見知於徐者，不謬。退之論草書，〔王註次公曰〕韓退之《送高閑上人序》云：往時張旭善草書，不治他技，喜怒窘窮，憂悲愉佚，怨恨思慕，酣醉無聊不平，有動於心，必於草書發之。故旭之書，變動猶鬼神，不可端倪，以此終其身，而名後世，今閑之於草書，有旭之心哉。又云：閑師一死生，解外膠，是其爲心泊然無所起，其於世澹然無所嗜，泊與澹相遭，頹墮委靡潰敗，不可收拾，則其於書，得無象之，然乎？萬事未嘗屏。【誥案】「萬事未屏」句，特與「百念灰冷」作對照。高閑固是僧，若張旭者，公以懷素并稱禿翁，則亦幾於僧也。詩特用此以比參寥無聊不平之所發，然二人究有不同，故單提退之，以并論之也。憂愁不平氣，一寓筆所騁。【誥案】指張旭也。頗怪浮屠人，視身如丘井。〔王註〕《維摩經》：是身如丘井，爲老所逼。白樂天詩：身老同丘井，心空是道場。【誥案】指高閑也。頽然寄淡泊，誰與發豪猛。【誥案】以上一節，專重論人，而以草書比詩作過脈，意謂作詩亦當如旭，而其技始進，若高閑者，誠無以發其豪猛也。用此一揚而翻落本意，疾若風雨。曉嵐不明此意，却於後節信手亂圈。此節是難，後節是解，如欲累圈，必當從退之圈起也。細思乃不然，【誥案】五字硬翻，此所謂本家筆也，惟公可用。若他人效之，亦以置一節頭上，卽不勝其疵累矣。真巧非幻影。欲令詩語妙，無厭空且靜。靜故了羣動，空故納萬境。【誥案】以上六句翻去豪猛，而歸於淡泊，舍張旭而取高閑也。閱世走人間，〔施註〕劉禹錫《送張盥》詩：閱世難重陳。觀身卧雲嶺。〔施註〕《維摩經》：自觀身實相。鹹酸雜衆好，【詁案】此句仍是參寥本色，謂張旭、高閑，並有之也。如謂所論不確，卽不當有結二句。中有至味永。【詁案】以上四句，方收到參寥，其前都非是。詩法不相妨，【詁案】紀昀曰：初白謂公與潛以詩友善，譬潛以詩，潛止一詩僧耳，尋出空靜二字，便有主腦，便是結穴。余謂潛本僧，而公以詩友之，專言詩則不見僧，專言禪則不見詩，故禪與詩併而爲一，演成妙諦。結處「詩法不相妨」五字，乃一篇之主宰，非專拈空靜也。兩家之論，只可論「欲令詩語妙」至「中有至味永」止八句，若盡删前後詩句，單留此段，則所論當矣。此語更當〔一四〕請。【詁案】「詩法不相妨」二句，謂詩不礙禪，而必如旭之喜怒不平以發之，卽又不若高閑之善學也，故云「此語更當請」也。參寥既見知於公，自此益目空一世，多與物迕，人有過，必面斥之，其後中奇禍，幾死，而公亦歸道山，乃赴潁川求叔黨爲箴言以自警。是參寥當日並未了悟此詩，而僅以得之蓄髮編管困苦流離之後也。夫參寥親受此詩，猶未能盡通其故，而欲冀後之人，心眼相照，論無毫髮之謬，不其難哉，不其難哉。

卷十七校勘記

〔一〕答仲屯田次韻　施乙無「次韻」二字。

〔二〕大木　類丙作「太木」。

〔三〕別駕舊與刺史別乘云云　施註謂出《舊唐書·蕭傚傳》。查《舊唐書》，無《蕭傚傳》，施註誤。今據《太平御覽》校改。删去施註「舊唐書蕭傚傳昔庾亮與郭游書」十三字。

〔四〕宦遊　集乙作「官遊」。

〔五〕中秋月寄子由三首　集本、施乙、類本無「寄子由」三字。類丁作「中秋月三首寄子由」。紀校：當有

「寄子由」三字，不然，則二首忽稱君者爲誰。

〔六〕撫枕　類本作「撫掌」。

〔七〕肺肝　集本、類本作「肝肺」。

〔八〕五年　集乙、類甲、類乙作「六年」。

〔九〕別時　施乙作「別離」。

〔一〇〕輕擲　施乙作「易擲」。

〔一一〕千尋闕　合註謂「闕」一作「闊」，並謂「闊」訛。

〔一二〕蕎麥　原作「莜麥」。合註謂「莜」、「蕎」、「麵」，音義同。今統一作「蕎」。

〔一三〕花鋪雪　集本、施乙、類本作「如鋪雪」。

〔一四〕閉門　何校：「開門」。合註：「閉」一作「開」。

〔一五〕水調歌頭也　集甲、類丙無「也」字。

〔一六〕回頭　集本、類丙作「回顧」。合註：一作「四顧」。

〔一七〕爲余　類丙作「與余」。

〔一八〕常以此　類丙無「常」字。

〔一九〕相問　施乙「問」下有「則」字。

〔二〇〕中秋見月和子由　集本、類本收有子由原作。集本、類丙子由原作題爲「中秋見月寄子瞻兄」，類甲無「兄」字。集本、類本此詩詩題均作「和」。施乙題作「和子由中秋見月」。查註「和子由」作

「懷子由」，合註謂作「褭」訛。查註謂「懷」一作「寄」，合註謂「和」一作「寄」。題下王註所引子由詩，用集甲校過。

〔二一〕萬丈　集本、施乙、類本作「千丈」。

〔二二〕火星　集本、施乙、類本作「大星」。

〔二三〕彈丸　類甲作「彈圓」。

〔二四〕夜作　集乙作「夜竹」，疑誤。

〔二五〕山前　集本、施乙、類本作「前山」。

〔二六〕鳴露草　合註：「鳴」一作「啼」。

〔二七〕犖將見過有詩自謂惡客戲之　集本、類本爲題目正文。施乙爲題下註文，無「東坡云」字樣。

〔二八〕團團　合註謂一作「團圓」，訛。

〔二九〕坎坷　集本、施乙、類本作「坎軻」。

〔三〇〕人無　集本、施乙作「無人」。

〔三一〕直恐　類本作「只恐」。

〔三二〕二謝云云　施乙無此條自註。

〔三三〕得未字　查註、合註謂「未」一作「味」。

〔三四〕中夜　類本作「終夜」。

〔三五〕主人費　類甲作「主人濆」。按，《集韻》，「濆」，與沸同，又與「湃」同。此處不可通，疑誤。

〔三六〕自貴　類本作「自愧」。
〔三七〕二首　類丙爲題下自註。
〔三八〕同登　施乙作「回登」。
〔三九〕查註秦太虚黄樓賦序云云　「查註」原作「施註」，誤，今校改。
〔四〇〕千柄鍤　盧校：「事鍬鍤」。
〔四一〕霧如細雨　集本、施乙作「露如細雨」，類甲、類乙作「露細如雨」，類丙作「霧細如雨」。
〔四二〕櫓鴉軋　集甲作「樐鴉軋」。按，《康熙字典》：「樐」，本作「櫓」。
〔四三〕此景　集本、類本作「此境」。
〔四四〕清霄　盧校：「苕霄」。
〔四五〕磐石　類丙作「磐石」，誤。
〔四六〕爲摹刻　查註作「以摹刻」。
〔四七〕回頭　施乙作「回顧」。
〔四八〕嘗苦盜　集本、施乙、類本作「常苦盜」。
〔四九〕髯將軍　施乙作「髯參軍」。紀校：「『髯參軍』雖出《世説》，然東坡前已稱莘老爲髯將軍矣，此仍作「髯將軍」爲是。
〔五〇〕要使　集本、施乙、類本作「要欲」。
〔五一〕水茫茫　集本、施乙、類本作「江茫茫」。

〔五二〕大孤小孤　類本作「小孤大孤」。

〔五三〕聲抑揚　類本作「時抑揚」。

〔五四〕一衰謝　合註：《詩案》「一」一作「已」。

〔五五〕荒林　類丙作「荒村」。

〔五六〕蜩蚻　原作「蜩蚻」，據集本改。《爾雅·釋蟲》：蚻，蜻蜻；註：如蟬而小。《玉篇》：蜩，蟬也。「蜩蚻」義通。又：《玉篇》：蚻，蟲螫，亦作蛆。「蜩蚻」，義不通。今删去合註《玉篇》云云一條。類丙作「蜩蚻」。

〔五七〕清談未足多……臨文但噫瘖　此八句，類甲缺。

〔五八〕攜來　施乙「來」前有「詩」字。

〔五九〕清瘦　盧校：「多病」。

〔六〇〕帶十圍　類丙作「腹十圍」。

〔六一〕歡呼　施乙作「讙呼」。

〔六二〕千戈　集乙作「干戈」，疑誤。

〔六三〕次韻王鞏獨眠　類本題下原注：鞏字定國，自號清虛居士。

〔六四〕仰看　查註：石刻「看」作「覩」。

〔六五〕使君　集本、施乙作「史君」。

〔六六〕題雲龍草堂石磬　外集作「題雲龍山張山人草堂石磬」。

〔六七〕東坡去國云云　合註謂此段施註殘缺，今據施乙補足。合註又謂：「查氏採原註中有『子華號傳法沙門』句，宋刊本所無，當是雜以史傳語也。」按，「子華號傳法沙門」句，在此條施註中，查註不誤。

〔六八〕蔡克兒　原作「蔡充兒」，今從集本、施乙、類本。《晉書》作「蔡克兒」。

〔六九〕今年　查註作「今日」。

〔七〇〕傾筐　集甲作「頃筐」。

〔七一〕竟坐口　施乙作「正坐口」。

〔七二〕泥沙　集本作「沙泥」。

〔七三〕人皆　施乙作「人間」。

〔七四〕一片　集本、施乙、類本作「一寸」。

〔七五〕蕃草木　集本、施乙作「富草木」。

〔七六〕次韻王廷老和張十七九日見寄二首　集本此二詩之第一詩，題爲「次韻王廷老和張十七九日見寄」，其第二詩，爲《次韻王廷老退居見寄二首》之第二首。

〔七七〕連騎　合註：「連」一作「迎」。

〔七八〕坐夜閑　外集作「坐夜間」。合註謂「閑」一作「闌」，訛。

〔七九〕與舒教授……二首　施乙無「二首」二字。

〔八〇〕何以　原作「何似」。各本作「何以」，今從。「何似」當爲誤刊。

〔八一〕琢磬　合註：「磬」一作「磨」。
〔八二〕自入城　類本作「半入城」。
〔八三〕堂上　集本、施乙、類本作「堂前」。
〔八四〕山上　集本、施乙、類本作「山下」。
〔八五〕定民字佐才亳人俊民弟也　類本乃題下原註。
〔八六〕奕奕寢廟　原作「寢廟奕奕」，誤，今校改。
〔八七〕不辨春　類丁作「不辦春」。
〔八八〕百步洪二首　施乙無「二首」二字。
〔八九〕并敍　施乙作「并引」。
〔九〇〕不得往　類本無「得」字。
〔九一〕佇立於　施乙無「於」字。
〔九二〕世間無　類本無「間」字。
〔九三〕逾月　類本「月」後有「余」字。
〔九四〕復與　類本「與」字後有「錢塘」二字。
〔九五〕已爲　原作「以爲」，今從集本、施乙、類本。
〔九六〕邀同賦　類本作「請同賦」。
〔九七〕長洪斗落　何校：「長虹斗落」。

〔九八〕何意　集本、施乙、類本作「何異」。
〔九九〕殊委蛇　施乙作「如委蛇」，類甲、類乙作「殊盤渦」。
〔一〇〇〕君看　類甲、類乙作「坐看」。
〔一〇一〕篙眼　類甲、類丙作「蒿眼」。
〔一〇二〕如吾何　集乙、施乙作「如余何」。
〔一〇三〕譊譊　集甲、類丙作「嘵嘵」。《集韻》：「嘵」，或從言、從心。
〔一〇四〕相摩　集甲、施乙、類本作「相磨」。
〔一〇五〕不學　集本作「不似」。
〔一〇六〕次韻顔長道　集本、類本作「次顔長道韻」。
〔一〇七〕坯户　集本、施乙作「培户」。施註註文作「坯」，則「坯」、「培」通。
〔一〇八〕馬上作　類丙作「馬上有作」。
〔一〇九〕嘲詼　類丙作「嘲談」。查註、合註謂「詼」一作「笑」。
〔一一〇〕銜冰　盧校：「銜水」。
〔一一一〕國朝祈雨雪法云云　原註文有殘脱，今據施乙補足。删去諸案「此段」云云一條，共三十一字。
〔一一二〕此泉　集乙作「北泉」。
〔一一三〕老蛟　紀校：「蛟」，當作「鮫」。

〔一一四〕險韻　集本作「嶮韻」。
〔一一五〕失匙　類丙「匙」作「匕」。
〔一一六〕晚來　集甲、施乙、類乙、類丙作「曉來」，類甲作「曉夜」。
〔一一七〕不樂　施乙作「不作樂」。
〔一一八〕浮空　類甲作「浮雲」。
〔一一九〕徑蟠　合註：「蟠」一作「遥」。
〔一二〇〕宦遊　外集作「遊宦」。
〔一二一〕應指　類本、七集作「應話」。
〔一二二〕咤得儁　外集作「詫得儁」。
〔一二三〕椈豹裘　原作「掬豹裘」，據張道《蘇亭詩話》卷五改。張道云：「椈，柏屬。《爾雅》：柏椈。《埤雅》：椈性堅，有脂而香。椈豹，言以椈葉豹形也。唐時有椈豹錦。《舊唐書·李德裕傳》言：玄鵝天馬椈豹盤絛，文彩珍奇。蓋以此錦爲裘也。」
〔一二四〕猩血　外集作「腥血」。
〔一二五〕縶　外集作「覊」。
〔一二六〕犬則執𦂳　原作「獻犬者執𦂳」，今校改。
〔一二七〕符離級　原作「活離級」。陳漢章《蘇詩註補》云：「案，《東都賦》：𠍴佅兜離。註：皆四夷樂名。則兜離卽佅離，西夷之樂，與上句北方不合。且樂名與首級之級亦不屬。韓昌黎《賀白兔狀》云：符離，實戎國名。此本《漢書·衛青傳》。青定河南地，案楡谿舊塞，絶梓領，梁北河，討蒲泥，破符離。晉灼註：蒲泥、符離，二王號也。蓋此詩『活離』爲『符離』之誤。」外集作「聒離級」。今從陳氏之説。

〔一二八〕走獵師　外集作「老獵師」。

〔一二九〕羣毛　外集作「羣士」。

〔一三〇〕白土鎭之北以　「以」據集甲、類丙補。

〔一三一〕冶鐵　集乙作「治鐵」，合註謂「治」訛。

〔一三二〕迸液　類本作「迸乳」。

〔一三三〕爍玉　查註、合註：「玉」一作「石」。

〔一三四〕見精悍　類丙作「是精悍」。查註、合註：「見」一作「實」。

〔一三五〕落葉　類本作「落蕊」。

〔一三六〕白芽薑　集本、類丙作「白牙薑」。查註作「白茅薑」。盧校：「白芽薑」。今從盧校。

〔一三七〕抹萬蹄　類甲、類丁作「抹馬蹄」。

〔一三八〕得喪　類本作「得失」。

〔一三九〕玉屑　集本、施乙、類本作「玉雪」。

〔一四〇〕更當　集本、施乙作「當更」。

蘇軾詩集卷十八

古今體詩四十八首

【誥案】起元豐二年己未正月，在尚書祠部員外郎直史館權知徐州軍州事任，三月移知湖州，遂罷任至南都，四月抵湖州任，至五月作。

人日獵城南，會者十人，以「身輕一鳥過，槍急萬人呼」爲韻〔一〕，得鳥字

〔合註〕《北史·魏收傳》：正月七日爲人。〔施註〕京東第二將雷勝，隴西人，以勇敢應募得官。武力絶人，騎射敏妙，按閲於徐，徐人欲觀其能，公爲小獵城西。是日，小雨甫晴，土潤風和，觀者數千人，公作《獵會詩敍》。〔合註〕《續通鑑長編》：元豐七年四月，詔勾當使臣雷勝等七人減磨勘年有差，以按閲集教者奏論也。〔査註〕《烏臺詩案》：軾先與將官雷勝並同官寄居等一十人出獵，作詩各一首，計十首。後批請王定國轉示晉卿都尉，當輸我一籌也。王詵，字晉卿。詵令書表司張遵寄軾詩十一首，并後序云：子瞻所寄新詩，並會獵事迹，誇示一時之樂。余因回示報

樂侍寢清歌者雲英等，凡十有一人，輒效子瞻十家之詩，各以其名，製詞一篇寄子瞻，不知却復輸此一籌否？其意説富貴作樂，卽無譏諷。上件詩，不係册子内。

兒童笑使君，憂慍常悄悄〔二〕。誰拈白接䍦，令跨金騕褭。〔王註〕杜子美《贈李八祕書别三十韻》詩：御鞍金騕褭。東風吹濕雪，〔查註〕《埤雅》：霰，閩俗謂之米雪，今名濇雪，亦曰濕雪。手冷怯清曉。忽發兩鳴髇〔三〕，〔邵註〕髇，虚交切。《唐韻》：髇箭，卽鳴鏑也。《漢·匈奴傳》：冒頓迺作鳴鏑，習勒其騎射。相趁飛磕小。放弓一長嘯，目送孤鴻矯。吟詩忘鞭轡，〔施註〕《嘉話録》：賈島初赴舉京師，一日於馬上得句云：鳥宿池中樹，僧敲月下門。初欲以敲爲推字，練之未定，以手作推敲勢，不覺衝京尹韓退之。卽爲左右擁至，具告其事，退之笑曰：「作敲字佳。」乃與並轡哦詩，久之而去。不語頭自掉〔四〕。〔王註〕杜子美《送孔巢父謝病歸江東兼呈李白》詩：巢父掉頭不肯住。〔施註〕《因話録》：楊巨源年老，頭數摇，言吟詩多致得。白樂天詩：閑倚小橋立，掉頭時一吟。張祜詩：逢人説劍三攘臂，對鏡吟詩一掉頭。歸來仍脱粟，〔施註〕《漢·公孫弘傳》：爲布被脱粟之飯。鹽豉煮芹蓼。何似雷將軍，〔王註堯卿曰〕將軍雷勝，華陰人也。〔洪玉父曰〕《唐書》：令狐潮圍雍丘，雷萬春立城上，面中六矢而不動。潮遥謂張巡曰：「向見雷將軍，乃知足下軍令矣。」兩眼霜鶻皎。黑頭已爲將，〔王註次公曰〕此亦挨傍黑頭將軍語也。〔施註〕《晉·諸葛恢傳》：王導嘗謂曰：「明府當爲黑頭公。」百戰意未了。馬上倒銀瓶，〔王註〕杜子美《少年行》詩：馬上誰家白面郎，臨堦下馬坐人牀，不知姓字麤豪甚，指點銀瓶索酒嘗。得免不暇燎。少年負奇志，蹭蹬百憂繞。回首英雄人，〔施註〕杜子美《劍門》詩：至今英雄人，高視見霸王。老死已不少〔五〕。青春還一夢，餘年真過鳥。〔王註次公曰〕杜子美《贻柳少府》詩：餘生如過鳥。莫上呼鷹臺，平生笑劉表。〔王

註〕《襄陽耆舊傳》云：劉表任荆州刺史，築臺名呼鷹，仍作《野鷹來》曲。《襄沔記》：劉表呼鷹臺，在縣東七里，高三丈，周七十丈。【詰案】紀昀曰：淋漓頓挫，收束滿足。

將官雷勝得過字代作

胡騎入回中〔六〕，〔王註〕《漢書·武帝紀註》：回中在安定高平，有險阻，蕭關在其北。〔施註〕《漢·匈奴傳》：孝文十四年，匈奴單于使騎兵入燒回中宮，候騎至雍甘泉。顏師古曰：回中，地在安定，其中有宮。急烽連夜過。〔施註〕杜子美《秦州見除目》詩：羽書還似急，烽火未全停。短刀穿虜陣〔七〕，濺血貂裘涴。〔施註〕《晉·嵇紹傳》：血濺御服。《戰國策》：蘇秦説李兑，兑遺之黑貂之裘。一來輦轂下，〔施註〕《漢·王尊傳》：賊數百人在轂下。顏師古曰：在天子輦轂之下。愁悶惟欲卧。〔施註〕《文選》司馬長卿《長門賦》：愁悶悲思。今朝從公獵，稍覺天宇大。〔施註〕劉禹錫《登天壇》詩：俯觀羣動静，始覺天宇大。一雙鐵絲箭，〔施註〕杜子美《期王將軍不至》詩：噫爾腰下鐵絲箭，射殺林中雪毛鹿。未發手先唾。〔施註〕《後漢·公孫瓚傳註》：瓚曰：「始天下兵起，我謂唾手可決。」射殺雪毛狐，腰間餘一箇。〔查註〕《荀子》：負矢五十箇。个、箇，古通用。按餘一箇，謂尚餘一矢也。《左傳·成公十六年》：楚王召養由基，與之兩矢，使射呂錡。中項伏弢，以一矢復命。詩中後四句正用此。【詰案】紀昀曰：疎疎落落，殊有古樸之致，不如此，則不似代雷勝作。

和參寥見寄〔八〕

〔查註〕《參寥集·自彭城回止淮上因寄子瞻》詩云：竭來淮上卧蕭宮，回首人間萬事空。院静水沉消薄幔，睡餘寒日耿修桐。南方訪古思杯渡，北海談經憶孔融。寂寞蒹葭霜雪後，何時重倚玉青葱。

黃樓南畔馬臺東〔九〕，雲月娟娟正點空〔一〇〕。欲共幽人洗筆硯，要傳流水入絲桐。且隨侍者〔一一〕尋西谷，莫學山僧老祝融。〔馮註〕《一統志》：祝融在衡山，位直離宮，以配火德，乃祝融君遊息之所，道書第二十四福地。〔查註〕《南嶽記》：衡山者，火臺之寶洞，赤帝館其嶺，祝融托其陽。祝融，衡山一峰也。「山僧老祝融」，暗用懶殘事。待我西湖借君〔一二〕去，〔馮註〕《後漢書》：願借寇君一年。一杯湯餅潑油葱。

臺頭寺步月得人字

風吹河漢掃微雲，步屧中庭月趁人。〔施註〕杜子美《青陽峽》詩：突兀猶趁人。李太白《把酒問月》詩：月行却與人相隨。浥浥爐香初泛夜，〔施註〕《文選》江文通《別賦》：共金爐之夕香。離離花影欲摇春。〔查註〕《石林詩話》：詩下雙字極難。唐人記「水田飛白鷺，夏木囀黃鸝」，爲李嘉祐詩，王摩詰添「漠漠」、「陰陰」四字，如李光弼將郭子儀軍，一號令之，精彩數倍。如老杜「無邊落木蕭蕭下，不盡長江滚滚來」、「江天漠漠鳥飛去，風雨時時龍一吟」等，乃爲超絶。近時蘇子瞻「浥浥爐香初泛夜，離離花影欲摇春」，可以追配前作也。遥知金闕同清景，想見氈車輾暗塵〔一三〕。〔施註〕蘇味道《上元夜》詩：暗塵隨馬去，明月逐人來。〔合註〕《南史·齊豫章王嶷傳》：上賜以魏所送氈車。【詰案】紀昀曰：五六拓得開，纔不順筆滑下。回首舊游真是夢，一簪華髮岸綸巾。〔施註〕《晉·謝萬傳》：簡文作相，召爲從事。著白綸巾鶴氅裘，與帝共談移日。

臺頭寺送宋希元

相從傾蓋只今年，〔施註〕隋煬帝《幸江都留別宮人》詩：不須生惆悵，相見只今年。送別南臺便黯然。〔王註〕江淹《別賦》：黯然消魂者，唯別而已矣。〔查註〕南臺即戲馬臺，以在徐州城南，故名。入夜〔一四〕更歌《金縷曲》，〔施註〕杜牧之《秋娘》詩：秋持玉斝醉，與唱《金縷衣》。註云：李錡常唱此詞。他時〔一五〕莫忘《角弓篇》。〔公自註〕是日，與宋君同栽松寺中。〔王註〕《左傳・昭公二年》：晉韓宣子來聘，公享之，韓子賦《角弓》。既享，宴於季氏，有嘉樹焉。宣子譽之，武子曰：「宿敢不封殖此樹，以無忘《角弓》。」杜子美《冬日有懷李白》詩：更尋嘉樹傳，不忘《角弓》詩。三年不顧東鄰女，〔公自註〕取宋玉〔一六〕。〔施註〕《文選》宋玉《好色賦》：天下佳人，莫若楚國，楚國之麗，莫若臣里，臣里之美，莫若臣東家之子。此女登牆闚臣三年，至今未許也。二頃方求負郭田。〔公自註〕取季子〔一七〕。我欲歸休君未可，茂先方議劚龍泉。〔施註〕《晉・張華傳》：字茂先。初，牛斗間常有紫氣，華聞豫章人雷煥，妙達緯象，乃要煥共尋天文，因登樓仰觀。煥曰：「寶劍之精，上徹於天耳。」問在何郡？煥曰：「在豫章豐城。」即補煥爲豐城令。煥到縣，掘獄屋基，入地四丈餘，得石函，中有雙劍，並刻題，一曰龍泉，一曰太阿。其夕，斗牛間氣不復見。杜子美《所思》詩：徒勞望斗牛，無計劚龍泉。

種松得徠字

〔公自註〕其四在懷古堂，其六在石經院〔一八〕。

春風吹榆林，亂莢飛作堆。〔施註〕白樂天詩：榆莢抛錢柳眼迷。荒園一雨過，戢戢千萬栽。青松種不生，百株望一枚。〔合註〕《漢書·五行志》：拔宫中樹七圍以上十六枚。一枚已有餘，氣壓千畝槐。野人易斗粟，云自魯徂徠。〔查註〕《水經注》：環水，又左入於汶水，又西南流經徂徠山西山，多松柏，《詩》所謂徂徠之松也。《鄒山記》曰：徂徠山在梁甫、奉高、博三縣界，猶有美松，亦曰尤徠之山也。《名勝志》：在泰安州東南四十里。魯人不知貴，萬竈飛青煤。〔王註師曰〕兖州出佳墨，多用徂徠山松燒煤。〔合註〕先生《書徂徠煤墨》云：徂徠珠子煤，自然有龍麝氣，陳公弼在汶上作此墨，謂之黑龍髓。束縛同一車，〔施註〕《新序》：鮑叔曰：「使管仲無忘其束縛而從魯也。」胡爲乎來哉。〔王註〕《公羊傳·哀公十四年》：西狩獲麟。孔子曰：「孰爲來哉？」〔施註〕李太白《蜀道難》：嗟爾遠道之人，胡爲乎來哉？泫然解其縛，〔王註〕《左傳·僖公六年》：許男面縛銜璧。楚子問諸逢伯，對曰：「昔武王克殷，微子啓如是，武王親釋其縛，受其璧而祓之。」楚子從之。杜子美《縛雞行》：吾叱奴人解其縛。清泉洗浮埃。枝傷葉尚困，生意未肯回。山僧老無子，養護如嬰孩。坐待走龍蛇，清陰滿南臺。〔施註〕白樂天《草堂記》：夾澗有古松，如龍蛇走。孤根裂山石，直幹排風雷。我今百日客，〔公自註〕時去替不百日。養此千歲材。【誥案】紀昀曰：詩中有人，便非空調。茯苓無消息，雙鬢日夜摧〔一九〕。〔施註〕杜子美《嚴氏溪放歌》：知子松根長茯苓，遲暮有意來同煮。〔邵註〕《淮南子》：千年之松，下有茯苓，上有兔絲。《抱朴子》：松脂入地，千年變爲茯苓。古今一俯仰，作詩寄餘哀。

遊桓山，會者十人，以「春水滿四澤，夏雲多奇峯」爲韻，得澤字

〔查註〕本集《遊桓山記》云：元豐二年正月晦，從二三子，游於泗上，登桓山，入石室。使道士戴

日祥鼓雷氏之琴，操《履霜》之遺音，曰，噫嘻悲夫，此宋司馬桓魋之墓也。又云：從游者八人，畢仲孫、舒焕、寇昌朝、王適、王遹、王肄、軾之子邁、焕之子彦舉。合戴道士及先生爲十人。

東郊欲尋春，未見鶯花迹。〔施註〕杜子美《惠義寺》詩：鶯花隨世界。白樂天《贈裴淄州》詩：今年相遇鶯花月。春風在流水，〔施註〕杜子美《城上》詩：春動水茫茫。鳧雁先拍拍。〔王〕註韓退之《病鴟》詩：青泥淹兩翅，拍拍不得離。孤帆信溶漾，弄此半篙碧。艤舟桓山下，長嘯理輕策。〔施註〕白樂天《阻風》詩：扁舟厭泊烟波上，輕策閑尋浦嶼間。彈琴石室中，幽響清磔磔。弔彼泉下人，野火失枯腊。悟此人間世，〔施註〕《莊子》有《人間世篇》。何者爲真宅。〔王註〕《前漢·楊王孫傳》：支體絡束，口含玉石。欲化不得，鬱爲枯腊。千載之後，棺槨朽腐。乃得歸土，就其真宅。暮回百步洪，散坐洪上石。愧我非王襃，子淵肯見客。臨流吹洞簫，〔王註次公曰〕王褒有《洞簫賦》。水月照連璧。〔公自註〕謂王氏兄弟也〔一〇〕。〔施註〕《晉·夏侯湛傳》：美容觀，與潘岳友善，每行止同輿接茵，京都謂之連璧。此歡真不朽，〔施註〕《左傳·昭公二十一年》：死且不朽。回首歲月隔。〔施註〕杜子美《立秋後題》詩：日月不相饒，節序昨夜隔。想像斜川遊，〔施註〕《楚辭·遠遊章》：思舊故以想像兮。作詩寄彭澤。〔施註〕陶淵明《遊斜川詩引》云：辛丑正月五日，與二三鄰曲，同游斜川，欣對不足，率爾賦詩。淵明嘗爲彭澤令。【誥案】紀昀曰：綽有陶、韋之意，而不襲其貌，此乃善學陶者。

戴道士得四字代作

〔查註〕《太霄經》：平王東遷洛，置道士七人。《漢書·郊祀志註》引《漢宮闕疏》云：神明臺，高五十丈，上有九室，常置九天道士百人。道士之名，自武帝始。平王事不可考。〔合註〕王伯厚《困學紀聞》云：道士字，出《新序》。

少小家江南，寄跡方外士。〔施註〕韓退之《送張道士詩序》：寄跡老子法中。《莊子·大宗師篇》：子桑户、孟子反、子琴張三人相與友。子貢反，以告孔子，曰：「彼何人者邪？」孔子曰：「彼，遊方之外者也。」偶隨白雲出，賣藥彭城市。〔王註〕《後漢書》：韓康採藥名山，賣於長安市，口不二價。雪霜侵鬢髮〔二一〕，塵土汚冠袂。〔施註〕白樂天《約心》詩：黑鬢霜雪侵，青袍塵土汚。賴此〔二二〕三尺桐，〔王註次公曰〕三尺桐，琴也。《廣雅》曰：神農氏琴，長三尺六寸六分。〔施註〕《琴操》：琴長三尺六寸六分，以象三百六十六日。中有山水意。〔施註〕《列子·湯問篇》：伯牙善鼓琴，鍾子期善聽。伯牙鼓琴，志在高山。子期曰：「善哉，峩峩兮若太山。」志在流水。子期曰：「善哉，洋洋兮若江河。」自從夷夏亂，七絲〔二三〕久已棄〔二四〕。〔王註次公曰〕唐法曲雖失雅音，然本諸夏之聲，故歷朝行焉。天寶十三載，始詔道調、法曲與蕃部新聲合作。自爾夷夏之聲相亂，無復辨者。〔合註〕孟東野詩：哀哀七絲絃。心知鹿鳴三，〔王註援曰〕《左傳·襄公四年》：歌《鹿鳴》之三。而《琴操》有《鹿鳴曲》三疊。不及胡琴四。〔王註厚曰〕胡琴，琵琶也。本外蕃馬上所鼓，四絃以象四時。使君獨慕古，嗜好與衆異。共弔桓魋宮，〔施註〕桓山因桓魋墓以名。一灑孟嘗淚。〔施註〕《九域志》：徐州有孟嘗君墓。歸來鎖塵匣，〔合註〕鮑照詩：明鏡塵匣中，瑶琴生網羅。獨對斷絃喟。〔施註〕《吕氏春秋》：鍾子期死，伯牙破琴絶絃，終身不復鼓琴。挂名石壁間，〔施註〕韓退之《與殷侍御書》：挂名經端，自託不腐。寂寞千歲〔二五〕事。〔施註〕杜子美《夢李白》詩：千秋萬歲名，寂寞身後事。

往在東武，與人往反作粲字韻詩四首，今黄魯直亦次韻見寄，復和答之〔二六〕

苻堅〔二七〕破荆州，止獲一人半。〔施註〕《晉·習鑿齒傳》：襄陽陷於苻堅。堅素聞其名，與釋道安俱輿而至。以其有蹇疾，與諸鎮書：「昔晉氏平吴，利在二陸，今破漢南，獲士裁一人有半耳。」《高僧傳》：苻堅謂僕射權翼曰：「朕取襄陽，惟得一人半。安公一人，鑿齒半人也。」中郎老不遇，但喜識元歎。〔王註〕《吴志》：顧雍，字元歎。蔡伯喈從朔方還，嘗避怨於吴，雍從學琴書。註引《江表傳》曰：伯喈貴異之，謂曰：「卿必成名，今以吾名與卿。」故雍與伯喈同名。又引《吴録》：顧雍爲蔡邕所歎，故字元歎。〔施註〕《後漢·蔡邕傳》：初平元年，拜左中郎將。我今〔二八〕獨何幸，文字厭奇玩。〔施註〕《史記·吕不韋傳》：買奇物玩好自奉。又得天下才，〔合註〕《國語》：管子，天下之才也。相從百憂散。陰求我輩人，〔施註〕《晉·石苞傳》：許允謂苞曰：「卿是我輩人。」〔合註〕《漢書·王商傳》：陰求其短。規作林泉伴。寧當待垂老〔二九〕，倉卒收一旦。〔王註次公曰〕韓退之《别知賦》：惟知心之難得，斯百一而爲收。〔施註〕《後漢·齊武王傳》：倉卒擾攘之中。不見梁伯鸞，空對孟光案。才難不其然，婦女厠周亂。世豈無作者，於我如既盥〔三〇〕。〔王註縯曰〕謂不欲觀也。獨喜誦君詩，咸韶音節緩。〔合註〕《後漢書·禰衡傳》：閲試音節。夜光一已多，〔施註〕《墨子》：夜光之珠。《述異記》：南海有明珠，即鯨目，精可以鑑，故名夜光。矧獲纍纍貫。相思君欲瘦，〔王註〕杜子美《九日寄岑參》詩：思君令人瘦。〔施註〕《獻帝春秋》：吕布問曹公，明公何瘦？答曰：「所以瘦，恨不蚤相得故也。」不往我真懦。吾儕眷微禄，寒夜抱寸炭〔三一〕。何時定相過，徑就我乎館。〔王註次公曰〕《禮記·檀弓篇》：子夏曰：「賓客至，無所館。」夫子曰：「生，於我乎館，死，於我乎殯。」飄然東南去，江水清且暖。相與〔三二〕訪名山，〔施註〕杜子美《昔游》詩：余亦游名山，發軔在遠壑。微言師忍、粲。〔王註子仁曰〕杜子美《夜聽許十一誦詩》詩：余亦師粲可，身猶縛禪寂。乃此粲字。〔施註〕《傳燈録》：第三十祖僧粲，三十二祖宏忍，即中華三祖、五祖也。

月夜與客飲〔三三〕杏花下

〔王註〕按先生《詩話》云：僕在徐州，王子立、子敏皆館於官舍。蜀人張師厚來過，二王方年少，吹洞簫，飲酒杏花下。〔施註〕真蹟草書，在武寧宰吳節夫家，今刻於黃州。

杏花飛簾散餘春〔三四〕，明月入户尋幽人。〔施註〕《文選》沈休文《詠月》詩：方暉竟户入。褰衣步月踏花影，炯如流水涵青蘋。【誥案】紀昀曰：有太白之意。花間置酒清香發，〔王註〕李太白《月下獨酌》詩：花間一壺酒，獨酌無相親。争挽長條落香雪。〔施註〕杜子美《遣興》詩：狂風挽斷最長條。白樂天《晚春》詩：百花落如雪。山城酒薄〔三五〕不堪飲，勸君且吸杯中月。〔施註〕白樂天《寓龍潭寺》詩：雲隨飛燕月隨杯。洞簫聲斷月明中，惟憂〔三六〕月落酒杯空。明朝捲地春風惡，但見綠葉棲殘紅。〔合註〕王建詩：樹頭樹底覓殘紅。

送蜀人張師厚赴殿試二首

其一

忘歸不覺鬢毛斑，〔施註〕《文選》潘安仁《秋興賦》：斑鬢髟以承弁。好事鄉人尚往還。斷嶺不遮西望眼，〔王註〕韓退之《西山》詩：爲遮西望眼，終是懶回頭〔三七〕。送君直過楚王山。〔查註〕按《志》，即徐州之桓山，有楚元王墓。《彭門志》云：山下古冢數十，皆依山爲之，甃以巨石。元王冢特大，餘者皆其子孫。按，楚王山以楚元王得名。

其二

雲龍山下試春衣，〔施註〕杜子美《曲江》詩：朝回日日典春衣。放鶴亭前送落暉。〔施註〕東坡《放鶴亭記》：雲龍山人張君於故居之東作亭。山人有二鶴，旦則望西山之缺而放焉，暮則傃東山而歸，故名之曰放鶴亭。一色杏花三十里，新郎君去馬如飛。〔施註〕《摭言》：神龍以來，新進士杏園宴後，皆於慈恩塔下題名。又：沈嵩得新榜，封示羅隱。隱詩曰：矢如流電馬如飛。

雪齋

〔公自註〕杭僧法言，作雪山於齋中〔三八〕。【誥案】《咸淳臨安志》：西林法惠院，乾德元年吳越忠懿王建，大中祥符中改今額。《西湖游覽志》：法言作東軒，蘇子瞻題曰雪齋。〔施註〕秦少游《雪齋記》，其畧曰：雪齋者，杭州法惠院言師所居室之東軒也。始，言師開此軒，汲水以爲池，疊石以爲小山，又灑粉於峰巒草木之上，以象飛雪之集。州倅太史蘇公過而愛之，以爲事雖類兒嬉而意趣湛妙，有可以發人佳興者，爲名曰雪齋。去後四年，公爲彭城，作詩以紀之。師，名法言，字無擇。泊然瀟灑人也。蓋能作雪齋從蘇太史游，則不問可知其人。【誥案】法言後住揚州石塔寺。

君不見峨眉山西雪千里，〔王註〕宋玉《招魂》云：層冰峨峨，飛雪千里。北望成都如井底。〔施註〕《舊唐書·杜悰傳》：吐蕃維州，南界江陽，岷山連嶺而西，不知其極。北望隴山，積雪如玉，東望成都，若在井底。因號無憂城。春風百日吹不消，五月行人如凍蟻。紛紛市人争奪中，誰信言公〔三九〕似贊公。〔王註次公曰〕唐大雲寺主，謫在秦州，老杜與之往還，所謂「與子成二老，來往亦風流」者此也。〔施註〕杜子美《贊上人詩》：贊公釋門老，放逐還上國。還爲世塵嬰，頗帶憔悴色。人間熱惱無處洗，故向西齋作雪峯。〔王註〕《華嚴經》云：以白旃檀塗身，能除一切熱惱而得清涼也。又白樂天詩：既無白旃檀，何以除熱惱。我夢扁舟入吴越〔四〇〕，長廊静院燈如月。〔合註〕張祜詩：梨花静院無人見。開門不見人與牛，〔公自註〕言有詩見寄云：林下閑看水牯牛。〔查註〕歸宗《牧牛圖序》最後云：嶺上人牛俱不見，空留箬笠與蓑衣。惟見空庭滿山雪。

以雙刀遺子由，子由有詩，次其韻

〔查註〕按《欒城集》原作詩云：彭城一雙刀，黄金錯刀鐶。脊如雙引繩，色如青琅玕。開匣飛電落，入手清霜寒。引之置膝上，凜然愁肺肝。我衰氣力微，覽鏡毛髮斑。誓將斬鯨鯢，静此滄海瀾。又欲戮犀兕，永息行路難。有志竟不從，撫刀但長歎。投刀淚如霰，北斗空闌干。歸來刈蓬蒿，鉏田植芳蘭。惜刀不忍用，用亦非所便。棄置塵土中，坐使鋒刃刓。牀頭夜生光，知有蛟龍蟠。慚君贈我意，時取一磨看。

寶刀匣不見，但見龍雀環。〔查註〕《水經注》：赫連龍昇七年，遣將作大匠梁公叱造五兵，器鋭精利，乃成百鍊。爲龍雀大環，銘其背曰：古之利器，吴楚湛盧。大夏龍雀，名冠神都。可以懷遠，可以柔邇。如風靡草，威服九區。何曾斬蛟蛇，〔施註〕《漢·高祖紀》：拔劍斬蛇，分爲兩，道開。行數里，醉困卧。亦未切琅玕。胡爲穿窬輩，見之要領寒。〔施註〕《漢·張騫傳》：竟不能得月氏要領。杜子美《荆南兵馬使太常卿趙公大食刀歌》詩：妖腰亂領敢欣喜。吾刀不汝問，有愧在其肝。〔王註次公曰〕《詩案》曾供此詩自「胡爲穿窬輩」至此，云以詆當時邪佞之人也。念此刀自藏〔四二〕，包之虎皮斑。〔王註〕《禮記·樂記》：武王倒載干戈，包之以虎皮。湛然如古井，終歲不復瀾。〔施註〕白樂天《古劍》詩：湛然玉匣中，秋水澄不流。不憂無所用，憂在用者難。佩之非其人，〔王註〕《晉書》：吕虔有佩刀，工相之，以爲必登三公，可服此刀。虔謂王祥曰：「苟非其人，刀或爲害，卿有公輔之量，故以相與。」匣中自長歎。我老衆所易，〔施註〕《漢·陸賈傳》：絳侯與我戲，易吾言。顔師古曰：謂輕易其言耳。〔邵註〕韓退之詩：法曹貧賤衆所易。屢遭非意干。惟有王玄通，堦庭秀芝蘭〔四三〕。知子後必大，故擇刀所便。〔施註〕《晉·王覽傳》：字玄通。祥臨薨，以刀授覽，曰：「汝後必興，足稱此刀。」覽後奕世多賢才，興於江左。《左傳·閔公元年》：卜偃曰：「畢萬之後必大。」屠狗非不用，〔施註〕張唐英《外史檮杌》云：蜀張雲爲補闕，自比朱雲。宣徽使景潤澄曰：「昔朱雲請斬馬劍，腰斬張禹，今尚方只有殺雞刀，卿欲用乎？」雲曰：「雞刀雖小，亦可屠羣狗。」〔邵註〕《史記·刺客傳》：荆軻愛燕之狗屠及善擊筑者高漸離。又，《樊噲傳》：沛人也，以屠狗爲事。一歲六七刓。〔邵註〕《漢書註》：刓，圭角泯鑠也。《莊子·養生主篇》：族庖月更刀，折也。〔合註〕《漢·韓信傳註》：刓與摶同。欲試百鍊剛，〔王註次公曰〕魏武《論刀》有云：所謂百鍊利器，以辟不祥。〔合註〕《魏武集》有《百辟刀令》。要須更泥蟠。〔王註〕班固《答寶戲》：泥蟠而天飛者，龍應之神也。《揚子》：龍蟠於泥，蚖其肆矣。作詩銘其背，〔王註〕《家語》：孔子觀周，入后稷廟右階之前，有金人焉，三緘其口，而銘其背。以待知者看。

作書寄〔四三〕王晉卿，忽憶前年寒食北城之遊，走筆爲此詩

〔施註〕王晉卿，名詵，太原人，徙開封。自少志趣不羣，能詩善畫，以選尚魏國賢惠公主。母宣仁高后，與神宗爲同産。主性賢厚，不妒忌，好讀古文章，喜筆札。晉卿慕東坡，相與游從。爲晉卿作《寶繪堂記》。多蓄法書名畫，及自製丹青，每爲題詠。坡以詩對御史臺，謫黄州，晉卿自絳州團練使，坐追兩秩停廢。賢惠病，神宗復其官，以慰主意。未幾，薨，遂貶官安置均州。元豐七年春，徙潁。哲宗卽位，許居京師。元祐初，自登州刺史，復文州團練使 駙馬都尉。與東坡不相聞者七年，相見感歎，作詩相屬。坡和篇真蹟，在臨川黄掞子俞家，刻於婺女倅廳。徽宗爲端王，相與情好最厚。既卽位，自和州防禦使〔四四〕，遷定州觀察使。【誥案】此詩，本年寒食日所作，後三篇亦皆三月詩。前註並以《游桓山》、《飲杏花》、《送殿試》各題夾雜其中，可發一笑。

北城〔四五〕寒食烟火微，落花胡蝶作團飛。王孫出游樂忘歸，〔施註〕《文選》謝靈運《石壁精舍》詩：清暉能娛人，游子澹忘歸。門前驄馬紫金鞿。〔施註〕杜子美《陪王侍御同登東山》詩：多暇日陪驄馬遊。吹笙帳底烟霏霏，〔施註〕李賀《秦宮詞》：帳底吹笙香霧濃。行人舉頭誰敢睎。〔施註〕《唐韻》：睎，盼也，望也。扣門狂客君不麾，〔施註〕《唐·賀知章傳》：號四明狂客。更遣傾城出翠帷〔四六〕。書生老眼省見稀，畫圖但覺

周昉肥。〔王註縯曰〕周昉善畫美人，極精妙，然多失之肥。〔查註〕《廣川畫跋》：李龍眠得周昉《按箏圖》，指以問曰：人物豐穠，肌勝於骨，蓋畫者自有所好哉。余曰：太真豐肌秀骨，今見於畫，亦肌勝於骨。韓公言曲眉豐頰，便知唐人所尚，以豐肌爲美。【誥案】熙寧十年三月二日，公與王詵燕集四照亭，詵令姨嫿六七人行酒。自首句至此，皆追憶其事。別來春物已再非，西望不見紅日圍。〔施註〕《晉·天文志》：桓君山言，日徑千里，周圍三千里。何時東山歌《采薇》，〔王註次公曰〕《東山》，東征之詩也。《采薇》三章，皆言曰歸曰歸。〔施註〕白樂天《出山吟》：朝詠《游仙》詩，暮歌《采薇曲》。把盞一聽《金縷衣》。

次韻田國博部夫南京見寄二絶

〔查註〕部夫，督部夫役也。本集有《鹽官部役》詩，義同。

其一

歲月翩翩下坂輪，〔王註次公曰〕此亦如坂走丸之義也。歸來杏子已生人〔四七〕。深紅落盡東風惡，〔施註〕杜牧之《歎花》詩：狂風落盡深紅色，緑葉成陰子滿枝。柳絮榆錢不當春。〔王註〕李賀詩：榆莢相催不知數，沈郎青錢夾城路。【誥案】紀昀曰：寄慨殊深，行役之感，言外見之。

其二

火冷餳稀杏粥稠，〔王註〕《玉燭寶典》云：寒食煮大麥粥，研杏仁爲酪，別造餳沃之。〔施註〕李義山詩：粥香餳白杏花天。白樂天詩：留餳和冷食，出火煮新茶。青裙縞袂餉田頭。大夫行役家人怨，〔施註〕《毛詩·黍離》，周大夫行役也。《周易》卦名《家人》。應羨居鄉馬少游。

再次韻答田國博部夫還〔四八〕二首

其一

西郊黄土没車輪，滿面風埃笑路人。〔施註〕韓退之《鎮州路上》詩：風霜滿面無人識。已放役夫三萬指，〔王註〕《史記·貨殖傳》：僮手指千。從教積雨洗殘春。

其二

枝上稀疏地上稠，〔王註〕張文昌詩：地上漸多枝上稀。白樂天《落花》詩：枝上稀疏地上多。忍看〔四九〕紅糝落牆頭。〔王註〕韓退之詩：始見洛陽春，桃枝綴紅糝。風流别乘多才思，〔王註績曰〕别駕爲太守之貳，謂之别乘。〔合註〕《文獻通考》：别駕起於漢。「别乘」字見《庾亮集》。歸趁西園秉燭遊。〔王註〕魏文詩：乘輦夜行遊，逍遥步西園。〔施註〕《文選》曹子建《公讌》詩：清夜遊西園，飛蓋相追隨。

田國博見示石炭詩，有「鑄劍斬佞臣」之句，次韻答之

楚山鐵炭皆奇物，〔施註〕《漢·李尋傳》：政治感陰陽，猶鐵炭之低卬，見效可信者也。知君欲斫姦邪寤。屬

鏤無眼不識人，〔王註〕《史記・伍子胥傳》：子胥數諫吳王，王不用。太宰嚭與子胥有隙，因讒之，吳王乃賜子胥屬鏤之劍以死。〔次公曰〕「無眼不識人」字，暗用《國志》云「此箭無眼不識人」之句。楚國何曾斬無極。〔施註〕《左傳・昭公二十七年》：楚令尹子常殺費無極。〔合註〕《左傳》：費無極譖郤宛，令尹炮之。沈尹戌言於子常曰：「無極，楚之讒人也，去朝吳，出蔡侯朱，喪太子建，殺連尹奢，今又殺三不辜，子其危哉。」子常殺費無極，盡滅其族，以說於國。玉川狂直古遺民，〔施註〕《史記・吳世家》：季札曰：「猶有先王之遺民也。」救月裁詩語最真。〔施註〕《周禮・夏官・大僕》：救日月，亦如之。《秋官・庭氏》：以救月之矢夜射之。千里妖蟇一寸鐵，地上空愁蟣蝨臣。〔王註援曰〕盧仝自號玉川子，作《月蝕》詩云：傳聞古老說，蝕月蝦蟇精。徑圍千尺入汝腹，如此癡騃阿誰生。又云：地上蟣蝨臣仝，告訴帝天皇，臣心有鐵一寸，可刳妖蟇癡腸。

答郡中同僚賀雨

水旱行十年，飢疫遍九土。〔施註〕《文選》宋玉《登徒子好色賦》：周覽九土。奇窮所向惡，歲歲祈晴雨。〔查註〕先生倅杭時，有《立秋禱雨》及《捕蝗》詩；繼守密州，有《禱雨》及《雩泉記》；及移徐州，初至卽被水旱，既而祈雪霧豬泉，又有《元豐元年春旱起伏龍行》詩。皆見本集。雖非爲己〔五〇〕求，重請終愧古。〔王註〕《穀梁傳・定公元年》：雩之必待其時窮人力盡，何也？雩者，爲旱求者也。求者，請也。古之人重請。何重乎請？人之所以爲人者，讓也，請道去讓也。鬼神亦知我，老病人腰膂。〔施註〕杜子美《有客》詩：老病人扶再拜難。何曾拜向人，〔施註〕《唐・郭子儀傳》：嘗遣使至魏，田承嗣西望拜，指其膝曰：「茲膝不屈於人久矣，今爲公拜。」《晉・劉惔傳》：孫綽言及惔，流涕。褚裒曰：「真長生平何嘗相比數，卿今日作此面向人。」惔，字真長。〔查註〕《三十國春秋》：慕容儁少見潘樂，長揖而已。或勸屈節，儼攘袂曰：「吾狀貌如此，行望人拜，豈能拜向人。」此意難不許。【誥案】紀昀曰：雖兀傲而立言有體，此處最難着筆。如曰偶然，則祈禱爲戲，如曰有應，又自以爲功。只可如此諧語轉過。重雲萋已合〔五二〕，〔施註〕《毛詩·小雅·大田》：有渰萋萋，興雨祁祁。註云：渰，雲興貌。微潤先流礎。〔王註〕《淮南子》云：山雲蒸，柱礎潤。蕭蕭止還作，〔施註〕歐陽永叔《雪》詩：暮雪綏綏止還作。坐聽及三鼓。天明將吏集，泥土滿靴屨〔五三〕。登城望麰麥，〔施註〕《漢·劉向傳》：釐麰，麥也。緑浪風掀舞。愧我賢友生，雄篇鬬新語。君看大熟歲，〔王註〕《書·金縢》：歲則大熟。風雨占十五。〔施註〕京房《易候》：太平之世，五日一風，十日一雨。〔查註〕《論衡》：儒者論太平瑞應，皆言五日一風，十日一雨。天地本無功，祈禳何足數。〔施註〕《後漢·公孫述傳》：何足數也。渡河不入境，未若〔五四〕無蝗虎。〔王註〕《後漢書》：宋均遷九江太守，郡多虎暴，常募設檻穽而猶多傷害。均到，下記屬縣曰：「夫虎豹在山，黿鼉在水，各有所托，今爲民害，咎在殘吏，其務退奸貪，思進忠善，可一去檻穽。」其後，傳言虎相與東游渡江。〔施註〕《後漢·劉昆傳》：爲弘農太守，虎皆負子渡河。而況刑白鵝，〔施註〕事具景德、皇祐詔書。下策君勿取。〔施註〕《後漢·匈奴傳》：漢得下策。《晉·周顗傳》：弟嵩，嘗因酒瞋目謂顗曰：「君才不及弟，何乃橫得重名。」以所燃蠟燭投之。顗神色無忤，徐曰：「阿奴火攻，固出下策耳。」

留別叔通、元弼、坦夫

〔查註〕按，田三，卽叔通；寇三，卽元弼；石生，卽坦夫也。叔通時爲徐倅，故稱同僚。陳後山《寇參軍集序》云：太常少卿寇君之子，其季曰元弼，仕爲許州司户參軍，徐州人也。先生初自密移徐，故云「迎我淮水北」，今自徐往南京，故云「送我睢陽道」。【誥案】坦夫，蜀人，疑卽石揚言、揚休之後也。此詩施編不載，查註從邵本補編。

田三昔同僚，〔馮註〕《左傳・文公七年》：先蔑奔秦，荀伯止之，曰：「同官爲僚，吾嘗同僚，敢不盡心乎。」向我每傾倒。當年或齟齬，〔合註〕《説文》：齟齬，齒不相值也。反覆看愈好。寇三我部民，孝弟化鄰保。有如袁伯業，苦學到衰老。〔馮註〕文帝《典論・自序》：上嘗言長大而能勤學者，惟吾與袁伯業耳。《魏武本紀》：山陽太守袁遺。註：字伯業，紹從兄。石生吾邑子，勁立風中草。〔馮註〕《古詩》：疾風知勁草。宦遊甑生塵，菽水〔五四〕媚翁媪。〔馮註〕《史記・項羽本紀》：吾翁卽若翁。《高祖本紀》：母曰劉媪。註：媪，母別名，音烏老反。後世父母稱翁媪，本此。我窮交舊絶，計拙集枯槁。〔馮註〕《莊子・天下篇》：雖枯槁不舍也，才士也夫。《國語》：人皆集於苑，予獨集於枯。三子尤見存，〔合註〕應瑒詩：贈詩見存慰。往復紛紵縞。〔馮註〕《左傳・襄公二十九年》：吳公子札聘於鄭，見子產，如舊相識，與之縞帶，子產獻紵衣焉。迎我淮水北，送我睢陽道。願存金石契，〔馮註〕《韓詩外傳》：楚熊渠子夜行，見寢石，以爲伏虎，彎弓射之，没金飲羽，金石爲之開，而況人乎。孟郊《審交》詩：莫躡冬冰堅，中有潛浪翻。惟當金石交，可與賢達論。凜凜貫華皓。

罷徐州，往南京，馬上走筆寄子由五首

〔查註〕《元和郡縣志》：徐州，秦泗水郡，項羽都此，改沛郡，立楚國，今州理是也。宣帝改彭城郡，宋永初二年，改徐州。自隋氏鑿汴以來，南控埇橋，以扼汴路，其鎮尤重。西南至宋州三百

一十里。【誥案】自此詩起以下，皆赴湖州任作。

其一

吏民莫扳援，歌管莫淒咽。〔施註〕白樂天《西湖留別》詩：祖帳離聲咽管絃。吾生如寄耳，寧獨爲此別。別離隨處〔三五〕有，悲惱緣愛結。〔施註〕《法華經》：大通智勝如來廣説十二因緣，觸緣，受受緣，愛愛緣，取取緣，有有緣，生生緣，老、死、憂、悲、苦、惱。而我本無恩，此涕誰爲設。紛紛等兒戲，〔施註〕《漢·周亞夫傳》：霸上棘門，特兒戲耳。鞭鐙遭割截。〔施註〕《開元天寶遺事》：姚崇牧荆州，受代日，民吏泣擁馬首，鞭鐙民皆截留之，以表瞻戀。【誥案】紀昀曰：極力擺脱。道邊雙石人，【誥案】紀昀曰：此下亦難着語，只得以曠語作收。幾見太守發。〔査註〕陳師道《送杜純》詩云：國家有急君得辭，徐人不勞扣關請。向來此地幾送迎，草間翁仲口不瘖。任淵註云：《水經注》，鄗南千秋亭壇廟之東，枕道有兩石翁仲。東坡《罷徐州》詩曰：道邊雙石人，幾見太守發。則徐州有石人可知。有知當解笑，撫掌冠纓絶。〔王註〕《史記·滑稽傳》：楚大發兵加齊，齊王使淳于髡之趙請救兵，賫金百斤，車馬十駟。淳于髡仰天大笑，冠纓索絶。

其二

父老何自來，〔施註〕《漢·馮唐傳》：父老何自爲郎。《後漢·劉寵傳》：自會稽太守，徵爲將作大匠。山陰縣有五六老叟，龎眉皓髮，人齎百錢以送寵，寵勞之曰：「父老何自苦。」花枝裊長紅。〔王註堯卿曰〕方俗送官罷任，以花枝挂綵，謂之長紅。洗盞拜馬前，〔施註〕韓退之《馬少監墓志》：拜北平王於馬前。〔合註〕《左傳·宣公十五年》：申犀稽首於王之馬前。請壽使君公。〔王註〕白樂天《初到江州》詩：遥見朱輪來出郭，相迎勞動使君公。前年無使君，魚鼈化兒童。〔合註〕《新論》：禹治水，生人免爲魚鼈之患。【誥案】二句代述父老語，乃父老請壽之辭也。曉嵐誤看以爲倒裝者，謬甚。舉鞭謝父老，〔施註〕《晉·山簡傳》：兒童歌曰，舉鞭向葛彊，何如并州兒。【誥案】自此至終，皆答父老語也。曉嵐并上二句，皆作公語，故又有「自表捍水之功語義殊淺」之論。若如其説，不但語義殊淺，直是文理不通。正坐使君窮。窮人命分惡，所向招災凶。水來非吾過，去亦非吾功。【誥案】以上二首別徐州，公并作一題耳。

其　三

古汴從西來，〔查註〕《太平寰宇記》：汴水在商丘縣北，梁孝王廣睢陽城七十里，開汴河，後，汴水始經城南。迎我向南京。東流入淮泗，送我東南行。暫別復還〔五六〕見，依然有餘情。〔施註〕白樂天《春竹》詩：依然若有情。春雨〔五七〕漲微波，一夜到彭城。過我黄樓下，朱欄〔五八〕照飛甍。〔施註〕《文選》謝玄暉《晚登三山》詩：白日麗飛甍，參差皆可見。可憐洪上石，誰聽月中聲。〔王註次公曰〕洪上石，百步洪上也。【誥案】紀昀曰：氣局渾成，文情亦極宛轉。

其　四

前年過南京，麥老櫻桃熟。今來舊遊處，櫻麥半黄緑。歲月如宿昔，〔施註〕《左傳·哀公四年》：吳將泝江入郢，爲一昔之期。杜子美《送李校書》詩：衰病悲宿昔。人事幾反覆。青衫老從事，〔王註次公曰〕言子由也。〔施註〕杜子美《魏將軍歌》：將軍昔著從事衫。坐穩生髀肉。〔王註〕《蜀志》引《九州春秋》：先主在荆州牧劉表座上，起如廁，慨然流涕。還坐，表怪問之，曰：「吾嘗身不離鞍，髀肉皆消，今不復騎，髀裏肉生，日月若馳，老將至矣，而功業不建，是以悲耳。」聯翩閱三守，【誥案】張方平初自陳州判南都留臺，在熙寧四年，公過陳，有《送赴留臺》詩。其後八年十月再判，至十年四月，公與子由赴徐，同往見之，因辟子由爲簽判。是年八月，子由自徐赴簽判任。考《欒城集·張方平生日》詩云：從公淮陽今幾年，憶持壽斝當公前。今年見公商丘側，奉祠太一真仙官。是子由到任時，方平已罷任也。又，熙寧十年九月《南京祭神文》，乃子由到後代太守作者。後，元豐元年二月，文云：某來守是邦，自秋徂春。則此人已於十年九月前到任，可爲方平已罷確證。公此日至南都，吕希道爲守，本集有書可據。而《欒城集·送吕希道知滁州》詩，在元豐元年，是其移守，亦近事也。此詩「聯翩閱三守」句，皆在方平後，其二人無考。查註以陳襄自杭州移知應天，頂補三守之一，此乃熙寧七年事，而子由到任，在十年八月之後也。合註引《長編》熙寧七年滕甫自青州與張方平易任，今考本集《滕甫墓誌》自青留守南都，其説相合，但與七年陳襄移守，又不合矣。總之，滕甫到在方平後，而十年八月尚在任，方與「閱三守」句相合。今合註據《長編》而謂三守乃先陳襄、次滕甫、次張方平者，皆非是。並删。迎送如轉轂。〔施註〕《漢·黄霸傳》：數易長吏，送故迎新之費甚多。賈島詩：碌碌復碌碌，百年轉雙轂。歸耕何時決，田舍我已卜。〔施註〕《魏志·陳登傳》：求田問舍，言無可采。

其五

卜田向何許，石佛山南路。〔王註厚曰〕石佛山，在眉州眉山縣之南。〔查註〕《九域志》：眉山縣有石佛鎮。下有爾家川，千畦種秔稌。〔施註〕《毛詩·周頌·豐年》：豐年多黍多稌。山泉宅龍蜃，〔王註〕《物類相感志》：蜃，龍也，狀如螭龍。如池井間有，則吐氣爲雨，今吴山陰井泉不竭者，蓋有焉。〔查註〕《怪異記》：豬龍泉，在眉山石佛鎮，曾有乳豬伏於此，化二鯉。平地走膏乳〔五九〕。異時畝一金，〔施註〕《漢・東方朔傳》：酆鎬之間，號爲土膏，其賈畝一金，今規以爲苑。《後漢書・杜篤傳・論都賦》：厥土之膏，畝價一金。近欲爲逃户。逝將解簪紱，〔施註〕白樂天詩：今朝脱簪組，始覺離憂患。賣劍買牛具。故山豈不懷，廢宅生蒿穭〔六〇〕。〔王註次公曰〕蒿，蓬蒿也。穭字，《集韻》云：自生稻也。〔施註〕李太白《代春情》詩：幾日相別離，門前生穭葵。便恐桐鄉人，長祠仲卿墓。〔王註〕《前漢書》：朱邑，字仲卿。少時爲舒桐鄉嗇夫，存問耆老孤寡，遇之有恩，吏民敬愛焉。以治行第一入爲大司農。病且死，屬其子曰：「我爲桐鄉吏，其民愛我，必葬我桐鄉，後世子孫奉嘗我，不如桐鄉民。」及死，其子葬之桐鄉西郭外，民爲邑立祠。

書泗州孫景山西軒

〔查註〕孫景山名奕，見《欒城集》。

落日明孤塔，〔王註次公曰〕僧伽塔也。青山繞病身。【誥案】二句書西軒所見，軒乃西向者也，合讀下句自知。知君向西望，不愧塔中人。〔王註〕塔中人，言僧伽也。

過泗上〔六一〕喜見張嘉父二首

〔施註〕張嘉父，名大亨，吳興人。登元豐八年第，治《春秋》學。以書問於先生。答之曰：「此書自有妙用，學者罕能領會，多求之繩約中。乃近法家者流，惟丘明識其用，終不肯盡談，微見端兆，欲使學者自得之，故僕以爲難，未敢輕論也。」建中靖國初，還自南海，首以書與錢濟明，問嘉父今安在，想日益不止，時已除《春秋》博士矣。政和間，爲司勳郎。張文潛嘗作《南山賦》以贈之，其略曰：「南山巖巖兮，其下有人佩玉而握珠。尅意魯叟之古經，不習世儒之臆書。過都梁兮躊躇，奉兩月之周旋。」其所居當是泗之南山，今爲盱眙也〔六二〕。【誥案】此詩施編不載，查註從邵本補編卷二十六赴文登時，誤。今改編於此，餘詳凡例中。〔案〕此條施註，原在《送張嘉父長官》題下。凡例云：「邵註删去」此條施註，「查註補收，改列」此題下。

其一

眉間冰雪〔六三〕照淮明〔六四〕，【誥案】寫出喜見之神。筆下〔六五〕波瀾老欲平。直得全生如許妙，不知形諜已多名。〔馮註〕《莊子·列禦寇篇》：內誠不解，形諜成光。

其二

空翠娛人意自還，明窗一榻共秋閑。【誥案】二句謂嘉父所居在都梁也。會知名利不到處，定把清觴〔六六〕屬此山。〔合註〕李尤《盤銘》：既舉清觴。

過淮三首贈景山兼寄子由

其一

好在長淮水，十年三往來。〔查註〕先生於熙寧辛亥赴杭，甲寅移知密州，元豐己未，自徐移湖。往來經淮上，相距九年，今云十年，亦屬約言之耳。【誥案】治平丙午，載喪歸蜀，公首經其地，卽合註據以駁查編《泗州僧伽塔》《龜山》二詩者。查註不知其故，故其註「十年三往來」者如此。合註知已有四往來，而與詩不符，無從藉手，遂置查註於弗議。其後查註失考，「七往來」句誤註「十往來」句，合註皆佯若弗見，其根悉由於此矣。今屢復前後諸詩，而得其故，蓋所謂往來者，皆指流落江湖而言。治平歸蜀，乃英宗朝事，本不在數內，必自熙寧辛亥被出至杭起，及守密、移湖爲三往來。故其下緊接「功名真已矣」句，此公之本意。若并治平牽入論之，則英宗方欲大用，公無可致慨也。餘詳卷二十六《斗野亭》詩「吾生七往來」註。功名真已矣，歸計亦悠哉。〔王註〕杜子美《放船》詩：坐穩興悠哉。今日風憐客，平時浪作堆。晚來洪澤口，捍索響如雷。〔王註堯卿曰〕舟有捍索，行則墜舟，住則爲纜。【誥案】紀昀曰：一氣渾成，而又非貌襲之盛唐。

其二

過淮山漸好，松檜亦蒼然。〔合註〕謝朓詩：平楚正蒼然。靄靄〔六七〕藏孤寺，泠泠出細泉。故人真吏隱，〔王註〕《汝南先賢傳》：鄭欽吏隱於蛾陂之陽。〔王註〕韓退之詩：太平公事少，吏隱詎相賒。〔施註〕杜子美《高齋》詩：吏隱適性情。〔合註〕指景山也。小檻帶巖偏。却望臨淮市，〔查註〕《元和郡縣志》：泗州臨淮郡，南臨淮水，西枕汴河。水路東至楚州二百二十里。東風語笑〔六八〕傳。

其三

回首濉陽〔六九〕幕，〔查註〕《元和郡縣志》：春秋宋國，秦碭郡，漢曰濉陽。以濉水在郡之南也。簿書高没人。〔合

註〕此言子由也。何時桐柏水，〔查註〕《禹貢疏》曰：桐柏山，在南陽平氏縣東南，淮水所出。《水經》云：出胎簪山，東北過桐柏山。胎簪，蓋桐柏之傍小山，傳言南陽郡之東也。一洗庾公塵。此去漸佳境，〔施註〕《晉·顧愷之傳》：每食甘蔗，常自尾至本。人或怪之。云：「漸入佳境。」獨游長慘神〔七〇〕。待君詩百首，來寫浙西春。【誥案】紀昀曰：前首從過淮說到景山，此首從子由挽到過淮，章法不苟。

舟中夜起

微風蕭蕭吹菰蒲，開門看雨月滿湖。【誥案】紀昀曰：初聽風聲，疑其是雨，開門視之，月乃滿湖。此從「聽雨寒更盡，開門落葉深」化出。舟人水鳥兩同夢，〔王註〕《詩·齊風·雞鳴》：甘與子同夢。〔堯卿曰〕人鳥相忘，同爲一夢，若莊周之夢蝴蝶也。大魚驚竄如奔狐。〔合註〕《四子講德論》：收秋則奔狐馳兔。夜深人物不相管，我獨形影相嬉娛。暗潮生渚弔寒蚓，落月挂柳看懸蛛〔七一〕。〔施註〕杜子美《東屯月夜》詩：月挂客愁村。此生忽忽憂患裏，〔施註〕《韓退之集》：忽忽乎，予未知生之爲樂也。清境過眼能須臾。雞鳴鐘動百鳥散，〔施註〕韓退之詩：雞鳴鐘動不知曉。船頭擊鼓還相呼。

余去金山五年而復至，次舊詩韻，贈寶覺長老

〔王註〕按《年譜》，先生熙寧七年，自杭移密，至元豐二年己未，自徐移湖，首尾凡五年。〔合註〕前詩留別寶覺、圓通二長老，今衹贈寶覺，豈圓通時已他往耶？

誰能斗酒博西涼，但愛齋廚法豉香。〔施註〕金山法製豆豉，他處莫及，山僧每以小罌饋遺遠客。舊事真成一夢過，〔施註〕白樂天《別微之》詩：往事渺茫都似夢。高譚〔七二〕爲洗五年忙。〔施註〕《後漢·崔駰傳》：歷世而游，高譚有日。清風偶與山阿曲，〔施註〕《毛詩·大雅·卷阿》：有卷者阿，飄風自南。鄭氏云：大陵曰阿，有大陵卷然而曲，迴風從長養之方來入之。明月聊隨屋角方。〔施註〕韓退之《喜侯喜至》詩：攲眠聽新詩，屋角月艷艷。稽首願師憐久客，直將歸路指茫茫。〔王註〕《淮山警策》云：一朝卧疾在牀，衆苦縈纏，前路茫茫，未知何往。〔施註〕韓退之《游青龍寺》詩：桃源迷路竟茫茫。

大風留金山兩日

塔上一鈴獨自語：〔王註〕《晉書·佛圖澄傳》：石勒死之年，天静無風，而塔上一鈴獨鳴。佛圖澄曰：「鈴音云，國有大喪，不出今年矣。」〔查註〕《晉·佛圖澄外傳》：石宣與佛圖澄同坐浮圖，一鈴獨鳴，澄聽鈴音以言事，無不效驗。按「明日顛風當斷渡」一句，即鈴音也。「明日顛風當斷渡。」朝來白浪打蒼崖，倒射軒窗作飛雨。龍驤萬斛不敢過，〔邵註〕杜子美《三韻》詩：蕩蕩萬斛舟，影若揚白虹。漁舟〔七三〕一葉從掀舞。〔查註〕《苕溪漁隱叢話》：對句法，人不過以事以意出處備具謂之妙，不若東坡之微意奇特。如曰：聞説騎鯨游汗漫，記曾捫蝨話酸辛。又曰：龍驤萬斛不敢過，漁舟一葉從掀舞。以鯨爲蝨對，以龍驤爲漁舟對。大小氣焰之不等，其意若玩世，謂之秀傑之氣終不可没者。細思城市有底忙，却笑蛟龍爲誰怒。無事久留童僕怪，此風聊得妻孥許。灊山道人獨何事，夜半〔七四〕不眠聽粥鼓。〔王註堯卿曰〕參寥號灊山道人。〔葉飛卿曰〕按《同安志》：灊山方三百里。陶隱居云：灊山在灊縣〔七五〕。灊與潛同。〔查註〕按先生自徐移湖，過高郵，與少游、參寥同行。

遊惠山并叙

〔查註〕陸羽《惠山寺記》：惠山，古華山也。顧歡《吳地志》：華山在吳城西北一百里。釋寶唱《名僧傳》云：沙門僧顯宗，元徽中入吳，憩華山精舍，老子枕中記所謂吳西神山是也。梁大同中，有青蓮花育於此。尋更爲惠山寺，寺前有曲水亭，中有方池，名千葉蓮花池，亦名纑塘，亦名浣沼。獨孤及《惠山新泉記》：寺居山西之足，山小多泉，山下有靈池異花。唐丹丘湛長史《舊居志》云：無錫縣西郊七里，有惠山寺，卽宋司徒右長史湛茂之之別墅也。

余昔爲錢塘倅，往來無錫，未嘗不至惠山。既去五年，復爲湖州，與高郵秦太虛、杭僧參寥同至，覽唐處士王武陵、竇羣、朱宿所賦詩，愛其語清簡，蕭然有出塵之姿，追用其韻，各賦三首。

其一

夢裏五年過，覺來雙鬢蒼。還將塵土足，一步〔七六〕漪瀾堂。〔王註次公曰〕漪瀾堂，寺中堂名。〔查註〕朱昱《毘陵志》：漪瀾堂，在惠山第二泉上。俯窺松桂影，仰見鴻鶴翔。炯然肝肺間，已作冰玉〔七七〕光。【誥案】二句指王武陵詩。紀昀曰：中四句自在流出，肅肅穆穆，意境深微，不減原作。虛明中有色，清淨自生香。●還從世俗去，永與世俗忘。〔查註〕明談修《惠山古今考》載王武陵原題云：戊辰八月，吳郡朱遐景，自秦還吳，次無錫，命予及竇丹列會於惠山之精舍。是時山林始秋，高興在目，涼風白雲，起於坐隅，逍遙於長松之下，偃息於盤谷之上。仰視雲嶺，俯瞰寒影，夕陽西歸，皓月東出，羣動皆息，視身知空，玄言妙論，以極窮奧。丹列有遁世之志，遐景有塵外之心，予亦樂天知命，怡然契合。夫良辰嘉會，古人所惜，序述不作，是闕文也。山水之下，景物秀茂，賦詩以紀方外之遊。詩云：秋日遊古寺，秋山正蒼蒼。汎舟次巖壑，稽首金山堂。下有寒泉流，上有珍禽翔。石門吐明月，竹木涵清光。中夜何沈沈，但聞松桂香。曠然出塵境，幽慮澹已忘。

其二

薄雲不遮山，疎雨不濕人。蕭蕭松徑滑，策策芒鞋新。〔施註〕白樂天《秋月》詩：落葉聲策策。嘉我〔七〕二三子，皎然無淄磷。〔王註〕李太白《古風》詩：趙璧無淄磷。勝遊豈殊昔，清句仍絶塵。弔古泣舊史，〔施註〕《文選》潘安仁《馬汧督誄》：微臣託乎舊史之末，敢闕其文。疾讒歌《小旻》。〔施註〕《毛詩·小旻》：大夫刺幽王也。〔合註〕《漢書·劉向傳》：乃著《疾讒》、《擿要》、《救危》及《世頌》凡八篇。哀哉扶風子，難與巢、許鄰。〔公自註〕謂竇羣。〔王註〕《舊唐書》：竇羣，扶風人。隱居毗陵，以節操聞。徵拜左拾遺，後爲御史中丞。僞搆李吉甫陰事，帝辨其僞，將誅羣，吉甫救之，出黔州刺史。〔查註〕朱彝尊曰：王武陵、朱宿，新、舊《唐書》無考，惟竇羣有之。按，王字晦伯，朱字遐景，三人後皆登諫列，而題詩惠山日，皆未仕也。故東坡目以處士。《五竇集》，近白門龔賢依宋本刊行，然羣遊惠山詩亦不載。其《初入諫司喜家室至絶句》曰：一旦悲歡見孟光，十年辛苦伴滄浪。不知筆硯緣封事，猶問傭書日幾行。近於俗狀矣，此蘇詩所以有「難與巢、許鄰」之句也。《惠山古今考》載竇羣原題云：元和二年五月三日，重遊此寺，獨覽舊題，二十年矣。當時三人，皆登諫列，朱遐景方詣行車，王晦伯尋卒郎署，余自西掖累遷外臺，復此躊躇，吁嗟存没，因題壁以志所懷。詩云：共訪青山寺，曾隱南朝人。問世松桂老，開襟言笑新。步移月亦出，水映石磷磷。予洗腸中酒，君濯纓上塵。結彩入幽抱，清氣達蒼旻。信此澹忘歸，淹留冰玉鄰。

其三

敲火發山泉，烹茶避林樾。〔王註〕《玉篇》：楚謂兩樹交陰之下曰樾。明窗傾紫盞，〔查註〕蔡襄《茶録》：茶色白，宜黑盞。建安所造者，紺黑，紋如兔毫，他處或色紫，皆不及也。色味兩奇絶。吾生眠食耳，一飽萬想滅。頗笑玉川子，飢弄三百月。豈如山中人，睡起山花發。〔施註〕李太白《金陵鳳凰臺置酒》詩：東風吹山花，安可不盡杯。劉禹錫詩：野彴度春水，山花映巖扉。一甌誰與共，門外無來轍。〔施註〕《漢·陳平傳》：門外多長者車轍。〔查註〕《惠山古今考》載朱宿詩云：古寺隱秋山，登攀度林樾。悠然青蓮界，此地塵境絶。機閒任晝昏，慮淡知生滅。微吹遞遥泉，疎松對殘月。庭虚露華綴，池淨荷香發。心悟形未留，遅遅履歸轍。

贈惠山僧惠表

行遍天涯意未闌，〔王註〕《成都古今記》：天涯石，在大東門内昭覺寺，相對，高六七尺。〔施註〕白樂天詩：春生何處暗周游，海角天涯遍始休。將心到處遣人安。山中老宿依然在，〔查註〕《翻譯名義》：梵云體毘履，此云老宿。又云：五十夏以上，一切沙門所尊敬，名耆宿。案上《楞嚴》〔七九〕已不看。〔王註次公曰〕案上惟有《楞嚴經》事，見《傳燈録》。欹枕落花餘幾片，閉門新竹〔八〇〕自千竿。客來茶罷空無有，盧橘楊梅尚帶酸。〔王註次公曰〕《上林賦》云：盧橘夏熟，黄柑橙榛，枇杷橪柹。唐子西作《李氏山園記》，言園中盧橘爲特盛。

贈錢道人

【誥案】即錢安道弟惠山老也。

書生苦信書，世事仍臆度。不量力所負，〔施註〕《左傳・僖公二十年》：君子曰，隨之見伐，不量力也。輕出千鈞諾。〔施註〕《漢・季布傳》：楚人諺曰，得黄金百，不如得季布諾。當時一快意，〔施註〕《史記・李斯傳》：快意當前，適觀而已。杜子美《醉爲馬墜》詩：人生快意多所辱。事過有餘怍〔一〕。不知幾州鐵，鑄此一大錯。〔施註〕《北夢瑣言》：唐魏博帥羅宏信卒，子紹威繼之。本府有牙兵八千，益驕，因與汴人計會，殺盡。雖豁素心，而漸爲梁祖凌制。乃謂親吏曰：「聚六州四十三縣鐵，打一箇錯不成〔二〕？」我生涉憂患，常恐長罪惡。静觀〔三〕殊可喜，〔施註〕《楚辭・九章》：獨立不遷，豈不可喜。脚淺猶容却。〔施註〕《漢・劉向傳》：猶却行而求及前人也。而況錢夫子，萬事初不作。相逢更何言，無病亦無藥。〔查註〕《傳燈録》：百丈懷海禪師云，佛是衆生邊藥，無病不要喫藥，藥病俱消，喻如清水。【誥案】紀昀曰：純爲介甫輩發，全用宋格，然自是一種不可磨滅文字。

與秦太虚、參寥會於松江，而關彦長、徐安中適至，分韻得風字二首

〔查註〕《九域志》：松江即吴江也。〔合註〕《宋詩紀事》：關景仁，字彦長，錢塘人，魯之子。嘉祐四年進士。【誥案】紀昀曰：二詩皆清老。

其一

吴越溪山興未窮，又扶衰病過垂虹。〔查註〕《吴都志》：垂虹，吴江東門外橋名，一名長橋。慶曆八年，縣尉王

庭堅建，東西百餘丈，中間有垂虹亭，錢公輔作記。治平三年，縣令孫覺重修，初以木爲之。南渡後，判官張顯祖始甃以石。《輟耕録》：吴江長橋，七十二間，作橋者，僧從雅總其役。浮天自古東南水，〔王註〕《郭氏玄中記》曰：天下之多者，水焉，浮天載地。送客今朝西北風。絶境自忘千里遠，〔施註〕陶淵明《桃花源記》：先世避秦亂，來此絶境。勝游難復五人同。舟師不會留連意，擬看斜陽萬頃紅。〔施註〕白樂天《東南》詩：波紅日斜没，沙白月平鋪。

其二

二子緣詩老更窮，人間無處吐長虹。〔王註孫倬曰〕江淹謂郭璞曰：「子之咳唾成珠玉，吐氣作虹霓，非碌碌儔比也。」〔施註〕歐陽永叔詩：一片靈臺挂明月，萬丈辭艷飛長虹。平生睡足連江雨，〔王註〕杜牧之詩：一夜風吹竹，連江雨送秋。〔施註〕杜牧之《雨中作》詩：得州荒僻中，更值連江雨。盡日舟横擘岸風。〔王註次公曰〕南中風吹舟拍岸，謂之罷岸；風吹舟離岸，謂之開岸。擘岸，乃開岸之義也。〔施註〕寇萊公《春日懷歸》詩：遠水無人渡，孤舟盡日横。人笑年來三黜慣，天教我輩一樽同。〔王註〕李白《魯城北郭曲腰桑下送張子還嵩陽》詩：何時一杯酒，更與李膺同。知君欲寫長相憶，更送銀盤尾鬣紅。〔施註〕《文選》樂府古辭《飲馬長城窟》：客從遠方來，遺我雙鯉魚。呼兒烹鯉魚，中有尺素書。上有加餐飯，下有長相憶。〔合註〕魏武《雜物疏》有純銀盤。《左傳·定公十年》：宋公子地有白馬四，向魋欲之，公取而朱其尾鬣以與之。

次韻答參寥

【詰案】此詩各本原題：次韻答王鞏。施註編徐州作，查註以其有「白酒載烏程」句，改載下卷湖州，俱非是。合註謂以「方外客」及「放魚回」參之，或是答送參寥詩，故原編在彭城卷中，題中王鞏字有誤，改編似未確。其説近是，而其意則專欲救全施註而駁查編，故終於誤也。今考公凡與鞏詩文銘贊多推本祥符賢相，而所與書牘亦然，從未有稱之爲方外客者。是此詩信爲答參寥作，爲更正題字，改編於此，餘詳詩註中。

我有方外客，顔如瓊之英。〔王註〕《詩·齊風·著》：尚之以瓊英乎而。劉向《列女傳》：趙靈王吴女歌曰，美人檾檾兮，顔若苕之榮。〔施註〕《毛詩·鄭風》：有女同車，顔如舜英。十年塵土窟，一寸冰雪清。揭來從我遊，坦率見真情。顧我無足戀，戀此山水青〔八四〕。新詩如彈丸，〔施註〕《南史·王筠傳》：沈約謂王志曰：「賢弟子文章之美，可謂後來獨步。謝朓嘗見語云，『好詩圓美流轉如彈丸』，近見其數首，方知此言爲實。」脱手不暫停。昨日放魚回，衣巾滿浮萍〔八五〕。【詰案】此二句追憶放魚事，觀後二句，卽非彭城作矣。今日扁舟去，白酒載烏程。〔施註〕《西京雜記》：鄒陽《酒賦》，其品類則洛陽醽渌，烏程若下。【詰案】詳玩此二句，作於既去彭城之後，未至湖州之前，公與參寥重遇於高郵，遂載與俱，更以後句參之，乃渡江以後作也。山頭見月出，江路聞鼉鳴〔八六〕。莫作孺子歌，滄浪濯吾纓。吾詩自堪唱，相子棹歌聲。〔王註〕李太白《送儲邕之武昌》詩：滄浪吾有曲，寄入棹歌聲。〔施註〕《禮記·曲禮》：春不相。鄭氏云：相謂送杵聲。〔施註〕李太白《寄王宗成》詩：緬書羈孤意，遠寄棹歌聲。

次韻關令送魚

〔查註〕關令即前題中關彦長也。前詩第二首結句，即指送魚事。

舉網驚呼得巨魚，〔合註〕《易林》：漁父舉網，先得大魚。饞涎不易忍流酥。更煩赤脚長鬚老，〔王註〕韓退之《寄玉川》詩：先生有意許降臨，更遣長鬚致雙鯉。〔施註〕韓退之《寄盧仝》詩：一奴長鬚不裹頭，一婢赤脚老無齒。來趁〔七〕西風十幅蒲。〔王註〕《國史補》云：舟船之盛，盡於西江，編蒲爲帆，大者或數十幅，自白沙泝流而上，常待東北風，謂之潮信風。〔施註〕杜荀鶴《贈友人赴辟命》詩：連天一水浸吴東，十幅帆飛二月風。

次韻秦太虛見戲耳聾〔八〕

君不見詩人借車無可載，〔王註〕歐陽永叔《詩話》云：孟郊、賈島，皆以詩窮至死，而平生尤自喜爲窮苦之句。孟有《移居》詩云：借車載家具，家具少於車。乃是都無一物耳。留得一錢何足賴。晚年更似杜陵翁，右臂雖存耳先聵。〔施註〕杜子美《清明》詩：此身飄泊苦西東，右臂偏枯左耳聾。人將蟻動作牛鬭，〔王註〕《晉·殷仲堪傳》：父師嘗患耳聰，聞牀下蟻動，謂之牛鬭。我覺風雷真一噫。聞塵掃盡根性空，〔王註〕《楞嚴經》言：人有六根，出生六塵。不須更枕清流派。大朴初散失渾沌，〔施註〕《莊子·應帝王篇》：儵與忽相遇於渾沌之地，謀報渾沌之德，曰：人皆有七竅，此獨無有。嘗試鑿之，日鑿一竅，七日而渾沌死。六鑿相攘更勝敗〔九〕。眼花亂墜酒生風，口業不停詩有債。〔合註〕白樂天詩：負君詩債多。君知五蘊皆是賊，〔查註〕《心經》：五蘊皆空。又曰：無色無受想行識。《疏記》云：五蘊亦爲五陰。《維摩經》：樂離五欲，樂觀五陰，如怨賊。人生一病今先差。〔王註次公曰〕病除謂之差。〔邵註〕瘥同，楚懈切。但恐此心終未了，不見不聞還是礙。【誥案】紀昀曰：鞭入一層，更警策。今君疑我特佯聾，〔王註〕《楚辭·九章》：茲歷情以陳辭兮，蓀佯聾而不聞。故作嘲詩窮險怪。須防額癢出三耳，〔施註〕張君房《脞説》：隋董慎爲冥府追爲右曹從事，仍辟常州秀才張審通管記。慎令爲判，申天府。有黄衫人持天符云，所申不當。慎大怒，呼左右，取方寸肉塞其一耳。審通遂再判之。後有天符來云，甚允當。慎喜，命左右割去耳肉，令一小兒擘爲耳，安於額上，曰：「塞君一耳，與君三耳，可乎？」審通復活。後數日，覺額癢，湧出一耳，尤聰。時人笑曰：「天有九頭鳥，地有三耳秀才。」亦呼爲雞冠秀才。莫放筆端風雨快。

端午遍遊諸寺得禪字

【誥案】自此首起，以下皆湖州作。

肩輿任所適〔九〇〕，〔王註〕《晉書·王獻之傳》：嘗經吴郡，聞顧辟疆有名園，先不相識，乘平肩輿徑入。遇勝輒流連〔九一〕。焚香引幽步，酌茗開淨筵。微雨止還作，〔施註〕杜子美詩：小雨止還作，斷雲疎復行〔九二〕。小窗幽更妍。盆山不見日，草木自蒼然。〔施註〕東坡自謂此四句，非至吴越不見此景也。〔合註〕何焯曰：《書·益稷篇傳》：光天之下，至於海隅，蒼蒼然，生草木。坡公詩用字之深博，不在荆公下也。【誥案】紀昀曰：四語神采。忽登最高塔，〔查註〕《吴興志》：飛英寺，在湖州府治北寺中，有塔名飛英。眼界窮大千。〔施註〕《阿彌陀經》：遍覆三千大千世界。〔查註〕道宣《釋迦方誌·統攝篇》云：海外有山，是鐵所成。數至一千，鐵圍都繞，名小千世界；即此小千。數至一千，鐵圍都繞，名中千世界；卽此中千，數至一千，鐵圍都繞，名爲大千世界。卞峯照城郭，〔王註〕《吳興統記》云：卞山，在烏程縣北一十八里。〔施註〕陸魯望詩：更感卞峯顏色好，晚雲纔散便當門。震澤浮雲天。〔王註〕《吳興統記》云：具區藪，太湖也，一名震澤，廣一百八十三里。〔施註〕《吳郡續圖經》：太湖在吳縣西南，《禹貢》謂之震澤，《周官》、《爾雅》謂之具區，《史記》、《國語》謂之太湖，其實一也。吐吸江海，包絡丹陽、義興、吳郡、吳興之境，其所容者大。《文選》木元虛《海賦》：浮天無岸。深沉既可喜，〔施註〕《後漢·鄧禹傳》：深沉有大度。《唐·長孫無忌傳》：發言可喜。曠蕩亦所便。〔施註〕《後漢·馬融傳》：徒觀其坰場區宇，恢胎曠蕩。幽尋未云畢，墟落生晚煙。〔王註〕陶淵明詩：依依墟里烟。〔合註〕《文選》范彥龍詩：軒蓋照墟落。李善註引《說苑》云：師曠謂晉平公曰：「五鼎不當生墟落。」歸來記所歷，〔施註〕《文選》潘安仁《悼亡》詩：入室想所歷。耿耿清不眠。【誥案】紀昀曰：善於空處烘托。道人亦未寢，【誥案】謂參寥也，時與秦少游同在湖州。孤燈同夜禪。〔施註〕《文選》謝惠連《秋懷》詩：孤燈曖幽幔。白樂天《送文暢上人》詩：心到夜禪空。

送劉寺丞赴餘姚

〔施註〕劉寺丞，名撝，字行甫，長興人。弟誼，字宜翁。皆舉進士。熙寧壬子歲，行甫爲杭州進士考官東坡□□，自是兄弟皆從公遊。中和堂蓋校士所也。後七載，公守湖州，行甫自長興道郡城，赴餘姚，公既賦此詩，又卽席作《南柯子詞》爲餞，首句云「山雨瀟瀟過」者是也。後題元豐二年五月十三日吳興錢氏園作。今集。中乃指他詞爲送行甫，而此詞第云湖州作，誤也。真蹟，宿皆刻石餘姚縣治。行甫手寫《華嚴經》八十一卷，故詩云「手香新寫《法界觀》」。紹聖間，爲兵部郎。宜翁提舉廣西、江西常平，上書極論新法，中其要害，得罪停廢，書載國史。學道欲輕舉，自稱三茅翁。元祐間起知韶州，公行其詞云：汝昔爲使者，親見民病，盡言而不諱，阨窮而不悔，夫豈知有今日之報哉。又嘗有書從其問道云〔九三〕。

中和堂後石楠樹，與君對牀聽夜雨。〔王註次公曰〕中和堂，在杭州，先生爲倅日監秋試，意者劉寺丞爲試官也。〔施註〕白樂天《招張司業》詩：能來同宿否？聽雨對牀眠。〔查註〕《咸淳臨安志》載李左史《中和堂記》，略云：始錢王鏐於其宮作堂，名閱禮。本朝至和中，威敏孫公沔來守此土，易名中和。又，聽雨軒在中和堂後，景定五年，劉安撫良貴爲屋八楹，取東坡「中和堂後石楠樹，與君對牀聽夜雨」之句爲扁。玉笙哀怨不逢人，〔施註〕《風俗通》：漢章帝時，零陵文學奚景於舜祠下得笙，蓋白玉管也。乃知古以玉爲管，後人易以竹耳。〔合註〕先生倅杭時詩，有「玉笙哀怨弄初涼」之句。但見香烟橫碧縷。〔施註〕白樂天《待漏入朝》詩：碧縷爐烟直，紅垂旆尾閑。謳吟思歸出無計，〔合註〕《漢·高祖紀》：士卒皆歌謳思東歸，多道亡還者，韓信亦亡去。坐想蟋蟀空房語。〔施註〕《毛詩·唐風·蟋蟀》：蟋蟀在堂，歲聿云莫。今我不樂，日月其除。明朝開鎖放觀潮，〔王註次公曰〕先生監試杭州時，以八月十六日放榜，故云開鎖放觀潮。豪氣正與潮争怒。銀山動地君不看，獨愛清香生雲霧〔九四〕。别來聚散如宿昔，城郭空存鶴飛去。我老人間萬事休，〔施註〕劉夢得《答柳子厚》詩：耦耕若便遺身世，黄髮相看萬事休。君亦洗心從佛祖。〔施註〕《莊子·山木篇》：願君刳形去皮，洒心去欲，而游於無人之野。手香新寫《法界觀》，眼淨不覷登伽女。〔施註〕《維摩經》：得法眼淨。《楞嚴經》：摩登伽女以婆毗迦羅，先梵天呪攝阿難，入於婬室。餘姚古縣亦何有，〔查註〕《元和郡縣志》：餘姚，舜後支庶所封，舜姓姚，故曰餘姚，本漢舊縣。《太平寰宇記》：姚丘山，在餘姚縣西北六十里。龍井白泉甘勝乳。〔施註〕餘姚有龍泉寺，在縣西，王荆公嘗題詩云：山腰石有千年潤，井眼泉無一日乾。天下蒼生待霖雨，不知龍向此中蟠。〔查註〕《嘉泰會稽志》：餘姚縣西一里，有靈緒山，一名嶼山。山腰有微泉，未嘗竭，名龍泉。山顛有葛仙井。千金買斷顧渚春，〔查註〕《吳興備志》引吳均《入東記》云：顧渚在長興縣北三十里，吳王夫差顧其渚次原隰平衍，可爲都邑，故名。勞鉞《湖州志》：長興縣顧渚山傍，有二山，相對。大澗中流，産茶異品。有泉曰金沙，不常出。每春將造茶，太守致祭，頃卽清溢，造畢卽涸。《南部新書》：唐制，湖州造茶最多，謂之顧渚貢焙。晁公武《讀書志》：陸羽與皎然、朱放輩論茶，以顧渚春爲第一。似與越人降日注。〔查註〕《歸田録》云：草茶日注第一，芽纖白而長，其絶品至二三寸，不過數十株，餘雖不逮，然非他産可比，多啜宜人，無停滯酸噎之患。

卷十八校勘記

〔一〕爲韻　集本「韻」字後有「軾」字，類本有「軾分」二字。

〔二〕常悄悄　集本、施乙、類本作「長悄悄」。

〔三〕鳴髇　施乙、類本作「鳴鶻」。

〔四〕頭自掉　集乙、類本作「頭自挑」。「掉」、「挑」通。

〔五〕已不少　類本作「亦不少」。

〔六〕回中　集本作「雲中」。

〔七〕鹵陣　原作「鹵陣」，據宋刊各本改。

〔八〕和參寥見寄　外集作「奉和參寥離彭門至淮上見寄」。

〔九〕馬臺東　七集作「馬臺宮」。

〔一〇〕正點空　外集作「一點空」。

〔一一〕侍者　外集作「詩老」。

〔一二〕借君　外集作「載君」。

〔一三〕輾暗塵　類本作「碾暗塵」。

〔一四〕入夜　類本作「日夜」。合註：「入」一作「此」。

〔一五〕他時　類本作「他年」。

〔一六〕取宋玉　施乙無此條自註。

〔一七〕取季子　施乙、類本無此條自註。

〔一八〕其四在懷古堂其六在石經院　施乙此條註文，無「東坡云」字樣。

〔一九〕日夜摧　類本作「日夜催」。

〔二〇〕謂王氏兄弟也　類本無「也」字。

〔二一〕鬢髮　類本作「杖屨」。合註：一作「杖屨」。

〔二二〕賴此　類本作「賴有」。

〔二三〕七絲　類本作「七絃」。

〔二四〕久已棄　類本作「久已廢」。

〔二五〕千歲　類本作「千載」。
〔二六〕答之　查註無「之」字。
〔二七〕苻堅　集本、施乙、類丙作「符堅」。查註作「苻堅」，合註作「符堅」。
〔二八〕我今　類本作「今我」。
〔二九〕待垂老　類甲、類丁作「侍垂老」，疑誤。
〔三〇〕既盥　查註：「盥」一作「灌」，非。
〔三一〕抱寸炭　集本、施乙、類本、查註作「抱寸炭」，今從。原作「把寸炭」，合註作「把寸炭」。合註不知所本，疑誤刊。
〔三二〕相與　類本作「與君」。
〔三三〕與客飲　集本、類本「飲」字後有「酒」字。
〔三四〕散餘春　施乙作「報餘春」。施乙原校：石刻作「報」，集本作「散」。集甲、集乙作「散」。
〔三五〕酒薄　集本、施乙、類本作「薄酒」。
〔三六〕惟憂　施乙原校：集本作「憂」，石刻作「愁」。集甲、集乙作「憂」。
〔三七〕韓退之詩云云　類本此條註文，無註者姓氏。
〔三八〕杭僧法言云云　施乙無此條自註。
〔三九〕言公　類甲作「公言」，疑誤。
〔四〇〕入吳越　集本、施乙、類本作「適吳越」。

〔四一〕力自藏　集乙作「及自藏」。合註：「力」一作「乃」。

〔四二〕芝蘭　集本作「芳蘭」。

〔四三〕作書寄　集本、類本作「作詩寄」。合註謂「詩」訛。

〔四四〕和州防禦使　「和」原作「利」。合註引施註「和」字處爲「〇」，殘。合註引《宋詩紀事》，疑所殘之字爲「利」。按，施乙註文「利」作「和」，作「和」是。《宋史·地理志》：「和州，上，歷陽郡，防禦。」

〔四五〕北城　合註謂一作「今歲」，並謂訛。

〔四六〕翠帷　集甲、類丙作「翠幃」。

〔四七〕生人　集乙作「生仁」。

〔四八〕再次韻答田國博部夫還　類本無「答」字。類丙「還」作「遠」，疑誤。

〔四九〕忍看　原作「忽看」。各本作「忍看」，今從。「忽看」或爲誤刊。

〔五〇〕爲己　原作「爲已」，今從施乙。

〔五一〕萋已合　集本作「凄已合」，類本作「凄已合」。合註：「萋」一作「虛」，一作「凄」。

〔五二〕靴屨　合註：「屨」一作「履」。繆荃孫校：「屨」誤，應據嘉靖本改「履」。今仍從底本。

〔五三〕未若　集本、施乙作「豈若」。

〔五四〕菽水　原作「飯水」，據七集續集改。查註：「飯」，疑當作「飲」（自註文中移此）。

〔五五〕隨處　類本作「處處」。

〔五六〕復還　集本、施乙、類本作「還復」。
〔五七〕春雨　施乙原校：一本作「春風」。
〔五八〕朱欄　原作「朱闌」。今從集本、施乙、類本。
〔五九〕走膏乳　類本作「流膏乳」。
〔六〇〕生蒿穭　類乙作「上蒿穭」。
〔六一〕過泗上　外集無「過」字。
〔六二〕張嘉父云云　此條施註，原在卷三十五《送張嘉父長官》題下。
〔六三〕冰雪　七集作「冰玉」。
〔六四〕照淮明　外集原校：「明」一作「清」。
〔六五〕筆下　外集作「毫外」。
〔六六〕清觴　外集作「青觴」，疑誤。
〔六七〕靄靄　集甲作「藹藹」。
〔六八〕語笑　類本作「笑語」。
〔六九〕濉陽　施乙作「睢陽」。施註引《九域志》云：南陽應天府睢陽郡。
〔七〇〕慘神　查註、合註：「慘」一作「愴」。
〔七一〕懸蛛　類本作「懸珠」。
〔七二〕高譚　集甲作「高談」。

〔七三〕漁舟　集甲、類本作「漁艇」。
〔七四〕夜半　集甲、類本作「半夜」。
〔七五〕葉飛卿曰按同安志灊山方三百里陶隱居云灊山在灊縣　按，《同安志》所云之灊山，在今安徽西部灊山縣。灊山縣，元至治三年始置。陶隱居所云之灊縣，乃指於灊，在今浙江境内。《同安志》所載之灊山，與於灊之灊山不同。此條註文有自相矛盾處。可參考《元和郡縣志》、《讀史方輿紀要》。
〔七六〕一步　施乙作「一涉」。
〔七七〕冰玉　類本作「冰雪」。
〔七八〕嘉我　施乙作「喜我」。
〔七九〕楞嚴　查註、合註：「嚴」一作「伽」。
〔八〇〕新竹　合註：「新」一作「修」。
〔八一〕餘作　類丙作「餘作」，疑誤。
〔八二〕施註北夢瑣言云　此條施註有訛字，今據解放後排印本《北夢瑣言》校訂。
〔八三〕静觀　類丙作「淨觀」。
〔八四〕山水青　原作「山水清」，今從集甲、類甲。盧校：「三韻中連用兩『清』字，疑有一誤。」合註云：「『清』字韻複，疑與第二韻必有一譌（自註文移此）。」按，「青」、「清」，古韻通。
〔八五〕浮萍　合註：「萍」一作「蘋」。

〔八六〕聞鼉鳴　集甲作「問鼉鳴」。

〔八七〕來趁　類本作「來聽」。

〔八八〕次韻秦太虛見戲耳聾　三希堂石刻有此詩。

〔八九〕勝敗　三希堂石刻作「勝壞」。

〔九〇〕任所適　合註：「任」一作「隨」。

〔九一〕流連　集甲、類丙作「留連」。

〔九二〕杜子美詩小雨止還作斷雲疎復行　「斷雲」句見《雨》。《雨》詩無「小雨」句。

〔九三〕劉寺丞名撝云云　此條施註原殘缺，今據施乙補足。删去《送劉寺丞赴餘姚》題下「詰案」「此段施註」云云一條。

〔九四〕雲霧　集本、類本作「雪霧」。

蘇軾詩集卷十九

古今體詩四十八首

【誥案】起元豐二年己未五月，在尚書祠部員外郎直史館權知湖州軍州事任，七月，中使到湖追攝，八月，赴臺獄，十二月，獄具，責授檢校尚書水部員外郎黄州團練副使本州安置不得簽書公事，至出獄作。

霅上〔一〕訪道人不遇

【誥案】此詩施編不載，查註據外集補編。

花光紅滿欄，草色緑無岸〔二〕。不逢青眼人，〔馮註〕《晉·阮籍傳》：籍能爲青白眼，見禮俗之士，以白眼對之。長歌白石澗〔三〕。

李公擇過高郵，見施大夫與孫莘老賞花〔四〕詩，憶與僕去歲會於彭門折花饋筍故事，作詩二十四韻見戲，依韻奉答〔五〕，亦以戲公擇云〔六〕

〔查註〕先生在徐州，有《送筍、芍藥與公擇》詩。〔合註〕李公擇時任淮南西路提刑。《續通鑑長編》所載先生詩獄事内可證。

汝陽真天人，絹帽著紅槿。〔施註〕南卓《羯鼓録》：汝陽王璡，玄宗特鍾愛焉。每遊幸，頃刻不捨，嘗戴砑絹帽打曲。上自摘紅槿花一朵，置帽上笪處，二物皆滑，久之方安。遂奏舞《山香》一曲，花不墜落，上大笑，賜璡金器。〔王註次公曰〕杜子美《八哀》詩云：汝陽讓帝子，眉宇真天人。〔查註〕杜子美《贈特進汝陽王》詩：特進羣公表，天人夙德升。纏頭三百萬，不買一微哂〔七〕。共誇青山峰，曲盡花不隕。〔施註〕《羯鼓録》：宋開府與上論鼓事，謂上曰：「頭如青山峰，手如白雨點，即羯鼓之能事。」「山峰」取不動，「雨點」取碎急。當時謫仙人，逸韻謝封畛。〔施註〕顧況《酬李侍郎》詩：逸韻不可酬。〔合註〕《左傳·定公四年》：封畛土略。詩成天一笑，〔王註〕杜子美《能畫》詩：每蒙天一笑，復似物皆春。〔施註〕杜光庭《仙傳拾遺》：玉女投壺梟而脱悮不接者，天爲之笑。萬象解寒窘。驚開小桃杏，不待雷發軫。〔施註〕《文選》陸士衡《贈馮文熊》詩：發軫清洛汭。餘波尚涓滴，〔施註〕《尚書·禹貢》：餘波入於流沙。《左傳·僖公二十三年》：晉公子重耳答楚子曰：「其波及晉國者，君之餘也。」〔合註〕杜子美《倦夜》詩：重露成涓滴。乞與居易、稹。〔施註〕《唐·白居易傳》：初與元稹酬詠，故號元、白。爾來誰復見，前輩風流盡。〔王

註〕《南史·張融傳》：其從弟弔之，曰：「阿兄風流頓盡。」寂寞兩詩人，〔王註次公曰〕兩詩人，指言莘老、施大夫也。殘紅對櫻筍。〔王註次公曰〕唐三月，宰相有櫻筍廚，時爲最盛。〔查註〕韓偓《食含桃詩》自註云：秦中謂三月爲櫻筍時。《南部新書》引李綽《秦中歲時記》：長安四月十五以後，自堂廚至百司廚，通謂之櫻筍廚。飢腸得一醉，妙語傳不泯。君來恨不與〔八〕，更復相牽引。〔施註〕《左傳·襄公十三年》：鄭石㚟曰：「使歸而廢其使，怨其君以疾其大夫，而相牽引也，不猶愈乎。」〔合註〕君指公擇。我老心已灰，空煩扇餘燼。〔施註〕《左傳·成公二年》：齊賓媚人曰：「請收合餘燼，背城借一。」《文選》沈休文《安陸王碑》：扇以廉風。天游照六鑿，虛室〔九〕掃充牣。〔王註〕《文選·魏都賦》：琛幣充牣。〔施註〕《漢·司馬相如傳》：萬端鱗萃，充牣其中者，不可勝紀。懸知色竟空，那復嗜烏吻。〔施註〕《史記·蘇秦傳》：飢人飢而不食烏喙者，爲其愈充腹而與餓死同患也。《本草》：烏頭，一名烏喙。宋齊丘《化書》：躑躅之酒，烏喙之脯，初噉之若芥，再噉之若黍，復啖之若丸，又啖之若脯。蕭然一方丈，居士老龐蘊。〔施註〕《傳燈録》：居士龐蘊，少悟塵勞，志求真諦。散花從滿裓，不答天女問。故人猶故目〔一〇〕，〔合註〕故人亦指公擇。《水經注》：猶存故目。怨句寫餘恨。〔王註〕韓退之詩：頻蒙怨句刺棄遺。疑我此心在，遮防費欄楯。〔施註〕《阿彌陀經》：極樂國土，七重欄楯，周匝圍繞。〔查註〕《阿彌陀經》註云：横曰欄，直曰楯。應虞已斃蛇，折尾時一蠢。〔施註〕杜子美《義鶻行》：白蛇登其巢，吞噬恣朝餐。斯須領健鶻，痛憤寄所宜。高空得蹭蹬，短草辭蜿蜒。折尾能一掉，飢腸皆已穿。仄聞孟光賢，〔施註〕《後漢·梁鴻傳》：字其妻曰德曜。未學〔一一〕處仲忍。開閤放出，事見本傳〔一二〕。〔施註〕《晉·王敦傳》：字處仲。王愷嘗置酒，敦與導俱在坐。有女妓吹笛，小失聲韻，愷便毆殺之，一坐改容。敦神色自若。他日又造愷，愷使美人行酒，以客飲不盡，輒殺之。酒至敦、導所，敦故不肯持，美人

悲懼失色，而敦傲然不視。導還，歎曰：「處仲若當世，心懷剛忍，非令終也。」敦又嘗荒恣於色，體爲之弊。左右諫之。曰：「此甚易耳。」乃開後閤，驅諸婢妾數十人，並放之。時人歎異焉。寄招應已足，左右侍雲鬟。何時花月夜，〔施註〕《古樂府》有《春江花月夜》一章。羊酒謝不敏。〔王註〕韓退之詩：買羊酤酒謝不敏，偶逢明月曜桃李。此生如幻耳，戲語君勿慍。應同亡是公，一對子虛听。〔施註〕《漢·司馬相如傳》：子虛，虛言也，爲楚稱。烏有先生者，烏有此事也，爲齊難。亡是公者，亡是人也。又：亡是公听然而笑曰：「楚則失矣，而齊亦未爲得也。」

王鞏清虛堂

〔王註次公曰〕《晉書》：阮瞻，字千里。清虛寡欲，自得於懷。定國名堂，蓋取於此，非止言景物之清虛也。〔查註〕《汴京遺迹志》：清虛堂在開封府城東。子由《記》畧云：王定國爲堂於居室之西，置圖史百物，而名清虛，蕭然如入於山林高僧逸人之居，而忘其京師塵土之鄉也。及其經涉世故，出入禍患，乃始發其箱篋，出其玩好，投以予人，意其有真清虛者在焉。

清虛堂裏王居士，閉眼觀心〔三〕如止水。〔王註〕《莊子·德充符篇》：人莫鑑於流水，而鑑於止水。《傳燈録》：法融禪師入牛頭山石室。四祖問曰：「在此作什麽？」師曰：「觀心。」水中照見萬象空，敢問堂中〔四〕誰隱几。〔王註〕《莊子·齊物論篇》：南郭子綦隱几而坐。顏成子游侍於前曰：「何居乎，形固可使如槁木，心固可使如死灰乎？」子綦曰：「今之隱几者，非昔之隱几者也。」吴興太守老且病，堆案滿前長渴睡。願君勿笑反自觀，夢幻去來殊未已。長疑安石恐不免，未信犀首終無事。勿將一念住清虛，居士與我蓋同耳。〔施註〕《晉・張華傳》：羣臣論伐吳，帝曰：「此自吾意，華但與吾同耳。」

和孫同年卞山龍洞禱晴

〔查註〕《吳興掌故集》：卞山有一石，上大而末小，危立如幢，傍有洞，窈深叵測，相傳神龍居之。黃魯直書黃龍洞三字。《名勝志》引《山墟名》云：卞山之陰，有黃龍洞，吳越王立祥應宫以祀之。談鑰《吳興志》：黃龍洞在城北十八里，舊名金井。梁貞明初，有黃龍見於井中，易今名，歲以五月二十日致祭。《吳興備志》：公手書此詩，當時刻石，置黃龍洞，後移府中。明正德朝郡守吕某爲跋。今石猶在郡署廳事後。

吳興連月雨，〔王註〕《吳興統記》：歸命侯寶鼎元年，分吳郡之烏程、永安、餘杭、臨水、陽羡五縣及丹陽郡之故鄣、安吉、原鄉、於潛四縣合九縣，立吳興郡。釜甑生魚蛙。〔施註〕《戰國策》：知伯攻趙城，水不没者三版，臼竈生蛙，人馬相食。晉成公綏《陰霖賦》：沉竈生蛙，中庭運舟。往問卞山龍，曷不安厥家。梯空〔一五〕上巉絶〔一六〕，〔施註〕韓退之《送惠師》詩：梯空上秋旻。又：孤撐有巉絶。俯視驚谽谺。〔施註〕司馬相如《上林賦》：谽谺豁閜，阜陵別隝。神井湧雲蓋，〔合註〕劉逖詩：神井堪消疹。司馬相如《大人賦》：綷雲蓋而樹華旗。陰崖垂薜花。〔合註〕潘岳《西征賦》：眺華嶽之陰崖。喻鳧詩：聲疊薜花堦。交流百道泉，〔合註〕沈佺期詩：竹履泉聲百道飛。赴谷〔一七〕走羣蛇。不知落何處，隱隱如繅車。我來叩石户，〔合註〕謝靈運詩：掩岸墐石户。飛鼠翻白鴉。寄語洞中龍，睡味豈不嘉。雨師少弭節，〔施註〕《文選》班孟堅《東都賦》：雨師汎灑，風伯清塵。雷師亦停搗〔一八〕。積水得反壑，稻苗出泥沙。農夫免菜色，〔施註〕《禮記·王制》：以三十年之通，雖有凶旱、水溢，民無菜色。龍亦飽豚猳〔一九〕。〔王註〕白樂天《黑潭龍樂府》云：假托神龍食豚盡，重泉之下龍知無。看君擁黄紬，高卧放晚衙〔二〇〕。〔施註〕白樂天《罷河南》詩：暖閤謀宵宴，寒庭放晚衙。《倦游録》：文潞公初知楡次縣，題詩於新衙鼓上，云：置向譙樓一任搗，搗多搗少不知他。如今幸有黄紬被，努出頭來道放衙。

乘舟過賈收水閣，收不在，見其子，三首

〔查註〕《苕溪漁隱叢話》：賈耘老舊有水閣，在苕溪之上，沈會宗爲賦小詞。《吴興掌故集》：賈收所居名浮暉閣。【誥案】賈收子，名添丁。

其一

愛酒陶元亮，〔施註〕《晉·陶潛傳》：或有酒要之，或要之共至酒坐，雖不識主人，亦欣然無忤，酣醉便反。《五柳先生傳》：性嗜酒，而家貧不能恒得，新舊知其如此，或置酒而招之，造飲輒盡，期在必醉。能詩張志和。〔王註子仁曰〕「愛酒」、「能詩」字，做杜子美「愛酒晉山簡，能詩何水曹」也。〔邵註〕《唐書·張志和傳》：金華人。居江湖，自稱烟波釣徒，亦號玄真子。顔真卿刺湖，志和來謁真卿，以舟敝漏，請更之。志和願浮家汎宅，往來苕霅間。善圖山水，酒酣，舐筆輒成。嘗撰《漁歌》。憲宗圖真，求其歌，不能致。青山來水檻，〔合註〕杜子美《江上值水》詩：新添水檻供垂釣。白雨滿漁簑。淚垢添丁面，〔王註次公曰〕添丁，以言賈之子。盧仝兒名添丁，詩云：莫怪添丁郎，淚下作面垢。〔查

註〕本集《與耘老尺牘》云：念賈處士貧甚，乃作怪石古木一紙，可令雙荷葉收掌，須添丁長以付之也。貧低舉案蛾。〔查註〕本集《戲贈賈收》詩第二首，公自註云：賈將再娶。今云「貧低舉案蛾」，則賈此時已再娶矣。不知何所樂，竟夕獨酣歌。〔王註〕《尚書·伊訓》：酣歌於室。白樂天效陶潛體詩：客去有餘趣，竟夕獨酣歌。

其二

嫋嫋風蒲亂，〔王註倬曰〕《選》詩：風蒲亂曲渚。〔施註〕《楚辭》屈原《九歌》：嫋嫋兮秋風。猗猗水荇長。〔王註〕杜子美《曲江對雨》詩：水荇牽風翠帶長。小舟浮鴨綠〔二〕，〔施註〕《唐·東夷傳》：高麗馬訾水，出白山，色若鴨頭，號鴨綠水。大杓瀉鵝黃。〔施註〕《晉·阮咸傳》：咸至宗人間共集，不復用杯觴斟酌，以大盆盛酒，大杓更飲。得意詩酒社，終身魚稻鄉。樂哉無一事，何處不清涼。

其三

曳杖青苔岸，〔施註〕《禮記·檀弓》：孔子負手曳杖。〔合註〕此用《梁書·任昉傳》「爲新安太守，率然曳杖，徒行邑郭」事，以切郡守也。繫船枯柳根。德公方上冢，季路獨留言。〔王註續曰〕以言見收之子。《論語·微子》：見其二子焉。已占蒲魚港，〔施註〕《周禮·夏官》：職方氏，正東曰青州，其浸沂沭，其利蒲魚。更開松菊園。〔施註〕陶淵明《歸去來辭》：三徑就荒，松菊猶存。從茲來往數，〔合註〕杜子美《重過何氏》詩：自今幽興熟，來往亦無期。兒女自膺門。〔王註〕杜子美《秦州雜事》詩：曬藥能無婦，膺門幸有兒。《晉書·李密傳》：內無膺門五尺之童。

次韻孫秘丞見贈

〔查註〕《宋史·職官志》：秘書省丞，從七品，位次少監下。

感慨〔三二〕清哀〔三三〕似變風，〔施註〕卜子夏《詩序》：王道衰，禮義廢，政教失，國異政，家殊俗，而變風變雅作矣。〔合註〕陶淵明《閑情賦》：遠笛流遠以清哀。老於〔三四〕詩句耳偏聰。迂疎自笑成何事，冷淡誰能用許功。不怕飛蚊如立豹，〔公自註〕湖州多蚊蚋，豹脚尤毒。〔查註〕《齊東野語》：吴興多蚊，蓋水蟲之所變，生草中者吻尤利，而足有文采，號爲豹脚。肯隨白鳥〔三五〕過垂虹。〔公自註〕垂虹，長橋亭名〔三六〕。〔施註〕《夏小正》：白鳥，蚊蚋也。《金樓子》：白鳥，蚊也，齊桓公卧於柏寢，謂仲父曰：「一物失所，寡人猶爲之悒悒，今白鳥營營，是必飢。」因開翠紗之幬進蚊子焉。〔查註〕詩中所云白鳥，乃鷗鷺之類，再作蚊蚋解，於義重複。吟哦相對忘三伏，〔施註〕韓退之《調張籍》詩：惟此兩夫子，家居率荒涼。帝欲長吟哦，故遣起且僵。又案《曆忌釋》：伏者，何也？金氣伏藏之日也。金畏於火，故至庚日必伏。《陰陽書》：從夏至後第三庚爲初伏，四庚爲中伏，立秋後初庚爲終伏，故謂之三伏。擬泛冰溪入雪宫。〔王註次公曰〕世謂湖州爲水晶宫，言其四面皆水。

與客遊道場、何山，得烏字

〔王註〕《吴興統記》：正真寺在州南一十六里，有山曰道場山。〔施註〕《括地志》：何山本名金蓋山，晉何楷居此習業。後爲吴興太守改爲何山。

清溪到山盡，飛路盤空小。紅亭與白塔，〔王註李彭曰〕《吴興統記》：郡有五亭，曰白蘋亭、集芳亭、山光亭、朝霞亭、碧波亭。又有白塔巷，有白石塔在焉，因而名之。在州西三里。〔查註〕朱彧《萍洲可談》云：宋熙寧中，有老僧言，道場山，在州南離方文筆山也。低於他山，故未有魁天下者。僧乃丐緣，即山背建浮圖，望之如卓一筆。其後大觀賈安宅、政和莫儔，相繼爲廷試魁。隱見喬木杪。〔王註〕謝靈運詩：俛視喬木杪。【誥案】紀昀曰：起四句如畫，通首亦緊峭之中，不乏波折。中休得小菴，孤絶寄雲表。洞庭在北户，雲水天渺渺。菴僧俗緣盡，淨業洗未了。十年畫鵲竹，益以詩自繞。〔合註〕此必當日實有所指之僧，惜無可考。高堂儼像設，〔施註〕《文選》宋玉《招魂》：像設君室，静閒安些。禪室〔二七〕各深窈。奔泉何處來，華屋過溪沼。〔施註〕《文選》曹子建樂府：生存華屋處，零落歸山丘。何山隔幽谷，〔施註〕《毛詩·小雅·伐木》：出自幽谷。去路清且悄。長松度翠蔓，〔施註〕《文選》劉越石《扶風歌》：繫馬長松下。絶壁挂啼鳥。我友自杭來，尚歎所歷少。歸途風雨作，一洗紅日燎。我驚〔二八〕萬竅號，黑霧卷蓬蓼。舟人紛變色，坐羨輕鷗矯。我獨喚酒杯，醉死勝流殍。〔施註〕《唐·傅奕傳》：自爲《墓志》云，青山白雲人也，以醉死。書生例强狠〔二九〕，〔施註〕《唐·魏徵傳》：封倫曰：「書生好虚論。」〔合註〕《陸賈新書》：俗負强狠。造物空煩擾。更將掀舞勢，把燭畫風篠。美人爲破顔，〔合註〕李義山詩：下蔡城危莫破顔。正似腰支嫋〔三〇〕。〔施註〕先生自題《畫竹》云：子瞻歸自道場何山，因憩耘老溪亭，命官奴秉燭捧硯，寫風竹一枝。明朝更陳迹〔三一〕，清景墮空杳。作詩記餘歡，萬古一昏曉。〔王註〕杜子美《望嶽》詩：陰陽割昏曉。

僕去杭五年，吴中仍歲大飢疫，故人往往逝去，聞湖上僧舍不復往日繁麗，獨淨慈本長老學者益盛，作此詩〔二二〕寄之

〔查註〕《咸淳臨安志》：南山報恩光孝禪寺，即淨慈寺，顯德元年建，初號慧日永明院。

來往三吴一夢間，〔施註〕朱長文《吴郡圖經續記》：漢永建四年，分會稽爲吴郡，以淛江中流爲界。晉、宋、齊、梁、陳之間，雖頗割地而不改，與吴興、丹陽，號爲三吴。故人半作冢纍然。獨依舊社傳真法，要與遺民度厄年。〔施註〕《左傳·閔公二年》：衛之遺民男女七百有三十人。《漢·王莽傳》：莽下吏禄制度，曰：予遭陽九之阨，百六之會，國用不足，民人騷動，今阨會已度。趙叟近聞還印綬，〔施註〕趙叟，謂趙清獻公抃。《漢·朱買臣傳》：還其印綬。〔查註〕《咸淳臨安志》：熙寧十年五月，趙抃自知越州以資政殿大學士移知杭州。《清獻公神道碑》云：元豐二年二月，加太子少保致仕。竺翁先已反林泉。〔查註〕竺翁，指辯才。公在徐州，有《聞辯才復歸上天竺》詩。何時策杖相隨〔二三〕去，任性逍遥不學禪。〔施註〕《傳燈録》：福州大安禪師云：在潙山三十年，吃潙山飯，屙潙山屎，不學潙山禪。

送表忠觀錢道士〔二四〕歸杭并引

〔王註王銍曰〕《杭州圖經》云：表忠觀，在城南龍山一十五里，熙寧十年賜今額。〔施註〕錢道士，名自然，號通教大師。

熙寧十年，詔以龍山廢佛祠爲表忠觀。〔查註〕《咸淳臨安志》：熙寧十年，趙清獻公請於朝，即龍山廢佛刹妙因院爲觀，詔賜額曰表忠。元豐二年，通教自杭來，見予於吳興。問：「觀亦卒工乎？」曰：「未也，杭人比歲不登，莫有助我者。」余曰：「異哉，杭人重施輕財，是不獨爲福田也，將自託於不朽，今歲成矣，子其行乎？」及還，作詩送之〔三五〕。〔施註〕集中不載此引。道士吳大回，錢之弟子也，嘗親見墨蹟。今録之。〔合註〕《續通鑑長編》元豐五年三月載：詔杭州以錢氏臨安縣田産課入，歲賜表忠觀錢五百千，葺吳越王墳廟事。當必因工尚未成之故，與先生詩前後正相合也。【誥案】錢氏歸國日，有錢塘、臨安園地歲課一千三百餘貫，寄納軍資庫。自太宗以來，百有餘年，未嘗請領。是時錢氏子孫困乏之甚，上言墳廟蕪廢，無力修治，而前項積敷繁重，不敢請領，但求給還園地，以備歲修之費。神宗令歲給五百千，而其墳廟竟不能治，此《表忠觀碑》所以有父老流涕之譏也。通教本無需求助於杭人，叙以莫助爲詞，而詩有憔悴雲孫之慨，其旨微矣。合註所引《長編》，與詩旨極不合。

先王舊德在民心，〔施註〕《周易·訟》：食舊德，貞厲終吉。著令稱忠上意深。〔王註〕《前漢·吳芮傳》：徙爲長沙王，薨，謚曰文王。初，文王芮，高祖賢之，制詔御史，長沙王忠，其定著令。《贊》曰：吳芮之起，不失正道，故能傳號五世，以無嗣絶，慶流支庶，有以矣夫，著於甲令而稱忠也。墮淚行看會祠下，挂名争欲刻碑陰。〔王註績曰〕《表忠碑》，公書其事。〔合註〕徐陵《傳大士碑》載在碑陰，書其名品。凄涼破屋塵凝坐，〔施註〕司空圖《郊園》詩：落葉穿破屋。《晉·簡文帝紀》：留心典籍，不以居處爲意，凝塵滿席，宴如也。憔悴雲孫雪滿簪。〔王註次公曰〕《爾雅》：子之子爲孫，孫之子爲曾孫，曾孫之子爲玄孫，玄孫之子爲來孫，來孫之子爲晜孫，晜孫之子爲仍孫，仍孫之子爲雲孫。註云：輕遠如浮雲。未信諸豪容郭解，却從他縣施千金。〔王註〕《史記·郭解傳》：洛陽人有相仇者，邑中賢豪居間者以十數，終不聽。客迺見解。解夜見仇家，仇家曲聽解。解乃謂仇家，吾聞雒陽諸公，在此間，多不聽，今子幸而聽解，解奈何從他縣奪人邑中賢大夫權乎？乃夜去。

舶趠風并引

〔查註〕《庚溪詩話》：吳中每暑月，則東南風數日，名舶趠風。云海外舶船，禱於神而得之，乘此風到江浙間也。余官吳門，庚午六月既望之三日，風作，踰旬而止，暑氣頓減。丙子歲，余罷官寓居無錫，六月晦前三日，此風作，凡七日乃止。按坡詩，則當在五月或六月初，而余兩見之，乃在六月望後與六月晦前，節氣有早晚也。

吳中梅雨既過，颯然清風彌旬，歲歲如此，湖人謂之舶趠風。是時，海舶初回，云此風自海上與舶俱至云爾。

三旬〔三六〕已過黃梅〔三七〕雨，〔施註〕梁元帝《纂要》：梅熟而雨曰梅雨。《吳中風俗占》：芒種日謂之入梅，至夏至日午後梅盡，合三十日。〔查註〕《埤雅》：江湘二浙，四五月之間，梅欲黃落，則水潤土溽，其霏如霧，謂之梅雨。自江以南，三月雨謂之迎梅，五月雨謂之送梅。萬里初來舶趠風。〔施註〕《文選》陸士衡《緩聲歌》：長風萬里舉。幾處縈回度山曲，一時清駛滿江東。〔施註〕韓退之《南溪始泛》詩：南谿亦清駛。驚飄蔌蔌先秋葉，〔施註〕《毛詩·小雅·正月》：蔌蔌方有穀。註云：蔌蔌，陋也。〔合註〕鮑照《蕪城賦》：蔌蔌風威。李善註：風聲勁捷之貌。喚醒昏昏嗜睡翁。〔施註〕東坡《記壁》詩云：人間不漏仙，兀兀三杯醉。世上無眼禪，昏昏一覺睡。杜牧之《上李中丞書》：好酒嗜睡，其癖已痼。欲作蘭臺快哉賦，却嫌分別問雌雄。〔施註〕《文選》宋玉《風賦》：楚襄王遊於蘭臺之宮，有風颯然而至，乃披襟而當之，曰：「快哉此風，寡人所與庶人共者耶？」宋玉對曰：「此獨大王之風耳，庶人安得而共之？」王曰：「豈有説乎？」玉曰：「發明耳目，寧體便人，此大王之雄風也。啗齰嗽獲，死生不卒，此庶人之雌風也。」

丁公默送蝤蛑

〔王註〕《吳越風物志》云：蝤蛑，并螯十足，生海邊泥穴中，潮退採取之，四時常有。雌者臍大而肥，重者踰數斤，去臍，渾煮熟，分擘薦酒，切爲羹。其小而黄者，謂之石蝤蛑，肉硬。螯，音敖。〔邵註〕臍，於檢切。〔查註〕《咸淳臨安志》：蝤蛑，產鹽官。

溪邊石蟹小於錢〔三八〕，〔查註〕《蟹譜》：明越溪澗石穴中，出小蟹，其色赤而堅，俗呼爲石蟹。《博物志》：南海有水蟲，名蒯，其中有小蟹，大如榆莢。《廣志》：蜅，小蟹，大如貨錢。喜見輪囷赤玉盤。〔施註〕《漢·鄒陽傳》：蟠木根柢，輪囷離奇。〔查註〕《大觀本草》：赤玉盤，生南海中。其螯最鋭，斷物如芟刈，扁而最大，後足闊者名蝤蛑，南人謂之撥棹子。大者如升如盤，小者如盞楪。兩螯如手，異於衆蟹。一名執火，其色赤。半殼含黄宜點酒，〔查註〕《吳興掌故集》：蟹子未成時，曰黄甲，有細骨，黄依以生。入海則黄化爲子，而芒亦漸長，至春深散子，則芒亦輸出，蟹腐矣。兩螯斫雪勸加餐。〔王註〕《酉陽雜俎》云：蝤蛑大者，長尺餘，兩螯至强。鄮縣昔有人於水際泥穴探取之，手爲左螯所夾，即以口嚙目所，又爲右螯所剪，有頃而死，至今呼此爲蝤蛑洲。蠻珍海錯聞名久，〔王註〕《禹貢》：海物爲錯。怪雨腥風〔三九〕入坐寒。〔合註〕韓退之《南海神廟碑》：盲風怪雨。堪笑吳興饞太守，一詩換得兩尖團。〔王註次公曰〕母蟹之臍團，雄蟹之臍尖。尖、團名蟹，常語也。〔查註〕唐彥謙《蟹》詩：漫誇風味過蝤蛑，尖臍猶勝團臍好。

送孫著作赴考城，兼寄錢醇老、李邦直二君，於孫處有書見及

〔查註〕《宋史·職官志》：秘書省有著作郎及佐郎。《水經注》：考城，周之采邑，春秋戴國。《陳留風俗傳》曰：秦穀縣也，後改菑縣。《名勝志》：漢顯宗東巡，改爲考城，今河南睢州之屬縣。

使君閑如雲，〔施註〕白樂天《和裴侍郎》詩：靜將鶴爲伴，閑與雲相似。欲出誰肯伴。〔施註〕白樂天《朝歸》詩：無人閑相伴。清風獨無事，一嘯亦可喚。〔施註〕《後漢·方術傳》：趙炳嘗臨水求度船，人不和之。炳乃張蓋坐其中，長嘯呼風，亂流而濟。〔邵註〕《炳傳註》：和，猶許也。來從白蘋洲，〔王註續曰〕白蘋洲，在湖州，因梁柳惲爲吳興太守，賦詩於此，因以名洲。〔次公云〕柳惲詩：汀洲采白蘋，日晚江南春。〔施註〕《唐文粹》李直方《白蘋亭記》：洲在郡城南，東亂霅溪，據洲之陽，揆日之正，揭大亭一焉。吹我明月觀。〔查註〕勞鉞《湖州志》：府治有明月樓，在子城西南隅，唐貞元十三年建。梅聖俞《吳興五詠》，明月樓其一也。門前遠行客，〔施註〕《文選·古詩》：人生天地間，忽如遠行客。【誥案】紀昀曰：斗入奇絕。青衫流白汗。問子何悤悤，〔施註〕杜子美《泥功山》詩：寄語北來人，後來莫悤悤。王事不可緩。故人錢與李，清廟兩圭瓚。〔施註〕《尚書·文侯之命序》：平王錫晉文侯秬鬯圭瓚。孔氏云：以圭爲杓柄，謂之圭瓚。《毛詩·大雅·蕩》：釐爾圭瓚。鄭氏曰：王賜召虎，使以祭其宗廟。蔚爲萬乘器，〔施註〕《漢·鄒陽傳》：蟠木根柢，輪囷離奇，而爲萬乘器者，以左右先爲之容也。尚記溝中斷。〔施註〕《莊子·天地篇》：百年之木，破爲犧樽，青黃而文之。其斷在溝中，比犧尊於溝中之斷，則美惡有間矣，其於失性一也。〔合註〕所謂有書見及也。子亦東南珍，價重不可筭。〔王註〕杜子美《謁文公上方》詩：價重百車渠。《孟子·滕文公上》：或相倍

蓰而無算者。別情何以慰，酒盡對空案。惟持一榻涼，勸子巾少岸。北風〔四〕那復有，塵土飛灰炭。欲寄二大夫，〔王註〕《漢·疏廣傳》：觀者皆曰：「賢哉二大夫。」發發不可絆。〔施註〕《毛詩·小雅·蓼莪》：南山烈烈，飄風發發。〔查註〕《漢書·王吉傳》：是非古風也，發發者。

泛舟城南，會者五人，分韻賦詩，得「人皆苦炎」字四首

【誥案】此五人中，秦觀與焉。詳總案中。〔案〕總案云：本集《與秦少游書》云，分韻詩語益妙，得之殊喜。拙詩令兒子録呈。據此書，則泛舟城南五人分韻之作，少游在焉。

其一

城中樓閣似魚鱗，〔施註〕《楚辭》：魚鱗屋兮龍堂。不見清風起白蘋。〔王註次公曰〕宋玉《風賦》：起於青蘋之末。今湖洲有白蘋洲，故變用白蘋。〔施註〕劉禹錫《湖州》詩：酒對青山月，琴韻白蘋風。【誥案】紀昀曰：入手恣逸，妙，不單弱。試選苕溪最深處，〔查註〕《咸淳臨安志》：苕溪，《祥符志》云：闊七十六步，秋冬深五尺，春夏深九尺。《山海經》云：天目山，苕溪出焉，在於潛、臨安兩縣界。耆老相傳云，夾岸多苕花，每秋風，飄散水上，如飛雪然，因名。仍呼我輩不羈人。〔施註〕《漢·司馬遷傳》：僕少負不羈之才。韓退之《送惠師》詩：惠師浮屠者，乃是不羈人。窺船野鶴何曾下，見燭飛蟲空自馴。遶郭荷花一千頃，〔施註〕白樂天《餘杭》詩：遶郭荷花三十里。〔查註〕《吳興掌故集》引姜白石云：吳興號水晶宮，荷花極盛，陳簡齋詞云：今年何以報君恩，一路荷花，相送到青墩。亦可見矣。【誥案】簡齋，名去非。爲南渡名臣之冠，陳公弼之曾孫也。誰知六月下塘春。〔施註〕今震澤以南派太湖之水，亂苕、

霅二溪，以通舟楫，東盡吴興，西盡餘杭，名曰下塘，言居官塘下流。〔查註〕梅堯臣《送胡武平》詩：始時遶郊郭，水不通蹄輪。公來作新塘，直抵吴淞垠。《演繁露》：湖州東門外上塘路，武平始築也。《咸淳臨安志》：上下塘河，南自天宗水門、餘杭水門，二河合於北郭稅務前，與城東水合，分爲兩派，一由東北上塘入大運河，一由西北過江漲橋以北，入安吉州界，曰下塘河。

其二

苦熱誠知處處皆，何當危坐學心齋。〔王註〕《管子·弟子職篇》：危坐鄉師，顔色無怍。《後漢書》：茅容避雨樹下，危坐愈恭。《莊子·人間世篇》：顔回曰：回不飲酒不茹葷者數月，若此，可以爲齋乎？〔施註〕《莊子·人間世篇》：顔回曰：敢問心齋？仲尼曰：惟道集虚。虚者，心齋也。海螯要共詩人把，溪月行遭霧雨霾。〔施註〕《後漢·郎顗傳》：時氣錯逆，霾霧蔽日。白樂天《南賓郡》詩：霧雨霾樓雉。鄉國飄零斷書信，〔施註〕杜子美《送李大夫》詩：垂老見飄零。弟兄流落隔江淮。〔施註〕杜子美《五盤》詩：故鄉有弟妹，流落隨丘墟。便應築室苕溪上，〔施註〕《左傳·宣公十五年》：築室反耕者。荷葉遮門水浸堦。〔施註〕柳子厚《雨亭夜飲》詩：霧暗水連堦，月明花覆牖。

其三

紫蟹鱸魚賤如土，〔施註〕白樂天《洛下宴游》詩：米價賤如土。得錢相付何曾數。〔王註〕《後漢·五行志》：謡曰，河間姹女工數錢。碧筩時作象鼻彎，白酒微帶荷心苦。〔王註〕張君房《脞説》載：歷城北有使君林。魏正始中，鄭公慤於三伏之際，率賓僚避暑於此。取大荷葉，盛酒，以簪刺令與柄通，屈莖上輪囷如象鼻，傳翕之，名爲碧篘。歷下皆效之云。酒味雜蓮氣，香冷勝於他酎。〔施註〕竇子野《酒譜》亦云。白樂天《想東游》詩：味苦蓮心小，漿甜蔗節稠。運肘風生看斫鱠，隨刀雪落驚飛縷。〔王註次公曰〕《禮記·深衣》：格之高下，可以運肘。「運肘風生」，亦依《莊子》「運斤成風」也。杜子美《觀打魚歌》詩：饔子左右揮霜刀，鱠飛金盤白雪高。潘岳《西征賦》云：饔人縷切，鸞刀若飛。應刃落俎，靃靃霏霏。〔施註〕《酉陽雜俎》：南孝廉者，善斫鱠，縠薄絲縷。因會客，忽雷震一聲，鱠悉化爲蝴蝶飛去。〔查註〕《吳興掌故集》：湖人往時善斫鱠，縷切如絲，簇成人物花草，雜以薑桂。山谷云：吳興庖人斫松江鱸鱠。則吳興斫鱠之名遠矣。《七啓》：輕隨風飛，刀不轉切。即此也。不將醉語作新詩，飽食應慚腹如鼓。〔王註〕《談藪》載高爽《題鼓嘲孫挹》云：身有八尺圍，腹無一寸腸。面皮如許厚，被打未遽央。〔合註〕《莊子·馬蹄篇》：鼓腹而遊。

其四

橋上游人夜未厭，共依水檻立風簷。〔王註〕唐李商隱《宿駱氏亭》詩：竹塢無塵水檻清。杜子美《陪章留後侍御宴南樓》詩：簷雨細隨風。〔合註〕張祜詩：靜入風簷夜雨聲。樓中煮酒初嘗芡，月下〔四二〕新粧半出簾。〔施註〕司空圖時：晚粧留拜月，卷上水晶簾。南郭清游繼顏謝，〔施註〕顧況《湖州刺史廳壁記》：在晉則謝安、謝萬、王羲之、坦之、獻之，國朝則顏魯公忠烈也，袁給事高讜正也，劉員外全白文翰也。邵迎《吳興詩集序》云：東晉王羲之、謝安諸公，莫不游而樂之，而城中觀游之最，則水堂見於柳惲。至唐出守者，若顏真卿之忠毅，又不獨以篇詠著者也。北窗歸臥等羲炎。〔施註〕《左傳》：炎帝神農氏，太皞伏羲氏。人間寒熱無窮事，〔施註〕白樂天《迂叟》詩：冷暖俗情諳世路，是非閑論任交親。自笑疎頑不受痁。〔王註次公曰〕痁，瘧疾也。其爲狀，一寒一熱，今云不受痁，則不聽寒熱之侵也。〔施註〕白樂天《題郡齋》詩：偃卧恣疎頑。《左傳·昭公二十二年》：齊侯疥，遂痁。杜預曰：痁，瘧也。《後漢·景丹傳註》：壯士不病瘧。【誥案】紀昀曰：末句押韻甚巧。

與王郎夜飲井水〔四二〕

〔施註〕此詩墨蹟，刻石成都帖，而集中失載。王郎，乃子由壻子立也。是時從先生於吳興。

吳興六月水泉温，千頃菰蒲聚鬬蚊〔四三〕。【誥案】首二句，謂人皆趨炎，如鬬蚊盛於六月也。其下温字之意如此。此井獨能深一丈，【誥案】句謂井深而水獨寒冽也，凜然之意，從此生出。凜然如我〔四四〕亦如君。〔翁方綱註〕按此詩末句首二字原本蝕闕，查作源龍，依邵氏註也，然今諦視原本，蝕痕非此二字，俟訪成都石刻補之。〔合註〕王本、七集本作「源龍如我」，鄭羽本作「凜然如我」，則「源龍」二字，施氏原刻本亦必作「凜然」也。【誥案】凜字草書，上蝕去一點，即似源字形，龍然二字作草，本相似也。合三註考之，從凜然爲確。詩以「我」、「君」二字當冷字用，謂世皆趨熱，而爾我獨冷，不圖此水凜然，正如我之與爾飲此爲宜也。

次韻李公擇梅花

〔施註〕李公擇本末，見十一以後四卷倡酬。公擇自諫省言事去國，守江夏、吳興、濟南三郡，提點淮西刑獄，置司舒州。灊嶽在舒境内，故皆見詩中。東坡嘗過公擇于吳興、于濟南，故有「茶山檻泉」之句。檻泉，濟南園亭。子由爲濟南書記，有和孔武仲《檻泉亭》詩〔四五〕。

詩人固長貧，〔王註〕《漢書》：張負曰：「固有美如陳平長貧者乎？」日午飢未動。〔施註〕白樂天《祝蒼華》詩：痛飲困連宵，悲吟飢過午。偶然得一飽，萬象困嘲弄。〔王註〕韓退之詩：萬類困陵暴。〔施註〕劉禹錫《楚望賦》：萬象起滅，森來貺予。尋花不論命，〔王註〕韓退之詩：直把春償酒，都將命乞花。〔施註〕孟東野《招文士飲》詩：文士莫辭酒，詩人命屬花。愛雪長忍凍〔四六〕。〔施註〕孟東野《苦寒》詩：凍吟成此章。天公非不憐，聽飽即喧鬨。君爲三郡守，〔查註〕《宋史·李常傳》：熙寧中自諫院出守鄂州，未幾徙湖州，又自湖移知齊州。所至滿賓從。〔施註〕《文選》魏文帝《與吳質書》：賓從無聲。江湖常在眼，詩酒事豪縱。奉使今折磨，〔施註〕白樂天《酬微之》詩：由來才命相磨折。〔合註〕《後漢書·馮衍傳》：揭節奉使。清比於陵仲。〔王註〕漢鄒陽書：於陵仲子辭三公，爲人灌園。〔施註〕《高士傳》：陳仲，字子終。適楚，居於陵。《列女傳》：楚王欲以子終爲相，入告於妻，妻曰：「亂世多害。」於是相與逃而爲人灌園。永懷茶山下，攜妓修春貢。〔王註次公曰〕茶山、春貢，湖州事也。張君房《脞說》云：湖州長城縣啄木嶺金沙泉，每歲造茶之所。泉處沙中，居常無水，湖、常二郡守至於境會亭，具犧牲拜勅祭泉，其夕清溢。及造茶畢，水即微減，供堂者畢，水已半之，太守造畢即涸矣。守或還旆稽晚，則有風雷之變云。〔查註〕杜牧之《湖州》詩：山實東南秀，茶稱瑞草魁。剖符雖俗吏，修貢亦仙才。更憶檻泉亭，〔查註〕李公擇曾知齊州，故云。插花雲髻重。〔合註〕曹植《洛神賦》：雲髻峩峩。蕭然臥灊麓，〔查註〕公擇時提點淮南西路刑獄，提刑司在舒州。《九域志》：舒州灊山〔四七〕，漢之南岳。愁聽春禽哢。忽見早梅花，【誥案】紀昀曰：入得撇脫。不飲但孤諷。詩成獨寄我，字字愈頭痛。〔施註〕《三國志·王粲傳》引《典畧》：陳琳作諸書及檄，呈太祖。太祖先苦頭風，是日疾發，臥讀琳所作，翕然而起曰：「此愈我病。」嗟君本侍臣，〔施註〕《宋·樂志》曹子建《聖皇篇》：侍臣省文奏〔四八〕。筆槖從上雍。〔施註〕《漢·趙充國傳》：張安世本持槖簪筆，事孝武帝數十年。張晏曰：槖，契囊也。近臣負槖簪筆，從備顧問，或有所紀也。師古曰：橐，所以盛書也。《漢・司馬遷傳・報任安書》云：迫季冬，僕又薄從上雍。脱靴吟芍藥，〔施註〕《楊妃外傳》：木芍藥植於沉香亭前，李白進《清平調詞》，高力士以脱靴爲恥。帝嘗三欲命白官，卒沮止。給札賦雲夢。〔施註〕《漢・司馬相如傳》：請爲天子游獵之賦，上令尚書給筆札。賦云：楚有七澤，嘗見其一，名曰雲夢。雲夢者，方九百里。何人慰流落〔四九〕，〔施註〕韓退之詩：自從流落憂感集。【誥案】紀昀曰：又一縈拂，不粘不脱。嘉蔭天爲種。杯傾笛中吟〔五〇〕，〔王註縯曰〕笛有《落梅之曲》。〔施註〕杜荀鶴《梅花》詩：謝公吟賞愁飄落，可得更拈長笛吹。《摭遺》：蜀州紅梅閣東壁有詩云：憑仗高樓莫吹笛，大家留取倚闌干。白樂天《寄李蘄州》詩：笛愁春盡梅花裏。帽拂果下鞚。〔王註〕《後漢書》：濊貊獻果下馬。註：高三尺，乘之，可於果樹下行。〔合註〕《玉篇》：鞚，馬勒也。感時念羈旅，此意吾儕共。故山亦何有〔五一〕，桐花集么鳳。〔王註次公曰〕西蜀有桐花鳥，似鳳而小，而先生眉人，故稱故山也。〔師民瞻曰〕人謂之倒掛子。公《梅詞》所謂「倒掛緑毛么鳳」是也。【誥案】此公幼時家内事也，特與下匡廬並用，作雙收法。君亦憶匡廬，歸掃藏書洞。〔王註〕《寰宇記》：廬山，其山九疊。《山海經》所謂三天子障也。周武王時，匡俗所廬，故名廬山，亦曰匡廬。【誥案】廬山白石山房，李公擇藏書處也。公過齊州，已爲作記，其後至廬山，并有詩。何當種此花，各抱漢陰甕。〔施註〕《莊子・天地篇》：漢陰丈人，方將爲圃畦，鑿隧而入井，抱甕而出灌，搰搰然，用力甚多，而見功寡。

送淵師歸徑山〔五二〕

〔合註〕紹興間，石刻此詩，首云詩寄澄慧大師，當即淵師之字。《咸淳臨安志》採此詩，題云：寄澄慧大師淵。

我昔嘗爲〔五三〕徑山客，至今詩筆餘山色。師住此山三十年，妙語應須得山骨。〔施註〕《傳燈録》：達摩欲返西竺，乃命門人曰：「時將至矣，汝等盍各言所得乎？」乃謂道育曰：「汝得吾骨。」最後慧可禮拜，依位而立。祖曰：「汝得吾髓。」溪城六月水雲蒸，飛蚊猛捷如花鷹。〔合註〕傅休《弈賦》：猛捷者莫如虎。羡師方丈冰雪冷，蘭膏不動長明燈。〔施註〕《楚辭·招魂》：蘭膏明燭，華鐙錯些。山中故人知我至〔五四〕，争來問訊〔五五〕今何似。〔王註次公曰〕問訊如來，今禪院有打問訊也。〔合註〕《古樂府·焦仲卿妻詩》：幸可廣問訊。爲言百事不如人，兩眼猶能書細字〔五六〕。〔公自註〕徑山夏無蚊。余舊詩云：問龍乞水歸洗眼，欲看細字銷殘年。

次韻周開祖長官見寄

〔施註〕墨蹟藏吳興向氏。前題云：次韻奉和樂清開祖長官見寄。後題云：元豐二年六月十三日吳興郡齋作。「旋見兒童迎細侯」，墨蹟作「已見」，當是續改此一字。〔查註〕周開祖名邠。先生倅杭時，周爲錢塘令，多唱和詩。又有《周邠赴闕》及《周邠寄雁蕩山圖》作。蓋周自錢塘赴闕，復出宰樂清，故云：海南未起垂天翼，澗底仍依徑寸麻。惜其未大用於時也。

俯仰東西閱數州，〔合註〕《魯靈光殿賦》：俯仰顧眄，東西周章。老於歧路豈伶優。〔施註〕《文選》陸士衡樂府：歧路交朱輪。韓退之《遺興聯句》：平生無百歲，歧路有四方。初聞父老推謝令，旋見〔五七〕兒童迎細侯〔五八〕。〔王註〕《後漢書》：郭伋，字細侯。爲并州牧，始至，行部，到西河美稷，有兒童數百各騎竹馬，道次迎拜。政拙年年祈水旱，〔王註〕《唐·陽城傳》：撫字心勞，追科政拙。民勞處處避嘲謳〔五九〕。河吞巨野那容塞，〔查

註〕河呑巨野，公在徐州事。盗入蒙山不易搜。〔查註〕盗入蒙山，公在密州事。〔合註〕《名勝志》：蒙陰山，在蒙陰縣南八里。《金石録》有北齊《蒙山碑》。仕道固應慚孔、孟，扶顛未可責由、求〔六〇〕。漸謀田舍猶懷禄，未脱風濤且傍洲。惘惘〔六一〕可憐真喪狗〔六二〕，〔王註〕韓退之《送殷侑序》云：今人適數百里，出門惘惘，有離別可憐之色。〔施註〕《史記》：孔子適鄭，與弟子相失，獨立郭東門。鄭人曰：「東門有人，其顙似堯，其項類臯陶，其肩類子産，然自腰以下，不及禹三寸，纍纍若喪家之狗。」時時相觸是虚舟〔六三〕。〔王註〕《莊子·山木篇》：方舟而濟於河，有虚船來觸舟，雖有褊心之人，不怒。朅來震澤都如夢，只有苕溪可倚樓。〔施註〕杜子美《江上》詩：勳業頻看鏡，行藏獨倚樓。齋釀〔六四〕酸甜如蜜水，樂工零落似風鷗〔六五〕。【誥案】鷗，各本作甌字，誤。查註疑作鷗。合註引《至元嘉禾志》作鷗。今更正。遠思顔、柳并諸謝，近憶張、陳與老劉。〔公自註〕謂張子野、陳令舉、劉孝叔也〔六六〕。〔查註〕張子野，名先。陳令舉，名舜俞。劉孝叔，名述。先是罷杭倅赴密，李公擇時知湖州，先生與令舉輩過之，子野作《六客詞》。見樂府序。【誥案】公舊在湖時，《與開祖書》云：「可惜開祖不在座。」此句近憶，有此一層在内，故於開祖爲尤切也。風定軒窗飛豹脚，〔公自註〕湖多蚊，土人云，豹脚者尤毒〔六七〕。〔查註〕《苕溪漁隱叢話》：吴興，澤國也。春夏之交，地尤卑濕，仍多蚊蚋。子瞻作守日，有詩云：風定軒窗飛豹脚，雨餘欄檻上蝸牛。真紀實也。雨餘欄檻上蝸牛。舊游到處皆蒼蘚，同甲惟君尚黑頭。憶昔湖山共尋勝，〔施註〕韓退之《送靈師》詩：尋勝不憚險。相逢杯酒兩忘憂。〔施註〕韓退之《贈兵曹》詩：樽酒相逢十載前。《晉·顧榮傳》：謂張翰曰：「惟酒可以忘憂。」醉看梅雪清香過，〔施註〕《古樂府》蘇子卿《梅花落詞》：庭前一樹梅，寒多未覺開。祇言花似雪，不悟有香來。夜棹〔六八〕風船駭汗流。〔施註〕韓退之《秋懷》詩：有如乘風船，一縱不可纜。又《瀧吏》詩：汗出媿且

駭。百首共成山上集，三人同作〔六九〕月中遊。海南未起垂天翼，〔施註〕《莊子·逍遥遊篇》：鵬怒而飛，其翼若垂天之雲。是鳥也，海運則將徙於南溟。澗底仍依徑寸麻〔七〇〕。已許春風〔七一〕歸過我〔七二〕，預憂詩筆老難酬。此生歲月行飄忽，晚節功名亦謬悠。犀首正緣無事飲，馮驩應爲有魚留。〔施註〕《史記·孟嘗君傳》：馮驩居孟嘗君傳舍，彈其劍而歌，曰：「長鋏歸來乎，食無魚。」孟嘗君遷之幸舍，食有魚矣。從今更踏〔七三〕青州麴〔七四〕，薄酒知君笑督郵。〔查註〕《烏臺詩案》：元豐三年六月十三日，軾知湖州，有周邠作詩寄軾。軾答云：政拙年年祈水旱，民勞處處避嘲謳。河呑巨野那容塞，盗入蒙山未易搜。自言遷徙數州，未蒙朝廷擢用，老於道路，並所至遇水旱盗賊，夫役數起，民蒙其害，以譏諷朝廷政事缺失，並新法不便之所致也。「仕道」二句，以言已仕而道不行，則非仕道也，故有慚於孔、孟。孔子責求、由云：危而不持，顛而不扶，則將焉用彼相矣。顛，謂顛仆也，意以譏諷朝廷大臣不能扶正其顛仆。軾在臺於九月十四日準問目有無未盡事，軾供出上件詩因依。不係朝旨降到册子內。

林子中以詩寄文與可及余，與可既歿，追和其韻

〔合註〕《宋史·林希傳》云：遣使高麗，懼形於色，辭行。神宗怒，責監杭州樓店務。歲餘，通判秀州，而不書何年事。考《續通鑑長編》載此事於元豐元年三月。先生和詩在二年，正子中在浙時。【誥案】文與可卒於是年正月二十日，查註引《墓誌》卒於元豐戊午，誤，已删。

斯人所甚厭，投畀每不受。〔王註〕《詩·小雅·巷伯》：投畀豺虎，豺虎不食，投畀有北，有北不受，投畀有昊。欲其少須臾，奪去惟恐後。〔施註〕《唐·楊綰傳》：綰薨，帝驚悼曰：「天何奪綰之速耶。」云誰〔七五〕尸此職，〔王註〕《詩·召南·采蘋》：誰其尸之。無乃亦假守。〔施註〕《漢·項籍傳》：會稽假守通素賢梁。註云：假守，兼守也。試

才有巨細，無異斛與斗。胡不安其分，但聽物所誘。時來各飛動，〔施註〕杜子美《遣興》詩：時來展才力，先後無醜好。劉勰《文心雕龍》：延壽《靈光》，含飛動之勢。意合無妍醜。〔施註〕《史記·佞幸傳》：善仕不如遇合。坐令雞棲車，長載朱伯厚。〔王註〕《後漢·陳蕃傳》：朱震，字伯厚。爲州從事，奏濟陰太守單匡贓罪，并連匡兄中常侍超。三府諺曰：車如雞棲馬如狗，疾惡如風朱伯厚。平生無一旅，〔施註〕《左傳·哀公元年》：有衆一旅。杜預曰：五百人爲旅。既死咤萬口。〔王註次公曰〕言生雖寡徒，而死則共惜也。〔施註〕韓退之《平淮西碑序》：大官臆決唱聲，萬口和附。自聞與可亡，胸臆生堆阜。〔施註〕《江表傳》：孫權聞公孫淵斬張彌等，怒曰：「近爲鼠子所前却，令人氣湧如山。」〔合註〕梁武帝詩：黄落散堆阜。懸知臨絶意，要我一執手。相望五百里，安得自其牖。遺文付來哲，〔施註〕《文選》魏文帝《與吳質書》：撰其遺文，都爲一集。〔合註〕班孟堅《幽通賦》：訴來哲而通情。後事待諸友。伶俜嵇紹孤，〔王註〕《晉·山濤傳》：濤，字巨源。與嵇康善，康後坐事，臨誅，謂子紹曰：「巨源在，汝不孤矣。」杜子美《新安吏》詩：瘦男獨伶俜。〔施註〕杜子美《贈王侍御》詩：伶俜臥疾頻。〔查註〕與可之子，字逸民，子由壻也。老病孟光偶。世人賤目見，〔施註〕《文選》張平子《東京賦》：若客所謂末學膚受，貴耳而賤目者也。争笑千金帚。君詩與楚詞，識者當有取。〔王註〕先生《祭與可文》云：孰能爲詩與楚辭，如與可之婉而清乎？〔施註〕劉勰《辨騷》云：楚辭者，體慢於三代，而風雅於戰國，乃雅頌之博徒，而詞賦之英傑也。《揚子》：老子之言道德，吾有取焉耳。但知愛墨竹，此歎吾已久。〔王註次公曰〕先生嘗作與可《墨竹屏風贊》云：有好其德如好其畫者乎？亦如此詩意也。故人多厚禄，〔王註〕杜子美《狂夫》詩：厚禄故人書斷絶，恒飢稚子色淒涼。能復哀君否？不見林與蘇，飢寒自奔走。

與王郎昆仲及兒子邁，遶城觀荷花，登峴山亭，晚入飛英寺，分韻得「月明星稀」四字〔六〕

〔查註〕《韻語陽秋》：吳興峴山，去城三里，有李適之窪尊亭。勞鉞《湖州志》：晉太守殷康，築亭於顯山上，名曰顯亭。後避廟諱改焉。凡守令之去而見思者，勒石峙亭，以比羊叔子之峴山云。又，飛英寺在府城北門內。唐咸通中，僧雲皎自長安來，得舍利，建飛英石塔。中和五年，改上來寺，景德二年，改今額。後分爲二，東曰飛英教寺，西曰飛英塔院。

其一

昨夜雨鳴渠，曉來風襲月。〔施註〕《漢·劉向傳》：熒惑襲月。蕭然欲秋意，溪水清可啜。環城三十里，處處皆佳絶。蒲蓮〔七〕浩如海，〔施註〕韓退之《谿堂》詩：淺有蒲蓮，深有葭葦。時見舟一葉。【誥案】紀昀曰：忽作清音，却仍用本色，不規規於王、孟形模。此間真避世，青蒻低白髮。相逢欲相問，已逐驚鷗没。〔施註〕杜子美《奉贈韋左丞丈》詩：白鷗没浩蕩，萬里誰能馴？【誥案】紀昀曰：此暗用漁父事，非寫景也。

其二

清風定何物，可愛不可名。所至如君子，〔查註〕《風俗通》：風或清明來，久長不搖樹木，離地二三丈者，此謂龍德在於下風。或清明不及二三尺者，此君子風也。草木有嘉聲。〔合註〕蔡邕碑文：領嘉聲而響和。我行本無事，孤舟任斜横。中流自偃仰，適與風相迎。舉杯屬浩渺，樂此兩無情。歸來兩溪間〔七八〕，【誥案】謂苕溪、霅溪也。雲水夜自明。

其三

苕水如漢水，鱗鱗鴨頭青。吴興勝襄陽，萬瓦浮青冥。我非羊叔子，愧此峴山亭。悲傷意則同，歲月如流星。〔合註〕《史記·樂書》：常有流星。王昌齡《少年行》：白馬如流星。從我兩王子，〔王註子仁曰〕謂王適、王遹也。高鴻插修翎。〔合註〕《文選·西京賦》：弋高鴻。湛輩何足道，〔查註〕《洪容齋題跋》：鄒湛姓名，因羊叔子而傳，字曰潤甫。《元和郡縣志》：羊祜鎮襄陽，與鄒潤甫同登峴山。當以德自銘。

其四

吏民憐我懶，鬭訟日已稀。能爲無事飲，可作不夜歸。〔王註〕《詩·小雅·湛露》：厭厭夜飲，不醉無歸。〔縯曰〕解道康《齊地記》曰：齊有不夜城，蓋古者，有日夜出，照於東萊，故萊子立此城，以不夜爲名。〔任居實曰〕杜子美《秦州雜詩》詩：無風雲出塞，不夜月臨關。蓋不夜者，乃月明如晝也。〔施註〕李德裕《獻替記》：出不至遠，歸不近夜。復尋飛英游，盡此一寸暉。撞鐘履聲集，顛倒雲山〔七九〕衣。〔施註〕《毛詩·齊風·東方未明》：東方未明，顛倒裳衣。我來無時節，杖屨〔八〇〕自推扉。莫作使君看，外似中已非。【誥案】和陶之先聲也。

次韻章子厚飛英留題

〔查註〕按《宋史》章惇本傳，熙寧中出知湖州，徙杭州，入爲翰林學士，元豐三年，拜參知政事。先生來吳興，正子厚爲翰林學士時也。故云：而今人在鳳麟洲。【誥案】此詩施編不載，查註從邵本補編。

款段曾陪馬少游，【誥案】公簽判鳳翔，章惇爲商洛令，同游終南。而今人在鳳麟洲。〔馮註〕東方朔《十洲記》：鳳麟洲在西海之中。黄公酒肆如重過，〔馮註〕《世説》：王濬冲爲尚書令，經黄公酒壚下過，顧謂後車客：「吾昔與嵇叔夜、阮嗣宗共酣飲於此壚，竹林之游，亦預其末。自嵇生夭、阮公亡以來，便爲時所羈紲，今日視此雖近，邈若山河。」杳杳白蘋天盡頭。

城南縣尉水亭得長字

〔查註〕趙與時《賓退録》：隋改縣尉爲縣正，又爲書佐。《新唐書》：武德元年，仍改書佐曰縣尉。《唐六典》：諸州上縣尉各二人。《宋史·職官志》：諸縣千户以上，置令、簿、尉，若不置簿，則以尉兼之。五代多用軍校 大爲民患。太祖以初賜第人充掌閲籍弓手，戢奸禁暴。《吳興掌故集》載顔魯公《記》畧云：湖州烏程縣南水亭，即柳惲之西亭也。繚以遠峰，浮以清流，實資游宴之美。陸羽《圖記》云：西亭在縣南六十步，跨苕溪爲之。

兩尉鬱相望，〔合註〕《宋史·職官志》：建隆三年，每縣置尉一員。《九域志》：太平興國七年，析烏程，置歸安二縣，皆爲望縣，則必各置尉也。東西〔八二〕百步場。〔王註次公曰〕百步場，蓋言尉司較閲處也。〔施註〕韓退之《贈張僕射》

詩：築場千步平如削。插旗〔八二〕蒲柳市，伐鼓水雲鄉。〔王註次公曰〕插旗伐鼓，以言尉之事。蒲柳市、水雲鄉，則言湖州也。已作觀魚檻，〔王註〕《左傳・隱公五年》：春，公將如棠觀魚者。仍開射鴨堂。〔王註縯曰〕孟郊爲溧陽尉，開射鴨堂。全家依畫舫，〔合註〕劉希夷詩：畫舫烟中淺。極目亂紅妝。〔施註〕杜子美《陪柏中丞觀宴將士》詩：幾時來翠節，特地引紅妝。瀲瀲波頭細，疎疎雨脚長。〔王註〕杜牧之詩：林黑山高雨脚長。我來閑濯足，溪漲欲浮牀。澤國山圍裏，孤城水影傍。〔施註〕李涉《潤州》詩：孤城吹角水茫茫。欲知歸路處，葦外記風檣〔八三〕。〔王註〕杜牧之《李長吉集序》云：風檣陣馬，不足爲其勇也。〔施註〕《文選》郭景純《江賦》：萬里連檣。註云：檣，挂帆木也。《埤蒼》曰：檣，颿柱也。

與胡祠部游法華山

〔王註〕《蘇州圖經》云：法華山興福院，在吴興西三十里。〔查註〕《宋史・職官志》：禮部所屬祠部郎中，從六品，員外郎，正七品。《湖州志》：卞山之別峰，有石斗山，又名法華山，下有法華寺。

陂湖欲盡山爲界，始見寒泉落高派。道人未放泉出山，曲折虛堂瀉清快。〔施註〕《漢・李廣傳》云：報天子失軍曲折。註云：曲折，猶言委曲也。使君年老尚兒戲，緑棹紅船舞澎湃。〔王註縯曰〕緑棹紅船，作流杯之戲。一笑翻杯水濺裙，餘歡濯足波生隘。長松攙天龍起立，蒼藤倒谷雲崩壞。仰穿蒙密得清曠，一覽震澤吁可怪。〔王註〕《魯靈光殿賦》：吁，可畏乎，其駭人也。〔合註〕何焯曰：「可怪」，用《海賦》。〔查註〕《吴興掌故集》：法華寺高頂，有臨湖亭。勞鉞《湖州志》：太湖周三萬六千頃，縱廣二百八十里，東爲松江，又東流二百里入海。誰云四萬八千頃〔四〕，〔合註〕吳蘭庭曰：盧雄《蘇州府志·太湖條》下引顏真卿《石柱記》曰，四萬八千頃。並見《禹貢錐指》。渺渺東盡日所曬。〔施註〕韓退之《朝歸》詩：秋日萬里曬。〔查註〕《困學紀聞》引《楚漢春秋》：下蔡亭長詈淮南王曰：「封汝爵爲千乘，東南盡日所出，尚未足黔徒羣盜所耶，而反，何也？」歸途十里盡風荷，〔施註〕顧況《酬房杭州》詩：荷花十餘里。清唱一聲聞《露薤》。〔公自註〕是日，樂工有作此聲者。〔王註次公曰〕挽歌有《蒿里》、《薤露》之曲，言薤頭露也。杜詩《秋日阮隱居致薤三十束》：盈筐承露薤。〔施註〕《文選》陸士衡《文賦》：含清唱而靡應。《後漢·周舉傳》：上巳，梁商燕於洛水，酒闌唱罷，繼以《薤露之歌》，坐者皆爲掩涕。嗟予少小慕真隱，〔王註〕《南史》：宋何尚之致仕於方山，著《退居賦》以明所守。後還攝職，袁淑乃録古來隱士有迹無名者爲《真隱傳》以嗤焉。〔施註〕韓退之《縣齋有懷》詩：少小尚奇偉。庾信《傷周處士》詩：望氣求真隱。白髮青衫天所械。忽逢佳士與名山，何異枯楊便馬疥。〔查註〕《五燈會元》：僧問仁岳禪師：「一大藏教盡是名言，離此名言，如何指示？」師曰：「癩馬揩枯柳。」君猶鸞鶴偶飄墮，六翮如雲豈長鎩。〔王註次公曰〕鎩，書云翦羽也。〔師民瞻曰〕顏延年《五君詠》：鸞翮有時鎩，龍性誰能馴？《韓詩外傳》曰：鴻鵠舉千里，所持者六翮耳。〔施註〕《文選》謝宣遠《答靈運》詩：鎩翮周數仞。〔合註〕《文選·七啓》：飛翮成雲。不將新句紀茲游，恐負山中清淨債。〔施註〕白樂天《仲夏月齋戒》詩：稍結清淨緣。

又次前韻贈賈耘老

具區呑滅三州界，〔施註〕《周禮·夏官》：東南曰揚州，其山鎮曰會稽，其澤藪曰具區。〔查註〕勞鉞《湖州志》：太湖歸墟，一名震澤，兼跨蘇、常、湖三州之界。〔合註〕劉向《戰國策叙》：遂相吞滅。浩浩湯湯納千派。〔查註〕王鏊《震澤編》：北曰百瀆，納建康、常、潤之水。南曰諸漊，納宣、歙、臨安、苕、霅之水。從來不著萬斛船，一葉〔八五〕漁舟恣奔快。仙壇古洞不可到，〔王註〕《十道紀》云：太湖廣三萬六千頃，下有地道，潛通巴陵，昔龍威丈人之所居。〔查註〕《玄中記》：洞庭，古人謂仙壇之靈區，有龍威、林屋等洞。空聽餘瀾鳴湃湃。今朝偶上法華嶺〔八六〕，縱觀始覺人寰隘。〔施註〕《漢·高祖紀》：縱觀秦皇帝。《漢·王莽傳》：諸生縱觀，長老歎息。鮑照《舞鶴賦》：歸人寰之喧卑。山頭卧碣弔孤冢，〔查註〕王象之《碑目》：烏程縣法華寺，有唐太光和尚《神異碑》，李紳書。下有至人僵不壞。〔查註〕白樂天詩：身壞口不壞，舌根如紅蓮。空餘白棘網秋蟲，〔施註〕劉禹錫《團扇歌》：蒼蒼網蟲遍。無復青蓮出幽怪。〔公自註〕事見本院碑〔八七〕。〔施註〕《法華經》：有人聞是品能隨喜讚善者，是人口中常出青蓮香。按，湖州法華山，昔有樵夫入山，得青蓮一枝，掘地視之，下有石匣，中藏一童子，舌根不壞，花自舌出。是人生持誦《法華經》，致此勝果，故以名其山。事具寺碑。又，牛僧孺有《幽怪録》。我來徙倚長松下，〔查註〕《吴興備志》：法華寺前，有松逕數里。皎然詩：路人松聲遠更奇，山光水色共參差。中峰禪寂一僧在，坐對梁朝老樹枝。即此地也。欲掘茯苓親洗曬。〔合註〕李遠《閑居》詩：買藥經年曬。聞道山中富奇藥，往往靈芝雜葵薤。詩人空腹待黄精，〔王註吕祖謙曰〕杜子美《丈人山》詩：掃除白髮黄精在。【誥案】黄精，名戊己芝，詩所謂空腹者，亦猶日食杞菊之意耳。王註、查註紛然引辯黄獨，非是。已删。生事只看長柄械。〔公自註〕杜子美詩云：長鑱長鑱白木柄，我生托子以爲命〔八八〕。今年大熟期一飽，〔查註〕《書·金縢》：秋大熟未穫。《漢書·食貨志》：大熟則上糴三而舍一。食葉微蟲真癬疥〔八九〕。〔公自註〕賈云：今歲有小蟲食稻葉，不甚爲害〔九〇〕。〔王註次公曰〕《傳》言：患之小者，猶癬疥也。白花半落紫穟香，攘臂欲助磨鎌鍛。〔合註〕韓退之詩：新月似磨鎌。《說文》：鍛，鈹有鐔也。安得山泉變春酒，〔合註〕李太白《襄陽歌》：此江若變作春酒。與子一洗尋常債。〔王註續曰〕《三國》：孫濟，權之叔也。嗜酒，不治產，常醉，屢欠酒緍，人皆笑之。濟恬然自若，謂人曰：「尋常行座處欠人酒債，欲貨此縕袍償之。」

趙閱道高齋

〔王註〕《冷齋夜話》云：趙閱道休官，歸老三衢，作高齋而居之，與鍾山佛慧禪師爲方外交。〔施註〕趙清獻公名抃，字閱道，西安人。爲殿中侍御史，京師目爲鐵面御史。知成都，以一琴一龜自隨。爲政簡易。擢參知政事時，王介甫行新法，閱道屢斥其不便，最後上言，制置條例司遣使者四十輩，騷動天下。安石彊辯自用，詆天下之公論以爲流俗，違衆罔聞，順非文過。奏入，懇乞去位。拜資政殿學士知杭州，移青，再帥蜀，歸知越州，復徙杭，遂以太子少保致仕，薨年七十七。其自杭告老而歸也，錢塘州宅之東，舊據城闉，橫爲屋五間，下瞰虛白堂，不甚高大，而最超出州宅，故爲州者多居之，謂之高齋。東坡守杭，秦少章輩寓焉，亦有「留下高齋月明」之句。清獻既治第衢州，其旁不遠數步，亦有山麓屹然而起，即作別館其上，亦名高齋，唯居此館。清獻以論新法不合，去政地，故云「超然已了一大事」。出守數郡，掛冠而歸。是時，王、呂更用事，以法害天下，賢哲多爲所折困，而清獻獨能遠引爲高，終篇皆此意也。〔查註〕趙閱道《清獻集·自題高齋》詩云：軒外長溪溪外山，捲簾空曠水雲間。高齋有問如何樂，清夜安眠白日閑。

見公奔走謂公勞，聞公引退〔九二〕云公高。〔王註堯卿曰〕趙清獻公退居於衢，有溪石松竹之勝，東南高士，多從之游。公心底處有高下，夢幻去來隨所遭。不知高齋竟何義，此名之設緣吾曹〔九二〕。公年四十已得道，俗緣未盡餘伊皋。〔王註次公曰〕言尚餘經濟之具耳。功名富貴皆逆旅〔九三〕，〔王註〕《莊子・知北游篇》：哀樂之來，吾不能禦，其去弗能止。悲夫，世人直爲物逆旅耳。〔施註〕《列子・仲尼篇》：龍叔曰：「吾鄉譽不以爲榮，國毁不以爲辱，視生如死，視富如貧。處吾之家，如逆旅之舍；觀吾之鄉，如戎蠻之國。」黄金知繫何人袍。超然已了一大事，〔施註〕《法華經》：諸佛世尊，惟以一大事因緣故出現於世。《傳燈録》：慧能曰：因緣惟一大事。一大事即佛知見。挂冠而去真秋毫。坐看猿猱落罝罔〔九四〕，兩手未肯置所操。乃知賢達與愚陋，豈直相去九牛毛。〔施註〕《漢・司馬遷傳》：若九牛亡一毛。韓退之《庭楸》詩：九牛亡一毛，未在多少間。長松百尺不自覺，企而羡者蓬與蒿。我欲贏糧往問道，〔施註〕《莊子・庚桑楚篇》：南榮趎贏糧七日七夜，至老子之所。未應舉臂辭盧敖。〔王註〕《淮南子》：盧敖游乎北海，遇一若士。敖自謂觀乎六合之外。若士舉臂而竦身，遂入雲中。盧敖仰而視之，弗見，乃止，駕柸治悖，若有喪也，曰：「吾比夫子，猶黄鵠與壤蟲也，不亦悲哉。」

送俞節推

〔公自註〕汝尚之子。汝尚，字退翁〔九五〕。〔施註〕俞節推，名温父，湖州烏程人。父汝尚，字退翁。温温有禮，議論不苟。第進士，簽書劍南西川判官。趙清獻公守蜀，入輒相對，清談竟暮。王介甫當國，患一時故老不同己，或言退翁清望，可寘之御史。即召詣京師。既知所以薦用意，力辭得免。還家，苦貧，又從清獻於青州，遂以屯田郎中致仕。子由寄其詩，首云：不作清時言事官。歸逾年，隱几而終。〔查註〕《吴興掌故集》：退翁之子俞節推，名有任。與施註異，存以備考。周必大《題滕元發與退翁詩後》云：「《四朝國史》，於遺逸中立《俞退翁傳》，大概用孫莘老所作《墓表》。惟自西川召爲御史力辭不拜，《墓表》但云以闕員召，《傳》乃云王介甫藉其清望，使擊故老。夫退翁清德，安肯妄發，介甫用人，寧不察此。竊疑元發嘗倅湖州，退翁郡人，熟知其賢，觀所贈詩帖可知。當熙寧元年，神廟待元發方厚，擢爲中丞，令舉臺屬，退翁之召，或以其薦。是歲十二月，元發改翰林，明年春，介甫得政，出之於外。知幾而退，是乃所以爲退翁，況舉主補外，自應隨罷耶。《墓表》不書其由，莘老亦嘗攻元發故也。退翁玄孫洪，出示元發詩翰，妄意如此。」【誥案】真勘得透，子充不妄。

吴興有君子，淡如朱絲琴。一唱三太息〔六〕，至今有遺音。嗟余與夫子，相避如辰參。〔公自註〕退翁官於蜀，余在京師，余歸而退翁去。及余官於吴興，則退翁亡矣。〔王註厚曰〕蘇武詩：昔爲鴛與鴦，今爲參與辰。《揚子》：吾不睹參辰之相比也。〔施註〕孟東野《出門行》：參辰出没不相待，我欲横天無羽翰。猶喜見諸郎，窈然清且深。異時多良士，〔施註〕《漢·食貨志註》云：異時，言往時也。《尚書·秦誓》：番番良士。末路喪初心。〔施註〕《戰國策》：語云，行百里者半九十，此言末路之難。韓退之《五箴序》：道德日負於初心。我生不有命，其肯枉尺尋。

次韻答孫侔

〔施註〕孫侔，字少述，湖州人。作文奇古，内行孤峻，與王介甫、曾子固游，名傾一時。客居江淮間，士大夫敬畏之。劉原父敞知揚州，言其孝弟忠信，足以扶世矯俗，求之朝廷，呂公著、王安石之流也。詔以爲揚州教授，力辭。沈文通、王陶、韓維連薦之，授忠武軍推官、常州判官，皆不就命。以通直郎元豐三年致仕，年六十六，卒。〔查註〕《宋史》：孫侔，真州人。事母盡孝，屢舉進士，及母病革，終身不求仕。與王安石友善，安石爲相，過真州，待之如布衣交。【誥案】施註已言孫侔客居江淮，而真、揚地相接，此等遷徙不常，史傳各據所見書之，不足較也。據詩，侔方客居江淮，而公且未與識面，詩既了了，則註繁爲多事矣。查註引辨，分別存刪。

十年身不到朝廷，欲伴騷人賦落英。〔施註〕《楚辭》屈原《離騷》：朝飲木蘭之墜露兮，夕餐秋菊之落英。但得低頭拜東野，〔王註〕韓退之詩：低頭拜東野，願得終始如駏蛩。東野不回頭，有如寸莛撞鉅鐘。不辭中路伺淵明〔九〕。〔王註〕《晉書·陶潛傳》：刺史王弘造焉，潛稱疾不見。弘令人候之，密知當往廬山，乃遣其故人龐通之等齎酒，先於半道要之。潛既遇酒，便引酌野亭，欣然忘進。弘乃出與相聞，遂歡宴窮日。【誥案】以上四句，自道湖守，卻切定孫侔，是湖人説，雖以淵明比孫侔，實以王弘自居也。次聯作用皆在上五字，其下二字，但借作使喚用耳。艤舟苕霅人安在，〔王註〕《唐·隱逸傳》：張志和云：「願爲浮家泛宅，往來苕霅間。」卜築江淮計已成。千里論交一言足，〔施註〕《後漢·范式傳》：與張劭爲友，二人並告歸鄉里。式謂元伯曰：「後二年，當過拜尊親，見孺子。」尅期，元伯請設饌以候之。母曰：「二年之别，千里結言，何相信之審耶。」對曰：「巨卿信士，必不乖違。」至其日，果到。與君蓋亦不須傾。〔查註〕鄭陽云：傾蓋如故。孫侔與東坡初不相識，以詩寄坡，坡和云：與君蓋亦不須傾。此翻案法也。

【誥案】紀昀曰：極寫傾倒之意。

重寄〔九八〕

〔施註〕陸務觀云：孫少述，一字正之。與荆公交最厚，故荆公別少述詩云：應須一曲千回首，西去論心有幾人。又：子今去此來何時，後有不可誰予規。其相予如此。及荆公當國數年，不復相聞，人謂二公之交遂暌。故東坡詩云：蔣濟謂能來阮籍，薛宣真欲吏朱雲。劉舍人貢父詩：不負興公《遂初賦》，更傳中散《絕交書》。

凜然高節照時人，不信微官解浼君。蔣濟謂能來阮籍，〔王註〕《晉·阮籍傳》：太尉蔣濟，聞籍有儁才而辟之。籍詣都亭奏記求免。初，濟恐籍不至，得記，欣然遣卒迎之，而籍已去。濟大怒。於是鄉隣共諭之，乃就吏。後謝病歸。薛宣真欲〔九九〕吏朱雲。好詩衝口誰能擇，俗子疑人未遣聞。乞取千篇看俊逸，〔查註〕《吳興備志》：孫侔所著，名《徵士集》。不將輕比鮑參軍。〔王註〕《南史》：鮑照，字明遠。文辭贍逸。臨海王子頊爲荆州，照爲前軍參軍。杜子美《憶李太白》詩：清新庾開府，俊逸鮑參軍。鍾嶸曰：鮑參軍詩，如野鵲翻雲，良馬走堤，俊逸奔散。

次韻和劉貢父登黄樓見寄並寄子由二首

〔合註〕先生次章少艫字韻一聯。而子由詩上首云：未迎行部駕，已放下淮艫。下首云：顧我千羊毳，平生一釣艫。竊疑先生原唱，亦必有之，但與上聯音節不貫，後人遂刪去之。【誥案】公在徐，貢父在曹，時又爲京東轉運，故云「青派連淮上」，猶言爾與我也。施註、查註作清派，合註謂指淮泗，並誤。以清字落空，則連字無着，并脱次聯之根，從王本是。

其一

青派〔一〇〇〕連淮上，黄樓冠海隅〔一〇一〕。〔王註次公曰〕青派，卽清河也。其水從青州來，與淮會於徐。此詩尤偉麗，〔施註〕《揚子》：詩人之賦麗以則。夫子計魁梧。〔公自註〕劉爲人短小。〔王註縯曰〕《前漢·張良傳·贊》曰：聞張良之智勇，以爲其貌魁梧奇偉，反若婦人女子。〔查註〕《史記·張良傳》：魁梧。註：蘇林曰，梧，音悟。《後漢書》：臧洪體貌魁梧。註：音吾。杜子美《贈比部蕭郎中十兄》詩：魁梧秉哲尊。曾文清詩：乃翁容貌計魁梧。皆作平聲。世俗輕瑚璉，巾箱襲武夫〔一〇二〕。〔合註〕《南齊書·陸澄傳》：王儉出巾箱几案雜服飾。《戰國策》：武夫類玉。〔邵註〕武夫，與碔砆同。坐令乘傳遽，〔王註縯曰〕傳遽，使車之急者。〔次公曰〕《周禮·秋官》：行夫，掌邦國傳遽之小事。〔邵註〕《唐韻》：傳遽，驛也。以車曰傳，以馬曰遽。〔查註〕《東都事略·劉攽傳》：熙寧中，通判泰州，又知曹州。元豐初，歷京東轉運使，罷，知兗、亳二州。後轉運使吳居厚以苛刻致財富，攽又坐廢弛，奪兩官。以先生詩考之，正貢父爲京東轉運使時也。奔走爲儲須。〔合註〕《吳志·周魴傳》：聳資運糧，以爲軍儲。《唐書·鄭珣瑜傳》：軍須期會爲急。《漢書·揚雄傳》：木擁槍纍，以爲儲胥。註：師古曰，儲，峙也；胥，須也。邂逅我已失，〔施註〕《毛詩·唐風·綢繆》：見此邂逅。登臨誰與俱。貧貪倉氏粟，〔王註〕《漢·王嘉傳》：倉氏、庾氏。〔施註〕《史記·平準書》：居官者以爲姓號。如淳曰：倉氏、庾氏是也。身聽冶家橅。〔王註援曰〕《莊子·大宗師篇》：以造化爲大冶。〔施註〕《唐文粹》有《冶家子言》。會合難前定，歸休試後圖。腴田未可買，〔公自註〕本欲買田於泗上，近已不遂矣。〔施註〕《漢·張禹傳》：家以田爲業，及富貴，多買田至四百頃，皆涇、渭溉灌，極膏腴上賈。窮鬼却須呼。〔施註〕韓退之《送窮文》：結柳作車，縛草爲船。載糗與粻，三揖窮鬼而告之。於是上手稱謝，燒車與船，延之上坐。二水何年到，雙洪不受艫。〔王註次公曰〕二水指徐州，蓋汴、泗交流爲二水矣。〔合註〕雙洪，卽百步、呂梁二洪。〔施註〕《文選》左太沖《吳都賦》：巨艦接艫。揚雄《方言》：艫，船後也。至今清夜夢，飛轡策天吳。〔公自註〕此詩寄劉。〔施註〕《山海經》：有神人，八首，人面虎身，十尾，名曰天吳水伯。

其二

與子皆去國，十年天一隅〔一〇三〕。〔王註〕《文選》李陵詩：各在天一隅。數奇逢惡歲，〔施註〕《漢書·李廣傳》：從大將軍青擊匈奴，大將軍陰受上指，以爲李廣數奇，恐不得所欲，毋令當單于。計拙集枯梧。〔王註〕《國語》：優施謂里克妻曰：主孟啗我，我教茲暇豫事君。乃歌曰：暇豫之吾吾，不如鳥烏，人皆集於菀，己獨集於枯。註：集，止也。菀，茂木貌。〔合註〕枯梧，猶《莊子》槁梧也。又，陸魯望詩：鶴夢缺月沉枯梧。好士餘劉表，〔王註〕《後漢書》：劉表爲荆州刺史，威懷兼洽，學士歸者千數。窮交憶灌夫。〔王註〕《前漢書》：竇嬰無勢，諸公稍自引而怠驁，惟灌夫獨否，兩人相爲引重。〔施註〕《漢·灌夫傳》：士在己左，愈貧賤，尤益禮敬，與鈞。稠人廣衆，薦寵下輩，士亦以此多之。不矜持漢節，〔王註次公曰〕漢凡遣使，皆有節。「不矜持漢節」，言貢父不以爲使自矜耳。〔施註〕《漢·汲黯傳》：以便宜持節，發河内倉粟，以振貧民。《蘇武傳》：在匈奴中，仗漢節牧羊。猶喜〔一〇四〕攬桓須。清句金絲合，高樓雪月俱。〔施註〕《文選》曹子建《七哀》詩：明月照高樓。吟哦出新意，指畫想前廡。〔公自註〕子由初赴南京，送之出東門，登城上，覽山川之勝，云，此地可作樓觀。於是始有改築之意。〔施註〕韓退之《鄭相公》詩：指畫變悅欸。自寫千言賦〔一〇五〕，新裁六幅圖。〔公自註〕近以絹自寫子由《黄樓賦》，爲六幅圖，甚妙。傳看一座聳，〔施註〕韓退之《簟》詩：一府傳看黄琉璃。《漢·司馬相如傳》：相如爲不得已，强往，一坐盡傾。勸著尺書呼。〔施註〕《漢·韓信傳》：奉咫尺之書。【誥案】此聯下，失押驢字一韻，當日似此者，往往因本意已盡，仍而不改，蓋未嘗以次韻爲牢不可破事也。合註謂後人删去，非是。又謂七集本空十字，以待訂補。此乃刊集者之愚，即有訂補，亦闌不進去也。莫使騷人怨，東游〔一〇六〕不到吳。〔公自註〕此詩〔一〇七〕寄子由。〔施註〕杜子美《草堂》詩：賤子且奔走，三年望東吳。韓退之《石鼓歌》：孔子西行不到秦。

吳江岸

【誥案】本集《單鍔吳中水利書》云：吳江岸，界於吳松江、震澤之間，岸東則江，岸西則震澤。慶曆二年，欲便糧運，遂築北隄，横截江流五六十里。此詩公赴臺獄過吳江所作。施編不載，查註從邵本補編。

曉色〔一〇八〕兼秋色，蟬聲雜鳥聲。壯懷銷鑠盡，〔合註〕謝惠連詩：人事亦銷鑠。回首尚心驚。〔馮註〕江淹《恨賦》：於是僕本恨人，心驚不已。

予以事繫御史臺獄，獄吏稍見侵，自度不能堪，死獄中，不得一別子由，故作二詩授獄卒梁成，以遺子由，二首〔一〇九〕

〔合註〕施本目録止「獄中寄子由」五字，七集本載續集，止「獄中寄子由二首」七字。【誥案】此二詩，施編在遺詩中，查註從邵本補編。自此以下，皆臺獄作。

其一

聖主如天萬物春，小臣愚暗自亡〔一一〇〕身。百年未滿先償債〔一一一〕，十口無歸更累人。【誥案】時王子立爲置家累於南都，而子由方債負山積，故云爾也。是處〔一一二〕青山可埋骨〔一一三〕，他時〔一一四〕夜雨獨傷神。【誥案】句用懷遠驛事，就子由說。與君今世〔一一五〕爲兄弟，又結〔一一六〕來生〔一一七〕未了因。〔合註〕梁元帝書：諷未了因。【誥案】紀昀曰：情至之言，不以工拙論也。

其二

柏臺霜氣〔一一八〕夜凄凄，風動〔一一九〕琅璫月向低。〔合註〕《後漢書》：董卓收崔烈，付郿獄，錮之，鋃鐺鐵鎖。註：《説文》曰，鋃鐺，鎖也。《前書》曰，人犯鑄錢，以鐵鎖鋃鐺其頸。〔李註〕杜子美《大雲寺贊公房》詩：風動金琅璫。【誥案】此邵本高郵李必恒百藥註也。子湘以病歸毘陵，未卒業，其卷三十五、卷三十六、卷三十九、卷四十，以屬百藥代牋，而卷四十則遺詩也。今散見南遷至惠及北歸度嶺各卷，餘見補編詩中。夢繞雲山心似鹿，魂驚〔一二〇〕湯火命如雞。〔合註〕《漢書·晁錯傳》：赴湯火。【誥案】本集《書南史盧度傳》：自謂親經患難，不異雞鴨之在庖廚。是此句鐵註也。然非親經患難，即又何從知之，曉嵐譏其爲俚，不能悉心求之，故其情不出也。眼中犀角真吾子，〔王註〕《國語·鄭語》：今王惡角犀豐盈而近頑童窮固。〔合註〕何焯曰：此用《後漢書·李固傳》。鼎角匿犀，亦見前。身後牛衣愧老妻。百歲神游定何處，〔合註〕《列子·黄帝篇》：神游而已。桐鄉知葬〔一二一〕浙江西。〔公自註〕

獄中聞杭、湖間民爲余作解厄道場累月，故有此句〔一二二〕。

己未十月十五日，獄中恭聞太皇太后不豫，有赦，作詩〔一二三〕

〔查註〕《東都事畧》：仁宗后曹氏，贈韓王彬之孫，贈吳王玘之女。仁宗崩，英宗卽位，詔軍國大事，請太后權同處分，乃御內東門小殿，垂簾聽政。神宗卽位，尊爲太皇太后。〔合註〕《續通鑑長編》：是年十月庚戌，以太皇太后服藥，德音降，死罪囚流以下釋之。考是月丙申朔，則庚戌正十五日也。【誥案】此詩施編不載，查註從邵本補編。

庭柏陰陰晝掩門，烏知有赦鬧黄昏。〔馮註〕《南史》：宋元康中，徙彭城王義康於豫章。臨川王義慶，時爲江州，相見而笑。文帝聞而怪之，徵還宅。義慶大懼，妓妾夜聞烏啼聲，叩齋閣云，明日應有赦。及旦，改爲南兗州，因製《烏夜啼曲》。〔合註〕吳兢《樂府古題要解》：宋元嘉中事。漢宮自種三生福，楚客還招九死魂。〔馮註〕《楚辭》：雖九死其猶未悔。縱有鋤犁〔一二四〕及田畝，〔合註〕杜子美《兵車行》詩：縱有健婦把鋤犁。已無面目見丘園。〔馮註〕《史記·項羽本紀》：縱江東父老憐而王我，我何面目見之。只應聖主如堯舜，猶許先生作正言。〔馮註〕《職畧》：宋雍熙四年，改補闕爲左右司諫，拾遺爲左右正言。是時，太宗欲令諫官修職，故詔改其官。詔曰：諫議大夫，司諫正言，咸預軒陛之列，是爲耳目之官。

十月二十日，恭聞太皇太后升遐，以軾罪人，不許成服，欲哭則不敢，欲泣則不可，故作挽詞二章〔一二五〕

〔查註〕《東都事畧·后妃世家》：曹太后崩於元豐二年十月二十日。〔合註〕太皇太后崩於十月乙卯，正二十日也。【誥案】此二詩，施編在遺詩中，查註從邵本補編。

其一

巍然開濟兩朝勳，〔李註〕杜子美《蜀相》詩：「兩朝開濟老臣心。」〔查註〕《宋史》：曹彬，字國華，真定靈壽人。太祖開寶六年，進檢校太傅。八年，平江南，拜樞密使。太宗即位，加同平章事，從征太原，加兼侍中。太平興國三年，進檢校太師，尋封魯國公。咸平二年，卒。追封濟陽郡王，謚武惠。信矣才難十亂臣。原廟固應祠百世，〔王註〕《漢書》：孝惠爲原廟。〔查註〕《宋史》曹彬本傳：配享太祖廟廷。先王何止活千人，〔王註〕《前漢書·元后傳》：王翁孺曰：「吾聞活千人者，有封子孫。吾所活者萬餘人，後世其興乎？」〔查註〕《宋史》本傳：乾德二年伐蜀，彬爲都監，峽中郡縣悉下。諸將欲屠城，以逞其欲。彬申令戢下，所至悦服。開寶七年，奉詔赴荆南，發戰艦，以彬爲都部署。八年，師次秦淮，彬每緩師，冀李煜歸服。城垂克，忽稱疾。諸將來問疾，彬曰：「惟諸公誠心自誓，城克之日，不妄殺一人，則自愈矣。」卒賴保全。和熹未聖猶貪位，〔李註〕《後漢·和熹鄧皇后紀》：和帝崩，殤帝生始百日，后乃迎立之，尊后爲皇太后，臨朝。及殤帝崩，太后定策，立安帝，猶臨朝政。范曄《論》曰：鄧后稱制終身，號令自出。術謝前政之良，身闕明辟之義。至使嗣主側目，斂袵於虛器，直生懷懣，懸書於象魏。借之儀者，殆其惑哉。〔合註〕《宋史·曹皇后傳》：英宗即位，尊后爲皇太后。帝感疾，請權同處分軍國事。御内東門小殿聽政。明年夏，帝疾益愈，即命撤簾還政。帝持書久不下，及秋，始行之。明德〔三六〕雖賢不及民。〔李註〕《後漢·明德馬皇后紀》：皇太后曰馬貴人，德冠後宮，即其人也。遂立爲皇后。常衣大練，裙不加緣。建初元年，欲封爵諸舅，太后不聽。月落風悲天雨泣，誰將椽筆寫光塵。〔王

註〕《世說》：王東亭嘗夢人以大筆與之。管如椽子，後作烈宗哀册文。〔合註〕繁欽《與魏文帝牋》：旋侍光塵。

其　二

未報山陵〔二七〕國士知，〔李註〕《史記·刺客列傳》：豫讓曰：「知伯以國士遇我，我以國士報之。」遶林松柏已猗猗。【誥案】上首敍挽已畢，次首公自述也。已上二句，指永昭陵。下二句，始因仁宗而及曹后，人不許成服一層。其萬死酬恩，亦指仁宗知遇而言。曰未報，曰遶林，皆非眼前曹后初崩情事也。查註引曹后違豫中聞公下獄誡神宗語，以釋「未報國士知」，已誤，而合註引趙太后一旦山陵崩，證實「山陵」，尤非。此當日宮禁密語，公在臺獄，何從知之。葉夢得妄謂公作詩寄子由，實欲上聞，而竟以上聞獄解，合註亦引載題下。前註家看得宮禁與臺獄如比隣而居者然，此誥所不識也。一聲慟哭猶無所，萬死酬恩更有時。【誥案】紀昀曰：三四沉痛。夢裏天衢隘雲仗，人間雨淚變彤帷。《關雎》、《卷耳》平生事，〔王註〕二詩，皆美后妃之德。白首纍臣正坐詩。〔李註〕《左傳·成公三年》：對曰：「以君之靈，纍臣得歸骨於晉。」

御史臺榆、槐、竹、柏四首〔二八〕

〔查註〕《職官分紀》：《漢官解詁》註云，西京謂御史府，亦謂之御史臺。《事實類苑》：自大夫至主簿，並存六典舊式。《宋史·職官志》：御史臺，掌糾察官邪，肅正綱紀，其屬有三院，一臺院，二殿院，三察院。宋初置推直官一人，專治獄事。凡推直有四，曰臺一推、臺二推、殿一推、殿二推。咸平中，置推勘官十人。《刑法志》：凡羣臣犯法，大者多下御史臺，小則大理寺、開封府鞫治。

曾肇《重修御史臺記》：門北向，取陰殺之義。《汴京遺跡志》：御史臺，在京城內東澄街北。【誥案】此四詩，施編不載，查註從邵本補編。

榆

〔馮註〕《詩·唐風·山有樞》：隰有榆。《爾雅》：榆，白枌。《管子》：五沃之土，其榆條長。《淮南子》：八月榆檽，令人不飢。《春秋元命苞》：三月，榆莢落。

我行汴堤上，厭見榆陰緑。〔查註〕《元和郡縣志》：禹開汴渠以通淮泗。漢永平中築堤，隋煬帝更令自板渚引河入汴口，又從大梁之東引汴達淮河畔，樹之以榆柳。千株不盈畝，斬伐同一束。及居〔一二九〕幽囚中，〔合註〕馬融《上安帝書》：今皆幽囚，陷於法網。亦復見此木。蠹皮溜秋雨，病葉埋牆曲。〔合註〕杜子美《薄遊》詩：病葉多先墮。誰言霜雪苦，生意殊未足。坐待春風〔一三〇〕至，飛英覆空屋。〔合註〕任昉《雪花》詩：飛英若總素。【誥案】紀昀曰：純用寓意，妙不怨怒。

槐

〔馮註〕《淮南子》：槐之生也，入季春五日而兔目，十日而鼠耳，更旬而始規。

憶我初來時，草木向衰歇。〔合註〕李太白《自梁園至敬亭山見會公談陵陽山水兼期同遊因有此贈》詩：瑶草恐衰歇。高槐雖驚秋〔一三一〕，晚蟬猶抱葉。〔查註〕杜子美《秦州雜詩》詩：抱葉寒蟬靜。淹留未云幾，離離見疎莢。〔合註〕《周禮·地官》：其植物宜莢物。棲鴉寒不去，哀叫飢〔一三二〕啄雪。破巢帶空枝，〔馮註〕《後漢・孔融傳》：破巢之下，安有完卵？踈影挂殘月。豈無兩翅羽，〔查註〕白樂天詩：奮飛無翅羽。伴我此愁絕。〔合註〕戴叔倫《轉應詞》：蘆笳一聲愁絕。【誥案】紀昀曰：借題抒意，正不必句句是槐。

竹

今日南風來，吹亂〔一三三〕庭前竹。低昂中音會，〔查註〕《莊子・養生主篇》：庖丁解牛，奏刀騞然，莫不中音，合於桑林之舞，乃中經首之會。甲刃紛相觸。蕭然風雪〔一三四〕意，可折不可辱。【誥案】紀昀曰：查初白謂骨節清剛，琅然可誦。風霽〔一三五〕竹已回〔一三六〕，猗猗散青玉。〔馮註〕元稹《竹》詩：一一青琅玕。陸龜蒙《郊居》詩：門外晚晴秋色老，萬條寒玉一溪烟。故山今何有，秋雨荒籬菊〔一三七〕。此君知健否，歸掃南軒緑〔一三八〕。【誥案】南軒，宮師改名來風者也。

柏

〔馮註〕《春秋運斗樞》：玉衡星精散爲柏。李德裕《平泉花木記》有珠子柏，實如珠子，生葉。又有雁翅檜，葉婆娑如雁翅也。

故園多珍木，翠柏如蒲葦。幽囚無與樂，百日看不已。時來拾流膠〔一三九〕，未忍踐落子。〔合註〕《本草》：柏脂，治同松脂。又：柏，九月結子。當年誰所種，少長與我齒。仰視蒼蒼幹，所閲固多矣。應見李將軍，膽落温御史。〔王註〕《舊唐書》：温造召拜侍御史。李祐自夏州入，拜金吾，違制進馬百五十四。造正衙彈奏，祐股戰汗流，私謂人曰：「吾夜踰蔡州城，擒吴元濟，未嘗心動，今日膽落於温御史，吁，可畏哉。」〔馮註〕《唐書·桑道茂傳》：茂居有二柏，甚盛，茂曰：「人居木盛則土衰，土衰則人病。」乃以鐵數十鈞自埋其下，曰：「後有發其地而死者。」太和中，温造居之，發藏鐵而造死。【誥案】此二句，用將軍之姓、温之官，合爲李御史，乃專指李定也。查註謂温御史指李定、舒亶輩，非是。

十二月二十八日，蒙恩責授檢校水部員外郎黄州團練副使，復用前韻二首〔一四〇〕

〔查註〕《職官分紀》：檢校，兼官也。《唐會要》：員外官，神龍以後有之，惟皇親戰功之外，不復除授。今則貶責者，然後以員外官處之。又，國朝節度防禦團練副使，從八品。〔合註〕《文獻通考》：檢校官一十九，末爲水部員外郎。【誥案】此詩施編，載遺詩中，查註從邵本補編。

其一

百日歸期恰及春，【誥案】公以八月十八日赴獄，十二月二十八日出獄，計一百三十日。詩云百日，舉成數也。餘年〔一四一〕樂事最關身。出門便旋風吹面，【誥案】便旋，百藥引《左傳》杜註：旋，小便。非是，已删。〔李註〕韓退之《石鼎聯句序》：道士起出户，若將便旋然。〔查註〕《詩·齊風·還》：子之還兮。傳：便捷之貌。疏云：便捷，本作便旋。〔合註〕《左傳·宣公十二年》：少進馬還。杜預註：還，便旋不進。邵晉涵曰：此用《廣雅》，徘徊，便旋也。走馬聯翩鵲啅人〔一四二〕。〔李註〕韓退之詩：起居諫議聯翩來。却對酒杯疑是〔一四三〕夢，試拈詩筆已如神。此災何必深追咎，〔合註〕王羲之書：追咎往事。竊禄從來豈有因。〔合註〕何焯曰：末句用孔融《報曹操書》「忠非三閭，智非晁錯，竊位爲過，免罪爲幸」語。

其二

平生文字爲吾累，此去聲名不厭低。塞上縱歸他日馬，〔李註〕《淮南子》：近塞上之人，有善術者，馬無故亡而入胡，人皆弔之。其父曰：「此何遽不爲福乎？」居數月，其馬將胡駿馬而歸，人皆賀之。其父曰：「此何遽不爲禍乎？」城東〔一四〕不鬪少年雞。〔王註〕曹植詩：鬪雞東郊道。〔查註〕《東城父老傳》云：賈昌年七歲，明皇召爲雞坊小兒長，至元和庚寅，年九十八矣。語太平事，歷歷可聽。自言少年以鬪雞媚上，上以倡優畜之。休官彭澤貧無酒，隱几維摩病有妻。〔王註續曰〕維摩詰示疾，又言法喜以爲妻。〔查註〕《維摩經》註云：法喜，謂見法而生喜也。世人以妻色爲悦，菩薩以法喜爲悦。堪笑睢陽老從事，爲余投檄向江西。〔公自註〕子由聞予下獄，乞以官爵贖予罪〔一五〕，貶筠州監酒。〔合註〕韓退之詩：投檄北去何難哉。

卷十九校勘記

〔一〕霅上　七集作「霅上」。

〔二〕緑無岸　合註：「無」一作「參」。

〔三〕白石澗　原作「白石爛」。七集作「白石澗」，今從。紀校：作「澗」是，甯戚歌與道人、東坡俱無涉。

〔四〕賞花　合註：「花」一作「松」。

〔五〕依韻奉答　類丙無「奉答」二字。

〔六〕亦以戲公擇云　集本「以」字後有「一」字，「云」字後有「爾」字。

〔七〕微哂　合註：「微」一作「笑」。

〔八〕恨不與　集甲、施乙原註：「與」，去。

〔九〕虛室　合註：「室」一作「空」。

〔一〇〕故目　類乙、類丁作「故日」。

〔一一〕未學　類本作「不學」。

〔一二〕開閤放出事見本傳　據集本補，當爲東坡自註。

〔一三〕觀心　集本、施乙作「觀身」。

〔一四〕堂中　查註、合註：「中」一作「前」。

〔一五〕梯空　施乙原校：「空」一作「山」。類本作「梯山」。

〔一六〕上巉絶　查註、合註：「上」字作「尚」。

〔一七〕赴谷　類本作「赴壑」。

〔一八〕撾　集甲、施乙作「檛」。

〔一九〕豚猳　類本作「豚蝦」。

〔二〇〕晚衙　類本作「早衙」。

〔二一〕鴨綠　集甲作「鴨淥」。
〔二二〕感慨　集本、施乙、類本作「感槪」。
〔二三〕清哀　類丙作「清衷」。
〔二四〕老於　合註：「於」一作「來」。
〔二五〕白鳥　類本作「白馬」，疑誤。
〔二六〕垂虹長橋亭名　施乙此註文，無「東坡云」字樣。施註云：垂虹，吴江長橋亭名。集本「長橋」作「吴江」。集本此條自註，接「不怕」句下自註「湖州多蚊蚋，豹脚尤毒」，爲一條，在末句「擬泛」句下。
〔二七〕禪室　類本作「禪客」。合註謂「客」訛。
〔二八〕我驚　集本、施乙作「俄驚」。
〔二九〕强狠　集本、施乙作「强很」。
〔三〇〕更將掀舞勢把燭畫風篠美人爲破顔正似腰支嫋　此四句，續集卷一收入古詩中，題爲《余歸自道場何山，遇大風，因憩耘老溪亭，命官奴秉燭捧硯，寫風竹一枝，題詩云》。查註：「愼按『更將掀舞勢』四句，諸刻本另作五言絶句一首，明屬重出，今移原題作四句注脚，以正向來之譌。」查移原題於「正似」句下，標以「公自註」。翁方綱《蘇詩補註》卷四《與客遊道場何山得鳥字》條下云：「『更』字作起句，四句成章，萬無是理。元吴仲圭爲佛奴作墨竹譜卷，自題云：東坡先生守湖州日，遊□兩山，遇風雨，迴憩賈耘老溪上澄暉亭中，令官奴執燭，畫風雨竹一枝于壁上，題詩云（畧）。後好事者剜于石，今置郡庠，予遊霅上，摩挲久之，云云。其別本作五絶一首者，恐是因此誤耳。」七集續集「正似」作「憐此」，類本、七集續集、翁氏《蘇詩補註》所引「支」作「肢」。又：查註所云「公自註」，施本爲註文。合註謂註文有殘缺，今據施乙補足。

〔三一〕更陳迹　集本、施乙、類本作「便陳迹」。

〔三二〕作此詩　「此」字原缺，今據集本、類本補。

〔三三〕相隨　類本作「相攜」。

〔三四〕錢道士　類本無「錢」字。

〔三五〕熙寧十年云云　施乙無「熙寧十年詔以龍山廢佛祠爲表忠觀元豐二年」十九字及「也將自託於不朽」七字，「子其行乎」，施乙無「子」字。集本、類本無此引。

〔三六〕三旬　集甲作「二旬」。

〔三七〕黄梅　集本、類本作「梅黄」。

〔三八〕小於錢　集本、施乙、類本作「小如錢」。

〔三九〕腥風　集乙、類甲、類丁作「醒風」。

〔四〇〕北風　集本、施乙作「此風」。

〔四一〕月下　原作「月夜」，今從集本、施乙、類本。

〔四二〕與王郎夜飲井水　施乙作「贈王郎一首」。查註：一作「贈王郎」。外集「與」字前有「湖州」二字。合註：「水」一作「泉」。

〔四三〕菰蒲聚鬬蚊　七集作「荷花聚暗蚊」。

〔四四〕如我　七集作「如故」。

〔四五〕李公擇本末云云　合註謂此條施註殘缺，今據施乙補足。删去「更憶」句下施註一條十六字，以該條註文乃此條註中語。

〔四六〕忍凍　集乙作「思凍」。

〔四七〕九域志舒州灊山「山」下原有「縣」字。按，宋時無「灊山縣」之名，今删去「縣」字。

〔四八〕宋樂志曹子建聖皇篇侍臣省文奏　「宋樂志」原作「三國志」，今據施乙校改。按，《三國志·曹植傳》未收《聖皇篇》，《宋書》卷二十五《樂志》收。

〔四九〕慰流落　類本作「尉流落」，疑誤。

〔五〇〕笛中吟　查註：「吟」一作「曲」。

〔五一〕亦何有　原作「今何有」，今從集本、施乙、類本。

〔五二〕送淵師歸徑山　石刻題作「寄澄慧大師」，下書「東坡居士蘇軾」。阮元《兩浙金石志》收，并校。《志》題作「寄澄慧大師淵」。盧校：《志》題如此，玩詩語，實非送其歸山。

〔五三〕嘗爲　阮校：石刻作「曾爲」。

〔五四〕知我至　盧校：「知我至」，言深知我也。若云送淵，則當言「知師至」；于上下仍礙。

〔五五〕問訊　查註作「問信」。盧校：《志》「訊」作「信」。

〔五六〕兩眼猶能書細字　阮校：石刻作「兩眼尚能看細字」。

〔五七〕旋見　查註：「旋」一作「已」。

〔五八〕細侯　合註：「細」一作「郭」。

〔五九〕嘲謳　類丙作「朝謳」。

〔六〇〕由求　集甲作「求由」。

〔六一〕惘惘　集本、類本作「罔罔」。

〔六二〕喪狗　紀校：喪家之狗「喪」字，原有平仄二讀。如作平，則不協律；如作去，則删去「家」字，殊不妥。

〔六三〕是虚舟　原作「似虚舟」，合註作「似虚舟」。集本、施乙、類本、查註作「是虚舟」，今從。合註不知所本。

〔六四〕齋釀　類甲、類丁作「野釀」。

〔六五〕風鷗　集本、施乙作「風漚」。類本作「風鷗」。紀校：「漚」當作「漚」。查註作「風漚」，云：「漚」，疑作「鷗」。

〔六六〕謂張子野陳令舉劉孝叔也　集本分註於「近憶張陳與老劉」句下，即「張」下註「子野」，「陳」下註「令舉」，「劉」下註「孝叔」。施乙此註文，無「東坡云」字樣。

〔六七〕湖多蚊土人云豹脚者尤毒　集本無此條自註。類本爲孫倬註文，文字略同。

〔六八〕夜棹　類甲作「夜掉」。

〔六九〕同作　集本、施乙、類本作「俱作」。

〔七〇〕寸麻　合註：「麻」一作「瑘」。
〔七一〕春風　集本、施乙、類本作「秋風」。
〔七二〕歸過我　查註、合註：「過我」一作「便得」。何校：「歸便得」。
〔七三〕更踏　集本、類本作「便踏」。
〔七四〕青州麴　合註：「麴」一作「去」。
〔七五〕云誰　類本作「誰云」。
〔七六〕四字　原作「四首」，今從施乙。
〔七七〕蒲蓮　查註、合註：「蒲」一作「浦」。
〔七八〕溪間　類本作「溪澗」。
〔七九〕雲山　類本作「山雲」。
〔八〇〕杖屨　合註：「屨」一作「履」。
〔八一〕東西　集本、施乙、類本作「東南」。
〔八二〕插旗　何校：「揮旗」。查註作「揮旗」。
〔八三〕記風檣　類甲、類乙作「聽風檣」。
〔八四〕四萬八千頃　施乙作「三萬八千頃」。施註云：「僧文覽《洞庭記》、《吴地記》云，吴縣西南有具區，即震澤也，周迴三萬六千頃，會百川歸之。《越絶書》亦云。」
〔八五〕一葉　集本、施乙、類本作「一葦」。

〔八六〕法華嶺　查註、合註：「嶺」一作「頂」。

〔八七〕事見本院碑　施乙無此條自註。

〔八八〕杜子美詩云云　施乙此註文，無「東坡云」字樣。

〔八九〕真癖疥　原作「直癖疥」，今從集本、施乙、類本。

〔九〇〕賈云今歲有小蟲食稻葉不甚爲害　原缺「稻」字，據集本、施乙補。施乙「賈云」作「耘老言」。

〔九一〕引退　原作「隱退」，今從集本、施乙、類本。

〔九二〕吾曹　合註：「吾」一作「我」。

〔九三〕皆逆旅　集本、施乙、類本作「俱逆旅」。

〔九四〕罝罔　類丙作「罟罔」。

〔九五〕汝尚之子汝尚字退翁　集本、類本作「尚之子尚字退翁」。

〔九六〕太息　類本作「歎息」。

〔九七〕伺淵明　原作「候淵明」，今從集本、施乙、類本。

〔九八〕重寄　集甲「寄」後有一首二字。

〔九九〕真欲　類本作「直欲」。

〔一〇〇〕青派　集甲作「清派」。集乙作「青派」。

〔一〇一〕海隅　集本、施乙、類甲作「海禺」。

〔一〇二〕武夫　繆荃孫謂「武夫」應改「碔砆」。

〔一〇三〕天一隅　集本、施乙、類甲作「天一禺」。
〔一〇四〕猶喜　集本、類本作「猶許」。
〔一〇五〕千言賦　類甲、類丁作「千言意」。
〔一〇六〕東游　類乙作「東流」。
〔一〇七〕此詩　施乙無「詩」字。
〔一〇八〕曉色　合註：「曉」一作「晚」。
〔一〇九〕予以事繫御史臺獄獄吏……二首　施乙題作「獄中寄子由」。類本「獄吏」作「府吏」，無「二首」二字。七集題作「獄中寄子由二首」。
〔一一〇〕自亡　七集作「自忘」。
〔一一一〕先償債　施乙作「須償債」。
〔一一二〕是處　查註、合註：「是」一作「到」。
〔一一三〕埋骨　類本、外集作「藏骨」。
〔一一四〕他時　施乙、類本、七集作「他年」。
〔一一五〕今世　施乙作「今世」。今從。原作「世世」。
〔一一六〕又結　施乙、七集作「更結」。
〔一一七〕來生　七集作「人間」。
〔一一八〕霜氣　施乙、外集作「霜葉」。

〔一一九〕風動　施乙作「風撼」。

〔一二〇〕魂驚　施乙、類本、七集作「魂飛」。

〔一二一〕知葬　施乙作「應葬」。

〔一二二〕獄中聞杭湖間民爲余作解厄道場累月故有此句　施乙作「獄中聞杭湖間民爲余作解厄齋，故有葬浙江語」。類丙「杭湖」作「杭潤」，疑誤。七集作「獄中聞湖杭民爲余作解厄齋經月，所以有此句也，朱邑葬桐鄉。犀角，杜琮事」。（何校：「琮」，不知當作「悰」否？須考。）外集「道場」後有「者」字，「累月」作「彌月」，「句」後有「朱邑葬桐鄉」五字。

〔一二三〕作詩　外集無「詩」字。

〔一二四〕鋤犁　外集作犁鋤。

〔一二五〕十月二十日……以軾……作挽詞二章　施乙「十月」作「十二月」。類本「十月二十日」作「三月二十三日」。施乙「以軾」作「吏以」，「挽詞」作「挽詩」。

〔一二六〕明德　施乙作「順烈」。施註云：《後漢·順烈梁后紀》：少聰慧，不敢有驕專之心，冲帝立，尊爲皇太后，臨朝。

〔一二七〕山陵　施乙作「昭陵」。施註：仁宗皇帝葬永昭陵。

〔一二八〕御史臺榆槐竹柏四首　七集無總題，分用「榆」、「槐」、「竹」、「柏」爲題。外集題作「繫御史獄，賦獄中榆、槐、竹、柏四首」。

〔一二九〕及居　外集作「及苦」。

〔一三〇〕春風　類本作「秋風」，查註云「秋風」訛。

〔一三一〕驚秋　合註作「經秋」。

〔一三二〕飢　合註：一作「飽」，訛。

〔一三三〕吹亂　類本作「吹斷」。

〔一三四〕風雪　合註：「雪」一作「霜」。

〔一三五〕風霽　外集作「風濟」。

〔一三六〕已回　類本、外集作「亦回」。七集作「已回」；原校：「已」一作「亦」。

〔一三七〕籬菊　類本、外集作「松菊」。

〔一三八〕南軒綠　類本作「三徑綠」，七集作「南軒曲」，外集作「南徑綠」。

〔一三九〕流膠　類本、外集作「流肪」。七集作「流膠」；原校：「膠」亦作「肪」。

〔一四〇〕十二月二十八日……二首　施乙題作「十二月二十八日出獄次前韻」。類本無「二首」二字。七集題作「出獄次前韻」。外集「日」字後有「出獄」二字。

〔一四一〕餘年　施乙作「殘年」。施註引杜子美詩：但得殘年飽喫飯。七集作「殘生」。

〔一四二〕鵲啅人　施乙、外集作「雀啅人」。施註引杜子美《枯櫻》詩：啾啾黃雀啅。

〔一四三〕疑是　原作「渾似」。施乙作「疑是」，今從。施註引杜子美《遠懷舍弟》詩：對酒都疑夢，吟詩正憶渠。類本、七集作「渾是」。

〔一四四〕城東　七集作「城中」。

〔一四五〕贖予罪　施乙、七集無「予」字。